사랑 1

한국문학산책 18 장편 소설
사랑 1

지은이 **이광수**
엮은이 **송창현**
펴낸이 **안용백**
펴낸곳 **(주)넥서스**

초판 1쇄 인쇄 2013년 3월 20일
초판 1쇄 발행 2013년 3월 25일

출판신고 1992년 4월 3일 제311-2002-2호
121-840 서울시 마포구 서교동 394-2
Tel (02)330-5500 Fax (02)330-5555

ISBN 978-89-6790-042-7 04810

출판사의 허락없이 내용의 일부를
인용하거나 발췌하는 것을 금합니다.

가격은 뒤표지에 있습니다.
잘못 만들어진 책은 구입처에서 바꾸어 드립니다.

www.nexusbook.com
지식의 숲은 (주)넥서스의 인문교양 브랜드입니다.

한국문학산책 18
장편 소설

이광수
사랑 1

송창현 엮음·해설

지식의숲

* 일러두기

1. 시대 분위기와 작가의 개성이 드러나는 문장이나 방언, 속어, 고어 등은 원문 표기를 따랐다.
2. 원본 한자는 한글로 바꾸고 작품의 이해에 필요한 경우에만 한자를 병기하였다.
3. 독자들의 이해를 높이기 위해 필요한 경우 괄호 속에 뜻풀이를 달았다.

서문

나는 사람이 평등하지 아니함을 믿는다. 자력으로나 의지력으로나 체력으로나 다 천차만별이 있지마는 그중에도 '옳은 것', '아름다운 것'을 아는 힘, 느끼는 힘에 있어서 더욱 그러함을 믿는다. 그리고 나는 이것을 슬퍼하지 아니한다. 도리어 사람의 이 차별이야말로 무한한 향상과 진화를 약속하는 것이니, 벌레가 향상하기를 힘쓰면 부처님이 될 수 있음을 믿을 수 있는 것이다. 그러길래 나같이 더럽고 어리석은 중생도 부처님의 완전을 바라는 기쁜 희망으로 이 고달픈 인생의 길을 걸어갈 수가 있는 것이다.

나는 우리들 중생 중에 때로 뛰어난 사람이 나오는 것을 본다.

석가여래라든가 여러 보살이라든가 예수라든가 하는 어른들이시다. 나는 그이들도 본래는 나와 같은 중생이셨더니라고 배울 때에, 너도 나와 같이 될 수 있느니라고 가르치심을 받을 때에 한량없는 고마움과 기쁨을 느낀다.

나는 가장 아름다운 몸과 가장 아름다운 음성과 가장 높은 지혜와 한량없는 사랑과 힘과 공덕을 가진 '사람'이 되어서 모든 중생의 사모함을 받고 그들에게 기쁨과 힘과 구원이 될 수 있음을 믿는다.

나는 대홍 서원의 영원한 생명으로 중생의 사랑의 의지가 될 수 있음을 믿는다. 이에서 더한 희망이 또 있겠는가?

나는 이 모든 향상과 진화가 오직 우리가 짓는 업으로 되는 것을 믿는다. 고마우신 하느님은 이 우주가 인과율에 의하여 다스려지도록 지어 주셨다. 우리네 벌레와 같은 중생이 하는 조그만 일 – 업 – 도 하나도 스러짐이 없이 내 예금 구좌에 기입이 되는 것이다. 이 저축들이 모이고 모여서 내일의 나, 천겁 만겁 후의 나를 결정하는 것이다. 이야말로 하느님의 크신 은혜다.

만일 이 세상에 거름 준 나락이 거름 안 준 나락보다 못 되는 일도 있다고 하면, 우리네가 살아가기가 얼마나 힘들 것일까. 밥을 먹어도 배고픈 수도 있고 불을 땔수록 방이 더 추워 가는 일도 생긴다면, 우리는 어떻게 살아갈까?

원인이 있으면 반드시 결과가 온다는 것 – 이것이 어떻게나 고마우신 섭리자의 은혜인가?

나는 사랑이 일체 유정물의 생명 현상 중에 가장 신비하고 또 가장 숭고한 것임을 믿는다. 그러나 꼭 같은 탄소로도 숯도 되고 석묵도 되는 반면에 금강석도 되는 모양으로, 다 같이 사랑이라 하더라도 천차만별의 계단이 있고 품이 있는 것을 믿는다. 이성 간의 사랑에 있어서도 마찬가지다. 음남탕녀의 사랑과 현사 숙녀의 사랑을 같이 볼 수는 없는 것이니, 그 사이에는 하늘과 땅만 한 가치의 충동이 있는 것이다.

육체의 결합을 목적으로 하는 사랑이 가장 많겠지마는 그것은 마치 생물계에 사람보다도 벌레가 많다는 것과 다름없는 것이다.

육체의 결합과 아울러 정신에 대한 사모를 짝하는 사랑이야말로 비로소 인간적이라는 이름으로 불려질 자격을 가지겠지마는 한층 더 올라가서 육체에 대한 욕망을 전연 떼어 버린 사랑이 있는 것이 인류의 자랑이 아닐 수가 없다. 그것은 일시적인 우리 육체 속에 있는 '영원한 존재'를 인식하는 데서만 생길 수 있기 때문이다.

바다를 못 본 하백은 황하의 개천 물을 세상에 가장 큰 물로 안다. 이러한 사랑을 보지 못한 사람은 육체를 안 보는 사랑을 공상으로만 생각하거니와, 그에게는 어느 때에나 한 번 코페르니쿠스를 만나서 새 우주를 깨달아야 할 시기가 필요한 것이다.

사랑의 극치로 말하면, 물론 무차별, 평등의 사랑일 것이다. 그것은 부처님의 자비로운 사랑이다. 모든 중생을 다 애인같이, 외아들같이 사랑하는 사랑일 것이다. 그러나 거기까지 가는 노중에는 어느 한 사람이라도 육체를 떠나서 사랑하는 대목도 있을 것이다.

육체를 떠난다는 것은 동물적 본능을 떠난다는 말이다. 그 말은 '이기욕'을 일체로 떠난다는 말과도 같다. 완전히 '나를 위하여'라는 '욕심'을 떠나고 '오직 그를 위하여' 사랑할 때에 그것이 비로소 '자비심'의 황금색을 띤 사랑이 되는 것이다.

오늘날까지의 문학에는 원망이라든가, 질투라든가, 욕심이라든가, 미움이라든가, 성냄이라든가, 이러한 사나운 감정이 너무 많이 취급되고 강조되지 않았는가 한다. 이러한 추폭한 감정은 늘 사람에게 불행과 악을 주는 근본이 된다.

사랑이라는 부드러운 감정조차도, 많은 문학에서는 사나운 감정을 곁들이기를 좋아하였다. 이것은 대조라든가, 대중의 심리에 맞춘다든가 하는 문학적 기술의 편의를 위함도 있겠지마는, 역시 사람에게 있고 싶고 발달되고 싶은 것은 부드러운 감정일 것이다.

사랑, 동정, 기쁨, 슬픔 등등 이러한 부드러운 감정만으로 문학 작품을 만든 이가 과거에도 없지는 않았다. 불교의 여러 설화라든가, 근대에도 톨스토이 말년의 단편 설화들이 그 예다.

　사람은 저마다 제 오막살이 한 간을 가지고 있는 모양으로 저마다 제 세계 하나를 가지고 있다. 그러나 그 오막살이들이 다 대견치 못한 것임과 같이 사람은 항상 제가 들어앉은 세계를 벗어나서 더 크고 넓은 세계를 찾아야만 한다.

　'끝없이 높은 사랑을 찾아 향상하려'는 애씀.

　독자여, 이것이 또한 아름다운 제목이 아닌가.

　이것이 내 소설《사랑》의 서문을 대신할 만한지는 독자 스스로 판단하시기 바란다.

　끝으로 한 말씀.

　내가 쓴 모든 장편 소설은 신문에 연재된 것이기 때문에 그날 그날 한 회 한 회씩 쓴 것이었고, 또 신문 연재물이라는 관념을 뗄 수가 없었다.

　내 지금까지의 소설로서 끝까지 다 써 가지고, 또 연재물이라는 데 관련된 여러 가지 제한도 없이 써 가지고 세상에 발표하는 것은 이《사랑》이 처음이요, 또 내 인생관을 솔직히 고백한 것도 이 소설이 처음이다.

　이것은《그의 자서전》이후의, 이를테면 내 최근의 작품이다.

다만 한되는 것은 이것을 한 일 년만이라도 더 묵혀서, 더 보고, 더 생각하고, 더 고쳐서 발간하지 못하는 것이다. 내 힘으로 할 수 있는 데까지만이라도 수정하기 전에 내놓게 된 것이 양심에 매우 거북하다.

무인 국추(戊寅菊秋), 북한산 기슭에서
이광수

차 례

사모하는 이의 곁으로 ...013
박사 안빈 ...061
사랑이 비칠 때 ...135
쌍곡선 ...227
인연의 길 ...303
죽음의 저쪽 ...411

사모하는 이의 곁으로

"그래, 정말 오늘은 가는 거야?"

박인원은 회색 파라솔을 한편으로 기울이고 석순옥의 곁으로 바싹 다가선다.

"그럼 안 가구?"

순옥은 옥색이라기에는 너무 진하고 남이라기에는 너무 연한 파라솔을 한편으로 기울이면서 걸음을 잠깐 멈추고 의외인 듯이 인원을 돌아본다. 순옥의 흰 얼굴과 인원의 가무스름한 얼굴이 서로 마주친다.

"왜?"

순옥은 다시 걸음을 걸으면서 인원의 묻는 뜻을 떠보려는 듯이 묻는다. 순옥도 결심은 한 일이지마는 제가 장차 하려는 일이 원체 누가 듣든지 이상하게 생각할 일이기 때문에 가슴의 불안한 울렁거림이 없을 수 없었다.

"아니, 글쎄."

인원은 잠깐 말을 끊었다.

"남들이 이상하게 보겠단 말이지. 순옥이 오빠도 이상하게 생각하실 거 아냐?"

"이상하게 생각하믄 어때? 간호사 되는 것이 왜 그렇게 못할 일인가?"

순옥은 힘 있게 선언한다.

"그야 그렇지만, 전문학교까지 졸업하구 중등 교원 자격까지 가진 사람이 말야, 중등학교 교원 노릇을 하다가 말구 간호사 시험을 치러 가지구, 그리구 남의 병원에 간호사로 들어간다는 게 퍽 수상하지 않으냐 말야."

"수상하라지."

"글쎄, 어저께두 밤새두룩 한 말이지만 더 잘 생각해 보란 말야. 그래 순옥이 그 병원에 간호사로 들어가기루니, 그 선생 곁에 날마다 있을 수가 있기루니 그것으루 만족할 테야? 사모하는 이 곁에 있는 것만으루 만족하겠느냐 말야? 되려 더 못 견디지 않겠느냐 말야. 차라리 멀리서 이렇게 마음으루만 사모하구 있는 편이 낫지 않겠어? 내 말이 그 말이거든. 안 그래? 게다가 세상에서는 필시 이러쿵저러쿵 순옥이 말을 할 것이구. 또 그래 저, 허영이란 양반이 가만히 있을 거야. 이제 또 무슨 지랄을 할지두 모를걸. 그 군이 밤낮으로 병원으루 찾아나 가면 어떡하느냐 말야?"

인원의 말에 순옥은 한참이나 대답이 없이 걸어가더니 생전 병문에 다다라서 우뚝 서며,

"언니! 아무런 일이 있어도 난 갈 테야. 이 골목으로 들어갈 테야. 난 그 어른 곁에만 있으면 만족이야. 그 밖에 내가 무엇을 바라겠수. 십 년 동안 두구두구 혼자 사모하던 어른 곁에 있게만 되면 고만이지. 안 그렇수? 언니, 자 가요. 나하구 안 선생님 병원 앞까지만 같이 가요. 그리구 변치 말구 내 보호자가 되어주어요, 언니."

이런 말을 하는 순옥의 그 원체 젖은 눈에는 눈물이 번쩍 빛난다. 스물세 살 된, 남의 선생 노릇하던 여선생이라고 보기에는 너무도 순지(純至)하다고 인원은 생각하였다.

"가!"

인원은 다만 이 한마디로 순옥의 손을 삽아끌고 청진정 골목을 들어섰다. 칠월 장마를 기다리는 더위는 찌는 듯하였다. 순옥의 연옥색 은조사 깨끼저고리 등에 두어 군데 촉촉이 땀이 비

친다. 순옥이 옥색 계통의 빛깔을 좋아하는 것도 안빈의 글에서 받은 감화다. 안빈이란 지금 순옥이 간호사 지원을 하려고 찾아가는 병원 원장이다.

인원의 눈에는 순옥의 옥색 저고리와 옥색 모시 치마를 보는 것이 다 슬펐다. 이뤄지지도 못할 사랑을 안고 애쓰는 동무의 정경이 가여웠다.

나이는 비록 두 살 터울밖에 아니 되지마는, 학교로는 한 반 차이밖에 아니 되지마는 인원은 순옥을 마치 어린 동생같이 사랑해 왔고, 순옥도 인원을 친형이나 다름없이 따랐다. 두 사람이 서로 사랑하기 벌써 칠 년이나 되는 동안에 피차의 사이에는 비밀이란 것이 없었다. 기회만 있으면 한방에 있기를 원하였지마는 기숙사에서조차 그렇게 뜻대로 되지는 아니하였다. 그동안 순옥이 어느 시골 학교에 교원 생활을 하느라고 한 이태 떠나 있는 동안을 제하고는 거의 날마다 아니 만나지는 못하였다. 이제 인원은 이 동무를 안빈의 병원으로 보내게 되매 – 들어가게 될는지는 아직 모르지마는 – 순옥을 위한 슬픔이 솟아오름을 깨닫는다.

"여기야."

순옥은 벽돌 대문 앞에 섰다.

'安賓內科小兒科醫院(안빈내과소아과의원)'이라는 흰 페인트,

검은 글씨의 간판이 붙고, 다른 기둥에는 '醫學士 安賓(의학사 안빈)'이라는 칠도 아니한 나무쪽 문패가 붙어 있다.

건물은 심플한 벽돌 이 층으로, 동남쪽으로는 발코니를 넓게 한 것이 아마 환자의 일광욕 소용인 듯하여 걷어 올리고 내릴 수 있는 캔버스 차양을 하였고, 뜰에는 오동나무 한 그루와 소나무 한 그루가 있어서 오동나무의 퍼렇고 널따란 잎사귀가 탐스럽게 집 벽을 슬쩍슬쩍 스치고 있었다. 집의 전체의 인상은 병원이라기보다는 검소한 산간의 주택인 것 같았다.

현관 앞에 인력거 한 채가 놓이고 숭숭 얽은 키다리 인력거꾼이 발판에 걸터앉은 것은 아마 어떤 환자가 타고 온 것인 듯.

"언니두 들어가."

하고 순옥은 약간 상기한 얼굴의 땀을 손수건으로 꼭꼭 찍어 내면서 인원의 손을 잡아끈다.

"내가 무엇하러 들어가?"

"언니두 들어가. 갔다가 나하구 같이 가."

순옥은 혼자 들어가는 것이 갑자기 심히 허전함을 깨달았다. 인원과 같이 가면 마음이 든든할 것만 같았다. 인원은 순옥의 마음을 알아주어서 순옥의 뒤를 따라서 들어갔다

'受付(수부)'라고 써 붙인 구멍에 가서 순옥이 명함을 내었더니 퍽 왁살스럽게 생긴 간호사가 눈망울을 굴려서 순옥을 훑어

보면서,

"병 보셔요?"

하는데 말이 퍽 퉁명스러웠다.

"잠깐 원장 선생님 뵈옵고 여쭐 말씀이 있어서 왔습니다. 지금 바쁘시면 선생님 일 끝나실 때까지 대합실에서 기다리고 있을 테야요."

순옥은 그 왈살스러운 간호사의 입에서 필시 나올 듯싶은 말을 미리 알아차리고 방패막이까지 하고는 인원과 함께 대합실에 들어갔다.

대합실에는 긴 교의가 두어 개 벽에 기대어 놓이고 가운데는 둥근 테이블 하나, 교의 두 개가 놓여 있었다. 간반 남짓한 방이었다. 테이블에는 보는 없으나 신문과 잡지가 있었고, 방 한편 구석에는 화탁 위에 조그마한 자기 화병에 글라디올러스가 꽂혀 있었다. 그리고 벽에는 위창 오세창(葦滄 吳世昌)의 낙관이 있는 전자 횡축이 걸렸는데, '病生於亂心 心攝而病自寥(병생어난심 심섭이병자요)'라고 썼다. '병은 마음이 어지러워진 데서 생기는 것이니, 마음이 잡히면 병이 저절로 낫는다.'는 말이다.

그리고 다른 벽에는 역시 그 글씨로, '無勞汝形無搖汝精可以長生(무로여형무요여정가이장생)'이라는 액이 붙었다. '네 몸을 곤하게 말고 네 마음을 흔들리게 말라. 그리하면 오래 살리라.'

는 장자의 말이다.

이러한 것들은 다 원장 안빈의 생각에서 나온 것임이 분명하였다. 순옥과 인원은 창으로 뜰을 바라보았다. 그 창밖에는 바로 아까 밖에서 보던 오동나무의 퍼런 몸뚱이와 넙적넙적한 잎이 보였다. 맞은편에 보이는 돌담은 옛날 유물인 듯하여서 담쟁이덩굴이 성하였다.

"언니!"

"왜?"

"될까?"

"글쎄."

방에는 다른 사람도 없건마는 순옥과 인원은 귓속말로 이런 담화를 하고 있었다.

"병원이 좋은데. 정하구, 조용하구."

인원은 이런 소리를 하였다.

"저 간호사가 무서워."

순옥은 퉁명스럽던 그 말소리와 불량스러운 눈자위를 생각하였다. 아마 그와 한방에 있게 될는지 모를 것을 생각하면서 무서운 생각이 났다.

인원이 하품을 한 번 할 때쯤 되어서 대합실 문 핸들을 달그락달그락하는 소리가 들렸다. 달그락거리기만 하고 문이 열리지 아니하는 것을 보고 순옥이 문을 열었다.

밖에 선 것은 예닐곱 살이나 되어 보이는 사내아이였다. 머리는 서양 아이 모양으로 앞을 길게 남겨서 가르고 남빛 니커보커즈에 수병복 적삼을 입었다. 얼굴이 맑으나 퍽 약해 보였다. 순옥은 지각적으로 그것이 원장의 아들인가 하였다.

그 소년은 누구를 찾는 듯이 방안을 한 번 휘 둘러보더니,

"내 그림책."

하고 누구를 향하여 말하는지 모르게 한마디 하고는 도로 나가려는 것을 순옥이,

"그림책 이 방에 두었어? 내 찾아 줄까?"

하고 그 소년의 손을 잡아 끌어들이고 문을 닫았다.

순옥은 그 소년의 얼굴을 대하고 손을 잡는 것만으로도 가슴이 울렁거렸다. 순옥은 그 소년의 어린 얼굴에서도 안빈의 모습을 발견하였기 때문이다.

그 맑고도 부드러운 눈, 둥그스름한 얼굴. 순옥이 안빈을 직접 대한 것은 오직 한 번뿐이었다. 지난 사월, 간호사 시험을 치러 왔을 때에 순옥은 여러 날 여러 날, 별러서 안빈의 병원에 한 번 진찰을 받으러 온 일이 있었다.

그때에 순옥의 가슴이 얼마나 울렁거렸던지 안빈은 청진을 하다가 말고 잠깐 순옥의 얼굴을 바라본 일까지 있다. 아마 금

시에 심장이 터질 듯이 뛰었을 것이다. 그러나 안빈은 순옥에게 아무 말도 묻지 아니하였다. 그것은 처음 육체를 남자에게 내놓는 수줍은 처녀에게는 흔히 있는 일로 알았기 때문이다.

이렇게 안빈에게 진찰을 받았다는 말은 인원에게도 하지 아니하였다.

"괜찮으시오. 조금 감기 기운이 있어요."

하는 한마디가 순옥이 들은 유일한 안빈의 음성이다.

순옥은 '내 그림책' 하는 그 소년의 음성에서 안빈의 음성을 찾은 것같이 생각하였다.

"그림책 어디 두었어?"

순옥은 조그마한 책장 앞에 구부리고 앉았다.

"어저께 여기 놓았는데."

소년은 방안을 또 한 번 둘러보았다.

"자, 우리 찾아보아."

순옥은 책장 문을 열고 책과 잡지를 뒤지기 시작한다. 인원도 곁으로 와서 뒤져내는 책을 구경한다.

신구약 성경, 불경을 알아보기 쉽게 해설한 책들, 톨스토이의 소설들, 이야기들, 조선 문사들의 소설들, 시들, 한문 서적들……. 그중에도 노자, 상자, 논어, 맹자, 중용 등 본문과 주석들, 동화책, 그림책, 사진 화보들.

모두 환자나 환자 가족들이 기다리는 동안에 마음대로 뽑아 보라는 것이다.

"응, 이거. 이거야."

소년은 그중에서 개가 군복을 입고 병정 노릇하는 이야기책 하나를 찾아 들고 그 자리에 퍼더버리고 앉아서 그림 보기를 시작한다.

"아가, 성이 무엇?"

"응?"

"네 성이 무엇이야?"

"안 가."

"본은?"

"응?"

"본 말야. 본 몰라?"

"순홍 안 가지 무어야?"

"나인 몇 살이구?"

"이 노라꾸로 봐!"

소년은 좋아라고 박장을 한다.

순옥도 인원도 웃었다.

"나이가 노라꾸로야?"

인원이 소년의 턱을 치어든다.

"여섯 살이야."

"너 병원에 왜 왔어?"

소년은 말없이 인원을 쳐다본다.

"너 아버지 누구셔?"

순옥이 꼭 알고 싶었다.

소년은 이번에는 순옥을 쳐다본다. 그러나 대답할 필요도 없다는 듯이 그림책을 들고 나가 버린다.

"그 애가 안 선생 아들야."

순옥은 혼잣말 모양으로 중얼거렸다. 그리고 안빈의 아들이 자기와 무슨 혈연관계나 있는 것처럼 반가운 것이 이상하다고 생각했다.

"석순옥 씨."

하는 소리가 들린다. 그 퉁명스러운 간호사의 음성이 아까보다는 부드러운 듯하였다.

"네."

순옥은 잠깐 머리와 옷매무시를 만지고는 인원에게 기다리고 있으라는 눈짓을 하고는 핸드백을 들고 대합실에서 나와서 진찰실로 들어갔다.

거기에는 어떤 젊은 어머니가 돌잡이가 되었을 듯한 우는 아이의 옷을 입히고 있었다. 금방 진찰을 마친 모양이었다. 어린애는 아픔과 무서움으로 그 눈물 흐르는 눈에는 불안이 있었다.

"괜찮겠습니까?"

하는 어머니의 근심스러운 묻는 말에 원장은,

"기관지염과 소화 불량을 겸하였습니다. 열이 좀 높습니다. 먹이는 것을 주의하셔야겠는걸요."

하고 어린애의 팔목을 한 번 더 잡아 본다.

"입원을 하라시면 입원을 하겠는데요."

"그러면 한 사오 일 입원을 시키시지요."

"병실이 있습니까?"

이 말에 퉁명스러운 간호사가 원장을 보고,

"삼호실에?"

하고 묻는다.

"그래."

간호사는 원장의 허락을 듣고 젊은 어머니를 데리고 진찰실에서 나가 버린다.

이때까지 문 안에 비켜섰던 순옥이 안빈의 앞에 나아가 말없이 허리를 굽힌다.

안빈은 교의에 앉은 대로 잠깐 고개를 숙여서 답례하고 앞에 놓인 명함을 집어 보며,

"석순옥 씨셔요?"

하고 순옥을 바라본다.

"네."

"앉으시지오. 내게 무슨 하실 말씀이 있으시다구요?"

"네."

순옥은 말이 잘 나오지를 아니한다. 안빈은 순옥에게서 말이 나오기를 기다리느라고 고개를 숙여 '돌 석, 순초 순, 구슬 옥' 하고 순옥의 이름자를 본다. 순초 순(荀) 자가 상당히 어려운 글자여서 필시 순옥의 이름을 지어 준 사람이 한문을 좋아하는 사람이리라 하였다.

"말씀하시지요."

안빈은 한 번 더 순옥을 재촉하였다. 순옥의 몽상적인 눈, 열정적인 입술, 그의 이지적인 흰 이마 등을 보고 어디서 한 번 본 사람인 듯하다고 생각하였다. 더구나 그 이름의 순초 순(荀) 자가 언제 본 이름인 것 같았다.

순옥은 가슴이 울렁거리고 머리로 온몸의 피가 다 올라간 듯하여 말을 해야겠다고 생각하면서도 입이 열리지 아니하였다.

'그래두 말을 해야 돼!'

순옥은 이렇게 결심하고 입을 열었다.

"선생님."

하고 우선 불러 보았으나 그 소리는 제 소리 같지 아니하였다.

어디 멀리서 울려오는 모를 사람의 소리 같았다.

"네, 말씀하세요."

"선생님, 저는 지난번 간호사 시험에 합격하였습니다. 그래서 선생님 병원에 두어 주십사고."

하고 순옥은 핸드백에서 간호사 시험 합격 증명서를 내서 봉투에서 뽑아 안빈의 앞에 내놓았다.

안빈은 순옥이 내놓는 면허장을 슬쩍 보고는 순옥을 한 번 다시 바라보았다. 그리고 한참이나 말이 없다가,

"네, 알았습니다."

하고 또 한참이나 눈을 감고 무엇을 생각하는 모양이더니,

"그럼 미안하지만 내 집으로 가셔서 내 아내를 한 번 찾아보시지요. 집은 삼청동이야요. 바루 당집 앞입니다. 내 전화를 걸어 두지요."

하고는 간호사 면허장을 집어서 순옥을 준다.

순옥은 이것이 무슨 뜻인지를 몰랐다. 채용한다는 말인지 거절한다는 뜻인지 알 수가 없었으나 순옥에게는 그 이상 말할 용기가 없어서 곧 일어나 말없이 허리만 굽히고는 방에서 나왔다.

순옥이 다시 응접실에 들어갔을 때에 거기는 어떤 양복 입은 청년 둘이 가운데 테이블을 새에 두고 마주 앉아 있었다. 그중의 한 청년은 얼굴이 수척하고 눈만 커다랗게 보이는 것이 아마

환자인 듯하고, 맞은편에 앉은 한 사람은 혈색은 그리 좋지 못하나 병색은 없는 모양이어서 그 병자를 데리고 온 친구인 듯싶었다. 그 눈이 커다란, 병색을 띤 청년은 머리를 길게 길러 아무렇게나 갈라 젖힌 것이라든지, 눈에 정신 생활하는 사람의 빛이 보이는 것이라든지 필시 문학청년이나 화가라고 순옥은 생각하였다.

낯선 남자들을 피하여 창밖을 바라보고 섰던 인원은 순옥이 들어오는 것을 보고 순옥이 편으로 마주 오면서,

"됐어?"

하고 물었다.

순옥은 다른 사람들이 있는 곳에서 안빈과 회견한 결과를 말할 수가 없다고 생각하고,

"가! 가!"

하고는 두 청년을 향하여 약간 고개를 숙여 인사하고 파라솔을 들고 나왔다.

병원 문을 나서서 안국동 쪽을 향하고 수송동 골목으로 걸어갈 때에 인원은 순옥의 적삼 뒷자락을 잠깐 쳐들어 주면서,

"아이, 어쩌면 이렇게 땀을 흘렸어! 사람이 왜 그렇게 헤식어. 어깨까지 왼통 땀이 내뱄으니."

하고는 소매 구멍에 넣었던 손수건을 배어서 순옥의 등 뒤로 손

을 넣어 두 어깻죽지의 땀을 씻어 주고 더욱 다정한 목소리로,

"아이, 어쩌면 앞가슴까지 뺐나. 그리운 임 앞이기로 그다지 땀 뺄 것이 무어야. 가엾어라. 이걸로 가슴에 땀 좀 찍어 내요."

하고 땀 씻던 손수건을 순옥이 손에 쥐어 준다.

"언니, 안 선생 앞에 가 앉았더니 말은 안 나오고 가슴만 울렁거리고 자꾸만 땀이 나는걸."

순옥은 인원을 바라보며 적막하게 웃는다.

"그렇기도 할 게야. 십 년이나 그리던 임 앞에 갔으니."

"아이참 언니두, 그리던 임이 무어요."

"그럼 임이 아니고 무엇이냐. 노래나 시에 그런 것을 임이라고 안 쓰나베."

"아니야 선생님이야, 스승님이야."

"그래 어떻게 됐어? 두어 주신대?"

"글쎄, 무슨 뜻인지 모르겠어."

"안 선생이 무어라셨는데 뜻을 몰라?

"그래 그 말씀 다 내가 했지. 간호사로 두어 달라고 면허장을 내 보이구. 그랬더니 언니, 안 선생이 퍽 말씀하기 어려운 듯이 한참이나 생각하시더니만 내 아내한테 가 보시지요. 집은 삼청동인데, 바루 당집 앞인데, 전화는 걸어 주신다고. 그러니 그게 무슨 뜻이오. 언니?"

"대관절 써 주세요, 안 써 주세요 하고 물어보지를 못해?"

"어떻게 물어보우? 그 말도 안 나오는 걸 가까스로 한걸. 왜 날더러 그 부인을 가 보라고 하실까?"

"글쎄나 말야. 아마 판관사령인 게지."

"판관사령이 무어요?"

"판관사령두 몰라? 마누라한테 눌려 지내는 사내 말야. 처시하 말야."

"아이 언니두. 안 선생님이 그러실 어른이오?"

"어떻게 알아? 순옥이는 그이 쓴 글을 보고 안 선생 안 선생 그러지만, 그이가 어떤 인지 지내봤어? 여편네가 사나워서 누르면 눌렸지 별수 있나."

"그러기루 안 선생 같으신 남편을……."

"순옥이 같으면 - 순옥이 안 선생님 부인이면 절대 복종할 테지?"

순옥은 인원의 말이 대단히 무엄한 것 같아서, 자기의 안 선생을 모욕하는 것 같아서 좀 불쾌하였다. 그러나 동시에 순하디순한 자기 어머니가 주정뱅이 아버지 앞에서 한마디도 거역하지 못하고 순종하는 것을 생각하고 자기도 어머니의 성품을 받아 순종하는 성질 - 남편을 존경할 운명을 가지지나 아니하였나 하였다.

순옥은 자기가 오래 대답하지 않는 것이 인원의 마음을 괴롭게 할까 두려워서 고개를 돌려 억지로 웃는 낯을 지으며,

"언니는 혼인하면 남편을 누르고 살 작정이오?"

하였으나 이것은 다 억지로 지어서 하는 말이요, 순옥의 마음에는 그러한 농담을 할 여유가 없었다.

"누르잖구. 남편두 남편 나름이겠지만. 아무러기루 내야 일생 혼인하겠길래……."

하고 잠깐 자기 신세를 슬퍼하는 듯이 시무룩한 낯을 보이다가 다시 쾌활하게 웃으며,

"그래 대관절 날 또 안 선생 부인한테루 끌구 가는 게야?"

하고 가기 싫다는 듯이 우뚝 선다.

"그럼 어떡하우? 가 보아야지."

"고만둬. 여편네한테 쥐여 지내는 사내를 무얼 사모해? 그렇게 애써서 간호사로 들어갔다가 안빈이란 몇 푼어치 안 되는 그저 그렇구 그렇구 한 사내다 하고 낙망하게 되면 어떡할 테야? 그러니 내 말대루 멀리서 바라만 보고 있어요. 가까이 지내면 사내란 다 그렇구 그렇지 별 사람 있겠어? 잔뜩 믿고 바라고 갔다가 낙심하는 날이면 순옥인 또 죽네 사네 안할 테야? 무얼 문학을 배워서 문사나 되었거든 시나 소설이나 쓰고 있을 게지. 또 의학을 배우는 건 다 무어구 개업을 하는 건 다 무어야? 그게

다 여편네한테 쥐여 그러는 게 분명하단 말야. 그러니 애여 그 병원에 간호사루 갈 생각은 말어요. 우리 한강에나 가 바람이나 쐬고 들어와."

"언니 내 앞에서 왜 그런 말씀을 하슈? 제발 다른 말씀은 다 해도 안 선생 험담은 말어 주어요. 더구나 언니 입에서 그런 말이 나오는 것이 들리면 내 가슴에 칼을 박는 것 같어. 언니 말대루 내가 간호사로 들어갔다가 실망을 하게 되는지도 모르지. 그렇지만 그때에는 나는 죽어 버릴 테야. 안 선생두 믿을 수가 없구, 내가 살아서 무엇해. 언니 가기 싫거든 먼저 집으로 가요. 나 혼자 갈 테야."

순옥은 뒤도 아니 돌아보고 뻘뻘 걸어간다.

인원은 순옥의 순진한 열정에 다시금 놀라지 아니할 수 없었다. 자기도 어떤 사람에 대하여 그러한 사랑을 느껴 보았으면 할 때에 마음이 적막함을 깨달았다.

순옥이 한 삼사십 보나 앞서서 걸어갈 때에 인원은 말없이 그 뒤를 따랐다.

인원이 순옥을 따라잡았을 때에도 순옥은 아직 새뜩한 것이 풀리지를 아니하여서 인원이 곁에 온 줄을 알연서도, 그것이 반갑고 고맙다고는 생각하면서도 짐짓 모르는 체하고, 동십자각 쪽을 향하여서 새침하고 걸었다.

순옥은 인원이 어떻게나 깊이 저를 사랑해 주는지를 잘 안다. 칠 년 동안 도무지 변함없는 애인과 같은 동무다. 이따금 말다툼을 하는 일이 없는 것도 아니었다. 인원은 이따금 사정없이 남의 아픈 자리를 긁어 주는 버릇이 있었다. 순옥이 소중히 여기는 것을 '그까짓 것' 하고 조롱하는 버릇도 있었다. 순옥이 바라는 것보다는 너무 쌀쌀한 점도 있었다. 또 인원의 그 날카로울 만큼 밝은 눈과 냉정한 이지가 순옥의 어수선하고 몽상적인 속을 너무도 빤히 들여다보는 것이 면구스러운 수도 있었다. 그러나 여학교 적부터 사귀어 온 여러 동무들 중에 끝까지 순옥을 사랑해 주고 아껴 주고 진심으로 위해 주는 이는 인원뿐인 줄을 순옥은 잘 안다.

성격으로 보면 순옥은 몽상적이요, 순정적이요, 문학을 좋아하고, 종교적 동경이 강한 데 반하여, 인원은 이지적이요, 쌀쌀하고, 글을 곧잘 쓰면서도 문학은 좋아하지는 아니하고, 피아노도 잘 친다는 칭찬을 들으면서도 음악도 사랑하지는 아니하고, 예배당에도 다니고 성경도 보고 아침저녁에 기도도 올리면서도 별로 종교적 열정이 있는 것 같지도 아니한, 이를테면 퍽 냉정하고 실제적인 사람이다. 그러나 이렇게 두 사람의 성품이 같지 아니하면서도 두 사람은 뜻이 서로 맞았다. 서로 떠나면 그립고 같이 있으면 즐거웠다. 서로 놀려먹고 말다툼을 하는 것조차 두 사람에게는 기쁨이 되었다. 이러한 성격 차이가 순옥으로 하여금 인원을 형처럼 의지하게 하고, 인원으로 하여금 순옥을, 비록 마음 아니 놓이는 어린 동생 같으면서도 무슨 큰 장래를 가진 천재를 우러러보는 듯한 귀여움과 존경을 아울러 가지게 하는 것이었다.

순옥이 안빈에게 심취하는 것도 인원에게는 잘 알 수는 없는 일이었다. 인원도 안빈의 시와 소설을 보기는 보았다. 거기서 다른 작가의 것에서 볼 수 없는 높고 깨끗한 감격을 받기도 받았다. 그러나 인원에게는 그뿐이었다. 그렇지만 순옥은 안빈 없이는 살 수 없는 것 같았다.

순옥의 이러한 열정적인 성격을 인원은 대개는 몽상적이라고 가엾이도 여기지마는 때때로 부러워도 하였던 것이다.

"순옥이 노았어?"

인원은 가만가만 뒤로 걸어가서 순옥의 우산 시울을 잡아당기었다. 순옥은 어린 계집애들이 하는 모양으로 고개를 까딱까딱해 보이며 상그레 웃었다.

"순옥이 내가 잘못했어. 소중하디 소중한 안 선생 험구를 해서. 부러 그랬으니 용서해요. 순옥에게 소중한 어른이면 내게두 소중한 어른 아냐. 그렇지?"

순옥은 만족한 듯이 또 고개를 까딱까딱한다.

안빈의 집은 찾기가 쉬웠다. 더구나 아까 병원에서 보던 소년이 세발자전거를 타고 방울을 울리고 오는 것을 만나서 얼른 알아내었다.

"안 선생님이 아버지시지?"

하는 순옥의 말에 소년은 자전거를 젓기를 쉬고 두 사람을 치어다보면서 고개를 까딱까딱하였다. 소년도 아까 보던 사람인 것을 알아내고 안심하는 웃음을 보인다.

"집이 어디야?"

"저어기."

소년은 조그마한 손가락과 턱으로 가리켰으나 어디를 가리키는지 알 수 없었다.

"어머니 계셔?"

소년은 고개를 흔들었다.

"어머니 안 계셔? 어디 가셨어?"

소년은 대답 없이 자전거를 돌려놓고 발을 저어서, 오던 것과는 반대 방향으로, 아마 자기 집 쪽으로 달려가더니 한 모퉁이를 돌 때쯤 해서 뒤를 돌아본다. 두 사람이 오지 않는 것을 보고 소년은,

"와!"

하고 손을 흔든다.

순옥과 인원은 안빈 부인이 있고 없는 것은 잊어버리고 그 소년이 하는 양이 귀여워서 무심코 소년의 뒤를 따랐다. 소년은 두 사람이 오는 것을 보고는 만족한 듯이 또 자전거를 저었다.

"여기야, 이게 우리 집이야요."

하고 소년은 어떤 오랜 집 대문 앞에서 자전거를 내리더니 자전거를 대문 문지방으로 끌어 넘기며,

"들어와요!"

하고 두 사람을 재촉한다. 순옥은 소년의 손에서 자전거를 빼앗아서 문지방을 넘겨 주고,

"어머니 멀리 가셨어?"

하고 소년의 머리를 쓸어 준다.

"순이 엄마!"

하고 부르는 소리에, 식모인 듯한 여인이 나오고, 그 뒤로 네댓 살 된 계집애가 따라 나온다.

식모는 순옥과 인원을 힐끗 보더니,

"어디서 오셨어유? 병원에서 오셨어유?"

"네, 병원으로 댕겨와요."

"들어와서 기다리시라구요. 병원에시 진화가 왔다구, 손님이 오시거든 들어와 기다리시게 하라구, 그러시구 아씨가 잠깐 다녀 들어 오신다구 어디 나가셨어유. 이리 들어오세유."

두 사람은 소년의 행동을 인제 알아차리고 한 번 더 소년을 바라보고 웃었다.

"아니, 어쩌면."

하고 순옥은 소년을 껴안고 뺨을 비볐다.

"글쎄나 말야. 아주 어른 같애."

인원도 소년의 두 손을 잡아 흔들었다. 소년은 대단히 만족한 모양이었다.

순옥과 인원은 대청에 올라갔다. 삼간 대청에 북창이 열리고 뒤에 송림도 보여서 서늘할 성싶으나 워낙 짓무르는 날이라 바람 한 점 들어오지 아니하였다.

순옥은 손길을 펴서 부채질을 하면서 문들이 활짝 열린 안방과 건넌방을 들여다보았다. 보통 살림집이요, 특별한 것은 없었다. 건넌방으로 들어가는 지게문 위에, '安賓樂道齋(안빈낙도재)'라는 액이 붙은 것이 눈에 띄었다. '낙도'란 안빈의 호인가 하고 웃었다. 안방 서창 앞에는 발기계 재봉틀이 놓였다.

"저 재봉틀이로군, 언니."

순옥은 감격한 듯이 소리를 질렀다. 인원도 그것을 보았다. 금으로 쓴 글자와 금으로 그린 무늬들이 군데군데 떨어진 낡은 재봉틀이었다.

"으응."

인원도 안빈의 글에서 본 것을 생각하였다.

안빈이 삼 년이나 병을 앓는 동안, 또 안빈이 칠 년이나 의학 공부를 하는 동안, 그 부인 천옥남이 학교 교원 생활과 이 재봉틀로 살림을 하여 갔다는 것이다. 달달달달 울리는 재봉틀 소리가 남편의 앓는 신경을 자극할 것이 두려워서 동네 아는 집에 재봉틀을 갖다가 놓고 밤이면 삯일을 하였다는 것이다.

"지금도 바느질을 하시나?"

하고 순옥이 혼잣말 모양으로 중얼거리는 것을 순이 엄마라는 식모가 곁에서 듣고,

"그럼은요. 아씨께서야 잠시나 쉬시나유. 몸이 노상 편치 못하시지만 그래두 병원 간호사들 옷이랑 애기들 옷이랑 선생님 와이셔츠랑, 늘 일을 하신답니다. 그리구는 저 토끼 먹이시구."

하고 대단히 감탄하는 어조였다.

"토끼라니?"

하고 이번에는 인원이 순이 엄마를 보고 묻는다.

"우리 토끼 많아. 이리 와, 저어기."

토끼라는 말에, 마룻바닥에 엎드려서 그림책을 보고 있던 소년이 벌떡 일어나, 뒤 툇마루에 쏙 나서며 손을 들어 가리킨다.

순옥도 인원도 소년을 따라서 뒤 툇마루에 나서서 바라보았다. 늙은 소나무 밑에 철망을 두르고 그 속에 토끼장을 지어 놓

앉는데, 하얗고 발그스레한 토끼들이 귀를 쫑긋쫑긋하고 입을 오물오물하면서 가댁질을 하고 있었다.

"물지 않어. 한 마리 잡아 와?"

소년이 자랑스럽게 두 사람을 보았다.

"아서. 잡아 오지 말어. 잡아 옴 울지 않어?"

"아냐. 무 잎사귀 주믄 좋아해. 윤이 토끼를 때려 주니까, 응응, 윤이를 보면, 응응, 토끼가 달아나, 하하하."

소년은 곁에 선 계집애 동생 윤이의 귀를 잡아당긴다.

"아가, 네 이름은 무엇이야?"

하는 순옥의 말에 소년은,

"내 이름은 협이야. 젖을 협 자. 아주머니 젖을 협 자 알어? 내 써 줄게."

하고 방에 들어가서 연필과 종이를 가지고 나오더니 마룻바닥에 엎드려서 '浹(협)' 자를 써다가 보인다.

"잘두 썼네. 동생 이름은?"

"윤이. 하하 윤이 무엇이야. 윤이. 젖을 윤 자, 윤이."

"순이 엄마, 오빠가 또 흉보아."

윤이 순이 엄마 치마에 매달리며 협이를 흘겨본다.

"동생 그렇게 놀려 먹는 거 아니야."

인원이 협이를 보고 눈을 흘긴다. 협이가 잠깐 머쓱한다. 아버지도 동생을 놀려 먹어서는 못쏜다는 말을 여러 번 했기 때문이다.

협은 얼른 머쓱했던 표정을 풀더니, 인원의 눈을 피하여 순옥의 곁으로 가서,

"저 토끼 무어하는 건지 알어?"

하고 묻는다.

"참, 거 무어하는 게야? 나 몰라."

이것은 협의 머리를 만지는 순옥의 말.

"협이 잡아먹는 게지, 그렇지?"

이것은 웃는 인원의 말.

"아니야. 내가 솔개민가, 토끼를 잡아먹게."

하며 협은 인원을 한 번 흘겨보고 순옥에게 착 달라붙으며,

"아버지 연구하는 거야. 이렇게 주사두 놓구. 응응, 이렇게 피두 빼구 연구하는 거야."

하고는 또 한 번 인원을 힐끗 본다. 인원은 협이 자기에게 호의를 아니 가지는 것을 보고 웃는다.

"오, 연구. 아버지 연구하시는 거야?"

하는 순옥의 대답에, 협은 만족한 듯이 고개를 까딱까딱하며,

"병원에, 응응, 아버지 병원에 연구실이 있어. 거기는 아무두 못 들어가. 정말야. 아버지밖에 아무두 못 들어가. 거기 별거 다

있어요. 현미경두 있구. 피두 있구. 들어감 야단 만나."

하고 고개를 쌀래쌀래 흔든다.

"그래, 협이두 한 번 야단 만났어?"

하는 인원이 말에 협은 씩 웃고 말이 없다.

"협이 한 번 크게 아버지한테 걱정을 듣고 종아리를 맞았군. 그리구 엉엉 울었군."

이것은 인원의 말이다.

"아냐, 아버지 안 때려. 엄마가 때려."

"언제 어머니가 때리셨어? 거짓말."

이것은 순이 엄마의 항의다.

"아냐, 정말야. 엄마가 이렇게 볼기짝을 안 때렸어? 내가 응응, 거짓말했어?"

이때에 안빈의 부인 천옥남이 돌아온다.

옥남이 옥색 모시 치마 적삼을 입은 것을 보고 인원은 순옥의 옥색 옷을 아니 돌아볼 수가 없었다. 같은 안빈을 사모하는 두 여성의 같은 차림차림!

옥남은 심히 수척하였다. 그 얼굴에는 수녀에게서 보는 듯한 싸늘한, 성스럽다고 할 만한 기운조차 돌았다. 키가 좀 후리후리한 편이기 때문에 더욱 몸이 가늘어 보였다.

옥남은 대청에 올라서는 길로, 일어나 인사하는 두 여자를 번

갈아 보면서,

"오셨어요? 기다리시게 해서 미안합니다."

하는 목소리는 대단히 맑았다. 그러나 몸이 약한 탓인가 좀 힘이 없었다.

"석윤옥 씨?"

하고 옥남은 두 여자의 얼굴을 본다.

"제가 석순옥이야요."

순옥이 낯을 붉히며 고개를 숙인다.

"오 참, 석순옥 씨. 이름자를 잘못 기억해서. 용서하세요."

하고 옥남은 한 번 더 순옥을 훑어본다.

"전 박인원이야요. 순옥이하구 동창 동뭅니다."

"네, 박인원 씨. 앉으세요. 우리 집이 이렇답니다. 앉으세요. 병원에서 전화가 왔는데, 어머니가 - 친정어머니가 의전 병원에 입원을 하여 계셔요. 오라고 부르셔서 - 실례했습니다."

세 사람은 앉았다. 순옥이도 인원이도 옥남이 권하는 부채로 바람을 내기 시작한다.

"순이 어멈, 가게에 나가서 참외 댓 개 들여보내라구. 노랑참외 잘 익은 걸루."

"어머니 나두. 나두 가게에 가."

"엄마 나두."

하고 협이와 윤이 두 아이도 어멈을 따라 나간다.

순옥은 옥남의 입에서 무슨 말이 나오려나, 그것이 마음이 조였다. 자기가 옥남의 남편 되는 안빈을 사모한다기로 그것이 옥남에게 대하여 무슨 죄가 될 것은 없다고 생각하면서도 무엇인지 모르게 마음에 굴하는 바가 있는 것이 괴로웠다.

더구나 옥남의 대단히 예민한 눈이 자기를 바라볼 때면 어떤 압박을 아니 느낄 수가 없었다. 옥남은 순옥보다 나이도 십여 년 훨씬 위겠지마는 나이만 아니라 모든 것에 자기보다는 수가 높아서 도저히 자기 적수가 아니 되는 것 같았다. 그것이 약간 섭섭하게도 느껴졌다.

안빈의 높고 깊은 심경을 알아줄 힘을 가진 이는 오직 순옥 자기뿐이기를 바라는데, 오늘 만나 본 인상으로 보면 옥남은 자기보다 한층 더 안빈을 알아볼 사람인 듯하기 때문이었다. 그처럼 옥남은 순옥의 눈에는, 예사 아내, 예사 여성으로 보이지 아니하는 것이었다.

순옥도 인원도 아무 말 없이 앉았는 것을 보고 옥남이는 이 침묵을 깨뜨릴 사람이 자기인 것을 느꼈다. 안빈의 전화는 이러하였다.

"석순옥이라는 여자가 간호사 지원을 하오. 나 보기에는 그가 간호사에는 합당치 아니한 인물인 듯한데, 모처럼 찾아왔으니 사정이나 들어주고 섭섭하지 않도록 잘 말해서 보내시오. 필시 무엇을 잘못 생각하고 간호사 지원을 하는 성싶으니 간호사란 어떠한 직업인 것을 잘 설명하여서 될 수 있거든 바른길로 인도해 주시오."
하는 것이었다.

순옥을 척 대할 때에 옥남도 그가 간호사에 합당한 여자인 것 같이는 생각하지 아니하였다. 혹시 실연 같은 일이 있어서 홧김에 간호사가 되려는 것이나 아닌가. 이렇게 생각하였다. 옥남이 보기에 순옥은 심상한 여자 같지는 아니하였던 까닭이다.

옥남은 마침내 입을 열었다.

"그런데 석순옥 씨, 간호사 지원을 하신다구요?"

"네."

순옥이 이렇게 대답할 때에 인원은 염려스러운 듯이 순옥을 바라본다. 순옥이 또 땀을 흘리기 시작하는구나 하였다.

"왜 간호사가 되시려고 하세요? 저렇게 예쁘게 생기신 이가? 지금 나이는 몇이신데?"

"스물세 살이야요."

"그동안은 어느 병원에 계셨던가요?'

"아니요."

순옥은 무엇이라고 대답할 바를 몰랐다.

인원은 자기가 대신 나설 자리라고 생각하였다. 또 설사 순옥이 자기의 과거를 바로 말하지 아니할 작정이었다고 하더라도 옥남이라는 도저히 범상치 아니한 사람이 묻기를 시작한다면 필시는 다 실토를 안 하고는 못 배기리라고 인원은 생각하였다. 그래서 인원이 대신 대답을 하였다.

"순옥이는 저와 ○○전문학교 동창이야요. 학교를 졸업하구는 평양○○여자고보 영어 교사로 가서 지난 삼월 학기까지 일을 보았습니다. 그리구는 의학을 배우고 싶으나 이제 또 동경이라두 가서 학교에 다닐 수도 없구, 순옥이 평생 소원이 앓는 사람 도와주는 일이야요. 그래서 우선 간호사가 되어서 병원 일을 보면서 의학 공부라두 한다구, 그래서 이번 간호사 시험을 치렀어요. 순옥이 오빠도 의산데 북간도 교회 병원에 있어요. 그렇지만 북간도 가 있어 가지구는 공부두 되지 않겠구요. 서울에 있기는 있어야겠는데, 그러니 어디 아무런 데나 가 있을 수가 있습니까. 그래서 안 선생님 병원에만 있게 된다면 안심하고 있을 수도 있구요. 또 순옥이 오빠도 안 선생님 병원에만 있는다면 마음을 놓으시겠구요. 그래서 이렇게 온 것입니다. 그런데 순옥이 통 수줍어서 말씀을 다 여쭙지를 못하는구먼요."

"네에. 내 그저 얼른 뵈어도 간호사 될 이가 아닌 것 같은데. 네에, 그렇기루 고등여학교 선생을 고만두시구 간호사를."

옥남은 매우 놀라는 양을 보인다.

"학교에서두 다시 와 달라구 지금까지두 그런답니다. 학교에서는 몸이 약하다구 핑계를 하구 사직을 했거든요. 그래서 저두 많이 권했어요. 학교루 도루 가라고. 그래두 막무가내야요. 순옥이 워낙 뜻이 굳어서요. 한 번 마음에 작정하면 도무지 변하지를 아니한답니다."

이것은 인원의 말이다.

"그저, 아직 나이가 어려서 그런지는 몰라두 교사 노릇 하기가 싫어서요."

순옥이 비로소 한마디 한다.

"응, 그러세요. 그럼 내일 아침 병원으로 가시지요. 그렇지 않아도 안 선생이 간호사를 한 분 구하던 길야요. 본래 두 사람이 있다가 하나가 시집을 가서. 그럼 내일 병원으로 가세요. 원체 나한테 안 오셔도 좋은걸, 안 선생이 성미가 이상하셔서요."
하고 옥남은 빙그레 웃으며,

"여자 직원을 채용하는 데는 날더러 보라나요. 그럴 필요 없다구, 남들이 웃는다구, 암만 그러니 안 선생이란 이가 들어요. 두 분도 내가 퍽 강짜나 하는 여편네로 알지 마세요."
하고 또 웃는다.

순옥과 인원도 입을 가리고 웃었다. 옥남은 잠깐 얼굴빛이 흐

려지며,

"우리 큰애가 살았으면 벌써 스무 살이나 될 텐데. 나 같은 노파 다 된 사람이 강짜가 무슨 강짜요?"

하고는 일부러 하는 듯이 소리를 내어 웃는다.

참외가 왔다. 옥남이 진정으로 다정하게 하여 주는 대접에 순옥도 유쾌하였다.

그날 저녁이다. 안빈이 집으로 돌아와서 저녁상을 받은 때에 옥남은 순옥의 말을 꺼내었다.

"석순옥이 왔어요, 박인원이라는 동무 하나하구."

"응, 그래서?"

"석순옥이는 전부터 아셔요?"

"아니."

"그런데 아마 당신 글을 보고 당신을 따라오나 봅디다."

"왜?"

"암만해두 그런 것 같애."

"왜? 무슨 말을 해?"

"아니. 말이야 하겠어요만, 내 생각에 그렇단 말야요. 그렇지 않구야 왜 전문학교까지 졸업하구, 고등여학교 선생까지 다니던 사람이 간호사가 되려 드우? 게다가 제 오빠가 의사가 되어서 북간도 병원에 있다구 하는데."

"고등여학교 교사?"

"응, 평양서 ○○여학교 영어 교사 노릇을 이태나 했다는걸."

"아니 나이가 몇 살인데?"

"스물셋이래. 제 말은 의학을 배우구 싶어서, 학교에는 갈 수 없구, 그래서 간호사가 되련다구 그럽디다마는 암만해두 그것은 핑곈 것 같애. 사람은 무척 상냥하구 재주두 있나 봅디다."

"그래 무에라구 했소?"

"그래 내일 아침에 병원으루 오라구 했지. 작히나 좋수? 당신 연구 조수도 시킬 수 있구, 비서도 될 수 있구. 내가 내일 아침에 병원으루 오라구 했으니 두셔요. 그 사람이 내 마음에 들어."

안빈은 말없이 고개를 흔든다.

"왜 그러시우?"

옥남은 짜증내는 양을 보인다.

"아냐, 간호사로는 너무 아름답다고만 생각했는데 인제 당신 말을 듣구 보니 또 너무 인텔리요."

"왜, 석순옥이 곁에 있으면 당신 마음이 움직일 것 같으슈?"

옥남은 남편을 바라보고 웃는다.

"마음이 흔들리면 이떡하오?"

안빈도 웃는다.

"어디 한 번 시험을 해 보시구려. 열렬한 연애가 되면 어떠우?

난 당신이 한 번 열렬한 연애를 하는 것을 보구 싶어. 당신이야 일생에 연애다운 연애를 해 보셨수? 내가 혼자 날쳤지. 당신이 눈두 끔적 아니하시는 걸. 당신두 나이 사십이 넘었으니 인생두 오정을 지나시지 아니하셨수? 이제 마지막 기휠는지 모르지."

"쩟쩟. 쓸데없는 소리 그만하오."

안빈은 숭늉을 마시고 밥숟갈을 놓는다.

옥남은 남편에게 한 말이 정당치 못함을 곧 뉘우쳤다. 비록 그것이 가벼운 농담이라 하더라도 그 말 속에는 보기 흉한 질투의 그림자가 있었음을 부인할 수가 없었다. 그 말을 하여 가는 동안에 일종의 흥분이 생김을 억제할 수 없었다.

"그건 부러 한 말씀야요. 석순옥일 병원에 두세요. 지금 있는 어 간호사가 너무 무뚝뚝해서, 사내 녀석 같아서 도무지 여자다운 부드러운 맛이 없어. 그래도 얌전한 간호사가 하나 있어야 환자들에게도 위안이 되겠지. 병원두 빛이 나구요. 그러니 부디 석순옥을 두세요. 또 제가 의학이 소원이라니 공부를 시켜서 의사가 되게 해 주면 작히나 좋아요."

하고 잠깐 말을 끊었다가 가벼운 한숨을 지으면서,

"또 당신두 하루 종일 병원에서 병자들에게 시달리구 연구하시느라구 애쓰시구. 술을 자시나 담배를 자시나. 인생의 낙이라고는 하나두 없으신데. 곁에서 아름다운 젊은 여성이 부드러운 손으로 수종을 들어 드리면 그래도 다소간 마음의 위안이 아니 되겠어요? 나는 석순옥이 아니라 그보다 백 갑절 더한 여자가 당신 곁에 있더라두 터럭 끝만치라도 남편으로서의 당신의 마음을 의심하지는 않아요."

"아니, 당신 마음속에 그런 생각이 드는 것부텀이 벌써 석순옥을 병원에 두는 것이 옳지 않다는 뜻이라구 생각하오. 내가 왜 적극적으로 내 아내를 기쁘게는 못 해 주어도 아내를 괴롭게 할 근심이 있는 일을 하겠소? 그러니까 나는 석순옥을 병원에 아니 두기로 작정을 하였소. 또 원체 간호사로 합당한 사람두 같지 않구."

석순옥 문제는 잘 때까지도 계속이 되고, 또 이튿날 아침 안빈이 병원으로 떠날 때까지도 계속이 되었다. 그러다 마침내 옥남이.

"내 말씀대로 해 주세요. 내가 석순옥한테 허락한다고 약속을 한 걸 인제 뒤집으면 우습지 않소? 또 정말이야. 석순옥을 병원에 두는 것을 기회로 당신도 더 수양하고 나도 더 수양하면 안 좋아? 그러니 하느님께서 보내시는 사람으루 아시구요 두어 주세요. 그래야 또 내 낯이 나겠어 협이 윤이두 이상하게 그 사람을 따르는구려. 참 그두 이상한 일이야. 석순옥이 간다니깐 협이는 가지 말라고 그러구, 또 윤이 울구 매달린단 말이야. 내 참 알 수 없는 일이야. 다 무슨 인연인가 봐. 우리 애들이 남을 그렇게 따라요? 아이들이 사람을 알아본다는데 석순옥이 마음이 착하길래 애들이 따르오. 꼭 내 말대로 허세요."

하는 말로 결론이 되고 말았다.

의외에도 옥남의 허락을 받고 안빈의 집에서 나온 순옥은 꿈같은 기쁨에 마음을 진정할 수가 없었다.

"언니가 말을 잘했어. 난 도무지 말이 안 나오는구먼."

"글쎄, 낯은 왜 붉어지고 땀은 왜 흘려? 사람이 그렇게 헤식어서 무엇에다 써? 그러니까 안 선생 부인이 이상하게 생각할 것이 아니야? 그의 눈을 봐요, 아주 사람의 속을 꿰뚫어 보겠던데. 순옥이 두 번만 더 그이하고 이야기를 하면 속을 말짱 다 빼놓고 말 거야. 무척 예민한 사람이야."

"참 그래. 말이랑 모두 사정이 있으면서도 퍽으나 날카로운 것 같어. 그러니까 그 애들 봐요. 애들이 눈치가 빤하지 않어?"

"순옥이."

"으응."

"그이가 강짜라고 그랬지?"

"그래."

"그게 조심할 게야. 알았어. 순옥이?"

순옥은 웃으면서 고개를 까딱까딱한다.

만일 아내가 남편의 모든 것을 다 가지는 것이라고 하면 순옥이 안빈에게서 얻으려는 것이 옥남에게서 빼앗는 것이 아니 될 수 없다고 생각할 때에 순옥은 마음이 괴로웠다. 그러나 다음 순간에 순옥은 이렇게 생각하였다.

'나는 안 선생의 곁에 있어서 내 힘껏 그이를 도와드리는 것밖에 아무것도 안 선생에게서 구하는 것이 없다. 그의 몸을 내가 구하지 아니함은 물론이거니와, 그의 마음도 나는 구하지 아니한다. 나는 다만 내 정성과 사랑을 그에게 바칠 뿐이지. 터럭 끝만치도 그에게서 바라는 것이 없다.'

이렇게 생각하다가 순옥은 담대한 어조로,

"언니, 난 도무지 그런 일이 있을 것 같지는 않어."

하고 인원을 바라보았다.

"그런 일이라니?"

"아아니, 지금 언니가 말한 강짜니 무어니 하는 그것 말야."

"강짜야 순옥이 하나? 안 선생 부인이 할 일이지."

"아니, 안 선생 부인이 결코 그런 생각은 안 내리란 말이야."

"어떻게 알어? 순옥이 안 선생 가슴속에 파고 들어가는 줄만 알면 저절로 안 선샌 부인의 강짜가 니을 깃 아니야?"

"내가 파고 들어가지를 않거든. 안 선생 가슴에 파고 들어가지를 않거든."

"그렇게 마음대로 될까? 그리운 사람 곁에 밤낮 같이 있으면서 그 가슴속에 아니 파구 들어가구 배길까?"

"언닌 아직도 날 몰라."

"무얼 모른단 말야?"

"나를 어떤 사람으로 알구 그러우? 내가 안 선생 곁에 십 년 있기루 안 선생께 대한 사모하는 마음을 입에 뻥끗할 줄 알구?"

"그럴라면 무엇하러 애써서 그 곁에 가 있는 거야?"

"그러니깐 언니는 내 속을 몰라본단 말이야. 난 일생 그 어른 곁에만 있으면 고만이야. 내가 무슨 마음으로 그 어른 곁에 있는지 그 어른은 몰라주셔도 좋아."

"에구머니, 그러고 어떻게 살아?"

"난 그래두 좋아. 그래두 좋은 게 아니라 그것이 좋아."

"할 수 없어서 하는 소리 아닐까? 안 선생은 이미 아내 있는 남자이니깐 순옥이 아무리 사랑해도 혼인할 수는 없으니깐, 그러니깐 할 수 없이 단념하는 게 아니야?"

인원의 말에 순옥은 약간 분개한 듯이 걸음을 뚝 멈추며,

"언니는 참 나를 몰라보아. 어쩌면 언니두 그렇게 나를 몰라주어. 내가 어디 혼인의 대상으루 안 선생을 사모하는 게요? 그이가 내 남편이 되구 내가 그 아내가 되구 싶어서, 그래서 내가 그이를 사모하는 게요? 아니야, 난 정말 아니야. 내가 안 선생을

사모하는 사랑은 연애라든지 혼인이라든지보다 훨씬 높은 사랑이라구 나는 믿어요. 도리어 내 사랑에 연애라든지 혼인이라든지 그런 생각이 티끌만치라도 섞이면 그것은 내 사랑의 타락이라고 믿어요."

"글쎄, 그런 사랑도 있을까? 난 모르겠어."

"언니, 두구두구 보아요. 내 사랑이 어떤 사랑인가."

인원은 순옥과 더 논쟁하기를 원치 아니하였다. 인원이 보기에 순옥의 사랑이라는 것은 극히 몽상적이었으나 그렇더라도 깨뜨려 주기에는 심히 아까운 높은 몽상이라고 생각하였다.

그날 밤 순옥은 자는 둥 마는 둥하였다. 잠이 들 만하면 깨고 들 만하면 깨었다. 내일부터는 그렇게 오래, 열서너 살 된 계집애 적부터 사모하던 이의 곁으로 가서 날마다 그이의 곁에 있느니라 하면 한없이 기쁘기도 하고 두렵기도 하였다.

순옥의 생각에는 안빈은 이 세상에서는 둘도 없는 높은 혼을 가진 사람인 것 같았다. 안빈의 글은 순옥에게는 모두 하늘에서 오는 소리와 같았다.

그는 안빈의 책들을 성경과 똑같이 소중하게 대접하였다. 기숙사 시대에는 아이들에게 놀림을 받으면서도 변함이 없었다. 그리고 신문이나 잡지에 난 안빈의 사진을 오려서는 다른 아이들 못 보는 곳에 붙여 놓고 몰래 바라보고는 좀 더 분명한 사진

이 있었으면 하고 애를 태웠다.

그런데 내일부터는 바로 그이의 몸 곁에 있게 되는 것이다. 잠깐잠깐만도 아니요, 하루 종일 – 온종일!

순옥의 머리에는 여러 가지 공상이 일어났다. 젊은 여자다운 여러 가지 공상이다. 그러나 그 여러 가지 공상 중에서 거룩하지 못하다고 생각되는 것은 다 눌러 버렸다. 그것은 감각적인 모든 공상들이다.

'언니, 두고 보아요. 내 사랑이 어떤 사랑인가.'
하고 인원에게 장담한 것을 생각하면 마음이 흡족하였다.

식전에 일어나는 길로 순옥은 자리 위에 꿇어앉아서 시편 23편을 펴 놓았다. 이것은 학교에서 암송하던 것이다.

'여호와 내 목자시니
내게 부족함이 없으리로다.
나를 푸른 풀밭에 누이시고
잔잔한 물가에 이끄시도다.
나의 영혼을 도로 찾으시고
그 이름을 위하여 옳은 길로 인도하시도다.
또 내 비록 죽음의 음침한 골짜기로 다닐지라도
해 받기를 두려워 아니하노니

대개 주께서 나와 함께 계심이로다…….
진실로 선하심과 인자하심이 나의 사는 날까지 따르리니
내가 여호와의 전에 영원토록 거하리로다.'

"시편 23편야?"
자던 인원이 순옥이 부시럭거리는 바람에 깨었다.
'저것이 오늘 아침에는 무엇을 하누?'
하고 자는 체하고 엿보고 있던 것이다.
"으응."
"순옥이 여호와는 안 선생이지?"
순옥은 대답이 없다.
"오늘 여호와의 전에 영원히 거하러 가는 거구."
인원은 깔깔 웃었다. 순옥은 대답은 아니하나 인원의 말이 옳다고 하였다.
"어젯밤에 가만히 생각해 보니깐 순옥이 생각두 알아지는 것 같애. 중들이 나무나 쇠루다 부처 모양을 만들어 놓구 그 곁에서 일생을 살면서 아침저녁에 그 앞에서 수없이 절을 하구 하소연을 하는 뜻두 알아지는 것 같구. 정말야. 나두 안 선생 같은 이가 한 분 있구두 싶어. 순옥이, 내가 안 선생을 사모하면 순옥이는 어떡할 테야? 불쾌하지 아니할 테야? 강짜 아니할 테야?"

인원은 벌떡 일어나 앉으며 또 깔깔 웃는다.

순옥은 반정신으로는 그저 시편을 보고 반정신으로는 인원의 말을 듣고 있다가,

"언니두 인제 안 선생을 바루 아는 날이면 나와 같이 그 어른을 안 사모하고는 못 배길걸."

하고 성경을 덮어 놓는다.

"그래두 강짜 안 할 테야?"

"숭해라. 강짜란 게 그런 데 쓰는 말야?"

"그런데 말야, 순옥이. 순옥이 지금 시편 23편 보았지?"

"응."

"23편은 우리가 육체를 떠나서 영혼으로 여호와라는 육체 없는 이를 사모하는 거 아니야?"

"그래."

"근데 말야, 육체를 가진 사람이 같이 육체를 가진 다른 사람을 사랑하는데 말야, 그렇게 완전히 육체를 떠나서 혼만을 사랑할 수가 있느냐 말이거든. 중들 모양으로 돌루 깎은 부처라면 몰라두, 우리와 같이 육체를 가진 사람, 더구나 이성. 그중에두 젊은 이성이 되구 보면 말야. 그 육체가 늘 먼저 눈에 뜨이지 않느냐 말야?"

"난 안 그럴 것 같애!"

순옥은 단언한다.

"난 암만해두 육체가 눈에 걸릴 것 같단 말야. 그래서 ― 내가 속되구 잡년이 되어서 그런지는 모르지만두, 되려 아가 3장에 마음이 끌린단 말야."

하고 인원은 부끄러운 듯이 씩 웃는다.

"아가 3장?"

순옥은 인원이 웃는 영문을 모른다.

"으응, 아가 3장을 읽어 보아요. 인내, 내 찾아 줄게. 가만있어, 내 읽어 줄게 들어."

인원은 성경을 펴들고 읽는다.

"내가 밤에 침상에 있어서 내 마음에 사랑하는 자를 찾더니 찾아도 얻지 못한지라. 이에 일어나서 성읍으로 돌아다니며 내 마음에 사랑하는 자를 거리에서나 큰길에서 찾으리라 하고 이에 저를 찾으나 만나지 못한지라. 성읍에서 행순하는 자들이 나를 만나니 내가 묻기를, 내 마음에 사랑하는 자를 너희가 보았느냐 하고 저희를 떠나 조금 지나가다가 내 마음에 사랑하는 자를 만나매 저를 붙잡고 놓지 아니하며 데리고 내 어미의 집에 들어가니 곧 나를 잉태한 자의 방이로다."

다 읽고 나서 인원은 책을 덮어 놓으며,

"어때? 이게 인생의 사랑이라는 게 아닐까 말야."

하고 웃는다.

"……."

"마음에 사랑하는 자를 만나매 붙잡고 놓지 아니하며 데리고 내 어미의 집에 들어가니 말야. 나를 잉태하던 자의 방에서 말야, 거기서 둘이서 시편 23편두 부르는 게 아닌가 말야? 순옥이 어때?"

"아무려나 언니는 용하게도 갖다가 붙이우."

"무얼? 무얼 용하게 갖다 붙여?"

"시편 23편하구 아가 3장하구 말야."

"그럼 그렇지 않어? 뭐야? 사랑하는 남녀가 내외가 되어서 재미있게 살면서 둘이서 시편 23편을 부르는 게지 무에야? 이 봐! 젊은 사람이 시편 23편만 어떻게 부르구 사느냐 말야."

"성읍으루 나가 돌아댕겨야지."

"그럼."

두 사람은 웃었다.

"사람은 육체로는 동물이니깐 동물적 사랑두 하구 영혼으루는 신이니깐 신적 생활, 즉 종교적 생활두 해야 한다구 안 선생도 안 그랬어?"

"그랬지. 그런데?"

"그런데 육체로는 동물이면서 동물을 버리구 신의 사랑만을 하려 드는 것이 아니냔 말야?

"왜, 난, 머, 사람의 사랑 – 동물적 사랑을 부인한다우? 그것두 하느님께서 주신 것임에야 틀림없지. 내가 만일 허영 같은 사람을 사랑할 수가 있다면 그것은 지금 언니가 말씀하는 사랑이겠지. 저의 어머니 집으루 끌구 들어가는 사랑 말야. 그렇지만 내가 안 선생께 대한 것은 아가의 사랑이 아니라 시편 23편의 사랑이란 말야."

"순옥인 아가의 사랑은 없어두 살겠어?"

순옥은 멀거니 한참이나 생각을 한다.

"그것두 가지구는 싶어. 하지만 둘 다 못 가진다면 하나는 버려야지."

"어느 걸?"

"아가를."

하고 잠깐 쉬었다가, 순옥은 인원을 바라보며,

"언니는? 언니는 시편을 버리지? 아가를 가지구?"

"망할 것!"

"그럼?"

"난 둘 다 버려!"

"둘 다?

"으응. 둘 다 있을 것 같지 아니하니깐."

두 사람은 말없이 시무룩해진다.

순옥은 아침을 먹고 안빈의 병원에 가느라고 나섰다.

박사 안빈

순옥이 안빈의 병원에서 간호사 생활을 한 것도 벌써 삼 년. 순옥의 나이도 이제는 스물여섯이 되던 해였다. 안빈이 연구하던 것이 완성되고 그 학위 논문이 ○○제국대학 의학부 교수회를 통과하여 안빈은 의학 박사 학위를 얻었다.

안빈의 학위는 다만 그 연구 결과의 중요성뿐만 아니라, 그 연구의 뒤에 숨은 미담으로 하여 신문의 이야깃거리가 되었다.

안빈의 연구 내용이 직접 이 이야기에 관계가 없는 일이니 그것을 자세히 설명할 필요는 없을 것이니, 안빈과 석순옥의 이야기를 아는 데 필요한 정도의 기록은 해야 할 것이다.

안빈이 이 연구를 시작한 것은 폐병 환자의 치료를 목적으로 한 것이었다. 폐병 치료에 안정 요법이 가장 중요한 것임은 의사가 아니라도 다 아는 것이다. 그런데 이 안정이란 것이 말은 쉬워도 실행에 들어가서는 심히 어려운 것임을, 안빈은 자기의 병중에도 경험하였거니와 자기가 의사가 되어서 남을 치료할 때에 더욱 그러함을 깨달은 것이다.

그것은 무슨 말인고 하면, 우리가 안정을 필요로 할 때에 신체의 안정을 실행하기는 어린아이를 제하고는 비교적 용이하지마는, 이 신체의 안정이라는 것은 오직 근육의 소모를 절약함에 불과하는 것이요, 근육의 소모를 보충하기는 다량으로 섭취할 수 있는 함수 탄소나 지방으로 할 수 있는 것이어서 비교적 보충이 용이하지마는, 가장 어려운 문제는 이른바 정신의 안정이다. 비록 몸을 가만히 둔다 하더라도 정신의 활동이 쉬지 아니하면 신경 조직이 끊임없이 소모된다. 이 신경 세포라는 것이 우리 몸을 조성한 세포 중에 가장 귀족적이다. 이 신경 세포의 소모를 보충하는 것은 주로 단백질과 비타민인데, 이것만은 함수 탄소나 지방 모양으로 섭취할 수가 없으므로, 자연히 그 부족액을 다른 내장의 성분에서 빼앗아 올 수밖에 없는 것이다. 이리하여서 원체 소화 불량을 겸하는 성질인 폐병 환자는 그의 안정할 수 없는 정신 활동으로 하여서 갈수록 일반 장기, 따라서 일반 건강의 쇠약을 초래하게 되는 것이다.

이에 안빈은 (1)폐병 환자의 정신 작용이 항진되는 원인이 무엇인가? (2)정신 작용 중에 가장 신체의 조직, 따라서 일반 건강, 따라서 투병력(병과 싸워서 이기는 힘)을 소모하는 것이 무엇인가? (3)그러면 그 양분된 정신 작용을 억압할 방법은 무엇인가? 하는 문제를 제기하게 된 것이었다.

안빈은 이 문제가 해결되기 전에는 폐병의 완전한 치료는 바랄 수 없음을 깨달았다. 오늘날과 같이 영양, 안정, 일광 요법을 폐병의 유일한 요법으로 삼는 데는 틀림이 없으나 그 중심이 되는 안정 요법의 정체를 알아내기 전에는 폐병 요법은 어찌 보면 자연치료요, 또 어찌 보면 자가 치료여서 병자 자신의 힘에 맡겨 둘 수밖에 없는 것이다.

이에 안빈은 병리학, 내과학, 치료학, 생리학, 심리학 등 모든 영역의 문헌을 읽기 일 년에, '감정 내지 정서 활동과 그 생리학적 결과'라는 데 대해서 아직 과학적 탐구가 불충분함을 밝히 알고, 그 이듬해 의학회에 참석하였던 길에 모교인 ○○제국대학의 내과, 정신과, 병리학, 생리학, 네 교수를 찾아 이 연구 테마에 대한 의견을 말하고, 동시에 문과 시대에 심리학 교수이던 심야 박사를 찾아서 이 연구 제목에 관한 것을 말하였다. 다른 교수들은 안빈의 말을 공상적인 것같이 여겨서 탐탁하게 들어 주지 아니하였으나, 병리학 교수 아파 박사와 심리학 교수 심야 박사 두 분만은 대단히 좋은 테마라 하여 격려하는 말도 하고 또 아무 때나 필요 있는 때면 자기네 교실 연구 설비를 이용할 수 있다는 허락을 주었다. 내과 교수가 임상의의 빠지기 쉬운 영업 심리에서 이러한 연구를 등한히 생각하는 것은 용혹무괴지마는 생리학, 정신과 교수들이 심히 냉랭한 것은 안빈에게는 의외였다.

안빈의 연구가 심리학, 병리학에도 관계 아니됨이 아니나 주로 생리학적이라고 생각하매 생리학의 생전 교수가 냉담한 것이 좀 불만이었으나 연구 실적을 가지고 생전 교수를 움직이리라 하고 안빈은 이 연구를 시작하였다.

그래서 우선 집에 실험용 토끼를 기르고, 병원에서 고양이와 개를 먹이고, 밑층에 병실 하나를 떼어서 연구실을 만들었다.

현미경, 서적, 약품 등 연구실의 시설에 적지 아니 돈이 들었으나 안빈은 이것을 그의 경제적 후원자인 김부진에게 청할 수는 없었다. 이 병원을 짓기에도 기지 아울러 삼만 원 가까운 돈을 김부진에게 꾸었은즉, 이제 또 성공 여부도 알 수 없는 연구 자금을 청할 수는 없다. 그러면 개업한 수입이 많으냐 하면 그렇지도 못하였다. 안빈이 문사로서 얻었던 명성은 결코 의사로서의 수입을 돕는 것은 아니었고 도리어 해치는 것이었다. 문사 시대의 가난한 친구들은 물론이거니와, 그 친구들의 친구까지도 진찰 무료 약값 무료의 특전을 요구하였고, 심한 것은 입원 무료까지 청하는 자가 있었다. 그뿐 아니라 '돈 가지고 왔소?' 하고 미리 묻지 아니하고 우선 병 치료부터 해 놓고 본다는 안빈식 병원 경영법으로는 도저히 넉넉한 수입은 바랄 수가 없었다. 이러하기 때문에 연구실 설비 만여 원은 안빈에게 있어서는 지극히 큰 부담이었다. 안빈은 돈이 생기는 대로 한 가지 한 가지 사들였다.

이 일에 대해서 안빈은 그 아내 옥남에게 감사하지 아니할 수 없었다. 옥남은 안빈의 사업을 잘 알아주어서 지성으로 실험용 동물을 먹이고 또 생활비를 절약하였다. 그는 개업 이래로 새 옷 한 벌, 우산 한 개를 사지 아니하였고 의복은 전부 손수 재봉틀에 박았고, 구두도 신지 아니하였다. 남편의 연구가 끝나기까지 식모도 두지 아니한다고 뻗대었으나 몸이 약한데 그래서는 안 된다는 말에 뜻을 굽혔다.

안빈은 아내 옥남이 자기와 혼인한 이래로 근 이십 년간을 자기를 위하여서 헌신적으로 고생한 것이 일변 고맙기도 하고 일변 애처롭기도 하여서 개업만 하면 약한 아내를 좀 편히 쉬게 하고 안락한 생활을 시켜 보리라고도 생각하였으나 또다시 아내를 고생시키게 되는 것이 미안하고 슬펐다. 다만 아내가 남편의 일을 제 일로 알고 인류의 복리를 위해서 우리 몸을 바치는

맛을 아는 것으로 참을 수가 있었다.

안빈은 맨 처음으로 공포(무서워하는 것)의 감정을 실험하였다. 토끼와 고양이와 개를 결박하여 놓고 칼로 찌르려는 모양을 보이고 무서운 표정과 소리를 내게 하고, 이 모양으로 한 오분 동안 공포의 감정을 일으킨 뒤에 그 피를 뽑아 거기 전에 없던 물질의 유무를 검사하는 것인데 공포의 감정이 일어난 때와 지나간 뒤에 오는 혈압, 호흡 등의 변화는 물론이거니와 혈액의 적혈구와 백혈구의 변화도 정밀히 검사하였다.

이렇게 간단히 써 놓으면 쉬운 것 같지마는 안빈이 공포의 감정에 대한 동물 실험은 첫 결과를 얻은 것이 실로 실험을 시작한 지 일 년 반이나 되어서였다. 그동안의 수없는 실패, 수없는 고심은 이런 일을 해 본 사람이 아니고는 도저히 상상할 수도 없을 것이다. 특별히 될 듯 될 듯하다가는 틀어져서 지금까지 애쓴 것이 모두 다 수포에 돌아가고, 또 새로 재출발을 하지 아니하면 아니 됨을 발견할 때의 안빈의 고통은 결코 작은 것이 아니었다.

그러나 세 번이나 되풀이한 끝에 일 년 반 만에 안빈은 공포 후의 개 제2호(동물에는 모두 번호가 있었다.)의 혈액에서(이것은 나중에 붙인 이름이지마는), 안피노톡신 제1호(Anpinotoxin No.1)를 발견한 것이었다. 이것은 일종의 독소로서 운동 중추를 마비하여 사지가 힘이 없고 떨리기만 하고, 입도 잘 벌어지지 아니하고, 눈이 곧아 오고, 호흡이 얕아지고, 침이 마르고, 오줌똥이 절로 나오고, 신체에 이러한 변화를 일으키게 하는 것이다. 또 이 독소는 혈액에 있어서 백혈구를 중독시켜 그 기능이 심히 약해지고, 심한 경우에는 백혈구의 수가 준다는 사실도 발견되고, 그 화학적 구성식도 대개 판명되어서 탄소, 질소, 인 등의 결합물인 것까지 판명되었을 때의 그의 기쁨은 비길 곳이 없었다.

공포의 실험 결과를 정리해 놓고 안빈은 둘째로 분노의 실험을 착수하였다. 공포의 실험에서도 곤란을 받지 아니한 것이 아니지마는 분노의 실험에서 더 곤란한 것은, 토끼는 물론이거니와 개나 고양이도 좀처럼 성을 내어 주지 않는 것이었다. 무엇을 주었다가 빼앗거나 또는 못 견디게 굴거나 하면 처음에는 성내는 때도 있었지마는 차차 낯이 익어지면 도무지 성을 내지 아니하고 부러 장난하는 줄로 알거나 그렇지 아니하면 겁을 내었다. 그러므로 한 동물을 가지고 두 번 이상 실험하기가 어려워서 몇 번이고 새 동물을 갈아들이지 아니하면 아니 되었다

안빈은 닭을 이용해 보았다. 수탉 두 마리를 싸움을 붙여서 그 싸움이 극도에 달한 때를 이용하는 것인데 마침 적수를 만나서 볼 만한 싸움을 시키는 것도 용이한 일이 아니었다. 그러나 닭의 실험에서 분노의 감정은 조류에 있어서도 같은 반응을 일

으킨다는 사실을 발견할 수가 있었다.

또 안빈은 뱀을 사다가 분노의 실험을 하였는데 그 실험의 결과로 분노란 점에서도 뱀이 어떻게 독한 동물인 것을 실증할 수가 있었다.

석순옥이 간호사로 안빈 병원에 들어간 것은 바로 이러한 때였다.

순옥이 간호사로 들어온 지 얼마 아니하여서 어떤 날 병원 시간이 끝난 뒤에 안빈이 병원 뒤곁 개장 앞에 앉아서 개하고 싸우는 것 같은 소리를 듣고, 순옥은 창틈으로 한참이나 바라보다가 진찰실로 뛰어 들어와서 어 간호사더러,

"형님, 선생님이 저 개를 가지고 무얼하세요?"

하고 물었다. 순옥의 눈에는 안빈이 개를 향하여 하는 꼴이 심상치 아니하였던 것이다. 사람이 개하고 싸운다면 대단히 우스운 말이지마는, 안빈이 우리 속에 있는 개를 향하여 하는 태도는 사람이 개하고 싸운다고밖에 형용할 수 없었던 것이다.

어 간호사는 순옥이 놀라서 어리둥절하는 양을 보고 웃으면서,

"왜 오늘 첨 보아? 선생님이 날마다 개하고 싸움을 안 하시면 고양이하고 싸움을 하신다오. 개, 괭이만 아니어요. 토끼하고도 쌈하고 뱀하고도 쌈하고 쥐하구두 싸우고, 안 싸우는 것이 없으

시다우. 인제 두구 보아요. 순옥 씨하구두 싸우려 드실걸."

하고 웃는다.

순옥은 영문도 모르고 따라 웃으며,

"아니 인자하신 어른이 짐승들하고 싸움은 왜 하셔요?"

"성을 내게 하시는 거야."

"그래서? 성을 내 가지고는?"

"성난 다음에는 피를 뽑아요. 그럼 핏속에 무엇이 있다나? 벌써 이태째 된다우. 지난봄까지는 짐승들 혼을 내시는 게야."

"혼을 내다니?"

"무섭게 만들거든. 이렇게 칼을 들고 이렇게 찌르는 시늉을 하고, 그러면 개나 괭이가 무서워할 것 아니야? 그래 잔뜩 무서워지면 덜덜 떨어요. 사죽을 못 쓰고. 그렇게 무서워지면 피를 뽑는 게야. 그런데 이상한 게 있어. 토끼나 괭이한테 무슨 약을 주사를 놓으면 꼭 무서운 것 모양으로 덜덜 떨고 사죽이 못 쓰겠지. 헌데 요새에는 그 무서운 걸 안 하시고 싸우는 것만 하시는 게야."

"네에. 아 무슨 연굴 하시는군."

하고 순옥은 다시 안빈이 개하고 싸우는 깃이 보이는 창으로 가 보았다. 개는 마침내 잔뜩 골이 나서 짖고, 입을 벌리고 어룽대고 앞발로 허우적거렸다. 안빈의 얼굴에도 한바탕 분하게 싸운 사람과 같은 표정이 있었다.

"어 간호사!"

하고 안빈은 크게 소리를 질렀다.

"네에."

하고 어 간호사는 주사기 넣은 갑을 들고 뒤곁으로 뛰어나갔다. 순옥은 창에 붙어서 숨을 죽이고 안빈이 하는 양을 바라보았. 안빈은 개장 문을 여는 듯 그리로 내미는 개 입에다가 쇠로 만든 굴레를 씌우고, 참말 익숙하게 올가미로 앞발 둘을 졸라매었다. 그리고는 개를 꺼내 땅에 눕히고 그것을 타고 앉는 듯이 한 발로 누르고, 사람으로 이르면 팔굽이나 무르팍마디라고 할 만한 데를 바늘로 꽂아서 십 그램쯤의 피를 뽑았다.

이렇게 되매, 개는 벌써 분노의 감정이 스러지고 다만 공포의 감정을 가지고 애원하는 듯한 소리를 질렀다.

안빈은 피를 뽑은 주사통을 어 간호사에게 주고 개의 결박을 끄르고 우리에 다시 집어넣고, 마지막으로 개의 굴레를 벗기고, 그리고는 미리 예비하였던 쇠고기 한 점을 개에게 던져 주었다. 개는 지금까지 제 몸에 일어난 모든 불행한 일을 다 잊어버린 듯이 한 발로 고깃점을 밟고 이빨로 그것을 물어뜯었다.

"오늘은 마침 개가 성을 잘 냈습니다."

이것은 어 간호사의 치하였다.

"글쎄, 오늘같이만 성을 내 주면 좋으련만 성내도 쓸데없는 줄을 두 번째나 알았으니까 담번에는 어려울걸!"

어떤 날 밤에 서로 싸워서 머리와 몸에 크게 상처가 나고 피투성이가 되어서 정신을 못 차리는 사람 둘이 경관 안동하여 안빈의 병원에 메워서 들어왔다. 이것은 물론 응급 치료를 위한 것이거니와, 안빈에게는 실로 하늘이 주신 큰 기회였다. 그중에 한 사람은 칼을 맞아서 실혈이 많았기 때문에, 곧 수혈을 아니 하면 아니 되었으므로 수혈하는 것을 기회로 피를 얻을 수가 있었다.

응급 처치가 끝난 뒤에 안빈은 곧 두 사람의 피를 가지고 실험실에 들어가 자기가 정해 놓은 여러 가지 절차를 따라 검사를 시작하였다. 안빈의 얼굴에는 시시각각으로 만족한 빛이 떠돌았다. 성난 동물의 혈액에서 발견한 것과 똑같은 독소가 사람의 혈액에서도 발견됨을 알았을뿐더러, 또 한 가지 예기하지 아니하였던 큰 발견을 하였으니, 그것은 칼 맞은 사람의 혈액 속에 아드레날린과 비슷한 어떤 일종 특수한 반응을 가진 물질을 발견한 것이다. 이 물질은 나중에 여러 가지 실험을 한 끝에 알아낸 것이거니와, 상당히 강하게 알칼리성을 가신 것으로, 동물의 혈액에서 검출되는 독소를 중화하는 성질이 있는 것이 판명되었다. 이것은 분노로 말미암아 혈액에 생긴 독소를 소멸시키기 위하여 생리적 자위력으로 분비된 것이 분명하건마는 대체 이것을 분비하는 기관이 무엇인가를 알아내기에는 여러 가지 곤란을 돌파하지 아니할 수 없었다. 그러나 마침내 안빈은 그것이 비장에서 분비되는 것임을 발견하였다. 이것은 실로 우스운 것에서 힌트를 얻은 것인데, 속담에 뱃심 좋은 사람을 비위 좋은 사람이라고 하는 것을 생각하고 토끼의 비장을 떼어 내는 수술을 한 뒤에 그 토끼에게 공포 또는 분노에서 생기는 혈액 중의 독소를 주사하면 그 주사의 효력이 비장 있는 동물에서보다 시간으로 보아 십 배 이상이나 긴 것을 발견하였다.

이 모양으로 칼싸움한 두 사람의 피가 큰 도움이 되어서 분노의 감정과 혈액에 생기는 독소의 관계에 대한 연구가 완성되어 그 독소를 안피노톡신 제2호(Anpinotoxin No.2)라고 명명하고 그 독소를 중화하는 비장에서의 분비물을 안티 안피노톡신(Anti-Anpinotoxin), 그것을 약해서 안타닌이라고 불렀다. 이론상으로 무서워하는 사람에게나 성난 사람에게 안타닌을 주사하면 그 무서움, 성남이 풀릴 것이다. 만일 비장을 떼어 낸 사람(비장을 떼어 내는 병이 있다.)을 몇 사람 만날 수가 있다 하면 안타닌이 사람의 몸에 일으키는 효과를 확인할 수 있을 것이다.

이렇게 공포와 분노의 실험이 성공한 뒤에 안빈은 슬픔의 실험을 하기로 결심하였다. 안빈의 생각에 인류의 생명을 가장 많이 좀먹는 정서는 슬픔과 걱정과 그리고 연애라고 본 까닭이다. 더구나 안빈이 직접 목적으로 하는 폐병 환자의 심리 상태 중에 가장 치료에 방해되는 것이 이것이었다. 그런데 이 슬픔이라든가 그리워하는 것이라든가 하는 감정은 동물로 실험하기에는 심히 어려운 것을 발견하였다. 왜 그런고 하면, 첫째 그리워하는 것 즉 연애는 동물에 있어서는 일 년에 한 번 일정한 기간에만 생기는 것이요, 인류와 같이 사철 어느 때에나 생기는 것은 아니며, 또 슬픔으로 말하면 인류에 있어서는 일생을 두고 무시로 경험하는 것이지만 동물에 있어서는 자식을 빼앗긴 때, 어떤 소수의 동물에서는 그 배우를 빼앗긴 때밖에는 일어나지 않는 모양이요, 그것도 인류 모양으로 오래 두고 끌고 가는 것이 아니라 길어야 이틀이나 사흘을 지나면 단념하고 다시 새로운 생활을 시작할 결심을 하는 모양이어서, 한 동물의 일생에 슬픔의 기간이란 인류의 그것의 몇 천분지 일도 못되게 짧은 것이었다.

안빈에게 슬픔의 실험에 첫 기회를 제공한 것은 새끼 아홉 마리를 낳은 조선 재래종의 개였다. 개 중에 새끼에게 대한 애정이 가장 많기로 조선 개가 으뜸이라는 말을 들은 안빈은 특별히 조선 재래종인 암캐를 실험용으로 댁한 것이다. 분노에 있어서는 셰퍼드에 비길 자가 없지만, 새끼를 사랑하는 어미의 애정에 있어서는 단연히 조선 개가 고작이었다. 새끼가 난 지 사오 일쯤 지나서 새끼 아홉 마리 중의 한 마리를 감추었더니, 어미 개는 한참이나 슬픈 소리를 하며 헤매었고, 그 이튿날 새끼 한 마리만을 남겨 놓고 여덟 마리를 감추었을 때에는 어미 개의 슬퍼하는 양은 차마 볼 수가 없었다. 입과 앞발로 땅바닥을 후비고, 짖는 소리, 끙끙대는 소리는 애통 그 물건인 듯하였다. 그가 미친 개 모양으로 꼬리를 축 늘이고 애원하는 눈으로 사람을 바라보는 눈에는 눈물조차 어린 것 같았다.

"용서해라. 네 새끼들은 하나도 안 건드리고 고대로 있어. 내 연구를 위해서 어미로서의 네 슬픔을 잠깐만 참아다우."

어미 개의 모양을 바라보고 있던 안빈은 저도 모르게 이런 말을 아니할 수 없었다. 참으로 안빈의 가슴은 뻑적지근함을 깨달은 것이었다. 안빈의 등 뒤에서 이 광경을 보고 섰던 순옥은 손으로 울음이 터져 나오려는 입을 막고 고개를 돌렸다. 안빈의 혼자 중얼거리는 말이 순옥의 가슴을 찌른 것이었다.

실험이 다 끝나고 몽글몽글한 강아지 여덟 마리가 도로 제 어미 앞에 모여질 때에 어미 개는 웅! 하는 한마디를 하고는 아탁시아 상태에 빠져서 사지에 맥이 풀린 듯이 땅에 쓰러져 버리고, 어미를 잃었던 강아지들은 주둥이를 내둘러 어미의 젖을 찾았다. 순옥은 안빈의 두 눈에 눈물이 핑 도는 것을 보았다.

안빈이 어미 개의 슬픔의 피를 가지고 실험실에 들어가서 그

피를 검사하고 있을 때에 실험실 문을 두드리는 소리가 들렸다. 안빈은 앉은 대로,

"누구요?"

하고 소리를 질렀다.

"저예요, 순옥입니다."

"왜 그래?"

"잠깐 여쭐 말씀이 있어요."

순옥의 음성은 떨렸다. 안빈은 문을 열었다.

"선생님, 지금 제 피를 좀 빼어 보셔요."

"피를? 왜?"

"제가 지금 선생님이 개 실험하는 걸 보고 대단히 마음이 슬펐습니다."

순옥의 숙인 얼굴은 크게 부끄러움이나 당한 사람 모양으로 빨갛게 되었다. 안빈은 말없이 이윽히 순옥을 바라보고 있다가,

"이리 오오."

하고 앞서서 진찰실로 들어간다. 순옥은 울렁거리는 가슴을 안고 그 뒤를 따랐다.

"주사기 가저외."

순옥은 이십 그램 주사기를 갖다가 안빈의 앞에 놓고 환자 앉는 걸상에 앉아서 왼팔 소매를 걷어 올리고 안빈의 앞에 내놓

왔다. 옆에 있던 어 간호사가 어리둥절하여 이 광경을 바라보았다. 하얀 순옥의 팔오금에서 빨간 피가 솟아 주사통에 반쯤 찼다. 안빈은 바늘 들어갔던 자국을 알코올 솜으로 씻고 반창고를 붙여 주었다.

안빈은 피를 뽑는 동안에 순옥의 심계(심장 뛰는 것)가 대단히 항진되고, 또 그 얼굴이 붉고 눈이 빛나는 것을 보았다. 거기서 안빈은 순옥의 가슴속의 울림이 자기의 가슴에 반향됨을 느끼고, 그 반향을 안은 채로 실험실로 들어왔다. 맑은 유리관에 옮겨 담은 순옥의 피, 그것은 여느 피와 같이 보이지는 않았다. 유리관을 잡은 안빈의 손가락에는 순옥의 피의 따뜻한 감각이 스며드는 것 같았다.

"석순옥이는 예사 간호사로 와 있는 사람은 아니다."

안빈은 이렇게 중얼거리고 그 이상 생각하려고 하지 않았다.

그러나 안빈의 생각은 안빈의 말을 고분고분히 들으려 아니하였다.

아까 개 우리 앞에서 반 시간 남짓 순옥이 자기 등 뒤에 섰던 것을 안빈도 모르지는 아니하였다. 순옥이 그동안에 무슨 생각을 하고 어떠한 감정을 가졌던고 하는 것이 이 유리관 속에 있는 붉은 피에 다 설명이 되어 있는 것 같았다.

'사랑?'

'안 될 말!'

안빈의 눈앞에는 왼편 팔을 내놓고 앉았는 순옥과 실험실 문밖에 고부슴하고 섰는 순옥, 간호사로 써 달라고 처음 찾아왔던 순옥의 모양이 새로운 빛과 뜻을 가지고 떠 나왔다. 그때에 귀밑까지 붉힌 순옥의 모양이 자기의 가슴에 주던 알 수 없는 쇼크. 안빈이 순옥을 삼청동 집으로 보내며 전화로 그 아내 옥남에게, 이 사람이 간호사에 합당치 아니한 듯하니 좋게 말해서 보내라고 한 것은 기실 이 때문이었다.

아무리 해도 실험하는 과학자의 냉정한 정신 상태에 돌아가지를 아니하여 안빈은 실험 탁자 위에 놓인 순옥의 피와 어미 개의 슬픔의 피를 바라보고 멀거니 앉아 있었다.

안빈의 눈은 의문의 순옥의 환상을 따르다가 다시 앞에 놓인 시험관의 피 위에 떨어졌다. 왼편에 놓인 것이 순옥이 피, 오른편에 놓인 것이 어미 개의 피, 눈으로 보기만 하여서는 분별할 수 없는 사람의 피와 개의 피, 그 속에 들어 있을 슬픔의 형적인 독소, 신경 세포의 노폐물, 만일 이것을 문학적으로 표현한다면 생명의 촛불이 슬픔의 푸른빛을 발하고 타고 남은 재, 그것조차도 그 성분에 있어서는 별로 틀림이 없을 것이나. 사람과 개, 그것은 엄청나게 계급이 틀리는 두 존재이지마는 생명 현상에 있어서는 기쁨, 슬픔, 성냄, 사랑함, 이러한 것에 일 도, 이 도 하고

도수로 헤아릴 만한 차이가 있을 뿐일 것이다. 사람과 개, 이것을 다른 마음 다른 생명이라고 하기보다는 한 마음의 한 생명의 색다른 나타남이라고 보는 것이 안빈의 생각이다. 안빈은 동물의 혈액과 인류의 혈액을 여러 가지 방면으로 비교하면 비교할수록 모든 중생이 다 한마음으로 되었다는 불교 사상을 승인하지 아니할 수가 없었다. 그러면 사람과 개의 차이는 무엇일까. 혈액 성분에서 보는 화학적 차이 말고 본질적으로 가치의 차이를 생기게 하는 것이 무엇일까. 다시 말하면, 개의 생명에 무엇을 가하면 그 몸이 사람의 몸으로 변하고, 그 마음이 사람의 마음으로 변할 수가 있을까. 안빈은 눈앞에 순옥과 어미 개를 그리어 본다. 그 둘은 하나이면서 결코 하나는 아니다. 어미 개에서 순옥에게까지 올라가는 거리는 엄청나게 큰 것이어서 도저히 우리가 가진 수의 관념으로 헤아릴 수는 없는 것이다. 안빈은 개와 순옥의 거리만 한 거리를 순옥 이상으로 올라가서 있을 만한 생명을 상상하여 보았다. 그것은 우리로서는 상상할 수 없는 높음과 깊음과 아름다움을 가진 존재일 것이니, 우리가 만일 그의 앞에 나아가 설 경우가 있다고 하면 우리는 필시 우리 스스로의 추악한 모양이 부끄러워서 감히 낯을 들지 못할 것이다. 진화의 한량없는 계단에 그러한 높은 존재가 없으랴 법이 있을까. 다만 거친 것만을 보기에 족하도록 생긴 우리 눈이 마치 엑

스선이나 우주선을 보지 못하는 모양으로 우리보다 높은 존재를 보고 분별할 힘이 없을 뿐이 아닐까. 그 높은 존재를 천사라든가 하늘 사람이라든가 한다고 하면 또 거기서 그와 우리와의 거리만큼 더 높이 올라간 존재가 있고, 또 거기서 또 그만큼 더 올라간 존재가 있어서 그 끝이 하느님이라 부처님이라 하는 것이 아닌가.

이렇게 생각하고 안빈은 하느님의 피, 부처님의 피라는 것을 상상하면서 앞에 놓인 시험관에 고요히 고여 있는 두 가지 피를 바라보았다.

"밸런스의 차이, 밸런스의 차이."
하고 혼자 중얼거리고 혼자 웃었다.

안빈은 여기서 공상을 끊어 버리고 다시 피를 탄소니 질소니 하는 원소들의 화학물이라는 견지에서 분석하기 시작하였다.

안빈은 예기한 대로 이 두 가지 혈액 속에서 슬픔의 정서의 결과인 어떤 독소를 검출하기에 성공하였다. 그것을 안피노톡신 제3호라고 명명하였다. 이 독소는 운동 중추와 지각 중추를 마비하고 그와 반대로 연락 중추를 자극하여 사고력을 병적으로 양분시키는 작용이 있는 것을 그 후 여러 가지 실험을 통하여 분명히 할 수가 있었다.

그런데 이 실험에서 안빈은 놀라운 결과 하나를 발견하였으니, 그것은 순옥의 혈액 속에서 아모로겐(Amorogen)이라는 일종의 방향산(芳香酸) 계통의 물질을 발견한 것이다. 이것은 지난봄에 실험용 동물들이 암내를 냈을 때에 채취한 혈액에서도 우연히 발견된 것인데 안빈은 분노의 연구에만 골몰하였기 때문에 그 정체를 포착할 여유가 없이 지나쳐 버리고 말았던 것이다. 아모론이란 이름은 훨씬 나중에 이 물질이 연애라는 정서의 산물인 것을 확정한 뒤에 붙인 것이다. 아모로겐이나 아모론이 사랑이라는 희랍 말을 어원으로 한 것은 말할 것도 없다. 이 아모론은 이성에 대한 애정이 격발될 때에 혈액 중에 생기는 물질로서 그것을 독소라고 부르지 아니한 까닭은 그것이 신체의 어느 기관도 중독을 시키거나 마비시킴이 없이 도리어 적극적인 자극을 주어서 활동을 활발하게 하는 것이기 때문이다. 아모론이 일종의 방향산이기 때문에 이것을 다량으로 혈액 속에 포함한 동물체에서 일종의 향기를 발산하여 이성의 후각을 통하여 그 애정을 자극하는 것이요, 동시에 모세관과 각종 선기(腺器)를 확장시켜 피부면의 혈액의 순환을 활발히 하는 동시에 모든 선의 분비를 성하게 하여 육체적으로는 살과 털을 윤택하게 하고 심리적으로는 그리움, 기쁨, 사탕 같은 부드럽고 유쾌한 정서를 발하게 하는 것이다.

이 물질은 유기린(有機燐), 유황, 탄소, 수소, 산소, 질소 등으로 된 것이니 신경 세포의 분해물임을 미루어 알 수 있거니와, 그중에 놀라운 것은 이 물질의 용액에서 금 이온을 검출할 수 있는 것이다. 이것으로 보아서 사랑이라는 감정이 비록 독소가 되어 동물체를 해하는 것은 아니라 해도 신경의 소모, 알기 쉽게 말하면 생명 그 물건의 소모가 여간 크지 아니함을 알 것이어서, 시인들이 사랑을 가리켜서 생명의 연소라 함은 이유 없는 말은 아니다.

안빈은 사랑으로 소모되는 동물체의 금분이 어떤 식물을 통하여 보급되는 것인가, 혹은 곡식, 채소 등 식물성 식료품을 통하여서인가, 또한 금상(金床)을 통과하는 음료수를 통하여 섭취되는 것인가 하는 문제를 제출하여 보았으나 그것은 그렇게 수월하게 해결될 문제는 아니었다. 아무려나 지구를 조성한 성분 중에 금이 가장 귀한 모양으로 동물체를 구성한 성분 중에도 그러한 듯싶어서 사람의 모든 활동 중에서 오직 사랑의 활동에만 쓰려고 금을 아껴 두는 것이 흥미 있는 일이라고 안빈은 한 번 더 미소하지 아니할 수 없었다.

아모로겐의 발견에 대하여 안빈에게 남은 또 한 문제는 이성 간의 사랑과 부모의 자녀에게 대한 사랑이며 형제간의 우애와 로마인들이 그처럼 소중히 여기던 우정 같은 사랑과 맨 나중으로 또 맨 꼭대기로 자비라는 사랑의 관계다. 가령 부처님이 중생에 대하여 자비심을 품으실 때에 그 혈액에 나타나는 것도 역시 아모로겐일까. 이에 대해서 안빈은 부처님의 피, 하느님의 피를 연상한 것이다.

어미 개가 새끼들에게 젖을 먹이고 그 몸을 핥아 줄 때에 뽑은 피에는 역시 아모로겐 비슷한 성질이 있는데 거기는 이성 간의 사랑에서 나온 아모로겐에서 다량으로 검출되는 유황과 암모니아분이 극히 미량이었고 금 이온이 좀 더 왕성하였다.

어떤 날 순옥이 안빈의 연구 보고초를 정서할 때에 이러한 구절을 발견하였다. (순옥은 안빈의 원고를 정서하는 일을 맡아 하게 되었다. 이것은 순옥에게는 지극히 큰 기쁨이었다.)

'성적인 애정을 경험한 동물의 혈액에서 검출되는 아모로겐에서는 다량의 유황과 암모니아를 본다. 이것이 그 혈액에 자극성이면서 약간 불쾌감을 주는 비린내에 가까운 냄새를 발하게 하는 원인인 듯하다. 새끼에게 젖을 먹이고 그 몸을 핥아 주고 있는 어미 개의 혈액에서 검출되는 아모로겐에서는 극히 소량의, 겨우 형적이나 있다고 할 만한 유황질과 암모니아질이 있을 뿐이요, 금 이온이 현저히 증가함을 본다. 그리고 그 혈액에서는 비린내와 같은 자극성인 악취가 없고 심히 부드러운 방향을 발할 뿐이다.'

안빈은 아모로겐 중에 유황질과 암모니아질이 없는 화합물을 아우라몬(Auramon)이라고 명명하였는데, 이 이름은 아우르스(Aurus) 즉 금이란 말과 사랑이란 말을 합한 것이니, 금 이온의 존재를 특색으로 한다는 의미다. 실험의 결과로 보건댄, 암모니아나 유황으로 신경을 자극하면 광포성을 발하는데, 이것이 이성의 애정에서 가끔 보는 광포성의 원인이라고 안빈은 생각하였다.

그러나 이기욕을 떠난 우정조차 그 실례를 구해 보기 어려운 이 세대에서 자비심만을 가진 성인의 혈액을 실험용으로 구하기는 절망적이라고 아니할 수 없어서 가장 거기 근사한 것을 오늘날 인류에서 구하자면 현숙한 어머니의 아기를 안은 가장 무심한 상태를 찾을 수밖에 없다고 안빈은 생각했다.

어떤 날 순옥이 안빈의 논문 중에서 이러한 구절을 정서하다가 붓대를 놓고 혼자 생각하였다.

'내가 안 선생을 대할 때의 내 혈액에 생기는 것이 아모로겐일까, 아우라몬일까. 그것은 아모로겐일 리는 없다. 그 속에는 유황이나 암모니아가 티끌만치라도 있을 리는 없다. 내가 안 선생에게 대해서 무슨 부정한 욕심이 있느냐. 아무것도 없다. 나는 그 어른을 생각할 뿐이다. 나는 그 어른에게 털끝만치라도 기쁨을 드리기 위하여 내 몸도 혼도 다 바칠 뿐이다.'

이렇게 생각하고 순옥은 예전에 뽑은 자기의 피를 생각하였다. 그리고 가슴이 울렁거림을 금치 못했다. 그때에 뽑은 그 핏속에서 안 선생은 과연 무엇을 발견하였을까. 다만 어미 개의 정경을 불쌍히 여겨서 생긴 아피노톡신 제3호만을 발견하였을까. 또는 그 밖에 아모론 같은 것은 발견하지 아니하였을까. 순옥은 그날 이미 개의 슬픔을 실험하던 날 자기가 아마 반 시간이나 안빈의 등 뒤에 서서 정말 간절하게 안빈을 사모하던 것을 기억한다. 안빈의 어깨에 팔을 걸고 그 가슴에 제 얼굴을 비비고 싶던 것을 기억한다. 그때에는 아직 아모론이니 아우라몬이니 하는 것은 몰랐을 때이거니와, 그때 그 피를 검사한 안빈은 무엇을 발견하였는지 알 수 없는 노릇이다.

이렇게 생각할 때의 순옥은 낯이 화끈거렸다. 어떻게 다시 안 선생을 대하나. 오늘날까지 그의 얼굴을 대한 것을 생각만 해도 부끄러웠다.

'그때 내 피에서 아우라몬이 발견될 수가 있었을까. 만일 그랬으면 얼마나 좋을까. 얼마나 안 선생에게 나 순옥이 높이 보였을까.'

그러나 순옥에게는 그것은 바랄 수 없는 일도 같았다. 자기의 안 선생에게 대한 사랑이 자기가 생각하기에 비록 깨끗한 것 같아도 자기 순옥이란 것이 원체 높지 못한 존재이기 때문에 도저히 그 사랑이 아우라몬을 발생할 수 있을 종류의 것이 될 수 없는 것 같았다. 안빈이 순옥의 피를 담은 실험관 마개를 뽑을 때의 안빈의 코를 찌른 것이 무엇일까. 아우라몬의 맑고 그윽한 향기였을까. 아모로겐의 비릿비릿한 유황과 암모니아의 냄새였을까.

순옥의 숨은 찼다.

'나는 안 선생께 또 한 번 피를 드릴 테야. 전연히 유황과 암모니아가 없는 금 이온과 그윽한 향기만을 가진 피를 드릴 테야. 그것이 언젤까. 언제든지 내 일생에 한 번은 꼭 그러한 날이 올 것이다. 그때에 비로소 안 선생이 나를 참으로 사랑할 것이다. 그날이 내 날이다. 응 그럼, 그날이 내 날이야!'

그리고는 순옥은 주사기로 피를 뽑은 왼편 팔오금을 한 번 쓸어 보고 빙그레 웃고는 다시 원고 정서하기를 시작하였다.

아모로겐 연구에 관하여 안빈의 가슴을 뭉클하게 하는 한 사실이 있다. 그것은 순옥이 피에서 발견한 아모로겐의 원인에 관해서다. 처음에는 안빈은, 순옥이 약 반 시간 동안 자기의 등 뒤에 서 있던 것이 그 원인인 줄로 추정하였지만, 다시 생각해 보건댄 사춘기의 청년 남녀에게는 언제나 있는 것일는지도 알 수 없고 또 그렇지 아니하더라도 순옥이 어떤 다른 남자를 사모하는 것이 원인이었을는지도 알 수 없는 일이었다. 그렇다고 청년 남녀의 피를 마음대로 구하기도 어려운 일이요, 더구나 연애 중에 있는 청년 남녀의 피, 그중에도 금시에 서로 포옹 정도 이상의 접촉을 가진 청춘 남녀의 피를 구하기는 사실로 보거나 인도상으로 보거나 불가능에 가까운 일이었다. 그 후 몇 기회에 젊은 남녀의 혈액을 얻어 분석한 결과로 보면 약간 아모로겐의 형적을 인정할 수도 있었으나 금 이온을 검출할 수는 없었다.

한 번은 진찰실에서 순옥이 안빈을 보고,

"인제 학회에 가실 날이 얼마 아니 남았는데 실험하실 것은 다 끝나셨어요?"

하고 물었다.

"할 수 있는 실험은 다 끝난 셈이지."

"할 수 없는 실험은 무엇이에요?"

안빈은 대답이 없었다.

"선생님 논문을 베끼다가 보니깐 슬픔에 대한 것하구 사랑에 대한 것하구가 아직 자료가 부족하다고 하시지 않으셨어요?"

"그렇지만 그것이야 실험할 수 없는 걸 어쩌나? 이번 봄까지에 동물의 아모로겐은 그만하면 넉넉하게 실험이 되었지만 인류야 실험할 수 있나? 그것은 할 수 없는 거야. 그리고 또 슬픔으로 말하더라도 어디 그렇게 슬픈 사람의 피를 얻을 수가 있나? 사람의 피는 그때 순옥이 피하고 내 피하고 둘이지. 그 밖에 또 환자 피 몇이 있었지마는……."

"슬픔이란 것은 그때 말씀하시던 그 번민 말씀이지요?"

"글쎄, 그것이 제일 복잡하구두 몸을 소모하는 것같이 보이는데 억지로 해 봐도 잘 안 돼."

하고 안빈은 픽 웃는다. 안빈은 무대에서 배우가 하는 모양으로 번민을 일으켜 보려고 무척 힘을 써 보았으나 암만해도 현실미가 생기지 아니하였다. 햄릿의 번민이나 베르테르의 번민이나 이런 것도 시험해 보았고 죽은 아들이 그렇게 애처롭게 앓다가 숨이 넘어갈 때의 기억을 일으켜도 보았고, 또 자기를 그처럼 사랑하고 자기를 위해서는 몸도 혼도 다 바치는 아내가 자기의 인생관과 우주관을 아무리 해도 알아주지 아니하여 사랑하는 남편과 아내가 서로 통할 수 없는 딴 세계에 살지 아니하면 아니 될 안타까움도 생각해 보았고, 또 이것은 안빈 자신에게도 알리고 싶지 아니한 것이나 순옥이와 순옥의 피가 자기에게 일으키는 꽤 무거운 고민도 생각해 보았으나 벌써 안빈에게는 슬픔에게, 번민에게 전 생명을 내맡길 그러한 청춘은 다 지나가 버린 듯싶었다. 이런 것을 생각하고 순옥을 향하여 픽 웃은 것이었다.

이튿날은 일요일이었다. 늦은 봄이라기보다는 이른 여름이라고 할 날씨이어서 신문에는 향락의 하루라는 둥 월미도가 어떠니 우이동이 어떠니 하는 상춘의 향락에 관한 기사가 많이 실린 그러한 일요일이었다. 날이 좀 흐렸으나 그 흐린 것이 도리어 꽃 날리는 늦은 봄날다웠다. 한 달에 두 번 쉴 수 있는 순옥의 일요일이다. 순옥은 다른 때 같았으면 인원을 병원으로 부르거나 그렇지 아니하면 자기가 인원의 집으로 갈 것이건만 오늘은 허영과 같이 월미도 구경을 가기로 하였다.

순옥이 안빈의 병원에 온 지 한 삼 개월 만에 어떻게 알았는지 허영은 순옥이 주소를 알아 가지고 자주 편지를 하고 전화를 걸었다. 그 편지는 대개는 시(詩)였다.

"거, 웬 편지가 그리 많이 와? 허생이란 대관절 누구요?"

이렇게 어 간호사에게 조롱이라기보다는 책망을 받은 적도 여러 번이었다. 영 답장을 아니하다가 몇 번에 한 번 아주 싸늘한 어조로 다시는 편지를 말라는 엽서를 하면, 한참 동안 뜸하다가는 또다시 편지를 시작하였다.

그 편지에 의하건대 허영은 하루 한 번씩 안빈의 병원에 와서 보지도 못하는 순옥을 생각하고 가노라고 하였다.

허영은 학생 시대로부터 순옥을 따르던 몇 남자 중의 하나로 육칠 년 되도록 순옥에 대한 사랑을 변치 아니하고 따라다니는 시인이다. 순옥도 허영을 미워하는 것은 아니다. 허영은 속이 깊거나 생각이 높은 사람은 아니라 하여도 노상 천박한 시체 청년은 아니요, 그의 순옥에 대한 사랑은 매우 순정적이었다. 만일 안빈에게 대한 사모가 없었다 하면 순옥은 불만하나마 허영의 사랑을 받았을는지 모른다. 순옥의 가슴속에 안빈에게 대한 사모가 있는 가운데는 다른 남자의 그림자가 들어갈 여지가 없었다. 순옥의 눈에 안빈과 비교해 볼 때에 다른 남자들은 너무도 평범했다. 허영의 시도 청년 남녀 간에 상당히 애독을 받는 것이지만, 순옥이 그것을 안빈의 시와 비교할 때에는 꾀꼬리 소리에 대한 참새 소리와 같았다.

이러한 허영을 순옥이 오늘 어찌해서 따라나선 것일까?

그날 아침에 서울역에 나갔던 사람은 서울역 정문 옆 퍼런 항공 우편통 곁에 약간 초록빛 나는 스코치 양복에 같은 외투를 팔에 걸고 역시 초록 계통의 소프트를 쓰고 상아로 손잡이 한 단장에 몸을 기대고 섰는 젊은 신사 하나를 보았을 것이다. 그는 남대문에서 나오는 전차가 정류장에 설 때마다 몇 걸음 앞으로 나서서는 내리는 사람들을 바라보았다. 그는 사랑하는 사람을 기다리는 초조한 빛을 감추려고도 하지 않는 듯하였다. 이 사람은 물어볼 것도 없이 석순옥을 기다리는 시인 허영이다.

허영은 의외에도 어젯밤 속달로 순옥의 편지를 받았다. 그것은 오늘 오전 여덟 시 십 분 차로 인천을 같이 가자는 사연이었다. 이 편지를 받은 허영의 기쁨은 더 말할 필요도 없을 것이다. 미칠 듯하였다 하는 한마디면 족할 것이다. 그는 편지를 받은 길로 양복집으로 가서 양복을 다려 달라고 맡겨 놓고 이발소로 가서 이발을 하고 그러고는 참말 자는 둥 마는 둥 그의 시인적 상상력으로 월미도에서 일어날 순옥과 자기의 수없는 사랑의 장면을 그리면서 밤을 새웠다.

"다 되었다. 칠 년 적공을 오늘 이루었다."
하고 평생 처음으로, 진정으로 하느님 고맙습니다, 하는 기도를 올렸다.

그의 스포츠맨다운 체격을 보아도 알거니와 그는 여간해서 종교적 신앙을 가질 만한 사람은 아니었다. 자기가 퍽 물질적이요, 관능적인 것이 순옥의 몽상적이요, 신앙적인 것을 그리워하는 것이라고 자기 스스로 해석하였고, 또 순옥을 대하여서도 자기와 순옥과 둘이 합하는 것이 반쪽과 반쪽이 합하여 완전한 하나를 이루는 것이라고 여러 번 말했다. 여덟 시가 거진 다 되어서 허영의 마음이 밥 잦듯 졸아들 때쯤 하여 옥색 모시 치마 적삼을 입은 순옥의 모양이 서대문으로 돌아서 오는 전차에서 내려섰다.

허영은 무엇에 놀란 사람 모양으로 허둥허둥 순옥이 오는 편으로 마주 길이 갔다. 순옥도 허영을 보았으나 못 본 체하고 걸어왔다.

허영은 어젯밤부터 벼른 대로 순옥의 앞에, 길바닥에 오른편

무릎을 꿇으면서 두 손을 깍지 껴서 순옥의 앞에 높이 쳐들고,

"오, 나의 여왕이시여!"

하고 머리를 흔들었다. 그러나 그 소리가 가늘고, 또 하도 의외여서 순옥의 귀에는 무슨 소린지 알아들을 수가 없었다.

"웬일이세요? 무르팍이 아프세요?"

하고 순옥은 놀라면서 우뚝 섰다.

허영은 싱거운 듯이 일어서며 무릎의 먼지를 떤다.

"괜찮으세요?"

"무엇 말씀이야요?"

"갑자기 무릎을 꿇고 쓰러지시게."

"오른편 무릎을 꿇고, 나의 여왕이시여 하고 부른 것이에요."

"아우마!"

순옥은 그제야 놀라기도 하고 부끄럽기도 하였다. 그 말을 듣고 보니, 다른 사람들이 빙긋빙긋 웃고 지나가는 듯해서 낯이 화끈하였다.

"아머니, 그게 무슨 짓이세요?"

순옥은 떨리는 다리로 허영보다 앞서서 걸으면서 책망조로 톡 쏘았다.

"내 마음에 있는 것을 고대로 표현한 것이 무엇이 잘못입니까. 순옥 씨 구둣등에 입을 못 맞춘 것만도 죄송한데."

하고 싱글벙글하는 허영을 볼 때에 순옥은 몸에 소름이 끼침을 깨닫고 오늘의 모험에 어떠한 큰 위험성이 있지나 아니한가 무시무시하였다. 차를 타고 앉아서도 순옥은 한 번 더,

"글쎄, 그게 무슨 짓이세요? 길바닥에서 무릎을 꿇는 건 다 무어구, 오 나의 여왕이시여는 다 무어야요? 누가 아는 사람이 보았으면 이를 어찌해!"

하고 허영을 몰아세웠다. 그것은 차 속에서나 월미도에서 또 그런 쑥스러운 일이 있을까 하여 방패막이를 하자는 것도 있었던 것이다.

인천까지 가는 동안에 허영은 매우 흥분한 모양으로 도무지 안접을 못 하고, 앉으락 일락 순옥의 마음을 기쁘게 해 볼 양으로 애를 썼다. 그러나 순옥은 원래 애정도 없건마는 더욱 질려서 뽀로통하고 있었다. 일일이 허영의 대꾸를 하다가 종작없는 허영이 이 조인광좌 중에서 또 무슨 서양식 연극을 연출하지도 모르는 까닭이었다. 순옥이 하도 쌀쌀한 데 화가 났는지 허영은 다른 자리에 가서 담배만 피우고 있었다.

그러나 시오유 호텔에 다다라서 바다를 바라보는 삼 층 남향 방을 점령하고 앉아서부디는 허영은 새로 기운을 내었다.

"아이참, 글쎄 그게 무슨 짓이세요?"

순옥은 바다를 향한 등교의에 앉아서 또 한 번 허영을 책망하

였다. 그러나 그 어조는 아까보다 부드러워서 얼마쯤 유머를 띠었다.

"순옥 씨, 그게 내 진정야요!"

허영의 눈은 빛낯다.

"그렇게, 시바이(연극)를 하는 게?"

순옥은 웃는다.

"하, 순옥 씨는 서양식 교육만 받아서. 왜 우슬착지(右膝着地)하고 첨앙존안(瞻仰尊顔)하야 목불잠사(目不蹔捨)하고, 아 무에더라? 오, 그리고 이렇게 합장(合掌)하고, 우요삼잡(右繞三匝)하고, 그리고는 에에, 또 옳지, 물러가 일면(一面)에 주(主)."

"그게 다 무슨 소리야요?"

"부처님 앞에 가면 말야요, 오른편 무릎을 이렇게 꿇고, 이렇게 합장하고, 이렇게 부처님 얼굴을 쳐다보되 잠시도 눈을 떼지 아니하고요, 그리고는 이렇게 부처님을 싸고 오른편으로 이렇게 이렇게 세 번 돌고, 그리고는 이렇게 한편 구석에 물러 나와서, 이렇게 공손하게 꿇어앉아서 부처님 처분을 기다리거든요."

허영은 일변 말을 하며, 일변 그대로 한다. 순옥을 싸고 세 바퀴를 돌아서 저편 구석에 가서 꿇어앉는다. 아주 정말인 듯이 웃지도 아니하고.

순옥은 허영이 하는 일을 처음에는 웃음으로 알았으나, 허영의 표정이 갈수록 더욱 엄숙하여지고 그 숨길까지도 씨근거리는 양을 보고는 웃어 버릴 수도 없는 듯한 무거운 압박을 느꼈다. 순옥은 아무쪼록 허영을 보지 아니하려고 멀거니 바다 쪽을 바라보고 있다가 허영에게로 고개를 도리며,

"그러시지 말고 이리 와 앉으셔요."

하고 맞은편 등교의를 가리켰다.

허영은 약간 지방 기운 많은 얼굴 근육을 씰룩거리며 순옥이 가리키는 교의에 와 앉는다.

"오늘 좀 여쭐 말씀이 있어서, 바쁘신데 인천까지 오십시사고 했어요."

순옥은 이렇게 말을 시작하였다.

"네에?"

"제가 잘못 아는지 모르겠습니다만, 허 선생께서 저를 사랑하시는 것 같아요."

"잘못 아시는 게 뭡니까. 칠 년 동안 한결같이."

"허 선생께서 저를 잘못 보신 것 같아요."

"뭘 잘못 봅니까?"

"뭘 보시고 절 사랑하세요?"

이 말에 허영은 벌떡 일어나서 이번에는 두 무릎을 꿇고 깍짓손을 하고 순옥을 쳐다본다.

"아이, 그러시지 마시구."

"이게 말입니다."

"그건 하느님 앞에서나 부처님 앞에서 하는 게지요. 옛날 서양 무사들이나 하는 일이구. 흥해요. 일어나 앉으세요."

"순옥 씨가 내 하느님이세요."

"오오, 블라스피머스! 하느님께 죄 되는 말씀예요."

"아니 정말입니다. 하느님께서는 순옥 씨를 당신으로 알고 찬미하고 예배하라고 내게 명령을 하셨어요. 순옥 씨를 비너스라고도 해 봤습니다. 그러나 순옥 씨는 내게는 예술의 힘만이 아니라, 창조의 신이시고 구원의 신이세요."

"아이참, 하늘이 무서운 말씀도 하시네."

"정말입니다. 내가 아는 말이 그 말뿐예요. 그 이상 말은 나는 배우지를 못했습니다. 그러나 이 말들도 내가 순옥 씨를 사랑하고 사모하는 뜻을 십분지 일도 표현하지 못합니다. 내 말에 거짓이 있으면 금시에 하늘에서 벼락이 내리고 저 바다가 뒤집힐 거예요. 어떻게 맹세를 하랍니까. 이 이상 무엇을 가리켜서 맹세를 하랍니까."

"글쎄 그게 잘못 생각이란 말씀예요. 제가 무엇인데 여러 억만 명 인류 가운데 한 계집애, 그것도 변변치 못한 한 계집애를 그렇게 하느님같이 아신다는 것이 쇠통 거짓 말씀이 아니라면

근본적으로 잘못 생각하신 것이어든요."

"아뇨, 이것이 이론이면 잘잘못이 있겠죠. 그러나 이것은 내 신념이니까니, 신앙이니까니, 거기는 절대로 잘못이 있을 수가 없습니다."

"허 선생은 시인이시니까 참 말씀을 잘해서. 말씀이 아름답구, 힘이 있구. 그렇지만 그것이 그저 시죠, 정말일 수는 없어요. 그것이 정말이면 큰일 나게. 그동안 내게 하신 여러 편지에 쓰신 말씀이 다 정말 같으면 허 선생은 벌써 돌아가셨을 거예요. 지금까지 살아 계시더라도 몸은 바짝 마르셨을 것입니다. 저렇게 몸이 피둥피둥하신데, 정말 그렇게 애를 태시구야 그러실 수가 있어요? 그러니까 제가 다 알아요. 허 선생의 편지는 글공부구, 말씀하시는 건 웅변 공부구, 그렇게 무릎을 꿇으시고 합장하시는 건 연극 공부구요, 아니예요? 제가 바루 알았죠?"

순옥은 제 말이 과도하였다고 생각하면서도 웃지 아니할 수가 없었다. 이 말을 들은 허영은 얼굴 근육만 씰룩거릴 뿐이요, 말이 나오지 아니하였다. 수치와 분노를 뒤섞은 감정이 가슴에 끓어올랐다. 순옥은 교의에서 일어나며,

"전 가서 목욕하고 올 테야요. 허 선생도 목욕이나 하세요."
하고는 밖으로 나가 버렸다. 순옥이 나가는 뒷모양이 사라지자 허영은 두 주먹을 불끈 쥐고 이를 악물고 부르르 떨었다. 그 눈

에는 잠깐 살기가 지나갔다. 그러나 허영 자신도 그것이 무슨 뜻인지를 몰랐다. 허영은 옷을 활활 벗어 버리고 유카타를 입고 타월을 들고 나가려다가 도코노마(일본식 방의 상좌)에 놓인 순옥의 큼직한 핸드백이 눈에 띄어서 우뚝 섰다.

"이 속에 뭣이 들었나?"

하며 허영은 검정 가죽으로 만든 핸드백을 쳐들고는 당장 열어 보려는 듯이 장식에 손을 대었다가 열지는 아니하고 손가락으로 꼭꼭 눌러 보면서 달그락달그락하는 소리가 이상한 듯이 고개를 두어 번 기웃거리고, 그리고는 그 핸드백의 서너 군데에 제 입을 대어 보고 그리고는 도로 제자리에 놓고 그리고는 그 곁에 떨어진 초록 줄 남 줄 있는 순옥의 손수건을 들어 열정적으로 코와 입에 대고 그리고는 마치 앞서 나간 순옥을 따라잡기나 하려는 듯이 문 닫히는 소리도 요란하게 나가 버렸다.

순옥이 목욕탕에서 돌아온 때에는 허영은 벌써 돌아와서 컬러 넥타이까지도 다 하고 교의에 앉아 있었다.

"전 머리 빗을 테니 잠깐 나가 산보하고 오세요."

하고 순옥이 말에 순순히 일어나 나가는 허영의 뒷모습을 순옥은 가엾은 듯이 바라보았다. 허영을 내쫓고 순옥은 감은 머리를 볕에 말리면서 바다를 바라보고 서 있었다. 때마침 밀물이어서 치맛자락 같은 물 끝이 조금씩 기어 올라오는 것이 보였다. 서울서 온 듯싶은 오륙 세, 칠팔 세 되는 아이들이 모래성을 쌓고 놀다가 밀물에 쫓겨서 무어라고 소리를 지르면서 자리를 옮기고, 거기 또 밀물이 들어오면 또 옮기고 하였다. 아이들이 파 놓고 쌓아 놓고 한 사업들은 조금씩 조금씩 물결에 먹혀서 마침내 흔적도 없이 사라지고 마는 것이 인류의 역사를 보는 것 같아서 순옥은 마음이 서글펐다. 썰물에 나갔던 낚싯배들이 둘씩 셋씩 흙물빛 돛을 달고 월미도 쪽으로 올라가는 것도 보였다.

"경치 좋죠?"

하는 소리에 고개를 돌려보니 허영이 물가 세모래판에 서서 머리 풀어헤친 순옥이 모양을 쳐다보고 있는 것이었다.

순옥은 말없이 고개를 끄덕여 보였다. 허영의 손에는 코닥 사진기가 들려 있었다. 순옥은 자기가 그 카메라 속에 들었는가 하여 깜짝 놀랐으나 그 조그마한 사진기에 삼 층에 선 제 얼굴이 도저히 분명히 박혀지지 아니할 것을 생각하고 마음을 놓았다. 그러고는 허영에게 아니 보이도록 방에 들어와 앉아서 얼른얼른 머리를 틀었다.

허영이 바닷가에 나가서도 그 눈이 순옥을 떠나지 않는 것은 물을 것도 없다. 머리를 풀어헤치고 무심코 난간에 기대어 선 젊은 여성의 포즈는 비록 애인이 아니라도, 남성에게 무심할 수는 없는 것이다. 허영은 양복 주머니에 감추어 갔던 사진 기계로 순옥의 이 모양을 필름이 자라는 대로 박은 것이다.

"왜 내게 말씀도 안 하시고 사진을 박으세요? 그 필름 이리 주세요."

허영이 방에 들어온 뒤에 순옥은 이렇게 짜증을 내었다.

"염려 마세요. 그냥 보아도 누군지 알아볼 수가 없는데 사진으로야 더구나 모르죠."

"그럼 그건 해서 뭘 해요?"

"나 혼자만은 알거든요. 나 혼자만은 환하게 볼 수가 있단 말예요."

허영은 이런 소리를 하고 웃었다.

"무얼 그러세요? 부러 그러시지."

"어떻게도 그렇게 내 사랑을 몰라주십니까? 순옥 씨께서도 사랑을 해도 보시고 받아도 보셨겠지만."

"아니에요. 전 누굴 사랑해 본 일도 없구 사랑을 받아 본 일두 없습니다. 또 일생에 장차두 사랑을 하거나 받거나 할 생각두 없구요."

"사랑을 안 받으시더라도 제 사랑만은 아니 받지 못하십니다. 순옥 씨께서 받으시거나 밀거나 서는 제 속에 있는 사랑을 말짱 순옥 씨 문전에 갖다가 바칠 것이니까요."

"제 문전에?"

"네. 제가 찾아가. 문을 안 열어 주셔. 그래도 날마다 찾아가. 죽는 날까지 순옥 씨 문전에 날마다 찾아가거든요. 가서는 받으시거나 말거나 피 묻은 제 사랑을 댁 문전에 두고 온단 말씀야요. 피눈물을 흘리면서."

"아이참, 말씀도 재미있게 하셔. 모두 시야, 호호호."

점심이 들어왔다. 하녀는 무엇인가 알아내려는 눈으로 허영과 순옥을 번갈아 본다.

"좋으시겠어요."

하녀는 이 두 사람이 몰래 서로 만나는 작자들이로구나, 하고 진단한 뒤에 이런 소리를 한마디 던진다.

서로 더 먹으라고 권하는 말도 없이 싱겁게 밥을 먹고 있는 두 사람의 모양을 본 하녀는 흥이 깨어져서 더 농담도 아니하고 밥상을 들고 나가 버린다.

"아이, 저렇게 물이 많이 들어왔어요."

순옥이 먼저 무거운 침묵을 깨뜨린다. 순옥이 보기에, 허영은 제 쌀쌀한 태도에 퍽 고민하는 모양이었다.

"참말요. 저 바다로 한정 없이 가 보았으면."

허영은 한숨을 짓는다.

"허 선생!"

순옥은 등교의에 앉으면서 허영을 부른다.

"네?"

"제가 분명히 말씀드릴 것은요."

"네, 말씀하셔요."

"제가 속에 있는 대로 말씀할게 노여시지 마세요. 네?"

"순옥 씨가 발로 제 머리를 밟기로니 성낼 허영이 아닙니다."

"아이, 그렇게 말씀하시니깐 더 말씀하기가 어렵습니다."

"아니, 말씀하셔요. 무슨 말씀이나 고맙게 듣습니다."

"저는 허 선생을 좋은 어른으로 존경은 해요."

"천만에."

"그리고 허 선생께서 저를 끔찍이 사랑해 주시는 것도 알아요."

"고맙습니다."

"그리고 그처럼 저 같은 것을 사랑해 주시는 뜻을 고맙게두 생각해요. 이 세상에서 아마 허 선생만큼 저를 사랑해 주실 이가 과거에두 없었거니와, 미래에두 없을 줄두 잘 알아요."

"그렇게 생각해 주십니까. 그렇게꺼정 저를 알아주십니까?"

하는 허영은 웃음과 울음이 한꺼번에 터져 나올 것 같았다.

"그렇지만 말씀야요."

하고 순옥은 고개를 숙이고 잠깐 입술을 빨았다. 칠 년을 두고 차마 못 해 오던 말을, 그것은 필시 허영을 절망시킬 말을 하기가 참으로 어려웠다.

"네, 말씀하셔요. 저는 순옥 씨께서 그렇게까지 저를 알아주시는 줄은 몰랐어요."

순옥은 더욱 말하기가 어려워졌다. 그러나 이렇게 머뭇머뭇하다가는 마침내 말할 용기를 잃어버리고 말 것만 같아서 고개를 번쩍 들면서,

"그런데 말씀야요. 제가 선생께 원하는 것이 하나 있어요."

하고 순옥은 또 고개를 숙인다.

"원이오?"

"네."

"무슨 원이 있으십니까. 제가 순옥 씨께 원할 것이 있지. 순옥 씨가 제게 무슨 원이 있으셔요?"

"제 원을 꼭 들어주세요."

"네, 말씀만 하셔요. 무엇은 안 들어 드립니까. 네 목숨이라도 버려라 하시면 금시에 버리겠습니다."

"다른 원이 아니라요."

"네, 말씀하셔요."

"선생께서요."

"네."

"저를요."

"네."

"선생께서 저를요."

"네, 제가 순옥 씨를요?"

"네, 선생께서 저를요."

"말씀하셔요. 무슨 말씀이라도 하셔요."

"그럼 말씀해요. 허 선생께서 저를요, 인제부터는 사랑하시지 말아 주셔요. 내버려 주셔요. 그것이 제 소원이야요. 저를 아주 잊어버려 주셔요!"

 순옥은 말을 마치고 허영을 바라보았다. 어쩌면 그렇게 기름기 있는 얼굴이 갑자기 피 한 방울 없이 해쓱해질까. 그것은 마치 안피노톡신 제1호 중독이 된 상태와 같았다. 분명 그는 아탁시아 상태에 빠졌고 동시에 아타락시아 상태에 빠진 것 같았다. 순옥은 그의 코에 숨이 있는가를 의심할 지경이었다.

 '이것은 결코 시인의 웅변도, 배우의 연극도 아니다! 이것이야말로 진정이다!'

 순옥은 허영을 바라보고 이렇게 생각하지 아니할 수 없었다.

 죽은 듯하던 허영은 고개를 들고 길게 한 번 한숨을 쉬고 나서 잘 떠지지 않는 눈을 가까스로 뜨며,

"그게 정말씀예요?"

"무엇이요?"

"순옥 씨께서 저를 버리신단 말씀이 정말씀예요?"

"버리다니요? 제가 뭘 허 선생을 버리고 말고 합니까. 허 선생께서 다시는 저를 생각하시지 마시란 말씀예요. 아주 잊어버리시란 말씀예요. 생각하셔도 쓸데없는 걸 생각하시면 뭘 하십니까. 그러니 아주 남아답게 생각을 뚝 버리시란 말씀예요."

"아니 그게 정말씀이에요?"

"그럼요. 제가 왜 거짓 말씀을 여쭙니까?"

"아니, 저를 떠보시는 말씀이 아니라, 정말 저를 발길로 차 버리신단 말씀예요?"

"네, 정말씀입니다. 오래 두어 벼르서 오늘 그 말씀을 여쭙자고 인천으로 모시고 온 것이에요. 제가 태도를 애매히 가지는 것이 도리어 허 선생께 죄가 되는 듯싶어서요. 허 선생께서도 늙으신 어머님의 외아드님이시라는데 어서 혼인을 하셔야죠. 뭐 그러신 것도 아니시겠지만 혹시나 저 같은 것을 믿으시고 천연하시면 되겠어요. 그래서 오늘 제가 단단히 마음을 집어먹고 똑바로 여쭙는 것입니다."

"제가 다른 여자와 혼인을 할 것 같습니까?"

"왜 안 하셔요."

"아니요. 그건 저를 모르시는 말씀이십니다. 순옥 씨한테 버림을 받는다면 저는 일생 다른 여자하고는 혼인을 안 해요."

"그거야 자유시죠."

"절더러 단념하라고 하신 것은, 허영아 너는 죽어라, 하시는 말씀입니다. 순옥 씨를 잃어버리고 허영이 이 세상에 살아 있을 것 같습니까. 칼로 목을 따 죽지 아니하면 염통이 터져서라도 죽을 것입니다. 죽고말고요. 어떻게 살아요? 빛을 잃고 생명을 잃은 사람이 어떻게 삽니까? 허영이는 죽는 날입니다. 순옥 씨, 허영이 죽어도 괜찮습니까?"

허영은 어성이 떨리고 어음이 분명치 못한 것까지도 있었다. 그 빛 없는 눈, 들먹거리는 가슴, 밭은 숨소리, 혈색 잃고 떨리는 입술, 이러한 것을 볼 때에 순옥은 제 마음에 평형을 안정하기가 심히 어려웠다.

"네, 그럼요. 사시거나 돌아가시거나 다 자유시죠."
하고 야멸찬 마지막 말을 던지기는 던졌으나 그 음성은 힘이 없고 또 떨렸다. 지금까지의 순옥은 허영을 귀찮은 존재, 좀 이상 야릇한 성격을 가진 사람, 어디 이것이라고 집어내서 험 잡을 것은 없으면서도 암만해도 사랑해지지 않는 인물로 생각하여 왔으나 한 걸음만 넘어가면 죽음의 경계에 들어설 듯한 이 순간의 허영의 모양을 대할 때에는 그리한 생각늘은 다 사라지고 오직 불쌍한 생각만이 순옥의 뼈를 저리게 하였다.

"네, 죽거나 살거나 다 제 자유죠."

하고 고개를 푹 수그리는 허영의 말은 벌써 이 세상에서 오는 소리는 아닌 것 같았다. 허영은 분명히 몸을 움직일 힘을 잃어 버린 동시에 그의 마음도 움직임 없는 혼돈 상태에 빠진 것 같았다. 그의 가슴 앞에 힘없이 축 늘어진 머리가 가쁜 숨결을 따라서 들먹거릴 따름이었다.

'어쩌면 그렇게도 낙심할까. 커다란 남자가 저렇게도 축 늘어질 법이 있을까.'

하고 순옥은 실연의 타격이라는 것을 처음 목격하고 그것이 어떻게나 무서운 것임을 알았다. 만일 안빈이 자기더러 곁에 있지 말고 물러가서 다시 오지 말라고 하면 그때에 자기가 받을 타격이 이런 것일까 하고 순옥은 전신에 소름이 끼침을 깨달았다.

'가이없는 인생!'

'가이없는 허영!'

순옥의 눈에 허영은 벌써 자기의 사랑을 구하는 장정인 남성이 아니요, 길가에 쓰러진 불쌍한 강시와 같았다.

'차마 못할 일이다.'

하고 순옥은 길게 한숨을 쉬었다. 허영의 숨결과 같이 순옥의 숨결도 가쁘고, 입에 침이 마르고, 손끝이 발끝이 싸늘하게 식어 올라 왔다. 허영의 심장의 아픔이 쑥쑥 순옥의 심장에도 울려오는 것 같았다.

상사병, 상사뱀 하는 생각이 순옥의 머리에 지나간다. 주인집 딸을 짝사랑으로 사모하다가 병들어 죽은 머슴이 뱀이 되어서 주인집 딸의 몸에 감겼다는 이야기가 있을 수 있는 이야기라고 생각하였다.

고요한 방에는 물결소리가 이따금 울려왔다. 순옥의 팔뚝시계는 오후 두 시를 가리켰다. 가슴이 뻐근하고 갈빗대들이 오그라드는 것 같아서 숨을 쉬기가 어려웠다.

허영은 의식을 상실한 중병 환자와 같이 그 머리와 어깨가 이따금 경련을 일으키는 모양으로 떨릴 뿐이었다.

'가엾어, 불쌍해.'

이러한 측은한 마음이 천 근의 무게로 순옥을 내리눌렀다. 그동안이 한 시간 반은 지났을 것이다. 순옥은 이 신을 차마 더 끌 수는 없다고 생각하고 벌떡 일어나서 도코노마(일본식 방에서 볼 수 있는 장식용 공간)에 놓인 핸드백을 열고 그 속에서 가제로 싼 주사기와 약병과 시험관을 꺼내었다. 순옥은 주사기와 다른 제구를 들고 다시 아까 앉았던 등교의에 와 앉았다.

순옥은 약병들을 테이블 위에 벌여 놓고 나서,

"허 선생!"

하고 불렀다.

허영은 대답이 없었다.

"허 선생, 여보세요."

세 번째 부르는 소리에 허영은 비로소 고개를 쳐들었다. 그의 얼굴에 눈물은 없었으나 오래 울고 난 사람과 같이 허탈된 빛이 보였다. 순옥은 한 번 더 가엾다고 생각하였다.

허영은 테이블 위에 벌여 놓은 병들과 순옥의 손에 들린 주사기를 보고 눈을 좀 크게 떴으나, 그런 것에 호기심을 가질 마음의 여유도 없는 것 같았다. 그래도 그렇게 얼음 가루가 날리던 순옥의 얼굴에 부드러운 웃음이 떠도는 것을 보고는 허영은 얼어붙었던 몸이 약간 녹는 듯함을 아니 느낄 수 없었다.

순옥은 허영의 얼굴에 조금 생기가 도는 것을 보고 한 번 더 부드럽게 웃으면서,

"수고 좀 해 주셔요. 미안하지만 제 피를 좀 뽑아 주세요. 이리 오세요. 이리 가까이 오세요."

하면서 왼편 팔을 소매를 걷고 테이블 위에 놓았다. 금방 목욕을 하고 나온 젊은 여인의 살은 옥같이 희고도 솜같이 부드러워 보였다.

"피를 어떻게 뽑아요?"

허영은 순옥이 시키는 대로 순옥의 곁에 와 선다.

"이 주사침으로요 여기를 푹 찌르세요, 요기요. 파란 정맥이 뵈지 않아요? 침끝이 요 정맥 속으로 들어가도록 찔러 가지고

이 주사통을 쭉 누르고요, 이 유리 방망이를 지그시 빼세요. 그러면 피가 나옵니다."

하고 주사기를 허영에게 준다.

허영은 반 정신밖에 없는 사람 모양으로 주사기를 받아 들고 순옥의 팔오금을 들여다보았다. 순옥은 한 손으로 팔 윗마디를 꼭 누르고 주먹을 발끈 쥐어 정맥이 두드러지게 하려고 애를 썼으나, 비록 몸이 수척한 편이라고 하더라도 역시 젊은 여자의 몸이라 정맥이 뚜렷하게 나오지를 않았다.

"여자의 혈맥이 돼서 이렇게 희미합니다. 요 파르스름한 데를 사정없이 푹 찌르세요."

"아프시죠?"

"괜찮습니다. 어서 찌르세요."

허영은 떨리는 손으로 주사침 끝을 파르스름한 데 대고 꼭 눌렀다. 순옥의 팔은 잠깐 움칠하였다.

"인제 잡아당겨 보세요."

허영이 주사기의 유리봉을 지그시 뽑는 대로 빨간 순옥의 피가 솔솔 주사통 속으로 솟아올랐다.

"십오라고 쓴 데까지 올리오도록 뽑으세요."

피는 차 올라와서 5를 지나고 10을 지나고 15에 다다랐다.

"그만 빼세요."

허영은 피 든 주사기를 들고 후유 한숨을 내쉬었다.

"고맙습니다. 첫 번이신데도 썩 잘하세요. 아주 의사 같으신데. 이제 저 교의에 앉으세요. 이번에는 허 선생 피를 좀 뺄 텐데 주시겠어요?"

"그건 뭘 하는 겝니까?"

이것이 죽음의 고민에서 깨어난 허영의 첫말이었다.

순옥은 주사기의 피를 시험관에 넣고 거기다가 갈색 유리병에 든 약을 몇 방울 떨어뜨려서 꼭 마개를 하여 놓고 주사기에 묻은 피를 알코올로 씻어서 찻종 하나에 쏟아 버린 뒤에 테이블 위에 내놓은 허영의 팔오금을 알코올 솜으로 빡빡 훔치면서,

"슬픈 피, 괴로운 피를 시험해 보는 거예요. 저도 오늘처럼 슬프고 괴로운 날은 없었습니다. 허 선생께서도 무척 괴로우신 모양이에요. 그렇지만 슬픈 사람의 피가 제일 깨끗한 피라나요. 그럼 용서하세요. 아프시면 어떻게 해."

하고 순옥이 주사침을 가지고 주저하는 것을 보고 허영은,

"어서 피를, 제 피를 뽑으세요. 제 몸에 있는 피를 죄다 뽑으셔도 좋습니다. 순옥 씨께 소용이 되신다면 한 방울도 안 남기고 제 피를 다 드려도 좋아요. 만일 괴로운 피, 슬픈 피가 있다면 그 점으로 지금 제 피가 넉넉히 표본이 될 것을 믿습니다."

"고맙습니다. 주먹을 좀 쥐셔요. 팔 윗마디를 꽉 누르시고,

네, 됐습니다. 인제 손을 펴셔요, 누른 것도 놓으시고."

아까 순옥의 피가 솟던 모양으로 주사통에는 허영의 슬픈 피 괴로운 피가 솟아올랐다.

순옥은 주사침을 빼고 침 자리에 반창고를 붙이고 손바닥으로 두어 번 꼭 누르고 나서 와이셔츠 소매를 내려 주고 또 한 번,

"고맙습니다. 아프셨겠어요. 제가 뭣인데 마음으로나 몸으로나 허 선생을 아프시게만 해 드려요?"

하고는 피를 다 처치하고 피를 담은 실험관과 주사침을 핸드백에 넣어서 아까 놓았던 자리에 갖다 놓고 교의에 돌아올 때에는 허영은 순옥의 피 씻은 찻종을 입에 대고 마시고 있었다. 순옥은 깜짝 놀라며,

"어머나! 그게 뭔데 잡수셔요!"

"순옥 씨 피를 마셨습니다. 핏속에 생명이 있다고 하지요. 순옥 씨 몸으로 돌아다니던 피를 마셨습니다."

하는 허영의 두 눈에서는 눈물이 주르르 흘렀다.

순옥은 한 손으로 교의 등을 잡고 거기다가 몸을 기대는 듯이 얼빠진 사람 모양으로 멀거니 서 있었다. 그동안에 또 물결 소리가 들리고 시게 소리가 들렸다.

순옥은 두어 걸음 테이블 옆으로 나오며,

"허 선생!"

하고 부드러운 소리로 불렀다.

허영은 눈물이 어룽어룽한 낯을 쳐들었다.

"허 선생."

"네."

두 사람의 음성은 다 같이 떨렸다.

"허 선생. 저를 허 선생 마음대로 한 번 안아 주세요. 삼 분 동안만 제 몸을 허 선생께 맡겨 드릴게요. 여기 이렇게 선 채로 저를 안아 주세요."

하고 순옥은 팔을 벌렸다.

"정말씀이야요?"

허영은 어리둥절한다.

"네, 정말입니다. 그러나 삼 분 동안만, 여기 이렇게 선 채로."

허영은 마지 못하는 듯이, 심히 부끄러운 듯이 교의에서 일어나서 양복저고리 소매로 아이들 모양으로 눈물을 이렇게 저렇게 씻고 순옥의 두 어깨를 껴안는다.

순옥을 껴안은 허영은 팔만 아니라 전신을 부르르 떤다. 그의 숨결은 임종하려는 사람과 같고, 그 눈에는 새로운 눈물이 고여서 주르르 두 뺨으로 흘러내린다. 입술에는 경련이 일어난다.

처음 이성에게 안겨 보는 순옥의 가슴도 흔들릴 것 같았다. 오직 순옥에게는 잘 알 수 없는 남성의 애욕의 고민, 특별히 허영이라는 좀 못난 듯하고도 순진한 남성의 애욕의 고민에 대한 호기심과 측은히 여기는 마음이 그의 열정의 화약고에 불을 지르기를 금하고 냉정한 제삼자인 관찰자의 태도를 잃지 않게 하였을 뿐이다.

두어 치 거리를 새에 두고 순옥의 얼굴과 눈을 들여다보는 허영의 눈에는 순옥의 얼굴이 온 천지에 가득히 차는 것 같았다. 그 검고 맑은 눈알이 바다 모양으로, 또 맑은 밤하늘 모양으로 한없이 한없이 널리 펴지는 것 같았다. 그러나 허영은 차차 눈이 희미하기 시작하였다. 그것은 다만 솟아오르는 감격의 눈물 때문만이 아니었다. 그의 폭풍과 같이 격동하는 감정이 마침내 그의 신경 계통을 혼란케 하는 것이었다.

순옥은 허영의 눈에 점점 불길이 이는 것을 보았다. 그것이 마치 성난 맹수의 눈에 일어나는 빛과 같다고 생각될 때에 순옥은 몸서리가 쳐졌다. 두 어깨를 감아 안은 허영의 팔은 점점 조여들어서 숨이 답답할 지경이었다. 그 숨결은 더욱 거칠어지고 더욱 뜨거워져서 마치 열대 사막을 거쳐 오는 바람결과 같았다. 그 숨결에는 차차 일종의 냄새가 풍기기 시작했다.

'아모로겐! 유황과 암모니아 냄새!'

순옥은 이렇게 생각하고 고개를 약간 돌렸다.

"허 선생!

"네."

"눈을 감으세요."

 허영은 눈을 감았다. 그리고는 뺨을 순옥의 뺨에 꼭 갖다가 붙였다. 순옥은 피하려고도 아니하였다. 허락한 삼 분 동안에 허영으로 하여금 실컷 자기의 체온에 만족케 하리라고 결심한 것이다. 그러나 순옥의 숨도 가빴다.

 순옥의 눈은 허영의 어깨 위에 놓인 제 팔목의 시계에 있었다. 까만 초침이 째깍째깍 소리를 내며 오똘오똘 돌고 있었.

 '이 분 십 초, 십오 초, 삼십 초, 사십 초, 오십 초, 오십오 초, 오십육, 칠, 팔, 구.'

 초침을 따르던 순옥의 눈은 시계를 떠났다. 순옥은 고개를 허영의 머리에서 멀리 떼며,

"허 선생. 삼 분 되었습니다."

하고 선언하였다. 허영은 눈도 뜨지 아니한 채로, 떨어지려는 순옥의 머리를 한 팔로 끌어당기면서,

"일 분, 일 분, 일 분만 더!"

하고 얼버무렸다. 순옥은 빙그레 웃었다. 그리고 또 시계를 보기 시작하였다.

 '오 초, 십 초, 십오 초'

 까맣고 몽토록한 초침은 오똘오똘 째째거리고 뛰었다.

허영의 팔이 순옥의 허리께로 흘러내릴 때에 순옥은 얼른 그것을 끌어올렸다. 또 흘러내리려는 것을 또 끌어올렸다.

'사십오 초, 오십 초, 오십오 초, 오십육, 칠, 팔, 구.'

순옥은 시계를 찬 손으로 허영의 어깨를 가볍게 떼밀면서, 그러나 부드러운 소리로, 마치 매달리는 어린것을 떼어 놓으려는 어머니와 같은 감정을 생각하면서,

"허 선생, 인제 사 분이 지났습니다. 인제 놓으셔요."

하고 한숨을 쉬었다.

"마지막입니다. 일 분만 더. 네, 일 분만 더. 네, 일 분만, 일 분만 더. 더는 말씀 안 해요."

허영은 이렇게 보채었다.

'십 초, 이십 초, 이십일, 이, 삼, 사, 오.'

까마몽톨한 순옥의 초침이 또 달음박질을 시작하였다.

허영의 입술이, 펄펄 끓는 입술이 순옥의 뺨을 스치면서 돌기를 시작하였다. 순옥은 어쩔까 하고 잠깐 주저하였으나 허영의 입술이 순옥의 입술을 찾기 전에 얼른 고개를 돌렸다.

'사십오 초, 육, 칠, 팔, 구.'

허영의 몸이 순옥의 가슴에 실리기 시삭하였다.

'오십오 초, 육 초, 칠 초 ······.'

순옥은 몸을 한편으로 비키면서,

"허 선생, 인제 오 분입니다. 인제 그만 놓으셔요."

하고 등에 붙은 허영의 팔을 가만히 떼고 몸을 삐쳐 나와서 등교의에 앉았다.

허영은 얼빠진 사람 모양으로 그 자리에 펄썩 주저앉았다. 순옥은 초인종을 눌렀다.

"하녀가 옵니다. 교의에 가 잘 앉으세요."

허영은 몸을 내던지듯이 교의에 앉았다. 하녀가 왔다.

"차 가져오구, 셈해 와요. 아, 참, 자동차 하나 부르구."

하녀는 나갔다가 차를 넣어 가지고 들어와서 자동차는 불렀다고 하였다.

"허 선생, 차 잡수세요."

순옥은 차 한 잔을 허영에게 주었다. 허영은 차를 받아서 입에도 아니 대고 테이블 위에 놓는다. 허영은 순옥의 촉감이 아직도 몸에 닿은 듯하여 정신을 수습할 수가 없었다.

"허 선생."

"네."

"인제 만족하십니까?"

"고맙습니다. 무에라고 감사할 말씀이 없어요."

순옥은 빙그레 웃었다.

"허 선생."

"네?"

"그렇게 하는 것이 사랑인가요. 그렇게 서로 껴안고 살을 대고 그러는 것이?"

허영은 대답이 없다.

"인제 기쁘세요?"

"네, 기쁩니다. 순옥 씨가 영원히 제 품에 계시면 얼마나 기쁠까요?"

허영은 한숨을 쉬며 입이 마른 듯이 차를 들이마신다.

"허 선생."

"네?"

"그렇게 눈을 감으시고라도 젊은 여자의 몸을 안기만 하시면 만족하신다면야, 하필 순옥이라야 할 것은 무엇 있어요? 다른 젊은 여자의 몸뚱이도 마찬가지 아니겠어요? 그러니깐 인제부털랑 제 생각은 마세요. 저보다 더 젊고 육체도 풍후하고 더 건강하고 더 말썽 없이 잘 순종하는 여자를 한 분 택하셔서 어서 혼인을 하세요. 허 선생 결혼식에는 제가 들러리를 서 드리든지, 웨딩마치를 쳐 드리든지 할 테니. 그게 좋지 않아요? 아차 잊었네. 미안하지만 제 피 한 번 더 뽑아 주셔요. 선생님 피도 또 한 번 주시고요. 사랑에 불타시는 피가 어떠한가 좀 알아보고 싶어요."

허영은 말이 없었다.

서울역 앞에서 순옥은 전차로 따라올 듯한 태세를 보이는 허영에게,

"허 선생님 안녕히 가세요. 오늘 실례 많이 했습니다."

하고 전차에 뛰어올랐다.

순옥이 병원에 돌아온 것은 저녁 여섯 시 조금 전이었다. 안빈은 그때까지도 병원에 있었다. 일요일 오후는 원장 안빈이 입원 환자의 병실을 순회하여 말로 위안을 주는 시간이었다. 약보다 부드러운 말, 부드러운 말보다 정성스러운 마음, 이것을 병 치료의 주안으로 삼는 안빈은 어느 날 회진 시간에도 그것을 실행하지 아니함이 아니지마는 특별히 일요일 오후를 순전히 그 일을 하는 시간으로 떼어 놓은 것이다. 병자를 위로한다고 해서 괜찮습니다, 낫습니다, 이러한 말을 하는 것이 아니고 도리어 아무리 어려운 병이라도 어떤 정도까지 그 병의 성질을 잘 알아듣도록 병인 당자와 그 가족에게 설명하여 주고, 어떻게 어떻게 하면 그 병은 고칠 수 있는 것이라는 자신을 주고 병의 가장 해로운 것이 희로애락의 감정을 발하여 동요시키는 것이요, 병을 치료하는 가장 큰 힘이 몸과 마음을 조용하게, 고요하게, 편안하게 가지는 것이라고 설명하여 준다.

환자들은 안빈의 이 정신적 치료 방법을 신임하였다. 그리고

안빈의 화평한 얼굴과 정성된 위안의 말을 접하고 난 뒤에는 환자들은 한결 병이 가벼워진 것같이 느꼈다.

　순옥이 병원에 돌아왔을 때에는 안빈은 아직 예방의를 입은 채로 진찰실에 앉아 있었다.

"댕겨왔습니다."

　순옥은 안빈이 아직 집에 가지 아니한 것을 다행히 여겼다.

"인천 갔었더라구."

　안빈은 순옥을 바라보았다.

"네, 월미도 다녀왔어요."

"월미도?"

"네, 혈액을 몇 가지 얻어 왔습니다."

하고 순옥은 핸드백 속에서 혈액 넣은 시험관 넷을 꺼내 안빈에게 보인다. 그 시험관에는 A1, A2, B1, B2라고 번호가 씌어 있었다. 안빈은 그 시험관을 받아 서창으로 드는 볕에 잠깐 비치어 보면서,

"이건 웬 피요?"

하고 의아한 듯이 순옥을 바라본다. 순옥은 고개를 숙이면서,

"번민하는 피하구 시랑하는 피하구야요. 그중에 측은의 피도 있을는지 모릅니다."

"번민의 피하구 사랑의 피?"

"네."

"그런데 이 피는 어디서 어떻게 얻은 거요?"

순옥은 고개를 더 숙이고 이윽히 말이 없다가,

"시험이 다 끝나시거든 말씀 여쭙겠어요."

하고 또 한참 주저하다가,

"그런데 선생님, 그 피 시험하실 때에는 저도 곁에서 보게 해 주세요."

"왜?"

"글쎄, 그랬으면 좋겠어서 그럽니다."

안빈은 순옥의 뜻을 알 수 없다는 듯 한 번 순옥을 훑어보고 나서 더 캐어묻는 것이 합당치 않을 것을 알고 화두를 돌려서,

"그런데 이 피는 채취한 지 몇 시간이나 됐소?"

"한 시간 내지 한 시간 반쯤 됐어요."

"그럼 순옥이 이리 와."

하고 안빈은 그 시험관들을 들고 실험실로 갔다. 순옥은 그 뒤를 따랐다. 안빈은 실험실에 들어가 전등을 켜 놓고 시험상 앞에 앉으면서,

"교의 하나 갖다 놓고 거기 앉아."

"괜찮아요. 저 여기 서서 봐요."

"넷을 다 검사하자면 두 시간은 걸릴걸."

"괜찮습니다."

하고 순옥은 안빈의 왼편 어깨 너머로 시험을 바라볼 수 있는 위치에 서고 그의 한 손은 안빈의 교의 등을 짚었다.

안빈은 B2라고 쓴 시험관의 마개를 뺐다. 안빈은 마개 뺀 시험관의 입에 코를 대어 보며,

"강한 아모로겐!"

하고 소리를 질렀다. 그리고 그 피를 다른 시험관에 갈라 넣어서 몇 가지 시약을 쳐 보고 그리고는 나머지 피를 침전시키기 위하여 시험관 세우는 자리에 세워 놓고 또 한 번,

"아모로겐!"

하고 소리를 질렀다.

다음에 마개를 뺀 것은 A1이라고 쓴 것이었다. 안빈은 킁킁하고 소리를 내며 그 냄새를 맡아 보고는 몇 번인지 모르게 고개를 기웃거렸다. 그것은 그 피에서 아모로겐 속의 자극성 취기가 나기 때문이었다. 이것은 오 년 동안 인류의 혈액과 동물의 혈액을 시험하는 동안에 일찍 보지 못한 현상이다. 안빈은 대단히 중대한 흥미를 느낀 듯이 자리에서 일어나서 책장에서 서너 권 책과 약장에서 서너 가지 약을 가져다가 시험상 위에 놓았다. 그리고는 분주히 책 페이지를 떠들어 보았다. 그리고는 또 한 번 A1의 피를 맡아 보고 그리고 그 피를 다른 시험관에 따라

거기다가 지금 약장에서 찾아온 시약 하나를 몇 방울 떨어뜨리자 시험관에서는 옥도정기 빛과 같은 증기가 피어오르고, 그 냄새는 안빈의 등 뒤에 선 순옥이 코에까지 왔다. 순옥은 저도 모르게 손으로 코를 막았다. 구리다거나 고리다는 말로는 도저히 그 백분지 일도 형언할 수 없는 지독히 흉악한 냄새다.

"취소(臭素)다!"

하고 안빈은 고약한 냄새도 잊어버린 듯이 연필을 들어서 시험상 위에 놓인 메모랜덤 백지 위에 'A1 = 취소'라고 적어 놓았다.

순옥은 화학 교과서에서 불소니 취소니 하는 것을 배운 것과 선생이 취소 발생하는 시험을 할 때에 아이들이 코를 막고 낄낄거리던 것을 기억하고, 또 그때에 선생이 이 취소를 우습게 설명하여,

"이 취소는 모든 원소 중에 제일 냄새가 고약한 원소다. 그러므로 우주 안에 가장 냄새 고약한 물건인데, 이를테면 악한 사람의 욕심 썩어지는 냄새라고나 할까. 너희들의 마음에서는 일생에 취소가 발생하지 않도록 주의해."

하던 것도 기억되고 또 오늘 월미도에서 허영이 이 취소를 발생하느라고 애쓰던 모양을 생각할 때에 순옥은 쓰디쓴 웃음을 금할 수 없었다.

A1의 피를 처치하고 난 안빈은 대단히 흥분된 듯이 교의에서

벌떡 일어나 두 손으로 순옥의 두 어깨를 잡고,

"순옥이, 고맙소. A1에서 내가 기다리던 것을 찾았소. 애욕의 번민 속에 반드시 있으리라고 상상하였던 취소를 찾았소. 역시 애욕에서 오는 번민이라는 건 더러운 게야. 냄새 고약한 게구. 순옥이 고맙소."

하고 순옥의 어깨를 한 번 흔들고는 다시 걸상에 앉는다.

다음에 안빈의 손에 들린 것이 B1이다. 순옥은 제 피가 바야흐로 시험되리라는 것을 보고 가슴이 자주 뛰었다. 안빈은 우선 유리관의 마개를 빼고 그 냄새를 맡아 보았다.

"아모로겐!"

하고 안빈이 연필을 들어, 'B1 = 아모로겐'이라고 메모랜덤에 적을 때에는 숨이 막힐 듯했다. 그래서 순옥은,

'B1이 어째 아모로겐야?'

하고 혹시 자기 번호를 섞은 것이나 아닌가 하고 의심하였다.

몇 가지로 실험한 결과로 안빈은 'B1 = 아모로겐'이라고 쓴 곁에 'ANP 3'이라고 적었다. 그것은 B1 혈액 속에서 아모로겐 외에 안피노톡신 3호가 검출되었다는 뜻이다.

안빈은 B1의 결과에 대하여서는 그나지 흥미를 느끼지 않는 모양이었다.

마지막으로 안빈의 손에 마개가 뽑힌 것은 B2호 시험관이었

다. 안빈은 전과 마찬가지로 그 시험관 입에다가 코를 대었다. 안빈은 그 피 냄새를 깊이깊이 들이마시는 것 같았다. 순옥은 아득아득하여지리만큼 흥분이 되었다. 허영을 불쌍히 여기느라고 자칭하던 B1의 피에도 유황과 암모니아 냄새가 코를 찌르는 아모로겐뿐이었었다 하면, 오 분 동안이나 허영의 품에 안겨 있던 B2의 피는 더 알아볼 것도 없을 것 같았다. 자기 순옥은 결국 범상한 한 계집, 동물의 한 암컷에 지나지 못하는가, 하고 몸부림하고 울고 싶었다. 그래서 순옥은 차마 메모랜덤에 씌어지는 안빈의 글자를 바로 볼 수가 없어서 고개를 옆으로 돌리고 눈을 감고 있었다. 마음 같아서는 실험실에서 뛰어나가 한정 없이 달아나고도 싶었으나 그리 할 의지조차도 순옥에게는 남지 아니하였다.

그때 순옥의 귀에,

"아우라몬, 퓨어 아우라몬!"

하는 소리가 들렸다. 그러나 그 소리는 멀리멀리서 희미하게 들려오는 소리와 같았다.

"순옥이, 아우라몬야. 성인의 피에서나 발견되리라고 생각하였던 아우라몬야."

하고 교의에서 일어설 때에 순옥은 뇌빈혈을 일으킨 사람 모양으로 안빈의 몸에 쓰러지고 말았다.

"순옥이, 순옥이."

이렇게 다섯 번이나 부른 때에야 순옥은 휴우 한숨을 내쉬고 눈을 떴다. 그러나 아직도 순옥은 제 몸을 가누지 못하고 안빈의 가슴에서 머리를 들지 못했다.

아마 이삼 분이나 지나서 순옥은 비로소 정신을 차려서 가는 음성으로,

"선생님 B2의 결과가 뭣입니까?"

하고 물었다.

"아우라몬, 순수한 아우라몬. 성인의 피에서나 얻어 보리라고 상상하고 있던 아우라몬야. 순옥이 정신 차려요. 난 그것이 뉘 핀 줄 아오. 그것이 순옥이 피야."

하고 순옥이 머리를 쓸어 주었다.

순옥은 다만 입안엣 소리로,

"선생님, 선생님."

할 뿐이었다.

안빈의 품과 가슴에 몸을 의탁한 순옥은 마치 흠씬 어머니의 젖을 먹고 잠이 들어 버린 어린아이 모양으로 차차 숨소리가 깊어지고 느려졌다. 너빈혈 상대로 창백하던 얼굴에도 홍훈이 돌았다. 더구나 검고 부드러운 머리카락에 삼분지 일쯤 가려진 한편 귓바퀴가 마치 복사꽃 모양으로 불그스레하고 그보다도 맑

았다. 반쯤 벌린 입술도 잠든 어린애 입술 모양으로 떨리고, 그 사이로 보이는 하얀 이빨에 부딪쳐 울리는 듯한 숨소리가 들릴락 말락하게 쌕쌕하는 음향을 발하였다.

십여 년이나 마음으로 사모하고 삼 년 동안이나 그 사모하는 이의 곁에 있으면서도 사모한다는 뜻도 발표하지 못하던 순옥은 우연한 기회에 비록 무의식적으로라도 사모하는 이의 가슴에 안겨지게 되매, 지금까지 그립고 긴장하였던 마음이 탁 풀어져서 마치 수면 상태에 빠진 것 같았다.

그리워하기로 말하면 안빈이 순옥을 그리워함도 순옥이 안빈을 그리워하는 것에 지지 않았을 것이다. 안빈이 처음 순옥을 만났을 때에 가슴에 알 수 없는 동요가 일어났다는 것은 그 아내 옥남에게 대하여서도 자백한 일이지만, 그로부터 삼 년 동안 이 동요는 갈수록 더하여 갈 뿐이었다. 안빈은 순옥의 눈이 항상 자기 위에 있어서 자기가 원하는 바를 한 걸음 앞서서 알아차리고는 그 시중을 하려고 애를 쓰는 눈치라든지, 순옥이 말로나 표정으로 발표는 못하면서도 자기를 지성으로 위하고 아끼는 그 진정이라든지, 그러면서도 자기의 진정이 혹시나 드러날까 하여서 감추려고 애쓰는 그 가련한 정경이라든지, 이런 것을 안빈은 순옥을 대할 때마다 시시각각으로 느끼지 아니할 수가 없었다. 순옥의 이러한 애정에 대해서 안빈은 힘써서 무관심 무

감각한 태도를 가지려 하였지만, 표면으로 그리하면 그리할수록 마음속에 움직이는 귀엽고 사랑스러운 정은 더욱 열도를 높이는 것이었다.

안빈은 순옥의 자기에게 대하는 애정이 이른바 연애의 정이라고는 믿지 아니한다. 더구나 자기가 순옥에게 대한 것은 어린 동생이나 자녀에게 대한 애정 이외의 것이 아닌 것을 믿으려고 한다. 그렇지마는 그것이 혈속 아닌 이성 간에 생기는 것이기 때문에 주관적으로나 객관적으로나 문제가 되는 것이라고 생각하였다.

'순옥이 언제나 내 곁에 있었으면.'
하는 생각이 일어날 때에는 안빈은 혼자 깜짝 놀란다. 순옥이 도저히 언제까지든지 자기 곁에 있을 수는 없는 사람이라고 생각할 때에 이 마음은 더욱 견딜 수 없게 간절하여진다.

안빈은 이 모양으로 순옥에게 대하여 간절한 애정을 느끼는 것이 그 아내에게 미안함을 깊이 느낄뿐더러, 겸하여 이따가 스러질 이 육체에 관한 모든 욕심에서 떠나려는 자신의 수도 생활에 어그러짐을 느낀다.

'내가 사랑하는 것이 순옥의 몸인가, 또는 순옥의 그 맑고 아름다운 마음인가.'

이렇게 생각할 때마다 안빈은 후자라고 단정하지마는, 그래도 순옥의 몸을 떠나서 그 마음의 존재를 인식할 수 없음을 생각하매, 그것이 매우 슬프고 괴로웠다.

지금 순옥이 자기의 팔과 가슴에 안겨 있을 때 자기의 혈액에 과연 아무 변함도 일어남이 없을까. 눈에 보이는 순옥의 몸, 귀에 들리는 그 숨소리, 코로 맡아지는 순옥의 육체의 향기, 그리고 팔과 가슴을 통하여 촉감되는 순옥의 체온과 부드러움. 이러한 모든 감각들이 과연 안빈의 몸에 아무러한 반응도 아니 일으킬 수가 있을까.

안빈은 영명수선사(永明壽禪師)의 말에

'고기를 씹을 때에 그 맛이 나뭇개비와 다름이 없거든 고기를 먹어도 좋다. 젊은 여자를 품을 때에 그 촉감이 시체를 품음과 다름이 없거든 젊은 여자를 가까이하여도 좋다.'

하는 말을 생각하고 지금의 제 마음을 반성하여 보았다.

그는 자기가 성인이 되려 하는 뜻을 품은 한 속인에 지나지 못함을 재인식 아니하지 못했다. 순옥의 몸은 장차 시체로 변할 것, 그것이 흙과 물로 변하여 버릴 것까지도 눈에 보이지 아니함은 아니었다. 그러나 그렇게 변할 것이 비록 한순간 후라 할지라도 변할 그때까지는 아름다운 존재임에 틀림없었다. 우주에 있는 만물 중에 사람의 몸처럼 아름다운 것이 있을까. 사람의 몸 중에도 어린 애기와 사랑에 타는 젊은이의 몸처럼 아름다운 것이 있을까. 다른 세계에는 비록 지구의 인류보다 더 아름다운 존재가 있다고 하더라도 현재의 이 지구 위에서는 어린 애기와 사랑에 타는 젊은이의 몸이야말로 아름다움의 마루터기가 아닐 수 없다. 비록 이따가 스러질 허깨비라 하더라도 무심코 가슴에 몸을 던진 순옥은 찬미할 아름다운 존재였다. 하물며 그 몸속에 전혀 물욕을 떠난 아우라몬의 혼이 들어 있다고 생각함에랴.

'더할 수 없이 귀엽고 아름답고 소중한 존재.'

안빈은 속으로 이렇게 부르짖었다.

그러나 안빈은 이러한 상태를 오래 계속하는 동안 금이 납으로 변할 것을 두려워했다. 금과 납은 결코 질적으로 다른 것은 아니다. 전자의 진동수의 높고 낮음으로 납이 금도 되고, 금도 납이 되는 것이라고 물리학이 가르친다. 안빈은 천만겁에 한 번 얻은 금이 납으로 변할 것이 아깝기도 하고 두렵기도 하였다.

안빈은 이렇게 생각하고 순옥의 얼굴과 목과 손을 보매, 그것이 모두 금빛을 발하는 듯하였다. 불상에 도금을 하는 까닭이나, 부처의 살이 진금색이라는 뜻이 알아지는 것 같았다. 마치 이 지구가 순금으로 되었으면 온통 금빛일 것같이 사람이 모든 물욕을 떼고 아우라몬으로만 되었으면 당연히 진금색을 발할 것이다.

"순옥이, 순옥이!"

하고 안빈은 순옥을 붙들어 일으켜 세웠다. 순옥은 자다가 깨는 사람 모양으로 눈을 떴다.

"순옥! 일생 변치 말고 아우라몬으로 살아. 순옥이 한 사람이 세상에 있는 것이 전 인류의 복일 것이야. 아우룸 아우룸! 순옥은 일생을 진금으로 살아, 응. 납이 되지 말고 납이 되지 말고."

"선생님!"

"응."

"제 피가 정말 아우라몬이었어요?"

"그럼."

"삼 년 전에 처음 보신 제 피는?"

"그것도 아우라몬. 그러나 아모로겐이 좀 섞였었고."

"선생님."

"음?"

"지금 제 피에는, 지금 제 피에야말로 유황이나 암모니아는 조금도 없을 것 같습니다. 선생님 가슴을 통해 오는, 통해 오는, 아이 무엇인지 말을 모르겠어요. 어쨌으나 선생님 몸에서 무엇이 흘러나와서 제 몸과 마음을 왼통 깨끗하게 만들어서, 왼통 새 조직이 되어서 지금이야말로 순수한 아우라몬이 있을 것 같아요."

"그런 소리 하는 것 아니야."

"왜요?"

"왜든지."

"지금 제 피를 좀 뽑아서 검사해 주셔요."

"아니."

"왜 그러세요?"

"지금 순옥의 피는 성인의 피거든."

"선생님."

"왜."

"제가 선생님 곁에만 있으면, 선생님을 모시고만 있으면 성인이 될 것 같아요. 그렇지만, 그렇지만, 저 혼자 선생님을 떠나 있으면 도루 한 계집애고요. 아까 월미도에서도 처음 선생님을 생각하지 아니하고 어떤 남자하고 이야기를 하고 있을 때에는, 그 때에도 제 깐에 꽤 건방진 자존심을 가지고 있었습니다마는 그 때에 뽑은 피에서는 아모로겐이 나왔습니다. 그것이 B1호야요. 그런데 B2호는 어떤 남자의 품에 오 분 간이나 안겨 있다가 뽑은 핀데, 그것이 아우라몬이라고 하셨습니다. 그것은 그 오 분 동안에 저는 줄곧 선생님을 생각하고 있었어요. 제가 말씀 안 드리더라도 선생님은 제가 오늘 월미도 갔던 일이 무슨 일인지 아실 줄 믿습니다. 또 길게 말씀 여쭈려고도 아니해요. 제 마음을 제가 아느니보다 선생님이 더 분명히 들여다보십시오. 아무려나 제게 아우라몬이 있다면 그것은 선생님의 것야요. 순옥은 선생님 곁에 뫼시고 있는 동안만 아우라몬을 가진 계집앱니다."

안빈은 순옥의 말을 들으매, 등골에 땀이 흐름을 깨달았다. 순옥은 자기를 성인으로나 아는 성싶었다. 안빈은 자기가 문사 시대의 여러 작품에 성도적인 생활과 감정을 그리기를 좋아도 하고, 힘도 썼다. 심히 높고 깨끗한 감정을 그린 자기의 작품들이 순옥과 같은 순진한 청년에게 마치 작자인 안빈 자기가 그러한 높고 깨끗한 사람인 것처럼 인상 주었는가 하면 일변 부끄럽고 일변 괴로웠다.

안빈의 편으로 보면, 자기는 남달리 심히 깨끗하지 못한 감정의 소유자이기 때문에, 그 때문에 도리어 작품 중에 깨끗한 것, 성스러운 것을 애써 그린 것이다. 제 마음의 더러움에 진저리가 나서 창작 생활에서나 그 진저리나는 더러움을 벗어나 보려는 노력에 불과한 것이었다. 안빈이 성인이 되려고 결심도 하고 애도 쓰는 것은 사실이거니와, 또 그와 한가지로 도저히 금생에서는 더러운 속인을 벗지 못하리라고 자탄하는 것도 사실이다.

사랑이 비칠 때

그때 유월 마지막 교수회에 안빈의 학위 논문이 통과되어 생리학으로는 의학 박사의 학위를 얻게 되고, 심리학으로 문학 박사의 학위를 얻게 되었다. 처음에는 대수롭지 않게 여기던 생리학의 생전 교수도 안빈의 논문을 보고, 또 학회에서 한 안빈의 설명과 실험을 본 뒤에는 대단히 안빈을 칭찬하여 안빈의 연구가 생리학의 한 신기원을 짓는 것이라고까지 격찬하였다. 실로 학위 논문이 삼 개월 이내에 통과한다는 것은 기록적이었다.

심리학의 십야 교수가 처음부터 안빈의 후원자인 것은 이미 말한 바이어니와, 병리학의 아파 교수도 심야 교수만 못지않게 안빈의 학설을 지지하였다. 이리하여서 안빈의 논문은 급속도로 통과된 것이었다.

학회에서 발표한 안빈의 학설과 시험의 결과가 학계에 큰 파란을 일으킨 것은 말할 것도 없거니와, 문제가 통속적 흥미를 끄는 것이기 때문에 신문을 통하여 일반의 센세이션도 근래에 드문 것이었다. 서울서 발행되는 신문에도 안빈의 연구를 도와준 배후의 두 여성이라 하여 안빈의 부인 천옥남과 간호사 석순옥에 대한 기사와 사진들이 났다. 더구나 간호사 석순옥이 고등 교육을 받고 중등 교육을 받고 중등 교원까지 다니던 미인이요, 재원이라는 것을 근거로 삼아서 신문 기자들은 여러 가지 로맨스를 꾸며 놓았다.

의사로서의 안빈의 성공은 예전 문사이던 때의 생활까지도 더욱 빛을 내는 것처럼 신문들은 여러 날을 두고 안빈에 관한 기사를 취급하였다.

이러한 기사에 대하여 무관심할 수 없는 사람 둘이 있으니, 그것은 안빈의 아내 천옥남과 석순옥의 애인으로 자처하는 허영이었다. 허영은 여러 날을 두고 고민하던 끝에 마침내 안빈의 병원을 찾았다.

'의학사 안빈'이라는 문패가 아직도 그대로 붙어 있었다. 허영은 안빈에게 특별히 응접실에서 만나기를 청하여 단도직입으로,

"나는 허영이야요. 석순옥은 내 애인입니다."

이렇게 큰소리로 선언하였다.

안빈은 이 심상치 아니한 말법에 잠깐 놀래었으나 태연하게 정면으로 허영을 바라보며 대답하였다.

"그러십니까?"

"그런데 신문을 보건대, 안 박사께서 내 애인 석순옥을 사랑하시는 것처럼 말이 났으니, 그것이 사실입니까?"

"나는 그런 말씀을 대답할 필요가 없을 줄 압니다."

"그러면 신문 기사가 사실무근이라고 생각하십니까?"

이에 대하여서도 안빈은 대답이 없었다.

"그러면 석순옥이 선생을 사모한다는 사실은 인정하십니까?"

그때에야 안빈은 낯에 웃음을 띠면서,

"글쎄, 그것이 다 허영 씨께서 내게 물으실 말씀도 아니고, 또 내가 허영 씨에게 대답할 말씀도 아니라고 생각합니다."

"어째 그렇습니까?"

"허영 씨 말씀이 석순옥 씨가 애인이라고 하시니 그러면 애인과 애인끼리의 관계를 나 같은 제삼자에게 물으시는 것이 우습지 않아요?"

허영은 말이 막혀 버렸다. 한참이나 고개를 숙이고 앉았다가,

"안 선생."

하고 떨리는 듯한 음성으로 말을 시작한다.

"안 선생. 그러면 석순옥 씨와 나와 혼인을 하게 해 주세요. 나는 안 선생의 인격을 믿습니다. 결코 안 선생은 나 같은 후배의 애인을 뺏으시거나 하실 양반이 아닌 것을 믿어요. 석순옥 씨와 나와 혼인을 하도록 해 주시면 일생을 안 선생을 은인으로 모시겠습니다."

"글쎄, 그것도 내가 무엇이라고 대답할 말씀이 못 됩니다. 왜 그런고 하니 두 분이 서로 애인이시라는데 내가 그 새에 설 필요도 없고요, 또 혼인을 허락하고 아니하는 것은 석순옥 씨 존친속 되시는 이들이 하실 일이지, 내 병원에 와 있는 간호사라고 내가 혼인을 해라 마라 할 처지가 못 되지 않아요. 이것은 내가 할 말씀이 아니지만, 허영 씨께서 모처럼 나를 찾아 주셨으니 말씀입니다마는 허영 씨께서 석순옥 씨와 혼인할 마음이 계시면 나를 찾아오셔서 이러한 말씀을 하실 것이 아니라, 우선 석순옥 씨한테 허락을 얻으시고 그다음에 석순옥 씨 존친속을 찾아보시는 것이 옳겠지요. 나한테 오셔서 그런 말씀을 하시는 것은 대체 어떻게 생각하시고 하시는 일인지 나는 허영 씨 뜻을 알 수가 없습니다."

안빈의 말을 듣고 허영은 처음에 가지고 왔던 분개한 듯하던 기운도 다 스러지고 무엇에 낙심한 사람 모양으로 풀이 죽어 버렸다.

잠시 두 사람 간에는 말이 없었다. 안빈은 문득 지난 사월에 순옥이 월미도서 가져왔다는 A1, A2라는 혈액을 생각하고 A1이라는 혈액 중에 취소와 연(鉛)이 포함되어 있던 것을 생각하면서 허영의 고민에 싸인 얼굴을 바라보았다.

이때에 응접실 문을 두드리는 소리가 났다.

"누구요?"

하는 안빈의 말에 문을 열고 들어선 것은 순옥이었다.

"선생님, 환자 와서 기다리십니다."

하고 나서 허영이 앉았는 것을 발견하고 순옥은 깜짝 놀라는 모양으로 눈을 크게 뜨고 몸을 움칠하였다.

순옥이 어안이 벙벙하여 섰을 때에 허영이 벌떡 자리에서 일어나서 두어 걸음 순옥이 곁으로 와서 서면서,

"순옥 씨."

하고 웃는 낯으로 불렀다. 순옥은 대답이 없다.

"아, 제가 지금 선생님 뵙고 혼인 중매를 서 주십사고 청을 했어요."

"네에, 어디 혼처가 나셨습니까?"

하고 순옥은 비로소 입을 열었다.

"혼처가 나다니요? 석순옥 씨하고 말씀이야요."

"네에, 석순옥이란 여자가 또 어디 하나 있습니까?"

"그게 무슨 말씀이셔요? 지금 이 방에 내 앞에 서 계신 석순옥 씨 말씀이야요. 따루 석순옥이 천 사람 있기로, 만 사람이 있기로 허영에게 무슨 상관입니까?"

"그러시다면 잘못 생각하셨습니다. 지금 여기 있는 석순옥은 분명히 말씀드렸거니와, 그때에 여쭌 말씀을 허 선생께서 잊어버리셨다면 이 자리에서 또 한 번 분명히 여쭙겠어요. 이번엘랑은 다시는 잊지 마시기 바랍니다. 석순옥은 허영 씨와 혼인할 마음은 털끝만치도 없습니다. 알아들으셨습니까. 다시는 잊어버리지 마시기 바랍니다."

순옥의 말은 맵고 쌀쌀하였다. 허영의 얼굴은 처음에는 빨갛게 되었다가 곧 창백하게 변하였다. 허영의 뺨과 입술이 경련을 일으킨 것같이 씰룩거리더니 눈에 약간 살기가 떠오른다.

"저는 바쁩니다. 그럼 안녕히 가세요."

하고 순옥이 돌아서 나가려는 것을,

"수, 수, 순옥 씨."

하고 허영은 순옥이 앞을 막아서며,

"순옥 씨, 그러면 월미도서 하신 일을 잊어버리셨나요?"

"뭣을 잊어버려요?"

"순옥 씨가 내게 하신 말씀요."

순옥은 허영의 말에 피가 끓어오르는 듯 분개함을 깨달았다.

"뭣을 잊었느냐구 물으십니까. 말씀해 보세요."

"순옥 씨가 내게 안기셨죠. 그것을 잊어버리셨느냔 말씀이야요?"

"네, 분명히 제가 허 선생께 안기어 드렸습니다. 그러나 그때에 제가 무엇이라구 말씀을 하였구, 또 허 선생은 무엇이라구 말씀을 하셨던가요? 저는 허 선생께 다실랑은 저를 생각두 마시구 찾지두 마시구 편지두 마시라구 말씀 여쭈었죠. 그때에 허 선생은 고맙습니다, 고맙습니다 하구 우셨죠. 허 선생은 여자의 몸만 안으시면 만족하시니, 저보다 더 젊구 더 살찐 여자를 고르셔서 혼인하시라구 말씀했죠. 그랬으니 어떡하란 말씀입니까? 제가 뭣을 잊어버렸습니까? 제가 잊어버린 것은 한 가지밖에 없습니다. 그것은 허영이란 존재야요."

순옥이 이러한 말을 하는 동안 안빈은 가만히 눈을 감고 있었다. 곧 일어나 나가고도 싶었으나 두 사람을 여기 두고 나가는 것은 두 사람에게 대하여 불친절한 것이라고 생각하였다. 그리고 순옥의 말 마디마디가 힘 있게 날카롭게 날아올 때에 그렇게 부드러운 순옥의 속에, 그렇게 따뜻한 순옥의 마음에, 어디 저렇게 날카로운 칼날들과 얼음 조각들이 감추어 있었던가 하고 놀라지 아니할 수가 없었다.

"말씀은 뭣이라고 하셨든지 내 품에 안기셨던 사실은 소멸할 수 없는 것이 아니야요?"

허영은 남성의 위신을 보전할 양으로 있는 힘을 다 쓰는 모양이다. 그래도 전신에 살과 칼을 맞은 허영의 마음이 비틀거리는 것은 감출 수가 없었다.

순옥의 눈에 차고 날카로운 빛이 번개같이 한 번 지나가더니,

"네, 지금 생각해 보니 내가 잘못했습니다. 나는 길가에 쓰러진 강시가 다 된 사람에게 내 옷을 벗어 덮어 주었더니, 그 사람이 다시 살아나서 덮어 주었던 내 옷을 증거로 내게 대드는 양을 봅니다. 해서는 안 될 사람에게 해서는 안 될 일을 한 것은 깊이 뉘우칩니다."

하는 말을 던지고 순옥은 뒤도 돌아보지 아니하고 나가 버렸다.

다 끊기다 남은 허영의 생명의 마지막 한 가닥이 순옥이 던지는 칼날에 아주 끊어져 버리고 말았다. 이제 이 시체를 처치하는 것이 안빈의 임무임을 깨달을 때에 안빈은 괴로웠다.

안빈은 자리에서 일어나 실신한 듯이 섰는 허영의 어깨에 손을 얹으며,

"허영 씨, 과거에 두 분의 관계가 어떠한 것인지는 나는 모릅니다마는 오늘 광경으로 보건대는 허영 씨는 단념하시는 것이

좋을 것 같습니다. 내가 보기에는 일루의 희망도 없는 것 같습니다. 그렇지만 허영 씨, 연애가 인생의 전체는 아니니까, 연애 말고도 인생에게는 수없이 크고 높은 임무가 많으니까 과히 낙심 마세요. 환자가 와서 기다린다니 나도 오래 모시고 애기할 수가 없습니다."

하고 나가려 하는 것을 보고, 허영도 모자를 들고 안빈보다 앞서서 걸어 나가며,

"안 박사, 나는 신문에서 하는 말이 사실이라고 믿고 갑니다."
하고는 인사도 없이 가 버렸다.

그날 온종일 순옥은 일이 손에 붙지 아니하였다. 도무지 마음을 진정할 수가 없었다. 허영이 다녀간 일이 끝없이 마음을 어수선하게 만들었다. 더구나 안빈의 앞에서 연출한 일막극은 안빈의 눈에 자기의 값을 말 못 되게 떨어뜨린 것같이 생각되어서 순옥은 안빈의 앞에서 고개를 들기가 부끄러웠다. 하필 이날따라 순옥이 진찰실 당번이어서 온종일 안빈의 곁에 있지 아니하면 아니 되었다. 순옥은 몇 번이나 안빈의 명령을 잘못 알아듣기도 하고, 정신없이 일을 저지르기도 하였다. 그렇다고 안빈이 책망을 하거나 낯빛을 변하는 것도 아니건마는, 그러니까 순옥은 더 미안하고 더 부끄러웠다.

그날 일이 다 끝난 뒤에 순옥은 안빈에게 사죄하기로 결심하

고 열기 어려운 입을 열었다.

"선생님, 제가 오늘 잘못한 것을 용서해 주세요."

"뭘?"

"매양 잘못하는 일이 많지마는 오늘 선생님 앞에서 그런 추태를 보여서 죄송하구 부끄럽구 무엇이라고 여쭐 바를 모르겠습니다."

"응, 허영 씨 일?"

"네. 그이가 제가 학생 때부터 그렇게 편지질을 하구 기숙사로 찾아오구. 또 제 오빠한테두 여러 소리를 해서 편지질을 하구 그랬어요. 제가 병원에 온 뒤에도 자꾸 편지질을 하구 만나자구 그러구, 전화를 걸구 찾아오구 그래서 견딜 수가 없어서 지난 사월에 월미도루 오라구 했습죠. 단념하라는 말두 할 겸 또 기회가 있으면 혈액 채취도 할 겸 월미도서 만났습니다. 그런 것이 모두 제가 철이 없어서 제 깐에는 잘한다는 것이 이 꼴이 되었어요. 괜히 제가 와서 선생님께 폐만 끼쳐 드리고 나중에는 선생님 명예까지 손상해 드리고, 저는 어떡하면 좋을지 모르겠습니다. 더 선생님께 폐를 끼치지 말구 병원에서 나가구 싶은 마음두 있어요. 제가 나가는 것이 옳다구 생각하면서두."

하고 말하기 어려운 듯이 한참이나 주저하다가,

"정작 나가리라 하고 마음을 먹으면 나가지지를 아니합니다.

선생님 곁을 떠나서는 살 것 같지를 않습니다. 이런 생각을 하면 선생님께 걱정을 들을 줄 알면서두."

하고 고개를 숙이고 입술을 물어 울음을 삼킨다.

안빈은 눈을 감고 한참이나 말없이 생각하더니,

"순옥이, 인과라는 말 들었소?"

하고 순옥을 바라본다.

"인과요?"

"응, 인과. 인과라는 말에 두 가지가 있지. 오늘날 과학에서 인과율이라고 하는 인과와, 불교에서 말하는 인과가 결국은 마찬가지지마는, 이 우주와 인생을 지배하는 제일 근본 되는 법칙이 인과의 법칙이란 말야. 원인이 있으면 반드시 결과가 있고, 어떤 결과가 있으면 반드시 그 결과를 생하게 한 원인이 있다 하는 것이 그게 인과라는 게야. 헌데 사람들은 자연계에는 인과율이 있는 것을 믿으면서도 사람의 일에는 인과가 없는 것처럼 오해하는 일이 많아. 그렇지만 그것이야 물론 그릇된 생각이지. 사람과 자연계와 다를 것이 아니어든. 모두 한 법칙의 지배를 받는 것이야. 그런데 사람들이 이 인과라는 것을 믿지 못하기 때문에 불평이 생기고 원망이 생기고 모든 번뇌가 생기는 게야. 우리가 만일 생각으로나 말로나 또는 몸으로나 무슨 일을 하나 했거든 말야, 그 일의 결과가 우리에게 돌아올 것을 피할 수가 없고 또 그것을 뒤집어서 말이지, 우리가 무슨 일을 하나 당하거든, 원, 그것이 우리에게 좋은 일이든지 싫은 일이든지 간에 그 일을 당하게 한 원인을 우리의 과거에서 찾을 수가 있단 말야. 일언이폐지하면 제가 심은 것은 제가 거둔다는 말인데, 이 인과율을 믿고 안 믿는 것이 인생관의 근거가 되는 거야."

순옥은 안빈의 말이 옳다고는 생각하나, 왜 이 자리에서 이 말을 하는가 하고 의아스러운 눈으로 안빈을 바라본다.

안빈은 웃으며,

"어때, 순옥이도 인과 믿소?"

"네, 믿습니다."

하고 순옥은 무서워하는 것, 슬퍼하는 것, 성내는 것이 낱낱이 혈액에 나타나던 것을 생각한다.

"그러면 말야. 순옥이 허영 씨 때문에 마음고생하는 것도 과거에 지은 어떤 원인의 결과라고 보는 것이 옳겠지. 또 허영 씨 편으로 보아서, 허영 씨가 순옥이 때문에 괴로워하는 것도 허영 씨가 과거에 지은 어떤 원인의 결과일 것이고, 안 그래?"

순옥은 대답이 없다.

"그런데 사람이란 남의 일에는 인과를 승인하면서도 제 일에는 제가 당하는 것을 제가 당연히 받을 인과라고 생각지 아니하고 부당하게 받는 우연, 즉 횡액이라고 생각한단 말야. 인과율이 지배하는 이 우주 간에 횡액이라는 것이 있을 수가 있나. 우연이란 것은 인과와는 반대니까 터럭 끝만 한 우연 하나라도 통과되는 날이면 이 우주는 부서지고 말 것이어든. 사람이 제 일에 관해서 인과성을 믿지 아니하는 것이 그것이 이기욕이란 말야. 제가 잘못한 과보는 받기 싫고 현재에 잘못한 과보도 받지 아니할 수도 있다는 어리석은 생각야. 그것을 불교 말로 치(癡)라고 부르지. 어리석을 칫자. 인과의 법칙을 깨뜨리고서 좋은 것은 다 제가 가지겠다, 좋지 아니한 것은 하나도 안 갖겠다, 이것을 탐(貪)이라고 그러고. 그러다가 바라는 좋은 것이 오지 않거나 안 바라는 좋지 아니한 것이 굳이 오거나 할 때에 화를 내고 앙탈을 내고 하는 것은 진(瞋)이라고 그러고. 그래서 탐과 진과 치와 이 세 가지를 삼독(三毒)이라고 부르지. 그런데 이 삼독의 근원이 인과를 무시하는 치란 말야. 그러니까 사람이 한 번 치를 깨뜨리고 인과의 도리를 똑바로 본다고 하면, 불평이 있을 까닭이 없고 원망이 있을 까닭이 없지. 그렇지 않겠나? 복을 받거나 화를 받거나 결국은 제가 당연히 받을 값을 받는 것이니까 누구를 원망할 사람이 있어야. 그러면 하느님은 무엇일까. 하느님이란 인과응보를 추호 차착 없이 공평하게 시행하시는 주재자야. 도무지 속일 수도 없고 잘못할 수도 없는 정확한 기록자시고 심판자시거든. 그런데 말야, 사람이 이 도리를 모르고 제가 당하는 일을 무서워하고 슬퍼하고 성내고, 이러면 이럴수록 점점 악의 인을 더 쌓는 것이란 말야. 그렇다고 하면, 우리가 할 일이 무엇인가. 날마다 시시각각으로 당하는 일을 좋은 일이거나 궂은일이거나 원하는 일이거나 원치 아니하는 일이거나 다 묵은 빚을 갚는 셈치고 순순히, 한 걸음 더 나가서는 감사하는 마음으로 받고, 그리고는 제 과거와 현재의 생활에 대해서는 참회적 비판을 사정없이 가해서 보다 나은 미래의 인을 짓는 것이야. 알아들었소?"

"네."

"그래, 내 말을 옳게 생각하오?"

"네."

"옳게 생각하는 것하고, 옳게 느끼는 것하고, 마지막으로 옳고 옳지 않은 것이 문제가 되지 아니하고서 아주 제 것이 돼 버리는 것하고, 이렇게 아는 데 세 가지가 있소. 다들 안다는 것이 첫째에 그치고들 말아요. 둘째 계단까지 가는 사람도 드물고, 셋째 계단은 있는 줄도 모르는 사람이 많아. 기실은 아는 것이 셋째 계단에 올라가서야 비로소 행(行)이 되어 나오는 것이오. 그렇게 생각하지 않소?"

"네, 그렇게 생각해요."

"허영 씨 문제도 그렇다고 보시오. 순옥이 허영 씨를 미워하거나 원망할 이유는 없는 거요."

"그렇습니다."

"순옥이, 전생 내생이라는 것을 믿소?"

"내생이란 건 믿어지는데 전생이라는 게 믿어지지 않아요."

"응, 성경에는 전생이란 말이 없으니까. 그렇지만 내일이 있으면 어저께도 있는 것이지. 전생이란 것이 아니 믿어지면 어저께나 작년만 믿어도 좋지. 금생에 순옥이란 사람이 있는 것이 한 사실이고 보면, 그 순옥이 생기게 된 원인이 있지 않겠소? 이만한 몸을 가지고 이만한 마음을 가지고 이만한 환경 속에 태어나서 이만한 기쁨과 이만한 슬픔을 보게 된 금생의 순옥이 원인이 뭣일까?"

"저는 모르겠어요."

"나는 그것이 전생이라고 믿소. 그렇지 아니하면 인과의 줄이 끊어지니까. 그렇지 않어?"

"네."

"그러고 보면, 순옥이란 사람이 금생에 있는 것도 한 생명의 끝없는 사슬의 한 매듭이 아닐까. 그러므로 순옥은 생김생김과 마음씨와 성명은 여러 가지로 같지 않다 하더라도 과거에 있어서도 수없이 나고 죽었고, 미래에도 수없이 나고 죽고, 또 나고는 죽고, 또 나고, 이렇게 끝없는 매듭을 지어 갈 것이라고 나는 믿소. 안빈이라 하는 나도 그렇고. 그러니까 금생의 순옥은 전생의 결과인 동시에 내생의 원인이라고 보는 것이 옳겠지. 이렇게 생각하면, 순옥이 일생에 허영이란 사람이 나선 것도 결코 우연한 일이 아니라고 믿소. 다시 말하면, 순옥과 허영이란 두 사람의 전생으로부터 오는 은원(恩怨) 관계를 금생에 청산해 버리지 아니하면 내생까지도 또 끌고 갈 것이란 말요. 한 번 떨어진 은원의 씨는 몇 천만 생을 지나더라도 열매를 맺어 버리지 않고는 결코 소멸되지 않는 것이 인과의 법칙이니까. 그럴 것 같지 않소?"

"네, 선생님 말씀대로 믿어집니다."

"석가세존의 말씀을 들으면, 이 세상에 중생들이 태어나는 것은 이 은원의 씨 때문이라고 하셨소. 혹 누굴 사랑하였다 하면 그것은 은이 되고, 또 누굴 미워하였다고 하면 그것이 원이 되어서, 이런 것을 업(業)이라고 하는데, 이러한 업 때문에 우리에게 난다고 하는 것, 즉 생의 보(報)라는 것이 생긴다고 하셨소. 그래서 전생의 은의 업을 많이 지은 사람은 복을 가지고 태어나고, 원의 업을 많이 지은 사람은 그 원수들과 한데 모이도록 태어나서 그들에게 보복을 받는단 말야. 그러니까 도무지 은과 원의 업을 짓지 아니한다면 우리에게는 다시 중생의 몸을 가지고 태어날 인연이 없단 말야. 이렇게 생사의 인연을 영영 끊어 버리는 것은 불교 말로 열반이라고 하는 거야. 그리고 태어나지 아니하면 아니 될 업이 없이 이 지구뿐 아니라, 수없는 세계에 그 세계의 중생들을 건지려고 일부러 자유로 중생의 몸을 쓰고 나오는 이를 불교 말로 보살이라고 부르지. 이 보살이라는 존재를 제하고는 우리 중생들은 다 나고 싶은 마음이 있어서 난 것이 아니라, 전생의 업으로 아니 날 수 없어서 태어난 것이란 말야. 그래 가지고는 청산해야 할 과거의 업을 청산하지 못할뿐더러, 또 그 위에다가 겹겹으로 새 업을 더 지어 붙인단 말야. 내 말 알아들었소?"

"네, 알아들은 것 같아요."

"나는 이것이 진리라고 믿소. 내가 순옥에게 허영 씨 사건을 이리 해라, 저리 해라 말할 수가 없지마는, 지금 말한 인과의 원리에 비추어서 총명하게 판단하기를 바라오."

"그래도 그 사람하고 결혼할 수는 없어요. 대하면 싫고, 생각만 해도 싫은 걸 어떻게 합니까."

"아니, 꼭 혼인을 하란 말은 아니요. 아까 그이가 왔을 때에 순옥이 하는 말에 성난 기운이 있어서 새로운 악업을 짓는 듯싶으니 말이오."

"그 사람이 하도 무리한 말을 해서 저도 성이 났습니다."

"글쎄 내 말도 그것이오. 순옥이 아까 허영 씨에게 하던 말이 얼른 생각하면 말로는 대단히 잘되었어. 웅변이라고 할 만하지. 경우에 틀린 말도 없었고 누가 들어도 옳은 말이라고 하겠지마는 다시 생각하면, 더 깊이 생각하면 말요, 그 옳은 듯한 속에 큰 잘못이 있단 말요. 그 잘못이 뭣인지 알겠소?"

"제가 불민해서 모두 잘못이죠."

"아니, 그렇게 할 말이 아냐. 이 세상에는 잘못이라고 하는 말에 있는 잘못보다도 잘했다고 하는 말에 있는 잘못이 더욱 크고 무서운 것이란 말야. 아까 한 말로 보더라도 허영 씨가 한 말은 누가 들어도 경우 없는 말이지. 무지한 말이고. 그렇지마는 그 말은 마치 빗나간 화살 모양으로 아무도 다친 사람이 없어. 그렇지마는 순옥의 말은 경우가 바른 말이기 때문에 도리어 그 한마디 한마디가 모두 허영 씨의 가슴에 박혀서 아픔을 주고 피를 흘렸단 말야. 이를테면 허영 씨는 함부로 팔다리를 휘둘렀지만 순옥이 몸에는 할퀸 자국 하나도 안 나고, 순옥이 말은 비단 헝겊으로 싼 것 같았지만 허영 씨를 만신창이를 만들었단 말야. 이게 요긴한 데야. 바른말 하노라는 것이 악업을 짓는다는 것을 세상 사람이 잘 모르는 것이거든. 생각을 해 보아요. 오늘 순옥이 말을 듣고 돌아간 허영이란 사람의 가슴이 얼마나 아프겠나. 그가 제 잘못을 생각해서 이것이 다 제가 받을 당연한 값이라고 생각하면야 문제가 없지마는 어디 사람이 그렇게 현명한가. 다

들 나라고 하는 색 안경을 쓰고 세상을 보는 때문에 제 잘못이라고 생각하나? 제가 당한 아픈 것만을 생각하거든. 지금 허영 씨도 순옥이 말에서 받은 상처가 아프고 쓰릴 터이지. 그 아프고 쓰린 것을 몇 갑절해서 순옥에게 돌려보내고 싶을 테지. 이리해서 세상에 악의 씨와 원수의 씨가 끊어질 줄을 모르고 눈사람 모양으로 굴러갈수록 더욱 커진단 말야. 그런 줄 아시오?"

"선생님 말씀을 들으니 그렇습니다. 그렇지만 당장은 분해서 참을 수가 없었어요."

"누구나 분해서 그러지. 분한 걸 참을 때에 악의 씨가 죽어 버리는 것이야. 분해서 그랬노라고 하는 말이 사람들의 정당한 핑계같이 되어 있지마는, 분해서 한 일의 결과가 몇 갑절 더 보태어서 당자에게로 돌아올 것을 생각한다면 그게 무슨 핑계 될 것은 있나. 결국 어리석은 게지. 성경에 참아라, 용서해라 하는 것이라든지, 불교에서 인욕(忍辱)이라고 하는 것이라든지 다 결과를 미리 생각해 가지고 어리석은 우리들을 가르치신 성현의 말씀이거든."

"그러면 제가 아까 허영 씨에게 어떻게 했으면 좋았겠어요?"

"글쎄, 어떻게 했다면 좋았을까?"

하고 안빈은 빙그레 웃는다. 순옥도 안 웃을 수 없었다.

"내 생각 같아서는 안녕하십니까 하는 말씀으로 친절하게 인사나 하고 나왔다면 좋았겠지. 이것이 상책일 것이고, 중책으로 말하면, 저편에서 혼인을 청할 때에 저 같은 것을 그처럼 생각해 주시니 고맙습니다. 그러나 저는 청하시는 말씀에 응할 마음이 없으니 미안합니다. 이쯤 말하는 것이겠지."

"제가 취한 것이 가장 하책이었어요."

"순옥이로는 최하책이지."

"그것보다 하책도 있습니까?"

"그야 얼마든지 있지. 이 녀석 저 녀석 할 수도 있고 다시 그런 소리를 하면 주둥이를 어찌한다거나 경을 친다거나 또는 쥐어박는다거나, 여자로서 그런 반응을 할 방법이 여러 가지 있을 테지."

이 말에 순옥은 참을 수 없는 듯이 두 손으로 입을 싸고 고개를 돌리고 한참이나 웃는다.

"왜 웃어?"

"제가 한 것이 꼭 그것야요."

"그것이라니?"

"이 녀석 저 녀석 하고 주둥이를 어찌하고 주릿대 안기고 쥐어박고 욕설을 하고요, 제가 한 것이 그것이 아니고 뭣입니까?"

"바로 생각했소. 그러면 오늘 순옥이 허영 씨를 때리니만큼 얻어맞더라도, 그때에는 또 성을 아니 낼 테지."

"제가 얻어맞아요?"

"그럼 얻어맞지 않어. 주먹으로 맞지 않으면 말로라도 얻어맞을 것이고 말로 아니면 마음으로라도 얻어맞을 테지. 천사가 돌아서면 사탄이 되는 거와 같이, 가장 무서운 원수는 마음 돌아선 애인이니까."

순옥은 고개를 숙이고 잠깐 생각에 잠겨 있다가 가벼웁게 한숨을 쉬면서,

"선생님, 그러면 제가 어떻게 하면 좋아요?"

"뭣을?"

"글쎄 이 일 말씀예요. 허영 씨 일 말씀예요."

"가만히 있지."

"그러다가 저편에서 들고 나서 있는 소리 없는 소리 세상에다 중상을 하면 어찌합니까?"

"가만히 받아야지."

"그걸 어떻게 예방할 도리는 없겠습니까?"

"순옥이 허 씨하고 혼인을 한다면 예방이 되겠지."

"그렇겐 말고요. 혼인이야 싫은 사람하고 어떻게 혼인을 합니까."

"세상에 어디 그리 좋은 사람이 있나? 사람이란 대개 다 그렇고 그렇고 하지. 순옥이 마음에 흡족할 만큼 그렇게 완전한 사

람이 이 지구상에 있을 것 같지도 않고 또 그러한 사람이 있다기로니 그 사람과 짝이 되자면 순옥이 또 세상에 없는 완전한 사람이 되어야 할 것이 아냐?"

이 말이 순옥에게는 퍽 듣기 거북한 말이었다. 제 자존심을 일부러 분지르려는 말같이도 들리고, 건방지다는 조롱같이도 들렸다. 그러나 그것이 안빈의 말이기 때문에 다음 순간에 순옥은 마음에 평정을 회복할 수가 있었다. 안빈은 자기의 말이 순옥의 마음에 일으키는 반응을 순옥의 눈과 얼굴을 통하여 엿보았다.

"선생님, 그러니까 저는 제 힘껏 완전한 사람이 될 때까지는 혼인을 안 해요."

이렇게 말을 하고도 순옥의 마음은 아주 편안치는 못하였다.

"글쎄, 혼인 아니하고 허영 씨의 입을 막을 도리는 없겠지. 그러면 가만히 있어서 오는 대로 받는 게지. 저편에서 부르거든 나서서 대답하고 부르지 않거든 가만히 있고, 저편에서 부르지도 않는데 순옥이 먼저 나설 것은 없어. 원체 사람의 처세법이 누가 부르기 전에 먼저 나서는 것은 의롭지도 못하고 이롭지도 못한 것이거든. 장자의 말에도 감이후응(感而後應)이라고 했어. 그게 부르기 전에는 나서지 말라는 말야. 이번 일이 그렇지 않아? 가만히 있는 허영 씨를 순옥이 월미도로 불러내서 비위를 건드려 놓은 것이거든. 순옥이야 잘하노라고 한 것이지. 또 저편을 위해서 한 것이고. 그렇지마는 저편에서 청하기 전에 해주는 일은 저편의 뜻을 맞추기가 어려운 것이오. 비겨 말하면, 사람이 가려운 곳을 가리키면서 긁어 달라고 청할 때에 그 자리를 긁어 주면 실수 없이 그 사람의 뜻을 만족시킬 수 있지마는, 저 사람이 가려우려니 하고 긁어 준다면 그 사람은 그것을 고맙게 생각하지 아니할뿐더러, 도리어 아픈 자리를 건드려서 성이 나게 할는지 모를 것 아냐? 이것이 감이후응이란 말야. 부르기 전에는 나서지 말라는 말이고. 그렇지 않어?"

"네, 알았습니다."

시계가 여섯 시를 친다.

"아이 선생님, 댁에 가실 시간 되셨습니다. 제가 긴 말씀을 여쭈어서."

그날 저녁때였다. 삼청동 안빈의 집에는 배은희라는 여자 손님이 와 있었다. 그는 천옥남의 여학교 적 동창으로, 그 아버지는 목사였으나 자기는 예수교 대반대라고 떠들기를 좋아하던 여자로 옥남을 찾아오는 일이 없던 그가 불쑥,

"옥남이, 옥남이 있어?"

하고 안중문에 들어설 때에는 옥남은 놀랍기도 하고 반갑기도 하였다.

"아이, 이거 누구야? 은희야."

하고 손님의 손을 붙들어 대청으로 끌어올리는 옥남도 갑자기 이십 년이나 옛날의 처녀 시절에 돌아간 듯이 마음이 들떴다. 주객 두 사람은 허물없이 아무렇게나 펄썩 주저앉아서 이야기의 문이 터졌다.

"옥남이 말랐어. 어쩌면 저렇게도 말랐어. 이쁘기는 그저 이쁘면서."

"이쁜 건 다 무어야? 여편네가 나이 사십이면 환갑, 진갑 다 지냈지. 내야 밤낮 앓아서 이 모양이구, 인제 며칠 못 살아요."

"숭해라. 왜 그런 소릴 해? 병나면 다 죽나?"

"병나면 죽잖구. 병 안 난 사람두 죽는데. 그런데 은희야말로 도무지 안 늙으니 웬일야? 십 년은 젊어 보여."

"흥, 안 늙어? 이 손을 보아요. 손등이 글쎄 이렇게 나무 껍데기처럼 되는구먼. 어디 옥남이 손 좀 보아."

"내 손 봐야 이렇지. 뼈다귀에 껍질 덮어 논 것 아니야? 노랗기는 왜 이렇게 노래?"

은희는 옥남이 손을 제 손바닥 위에 놓고 정답게 주물럭주물럭하면서,

"그래도 옥남이 손은 보들보들해. 손이 이렇게 보들보들해야 귀격이라는데."

하고 깜짝 놀란 듯이 옥남의 손을 놓고 바로 앉으면서,

"아이참, 내 정신 보아. 대문 안에 들어서는 길로 축하를 하자는 노릇이 깜박 잊어버리고 딴 수다만 늘어놓았으니."

하고 두 손을 땅에 짚고 절하는 모양을 하면서,

"의학 박사, 문학 박사 안빈 부인. 축하합니다."

하고 고개를 들었다.

"망할 것, 그게 다 무슨 숭물이야!"

마침 협이와 윤이가 밖에서 놀다가 들어오는 길에 이 광경을 보고 순이 엄마한테 보고나 하려는 듯이 한뎃솥에 저녁을 짓고 있는 뒤꼍으로 돌아간다.

"다들 컸는데. 아들 이름이 협이지. 딸은 무엇?"

"윤이, 젖을 윤 자."

"응, 협이, 윤이. 문사 양반이시라 아들 따님 이름두 이쁘게 지셨는데. 아니, 또 애가 하나 있지?"

"응 돌잡이."

"걔 이름은 무엇?"

"정이, 삼수변에 고요 정 한 자."

"퍽두 어려운 글잘세. 그게 무슨 자야?"

"그게 물 고요하다는 글자겠지. 낸들 아나? 저의 아버지가 지어 준걸. 저 아버지가 고요한 것을 좋아하니까."

"고요한 것이 좋기야 하지. 부산한 것이 무에 존가? 내야말로 일생을 부산하게 지내니깐 고요한 게 인젠 무척 그리워. 남편이라는 게 부산하지 아니한가. 우리 집은 애들까지 부산해. 아이고 그 부산한 생각을 하면 골치가 지끈지끈 아퍼요."

이 말에 옥남은, 은희의 연애도 해 보고 이혼도 해 보고 재혼도 해 본 곡절 많은 생활을 눈앞에 그려 보고 그것을 자기의 극히 단순한 생활과 비교해 본다. 옥남은 자기의 단순한 일생이 어떻게 보면 적막한 것도 같지마는 그래도 그것이 깨끗하였던 것이라고 생각하는 자긍과 만족을 아니 느낄 수 없었다. 은희가 세상에 여러 가지 소문을 뿌리고 돌아다니는 동안에 옥남은 첫사랑 첫 남편을 지키고 아무 소문 없이 사십 평생을 살아온 것이었다. 신혼 시대에 남편과 가난한 생활을 할 때나 남편이 오래 앓는 동안에 병구완을 할 때에나 남편이 다시 학교에 들어가 의학 공부를 할 때에나 그는 재봉틀을 돌려 어려운 생활을 보태어 오면서도 불평한 생각을 가져 본 일이 없었다.

남편을 위하여서, 자식들을 위하여서 하는 일이라면 어떠한 고생도 옥남에게는 다 낙이 되었다. 맏아들 한이가 죽은 때에 그게 정신적 타격을 아니 받음이 아니었으나, 주심이나 도로 찾으심이나 다 하느님의 뜻이라고 생각하고 원망하는 마음을 일으키지 아니한 옥남이었다. 삼사 년 전부터 몸이 약하기 시작하여서 금년 철 잡아서는 부쩍 쇠약하여져서, 날마다 한나절은 누워서 지낼 지경이 되었지마는 옥남은 이것도 다 하느님의 뜻이어서 인력으로는 어찌할 수 없는 것이라고 단념하고 있다. 어린 아이들을 볼 때에는 자기가 만일 죽으면 저것들이 어찌 되나 하는 어미로서의 걱정이 아니 생김도 아니요, 그러할 때에는 걷잡을 새 없이 눈물이 고여 오르지 아니함이 아니나, 그래도 옥남은 자녀들이 세상에 나온 것도 하느님의 뜻인 거와 같이 잘 자라고 못 자라는 것도 하느님의 섭리요, 사람의 힘이 아니라고 생각하고는 애를 태우는 일이 없었다. 더구나 남편 안빈에게 대하여서는 그를 남편으로 삼는 자기의 행복을 가장 크게 감사할 것으로 생각하고 있다. 남편은 세상에서 구하기 어려운 높은 인격자로 믿고 자기는 그 남편의 아내 되기에는 심히 부족한 자라고 진정으로 믿고 있다.

옥남이 보기에 안빈에게는 자기 힘으로는 헤아릴 수 없는 크고 높은 것이 있다고 믿겨졌다. 안빈이 연구에 골똘한다든가, 병원에 마음을 쓴다든가, 집에 돌아오더라도 자기로는 알 수 없는 딴 세상에 사는 때가 있는 듯한 것이 아내로서 섭섭하지 아니함도 아니었다. 남편이 자기만을 생각하기를 원하는 아내의 욕심을 옥남도 아니 가짐이 아니었으나 그것은 다 자기가 부족한 탓이라고 저를 책망함으로 눌러 버렸다.

옥남은 은희가 찾아온 것을 일변으로 환영하면서도 일변으로는 경계하는 태도를 가진다. 그것은 은희라는 사람은 그 고혹적인 인생관과 언변으로 사람의 마음을 뒤흔들어 놓는 힘이 있는 것이었다. 그의 유물론적이요, 향락주의적인 입론은 현실적이라는 강렬한 색채를 가지고 남의 이상주의적인 신앙과 신념을 동요시키는 힘이 있었다. 예전에 안빈이 오래 앓을 때만 하더라도,

"마음에 드는 남자하구 슬쩍슬쩍 좀 놀아요. 청춘이 한 번 가면 다시 와?"

이러한 소리로 옥남을 유혹한 일조차 있었다.

"남편 몰래 좀 그러면 어때? 안 그러는 사람 어디 있나? 사내들은 다 그러는데 우리라구 못 그럴 건 무에람. 다 늙어 빠진 뒤에야 인생이 무슨 재미야?"

이러한 소리도 하였다.

"에그머니나, 그게 무슨 소리야!"

하고 옥남은 은희의 말을 책망하였지마는, 또 유혹에 넘어가지도 않고 말았지마는, 그래도 그런 소리를 들은 뒤로는 때때로 유혹의 달콤한 소리가 마음을 간질임을 금할 수가 없었다.

'오늘은 또 무슨 소리를 하려노?'

하고 옥남은 일변 호기심도 없지 아니하면서도 또 한편으로는

무서웠다.

"근데, 옥남이 왜 그렇게 말라?"

은희는 다시 화두를 옥남의 신상으로 돌린다.

"밤낮 앓아서 그렇다니깐."

은희는 고개를 살래살래 흔들고, 옥남을 말끄러미 들여다보면서,

"내가 다 알아. 그렇잖아도 오늘 그 말을 할 양으로 왔어."

하고 마침내 옥남의 마음을 뒤흔들어 놓으려는 본 목적의 작업에 착수한다.

'오, 인제 시작이로구나.'

하고 옥남은 빙그레 웃으며,

"은희가 무얼 다 안단 말야?"

하고 맞장단을 올린다.

"옥남의 속을 말야, 옥남이 얼마나 속이 상하는가를 말야."

"내가 무슨 속이 상해? 나는 참말 속상하는 일은 하나두 없어. 그저 몸이 아파서 그렇지. 밤낮 몸이 아프니깐 세상이 긴산하기야 하지. 허지만 속상하는 일은 참 없어."

"그렇게 잡아떼면 누가 속나? 내가 다 아는걸."

"은희, 무얼 말야?"

"무얼 말야는 무엇이 무얼 말야야? 여편네 속상하는 일이 한

가지밖에 더 있어?"

"무어?"

"남편이 딴 계집 눈 걸어 두는 게 속상하는 일이지 무어야?"

"은희두 그런 일이 속이 상해? 저두 영감 몰래 곧잘 그런 짓을 한다면서."

"난 그렇더라두 저편은 안 그랬으면 하는 게 사람의 욕심이든. 또 말야, 나 같은 건 저도 한 깐이 있으니깐 하기야 속이 상할 염치두 없지. 정말 영감한테 대들다가두 뒤가 꿀리거든. 하지만 옥남이야 나와 다르지 않어? 그야말루 숫처녀루, 첫사랑으루, 첫 남편으루 시집을 와서 사십 평생에 남편의 병구완, 공부 치다꺼리 하느라구 좋은 청춘 다 보내구, 사내라구는 다른 사내 소맷자락 한 번 못 스쳐 보구 말야. 말야 바루 옥남이같이 얌전한 아내가 어디 있어? 옛날 같으면야 열녀정문감이라. 그러니깐 불쌍하기두 그지없구."

"불쌍하긴?"

"그럼 불쌍하지 않구. 사십 평생에 인생 낙이라구는 도무지 못 보다가 인제 늙마에나 좀 낙을 볼 만하게 되니깐 영감님이 놀아나시구. 자기가 박사가 된 것이 뉘 덕이라구. 그러기에 사내란 도무지 믿을 수가 없단 말야. 글쎄 안 선생이 그럴 줄을 누가 알았어? 천하 사람이 다 그래두 안 선생만은 안 그래야 옳거든. 어디 그럴 수가 있나? 어디, 옥남이를 예사 아내와 같이 생각할 게야? 그 갖은 고생을 다 하구. 나 같으면 벌써 내버리구 열 번은 달아났을 게야. 원체 내외란 남인데, 정 있구 의리 있어야 내외지, 정두 의리두 다 떨어진 다음에야 남이지 무어야? 남보담두 더하지. 원수지, 원수야. 안 그래?"

"그런데 은희는 무슨 소릴 듣구 그런 말을 해? 아니, 놀아나는 건 다 무에야?"

옥남의 눈에는 칼날이 선다.

"이건 모르나 뵈."

"무얼 모른다구 그래?"

"아아니, 안 박사가 석순옥하구 그렇구 그런 줄은 세상이 다 아는 거 아냐?"

"석순옥하구 그렇구 그런 건 다 무에야?"

"아니, 이건 아주 밤중일세. 신문두 못 보나? 아주 세상에 짜아한데."

"괜헌 소리들야. 남의 말 좋게 하는 사람 어디 있나? 다들 발만 보아도 무엇까지 보았다구."

옥남은 자신 있는 듯이 눙쳐 버린다.

"아니, 이건 정신이 있나 없나? 그래 석순옥이 어떤 계집앤 줄 알구? 낯바닥이 이쁘장한 것을 믿구 ○○학교 시대부터 연애

잘하기루 유명한 계집애야. 글쎄 생각만 해 보아요. 고등여학교 선생까지 내놓구 무엇하러 안 박사 병원에 간호사루 들어오는 거야? 그것만 보아두 벌써 알 거 아니냐 말야? 옥남이 숙맥이 되어서 삼 년 동안이나 속아 살었지. 애초에 안 박사가 석순옥을 간호사루 끌어들인 것이 벌써 다 그렇구 그렇구 한 속내가 있는 것 아니겠어? 참말 옥남이는 밤중일세."

"홍홍."

하고 옥남은 웃으면서,

"아이, 은희두. 순옥을 간호사루 채용한 것이 내가 한 것이지 안 박사가 했나 왜? 안 박사는 석순옥을 안 쓴다구, 간호사감이 아니라구 그러셨구. 그런 것을 내가 우겨서 쓴 것인데 무슨 소리를 다해? 호호호."

하는 말에 은희는 잠깐 말문이 막혔다가 다시 얼굴에 비웃는 웃음을 띠며,

"흥, 그게 사내들의 수단이라나. 제가 좋아하는 계집의 험구를 하는 것이 사내들의 수단여든. 아, 어디 그 여자 쓰겠더냐구, 얼굴인들 그거 어디 쓰겠더냐구, 사내들이 이런 소리를 하거든 벌써 그 여자에게 마음이 쏠린 줄만 알아요. 내가 모를라구. 옥남이는 아직두 세상을 모른다니깐. 그러니깐 영감한테 감쪽같이 속아 넘어가지."

"아냐, 안은 은희 말과는 반대야."

"어떻게?"

"석순옥이 온다구 할 때에 말야, 안의 말이 무엇이라는구 하니, 들어 보아요. 석순옥이 너무 얼굴이 어여쁘구 또 너무 인텔리 여성이 되어서 못 쓰겠다구. 그래 내가 그랬지. 왜 석순옥을 곁에 두면 마음이 움직일 것 같으냐구. 그랬더니 이 양반 대답 보아요. 글쎄 만일 그렇게 되면 어찌하느냐구. 그러니깐 애여 좋게 말해서 돌려보내는 것이 좋다구. 그래서 내가 부쩍 우겼지. 어디, 당신, 석순옥을 곁에 두구 한 번 당신 인격을 시험해 보라구. 그러다가 사랑이 생기면 사랑을 해두 좋다구. 이렇게 내가 부쩍 우겨서 석순옥을 병원에 두게 된 것인데, 괜히 남들이 알지두 못하구."

옥남은 다시 유쾌한 듯이 또 자신 있는 듯이 웃는다.

은희는 눈을 크게 뜨고 옥남의 말을 듣고 있었다. 왜 그런고 하면, 옥남의 말은 보통 인정과 달라서 참이라고 믿어지지 않기 때문이었다. 그러나 또 돌이켜 생각하면 옥남이 그렇게 할 만도 한 여자였다. 그러나 은희는 자기의 소신을 버리고 그대로 항복하기는 싫었다. 옥남의 눈에 남편과 석순옥에게 대한 질투의 불길이 일어나는 것을 보지 아니하고 만족할 수가 없었다.

"글쎄 그때 그랬기루니, 그동안 삼 년이나 지나는 동안에 둘의 새에 사랑이 생기지 말라는 법은 어디 있어? 그렇지 않아도 안 박사와 석순옥 사이에 사랑이 생긴 증거가 분명히 있는걸."

"무슨 증거?"

"몰라, 왜?"

"무이?"

"아니, 저 석순옥이 말야, 본래 약혼한 남자가 있었거든."

"그래서?"

"왜, 저 시인 허영이 말야."

"허영이? 그래서?"

"굳게 굳게 약혼꺼정 하구, 월미도인가 어디서 하룬가 이틀인가 같이 자기까지 했대."

"그래?"

"그런데 요새에 와서는 허영을 배반한단 말야, 석순옥이. 저는 벌써 마음에 정한 사람이 있노라구. 그런데 그 마음에 정한 사람하구 석순옥하구 둘이서 허영을 미친 개 몰아세듯 했대요. 그래서 허영이 분해서 이를 갈구 다닌다누. 그 군이 열정가여든. 인제 누구 하나를 죽이거나 제가 죽거나 큰일을 내구아 말 게야."

"그래서?"

"그래서가 무에야?"

"왜?"

"아이참, 이 못난아. 석순옥이 마음에 작정한 사람이라는 게 누군데? 누군지 알어?"

"그것이 안 박사란 말이지?"

"안 박사란 말이지는 다 무어야? 배짱두, 어쩌면 그렇게 누그러졌어?"

"왜?"

"왜라니? 그래두 옥남이는 괜찮은 거야?"

이 말에 옥남은 웃는다.

"모두 은희가 잘못 알았어."

"무엇을?"

"모두 다. 우선 안빈이란 어떤 사람인지를 모르는 말이구, 또 순옥이 어떤 사람인지를 모르는 말야. 첫째 안빈이란 사람은 누구를 속이지는 못하는 사람이야요. 만일 안이 석순옥에게 애정이 가서 세상에서 말하는 것과 같은 일이 생겼다구 하면 벌써 내게 말했을 거야. 그보다두."

하는 옥남의 말이 끝이 나기도 전에 은희는 깔깔 웃고 옥남의 무릎을 탁 치면서,

"얘, 이 못난아, 제 계집보구 의논해 가며, 오입하는 사내가 이 세상 천하에 어디 있어? 바루 살인강도한 것은 제 계집한테 통

정할지 몰라두, 그래 딴 계집 보아 댕기는 사내가 제 계집한테 아씨, 소인 이러이러한 계집하구 좋아하오니 그리 아시옵소서, 하구 원정 드리구 하는 사람 있단 말야? 이게 어린애야, 천치, 바보야."
하고 인제야 자기의 잃었던 승리를 회복한 듯이 유쾌하게 웃어 댄다.

옥남은 그래도 고개를 설레설레 흔들면서,
"아니, 아니! 천하 사람이 다 그런대두 안만은 안 그래! 안이 다른 계집하구 누워 자는 것을 보구 왔다구 해두 나는 안 믿어. 설사 그런 광경을 내 눈으로 보았더라두, 나는 두 눈을 의심할지언정 안이 그런 부정한 일을 하리라구는 안 믿어. 또 설사 어떤 여자와 같이 어디를 갔다든지, 그보다 더하게 여러 날을 한 방에서 한자리에서 잔 일이 있다손 치더라두 말야. 나는 안이 부정한 행위나 부정한 마음이 있으리라구는 믿지 않을 테야. 남편을 못 믿구 어떻게 살아? 못 믿을 바이면, 은희 말마따나 차라리 달아나구 말지. 또 말야, 아내까지 남편을 안 믿어 준다면 그 남편 된 사람은 어느 천지에 발을 붙이느냐 말야, 안 그래? 그야, 안이 순옥이한테 다소 애정이야 가질 테지. 순옥이란 애가 또 남의 사랑을 끌 만두 하거든. 다른 사람들은 석순옥을 어떻게 보는지 몰라두, 내가 보기에는(내가 삼 년 동안이나 두구 보지 않았어? 석순옥을) 내가 보기에는 무척 얌전하구 순진한 애야요. 집에두 가끔 오지. 와서는 제 집처럼 방을 다 치우구, 걸레질을 다 치구. 나두 아주 순옥이하구 정이 들었어. 인제는 어린 동생이나 딸 같은데. 내게두 그러니 안 박사한테는 더할 거 아니야? 제가 오래 두구 사모하는 이구, 또 이성이구 하니깐 더할 테지, 그야."

"옳지, 그래두 옥남이두 순옥이 안 박사를 사모하는 줄을 아는구먼. 노상 바보는 아닌데."

"그야 순옥이 안 박사를 사모하지. 사모하길래 고등여학교 교사두 그만두구 간호사 시험을 치러 가지구 병원에 와 있는 거 아니야? 석순옥이 간호사 된 것이야 안 선생 곁에 있구 싶어서 그러는 게지."

"옳지, 그런 줄까지 아는구먼."

"그럼 몰라?"

"그래, 그런 소리는 옥남이보구 제가 해? 순옥이?"

"그런 소리야 물어보지 않기루 모를까?"

"그래, 그런 줄 알구두 석순옥을 그냥 둔단 말야?"

"왜? 그럼 어떡허구?"

"내쫓지."

"왜?"

"왜라니? 제 남편을 사모하는 계집인 줄 알면서 그것을 남편의 곁에 있게 해?"

"왜, 그게 어때? 내 남편을 사모하는 여자가 내 남편을 도와주구, 위해 주는 게 무엇이 나빠? 내가 못 하는 일을 대신해 주는 건데, 그것이 고마울 법하지, 미울 것이 무엇이냐 말야?"

"아니 옥남이, 그것이 다 정말야?"

"정말 아니구?"

"에이, 거짓말!"

"왜, 거짓말야?"

"그렇기루 딴 여자가, 그두 나보다두 젊은 여자가 제 남편을 사랑한다는데 그래 아무렇지두 않단 말야? 샘이 안 난단 말야? 천하에 그런 아내가 어디 있어? 원, 다, 무슨 소린지."

"아니, 난 은희 속을 모르겠어."

"무엇을 몰라?"

"그럼 다른 여자들이 다 내 남편을 미워해야 좋겠나? 그두, 만일 내 남편이 어떤 여자와 부부 관계 같은 것을 맺어서 무엇한다면 나두 가만 안 있지. 이혼이라두 하지. 한 남편, 한 아내가 하느님의 뜻이니깐. 허지만 내 남편을 남편으로 삼자는 것이 아니라, 이를테면 석순옥이 모양으로 말야, 원 무엇을 존경해서든지, 원 글을 존경해서든지, 인격을 존경해서든지 말야, 남편으로 사모하는 것이 아니구 다른 것으로 선생으로든지, 또 혹은 지기로든지 사모한다는 것이면 아내 된 내가 내 남편의 영광으로 기뻐할 것이지 싫어할 것이 무엇이야? 안 그래?"

"난 안 그래! 내 남편을 사모한다는 계집이 있다면 나는 쫓아가서 야단이라두 할 테야. 만일 순옥이 같은 게 내 남편 곁에 있어? 그러면 나는 하루두 못 배겨. 당장에 가서 네 이년, 하구 멱살을 추켜들구 칼부림이라두 하구야 말 테야. 그래 그걸 보구 견디어?"

"그러니깐 은희는 안빈이란 사람이 어떤 사람인지 모른단 말야. 또 순옥이란 애가 어떤 앤지두 모르는 게구. 그야 사람두 사람 나름이지. 허지만 안빈이란 사람은 그런 사람은 아냐. 순옥이두 그런 계집애는 아니구."

"인제 두구 보아요, 인제 내 말을 생각하구 후회할 날이 있을 테니."

"그럼 은희는 날더러 어떡허란 말야?"

"어떡허긴. 오늘루 순옥을 병원에서 내쫓아 버리지. 다시는 발길두 못 하게 하구."

"흥흥."

"무어가 흥흥야?"

"자기네끼리 정말 좋아하는 것이라면 내쫓는다구 떨어질 거야? 더하면 더하지."

"아이, 옥남이는 당체 말 못 할 사람야. 바보야!"

"하하핫하."

"웃긴 왜 웃어?"

"아니, 은희는 남의 속두 모르구 그러니깐 우습지 않어?"

"그래, 잘 웃어!"

"왜, 노았어?"

"노야긴, 평양 감사라두 제가 마다면 할 수 없지. 옥남이 시앗을 하나 아니라 백 하나를 보기루니 무슨 상관야?"

"글쎄, 은희 속은 내가 알아요. 내가 우리 남편한테 속는가 봐서 은희가 나를 위해서 그러는 게지만 내가 모를까. 내 남편은 그런 사람이 아니라니깐. 내 남편이 만일 나를 속이는 일이 있다면 나는 당장에 죽어 버리구 말 테야. 내 남편은 그런 사람이 아니니 걱정 말어요. 나는 안빈이 어떠한 사람인지 다는 몰라도 한 가지만은 잘 알어. 그것은 무엇인구 허니, 결코 속이지 않구 부정한 일 아니한다는 것, 이거 하나만은 천하가 다 무어라구 해두 나는 꼭 믿어. 그러니깐 나는 행복된 아내란 말아."

은희는 마침내 옥남의 마음을 흔들지 못하고 좀 불쾌한 낯으로 가 버렸다. 옥남은 은희를 보내고는 자리에 드러누웠다. 은희 때문에 과히 흥분이 되고 또 이야기를 많이 한 것이 몸을 상할까 두려워함이었다.

 은희가 간 뒤에도 옥남의 흥분은 용이히 가라앉지를 아니하였다. 옥남은 마치 큰 싸움이나 하고 난 것같이 사지가 떨리고 신경도 떨렸다.

 자기 남편에게 대한 은희의 공격에 대하여 옥남은 용감히 응전한 것을 스스로 만족히 여긴다. 그래서 은희가 쏘는 독한 화살이 한 개도 남편의 몸에 맞지 아니하도록 막아 낸 것이 마치 나라를 위해서 목숨을 내놓고 싸워 이긴 것만큼이나 기뻤다.

 '안 될 말이지. 내 목숨이 살아 있는 동안 내 남편의 명예에 대해서 칼을 던지는 자가 있으면 그 칼을 내 몸에 받고, 활을 쏘는 자가 있으면 그 살을 내 가슴에 받지!'

 이렇게 생각하고 옥남은 빙그레 웃는다.

 오늘도 은희가 쏜 독한 살이 남편의 몸에 아니 박히기 위하여 옥남의 가슴에 받은 살이 한두 대만은 아니었다. 옥남은 그 남편에게로 날아가는 살을 손에, 몸에, 가슴에 함부로 맞은 것이었다. 용감하게 은희를 대하여서는 웃기까지 한 옥남도 은희를 보내고 나니 아팠다. 은희가 있을 때에도 아니 아픈 것은 아니었으나 마치 용사가 전투 중에는 아픈 것을 잊는 모양으로 그때에는 아픈 것을 잊고 있었다.

 과연 옥남은 남편 안빈을 믿는다. 안빈이 결코 자기를 속이거나 부정한 일을 아니할 줄을 믿는다. 또 순옥이라는 여자의 순결도 믿는다. 그러나 그러나, 그래도 은희의 말을 들으면 옥남은 아니 아프지 못하였다. 왜 그런지 모르게 무엇인지 모르게 아팠다.

'은희의 말과 같이 남편의 가슴속에 순옥의 양자가 귀엽게, 사랑스럽게, 뗄 수 없이 깊이깊이 박혔는지도 모르지.'

이렇게 생각하면 싫었다. 슬펐다. 그러나 옥남은 질투의 감정이 가슴속에 일어나는 것이 두려워서 가만히 눈을 감고 있었다. 그러면 역시 지나간 삼 년 동안 순옥에게 대한 질투의 감정이 저도 모르게 마음속으로 흘러 내려온 것도 같았다.

안빈이 집으로 돌아왔다. 안빈은 아내의 얼굴이 해쓱하고 눈이 할딱한 것을 보고,

"왜, 오늘 몸이 아팠소?"

하고 아내의 손을 잡아 보았다. 손은 싸늘하였다. 다시 이마를 만져 보았다.

"괜찮아요. 은희가 왔다 갔어. 그래 이야기를 좀 했더니."

하고 옥남은 머리카락을 거두어 올리고 매무시를 고치며,

"순이 어멈, 선생님 오셨어, 상 드려."

하는 소리에 뒤꼍에서 토끼하고 놀던 협이와 윤이가,

"아버지."

하고 뛰어 들어온다.

안빈은 매달리는 두 아이의 머리를 쓸어 주고 나서,

"정이는 자나?"

하고 아내의 얼굴을 본다.

"어멈이 업었어요."

"열이 좀 있는 것 같소."

하고 안빈은 앙상하게 여읜 아내의 옆모양을 바라보고 한숨을 쉰다.

'어느 요양원에 보내서 안정한 생활을 하게 해야 할 텐데.'

하고 안빈은 또 한 번 한숨을 쉰다. 자기가 남편이면서, 또 의사면서 앓는 아내의 병을 떼어 주지 못하는 것이 슬펐다. 약이 없어서 안 되는 것도 아니었다. 좋다는 약과 좋다는 주사는 다 하여 보았다. 그래도 아내의 병은 조금씩 조금씩 더하여 갈 뿐이었다. 여름 동안 좀 빤하다가는 겨울부터 약할 뿐이었다. 그러나 아이들을 다 떼어 놓고 혼자 어느 요양원으로 가라는 말은 안빈의 입으로서는 나오지 아니하였다. 그래서 다른 의사의 진찰을 청하여서 그러한 말을 하게도 하였으나 옥남은 언제나,

"아무러면 천년만년 삽니까. 사는 날까지 살다가 죽으면 고만이지요."

하는 대답으로 의사의 권고를 일축해 버렸다. 옥남은 죽는 날까

지 힘 미치는 대로 남편을 위하여 할 만한 일을 하다가 하느님께서 부르시는 날 '네, 갑니다.' 하고 나서면 그만이라고 믿고 있었다.

저녁이 끝나고 아이들을 재우고 나서 옥남은 안빈을 보고,

"나 어디 피서를 좀 갈까 보아요."

하고 적막하게 웃었다.

안빈은 이것이 정양을 권할 수 있는 호기라고 생각하였다.

"요양원에 좀 가 있다 오구려. 후지마라구, 아주 여름에 시원한 높은 벌판에 지은 요양원이 있소. 병원이 아니야. 호텔 모양으로 차려 놓은 데야."

"요양원은 싫어요."

옥남은 머리를 살래살래 흔든다. 옥남은 남편의 앞에서는 마치 이십 갓 넘은 신혼한 아내와 같이 웃고 말하는 것이었다.

"왜?"

"그 먼 데를 어떻게 가우? 저 나가노껜(長野縣) 말이지요?"

"그래."

"싫어요. 난 원산이나 송전이나 한 달 가 있다 올 테야."

"그럼 한 달 가 있어 보구려. 그래두 해수욕은 좋지 않소."

"더우면 바닷물에 가만히 들어앉았지요."

"그럼 아이들은 두고 가시오."

이 말에 옥남은 눈을 크게 뜨면서,

"아이들을 두구 어떻게? 내 병이 옮는다면 몰라두 담두 아니 나오는데 설마 옮을라구요."

"아니, 옮지는 않지마는 아이들을 데리구 가서야 마음을 써서 되우?"

"아이들 두구 가면 더 마음을 쓰지요. 괜찮아요. 순이 어멈은 아이들을 잘 보아 주어요. 그리구 아이들이 눈앞에 보여야 정양이 되어요. 마음이 기쁘구 편안해야 정양이지요."

안빈은 말없이 고개를 끄덕끄덕한다.

"그럼 나 내일이라두 가게 해 주세요."

"내일?"

이번에는 옥남이 고개를 까딱까딱한다.

"내일은 안 돼."

"왜요?"

"가 있을 데를 마련하구야 가지."

하고 안빈은 잠깐 무엇을 생각하다가,

"그럼 이렇게 합시다. 내 이 밤차로 내려가서 있을 데를 마련해 놓고 전보를 칠게. 전보 받는 대로 오구려."

"병원은 어떡하시구?"

"석 군더러 일주일 봐 달라지. 봄에 학회에 갈 때 모양으루."

석 군이란 순옥의 오빠 석영옥이었다. 그는 북간도 재중원에 취직하여 있다가 학위 준비로 K 대학 내과에 와 있는 사람이었다. 안빈이 학회에 갈 때도 석 군에게 부탁하고 간 것이었다.

"밤차루 가시면 곤하지 않으시우?"

"무얼. 그럼 준비해야지. 벌써 열 시야."

남편을 떠나보내고 옥남은 울었다. 남편이 그처럼 자기를 위해 주는 것이 느꺼웠던 것이다. 하루 종일 병원에서 얼마나 고단했으랴, 하면 모기장 속에서 편히 잠자기가 미안한 듯하였다. 지금 남편은 동두내 골짜기로 지나갈 것이다. 지금은 철원 벌판을 지나갈 것이다, 하고 어린것들의 배를 이불로 가리어 주면서 어느새에 울기 시작한 벌레 소리를 듣고 있다가 잠이 들었다.

이튿날 오후에 안빈으로부터 옥남에게 전보가 왔다.

'집 얻었다. 밤차로 오너라. 차표는 순옥에게 부탁하였다. 약 잊지 말아라. 남편'

이러한 뜻이었다. 저녁에는 순옥이 차표와 침대권을 사 가지고 와서 짐을 쌌다. 약과 주사기를 넣은 조그마한 가방도 있었다. 순옥이 땀을 뻘뻘 흘리며 짐을 싸노라고 왔다 갔다 히며 몸을 움직이는 양을 옥남은 물끄러미 바라보고 서 있었다. 은희가 하던 말을 생각한 것이다. 순옥은 옥남과 마찬가지로 수척한 편이었다. 마치 될 수 있는 대로 살을 절약하여서 이루어진 몸같

왔다. 이것이 순옥에게 청수하다는 인상을 주었다. 그러나 몸이 모두 조화가 잘 되어서 단단하지는 못하더라도 구석이 비인 데가 없었다. 날씬하게 팬 목도 약하다고까지 보이지는 아니하였고 몸을 놀리는 것이 마치 무용으로 연단한 것과 같이 리듬이 있었다.

"순옥이 몸매는 이쁘기두 해!"

하는 옥남의 말은 결코 듣기 좋도록 하는 인사말은 아니었다.

"아이, 사모님두."

하고 순옥은 짐을 묶다 말고 팔로 이마의 땀을 씻으면서 옥남을 보고 웃었다.

"정말야. 지금까지두 늘 그렇게 생각했지마는 오늘은 짐을 묶노라고 여러 가지로 몸을 놀리는 양을 보니깐 참 순옥이 몸이 잘두 생겼어. 얼굴두 어느 모로 보든지 이쁘구."

순옥은 짐을 다 묶고 나서 부채질을 하면서,

"인제 잊어버리신 것 없으셔요?"

하고 짐을 휘 둘러본다.

"누나두 가. 순옥이 누나두 가, 응?"

하고 협이가 순옥의 손에 매달리면,

"누나두 가!"

하고 윤이도 순옥의 딴 손에 매달린다.

"저년. 계집애두 누나라구 그러니? 언니라구 그러지."

옥남이 웃는다.

"참 순옥이두 갔으면 좋겠어."

옥남은 은희의 말과 순옥을 비교해 본다. 그러할 때마다 옥남은 그것을 스스로 부끄럽게 생각한다. 무심코 순옥을 대하지 못하는 자기가 심히 비열하게 생각되었다.

"입원 환자가 몇 분이나 돼?"

옥남은 이렇게 화제를 돌린다.

"여덟 분이야요, 만원입니다."

"중증 환자는 없나?"

"그 심장병 앓는 이하구, 그리구는 저 문 씨하구요, 그담엔 폐렴 앓는 어린애가 하나 있는데 열이 내렸어요. 그리구는 별루 중한 인 없습니다."

"아 참, 순옥이 오빠는 오신대?"

"네, 벌써 왔어요."

"어떡해? 공부에 바쁘신 이를 저렇게 번번이 여쭈어서."

"아이 별말씀을 다 하셔요. 오라비두 인산 실습이 되니깐 좋아하는데요."

"그래 논문이 거진 다 되셨나?"

"웬걸요. 인제 일 년밖에 안 된걸요."

"아버지는 돌아가셨다지?"

"네, 제가 열다섯 살 적에."

"어머니는?"

"어머니는 집에 계셔요."

"평양?"

"네."

"며느님 데리시구?"

"네, 제 동생이 또 둘이나 있어요. 또 조카들두 있구요."

"다 학교에 다니나?"

"네, 조카들은 아직 어리구요."

"동생들은? 오라비?"

"제 바루 다음 동생은 계집애구요, 그다음이 오라비야요."

"다 무슨 학교에 댕겨?"

"여동생은 ○○고등학교 사 년생야요. 열여섯 살이구요. 그리구 남동생은 열넷인데 금년에 중학교에 들어갔어요."

"순옥이 동생두 열여섯 살이면 한창 이쁠 나일세. 이름이 무엇이야?"

"분옥이야요."

"분옥이? 무슨 자?"

"초두 밑에 나눌 분 자요."

"어렵기두 하이."

"아버지가 한문을 좋아하셔서 이름에 그런 어려운 글자를 붙이셨어요."

"그래 분옥이두 순옥이 닮았어? 순옥이처럼 맑구 이뻐?"

순옥은 웃고 대답이 없다.

"자동차 왔어유."

하고 순이 어멈이 뛰어 들어온다.

집은 수원 아주머니라는 안빈의 먼촌 고모 되는 늙은 마나님께 맡기고 옥남이 사 모녀와 순이 어멈은 원산으로 갔다.

식전 원산 역두에는 안빈이 나와 있었다.

"아버지!"

"아버지!"

하고 협이와 윤이가 안빈에게 매달리고 순이 어멈의 품에 안긴 정이도,

"아빠, 아빠."

하고 조그마한 손을 내어 흔들었다.

옥남은 행복된 듯이 남편을 바라보았다.

안빈이 가족을 위해서 얻은 것은 송도원 바닷가에 있는 별장이었다. 바로 문 앞이 바다요, 백사장이 있고, 담을 둘러막은 뜰까지도 있었다. 이 층에도 큰 방이 하나 있고 밑층에는 응접실

까지 있어서 상당히 사치한 집이었다. 방들을 돌아보고 이 층 난간에서 바다를 바라보며 옥남은 곁에 섰는 남편을 보고,

"웬걸 이렇게 좋은 집을 얻으셨어요? 집세가 퍽 많겠어요."
하면서 미안하다는 듯이 남편을 한 번 돌아본다.

'돈도 넉넉지 못할 텐데.' 하는 걱정과, '남편이 애써서 번 돈으로.' 하는 생각에 옥남은 가슴이 뻐근한 것 같았다.

"염려 말어. 여기서 가을까지 편안히 있으시오."

아내의 말없는 심정을 알아차리는 안빈은 이러한 부드러운 말과 함께 부드러운 눈을 아내에게 던졌다.

아래층에서는 아이들이 벌써 쿵쾅거리기를 시작하였다.

"이 이 층을 당신 방을 삼구 아무쪼록 안정하시오. 자, 숨을 좀 깊이 들이마셔 보아요. 이 바다 냄새, 이게 오존이라구 아주 몸에 좋은 게야. 바다 냄새 나지?"

옥남은 어린 계집애 모양으로 고개를 까딱까딱한다.

"또 저 퍼런 바다와 흰 모래밭을 반사하는 광선이 좋은 게야. 자외선이 많구, 공기 중에는 더러운 티끌이 없구. 여기서 몸이 까맣게 되두록 일광욕을 해요. 헤엄은 치지 말구. 가만히 저 모래판에 나가 드러누웠기만 해. 아이들두 빨가벗겨서 내놓구. 오늘은 곤하니 집에서 푹 쉬구 내일부터. 좋지, 마음에 들지?"

옥남은 또 고개만 까딱하고 수척한 얼굴에 가득 웃음을 띠고

남편을 바라본다.

안빈은 감격하는 듯이 아내를 껴안아서 가만히, 그러나 오래 입을 맞춘다. 옥남의 두 뺨이 발그레해지고 숨이 쌔근쌔근한다. 옥남은 남편의 지극한 사랑 속에 취한 것 같았다.

이날은 오래간만에 옥남이 남편과 온종일을 같이 있었다.

"낮잠을 한잠 자."

하고 남편이 손수 자리를 깔아 주고 아이들을 데리고 바닷가로 나간 뒤에도 옥남의 눈은 남편의 뒤를 따랐다. 남편은 옥남이 잠을 깨어서 일어나기만 하면 보일 만한 모래판에다가 작은 텐트를 치고 놀고 있었다. 순이 엄마가 저녁 준비를 하게 하기 위하여 안빈은 정이까지도 혼자 맡아 가지고 있었다. 수영복을 입은 남편과 아이들이 바로 집 앞 물가에서 놀고 있는 것을 보고야 옥남은,

"고맙습니다. 고맙습니다."

하고 두 손을 합하여 가슴에 안고는 자리에 누웠다. 그 '고맙습니다.'는 하느님께 사뢰는 기도인지 남편에게 하는 말인지 옥남 자신도 몰랐다. 하느님과 남편을 구별할 수가 없는 것같이 옥남에게는 느껴졌다.

'철썩 우루루루, 우루, 철, 철썩 우루루루.'

하는 음향, 장단 맞춰서 울려오는 물결 소리를 들으면서 옥남은

한잠을 늘어지게 잤다. 다시,

'철썩 우루루루, 우루, 철, 철썩 우루루루.'

하는 소리를 들으며 잠이 깬 옥남은 곧 난간에 나가서 앞을 바라보았다. 텐트 속에 세 아이를 재우고 남편이 석양 누르스름한 빛을 보이는 바다를 바라보고 있었다.

옥남은 남편 있는 데로 따라 나갔다.

"한잠 잤소?"

"네. 이것들두 자요?"

옥남은 아이들을 본다.

"그 애들도 한 반 시간은 잤어."

"당신두 한잠 주무실 걸 그랬지요?"

"난 어젯밤에 잘 잔 걸."

"당신두 원산이 처음이시우?"

"원산은 처음이 아니지만, 송도원 해수욕은 처음이야. 당신두 처음이지?"

"난 처음이야요."

"어떻소?"

"좋아요. 난 어떻게 좋은지 모르겠어요."

옥남은 부끄러운 듯이 웃는다. 안빈도 빙그레 웃는다.

"좋거든 명년에두 옵시다."

"글쎄."

하고 잠깐 쉬어서 옥남은,

"내가 명년까지 살까요?"

하고 적막하게 웃는다.

"원, 쓸데없는 소리!"

"내 병이 나을까요?"

"그럼 낫지 않구. 폐병이 못 고치는 병이라구 한 것은 옛날 말이야. 지금은 'Heilbar'라구, 아주 정해 놓은 병이오. 잘 안정만 하면 나아."

"글쎄요."

"석가여래 말씀에 이런 말씀이 있어. 병을 고치는 데 세 가지 요긴한 것이 있느니라구. 첫째는 마음 가지기, 둘째는 병구완, 그리구 셋째가 의약이라구. 과연 옳은 말씀야. 일섭심(一攝心), 이간병(二看病), 삼의약(三醫藥)이라구."

"그래요. 제 마음이 첫째지."

"첫째는 앓는 사람이 마음을 고요히 가지는 것이지마는 또 곁에서 잘 간호해 주는 이가 있어야 해 병원에서두 간호사가 병인의 병을 낫게 하는 힘이 커. 그러니깐 좋은 간호사 있는 병원이 좋은 병원이야."

"간호사는 첫째 친절해야지요."

"친절이란 그렇게 중요한 것이 아니야. 겉으루 친절하지 아니한 간호사 어디 있나? 속으루 병자를 사랑해야 돼요. 속으루 진정으루 말야. 그렇게 사랑하는 마음이 아니 생기구야 정말 친절이 나오나, 정성은 나오구? 병자란 의사와 간호사에 대해서는 대단히 예민하단 말야. 저 의사가 내게 정성이 있나 없나, 저 간호사가 정말 나를 위해 주나 아니하나, 그것만 생각하거든. 그래서 의사나 간호사가 지성으로 하는 것인지, 건성으로 하는 것인지 병자들은 빤히 알구 있어요. 왜 어린애들이 그렇지 않은가? 아무 말 아니하더라두 어른이 저를 귀애하는지 미워하는지 다 알지 않소?"

"참 그래요."

"병자두 마찬가지야. 저 의사가 나를 위하는지, 저 간호사가 건성으로 저러는지 다 알아 가지구는 만일 저를 위하지 않는 줄만 알면 마음이 괴로워지거든, 하루 종일. 이것이 병에 큰 해란 말야. 불쾌하구, 괴롭구 한 것이. 그러면 신경이 흥분하구, 잠이 안 오구, 입맛이 없구, 소화두 잘 되구. 그런데 병자가 마음이 편안하구 기쁜 날은 밥두 잘 먹구, 또 내리기두 잘하구 그렇거든. 그래, 회진을 해 보면 병자들이 어떠한 마음으로 있는지 대개 알아."

"순옥이는 잘하지요?"

"잘해. 그래 병자들이 순옥이만 찾지."

"순옥이는 참 좋은 사람이야."

안빈은 옥남을 힐끗 본다.

"어젯밤에두 차표를 사 가지구 와서 짐을 모두 제 손으로 묶구, 땀을 뻘뻘 흘려 가면서. 그리구는 차를 탄 뒤에두 청량리까지 저두 타구 오면서 아이들을 다 재워 주구, 내 옷을 다 개켜 주구, 그건 참 끔찍해요."

이 말에 안빈은 제가 서울 올라가면 순옥을 원산으로 보내리라는 생각을 해 본다.

"가만있으우. 내 들어가 목욕물 끓여 놓을게. 여기 앉아 있으우. 좀 드러눕든지. 하늘을 바라보구 드러누워 보아. 구름장 가는 것두 바라보구. 옷 입은 채루 괜찮아, 아무것두 안 묻어. 옳지 그렇게. 가만있어, 베개 만들어 줄게. 이렇게 이렇게 모래를 모아 놓구, 수건을 하나 덮어 놓으면 베개가 되거든. 보아요, 애들 베개두 다 그거야. 그리구 드러누웠노라면 물결들이 끝없는 자장 노래를 불러 준단 말야. 그야말루 영원의 노래지. 하느님 작곡, 하느님 작사. 하하하하."

옥남도 웃었다.

"그럼 가만히 누워 있어. 여름이니깐 목욕물두 잠깐 끓어."

"남편이 뛰어 들어간 뒤에 옥남은 남편이 하라는 대로 가만히 누워서 하늘을 바라보고 있었다. 얼른 보면 그저 한 빛으로 푸른 하늘 같지마는 가만히 들여다보면 눈에 보일락 말락 한 구름들이 수없이 오락가락하였다. 그것은 마치 상긋한 베일과 같았다. 더 오래 바라보노라면 그 베일 폭들이 더러는 동으로, 더러는 서로, 또 더러는 북으로, 이 모양으로 흘러가는 방향이 달랐다. 그것은 높이를 따라서 기류의 방향이 다른 것이었다.

어떤 때에 높은 산이 있는 서쪽으로부터 꽤 큰 구름장이 가장자리에 여러 가지 변화를 일으키면서 동쪽을 향하고 흘러왔다. 그것은 한참 동안은 온 하늘을 덮을 듯한 형세를 보이더니마는 바다 위로 한참을 흘러나가서는 마치 눈 녹듯이 슬슬 녹아 버리고는 다시 아까 모양으로 베일 같은 눈에 보일락 말락 한 엷은 구름들이 종종종 달음질을 하였다. 그중에 약간 두께 있는 구름장은 강하게 일광을 반사하여서 언저리에다가 무지개와 같은 광채를 발하였다. 이루 헤아릴 수 없는 푸른 하늘의 변화였다.

옥남은 고개를 바다 쪽으로 돌려본다. 팔월 수평선에는 석양의 구름 봉우리들이 뭉게뭉게 피어올랐다. 거무스름한 놈, 누른 놈, 뾰족한 놈, 뭉투룩한 놈, 한없이 기어오르는 놈, 기로 피져나가는 놈, 그들은 잠시도 가만히 있지를 아니하였다. 이편 봉우리를 바라보다가 아까 보던 봉우리를 돌아보면 벌써 어느 것인지 알아보지 못하게 변하여 버렸다. 다시 이편을 바라보면 그것도 또 몰라보게 변하고 말았다. 하나가 둘이 되고, 둘이 하나가 되고 뾰족하던 것이 뭉투룩해지고 뭉투룩하던 것이 도로 뾰족해지고, 그중에 어떤 것은 바다 속으로 잠겨 버리는 듯이 순식간에 자취를 감추어 버리고 말았다.

'끝없는 변화와 무상, 그러나 또 끝없는 새로운 창조와 영원.'

옥남은 안빈의 이러한 글귀를 생각하여 본다.

물결 소리가 조금씩 조금씩 높아진다. 바닷빛도 아까와는 다른 빛으로 변하였다. 누르스름하던 것이 젖빛으로 변하였다. 그러나 좀 더 멀리를 바라보면 검푸른 빛이었다.

"철, 철, 철썩, 주르르, 철썩."

하고 하나 둘 셋, 하나 둘 셋 하는 삼박자로 소리를 내었다. 그러다가는 한 박자 쉬는 일도 있고 또 한 박자를 둘에 갈라서 자주 치는 일도 있었다.

"철, 철, 처르르, 철, 철, 처르르."

하고는 한 박자 쉬고 이번에는,

"처르르, 철, 철."

이 모양으로 박자를 바꾸는 것이었다. 서울 생장으로 바다와는 인연이 먼 옥남에게는 이것은 처음으로 듣는 바다의 곡조요, 바다의 노래였다.

"하느님 작곡, 하느님 작사."

옥남은 남편이 하던 말을 한 번 중얼거려 본다. 단조한 듯하면서도 결코 두 번도 같은 소리는 없는 이 곡조를 옥남은 알아듣는 듯하였다. 하늘에 흐르는 엷은 구름들이 하나도 같은 모양이 없는 것이 이 곡조를 알아듣게 하는 데 큰 도움이 된다고 옥남은 생각한다.

'천지의 리듬.'

옥남은 문득 이러한 말을 생각하고 기뻤다. 그러나 천지는 끝없는 리듬의 연속이다. 끝없는 빛의 변화, 형상의 변화, 소리의 변화 – 그래서 끝없는 새로움과 끝없는 움직임! 옥남은 이러한 생각이, 이러한 느낌이 시가 될 것 같다 하고 빙긋 웃고, 그리고는 남편을 생각하였다. 남편은 이 하늘이나 바다의 뜻을 다 아는 것 같았다.

'끝없는 바다의 노래 – 영원의 노래'를 가르쳐 준 것도 남편이었다.

순옥도 남편의 이 힘에 사모하는 마음이 생긴 것인가 하였다. 옥남은 음악을 좀 배우고 그림을 배우다가 말았다. 그러나 문학은 옥남과는 인연이 멀었다. 안빈이 쓴 책들 중에도 옥남은 보지 못한 것이 있있고, 본 것이라도 그리 큰 감격을 받지는 못하였다. 또 그것이 그렇게 중대한 것이라고도 생각지 아니하였다. 아마 이것은 안빈 자신이 자기의 작품을 대수롭지 않게 여기는 때문인지도 모른다.

그러나 안빈이 자기의 작품을 대수롭게 여기지 않는 것은 그것이 제가 마음에 사모하는 바, 원하는 바의 만분지 일도 표현이 못되었다 하는 불만에서지마는 옥남이 안빈의 작품에서 감격을 받지 못하는 것은 안빈이 대수롭지 않게 여기는 그 경지조차도 옥남에게는 알아볼 수 없이 높고 먼 것이라고 생각하기 때문이었다.

어디서 우렛소리가 옥남의 귀에 들려왔다. 옥남은 벌떡 일어나서 우렛소리 오는 곳을 찾으려고 돌아보았다. 저 멀리 영흥 쪽 검은 구름 봉우리에 시퍼런 번개가 번뜩이는 것이 보였다.

"소나기가 오려나?"

옥남은 하늘을 바라본다. 석양을 받은 구름조각들이 어지러이 날고 거의 산머리에 가까이 간 해가 구름장들 사이로 헤매고 있었다.

"물 끓었소."

하고 안빈이 뛰어나왔다.

구름의 설렘, 바다의 설렘, 우레, 번개, 이러한 설렘에 깨었는가 아이들도 눈을 번쩍 떴다. 안빈은 정이를 안고, 옥남은 협이와 윤의 손을 잡고 집으로 들어갔다.

이튿날이었다. 바다에 들어가기가 싫다고 떼를 쓰다시피 하던 옥남도 마침내 수영복을 입고 안빈과 아이들과 함께 해안으로 나왔다. 나오면서도 옥남은 아무쪼록 남편의 눈을 피하였다. 그것은 자기의 수척한 몸을 남편에게 보이기가 부끄러운 것이었다.

마르기로 말하면 안빈도 마른 편이었다. 그의 팔과 정강이에는 시퍼런 정맥이 솟아나온 것이 보였다. 옥남은 남편의 몸이 피둥피둥하지 못한 것이 슬펐다.

옥남의 몸은 눈같이 희었으나 빛이 없었다. 여자가 사십이 되면 몸에 빛을 잃을 때도 되었지마는 그래도 기름기 없는 피부 속으로 파르스름한 정맥의 그물이 비치인 것을 보면 한숨이 아니 나올 수가 없었다. 자기도 젊었을 때에는 목욕탕에 가서 도홍색으로 보이는 팽팽하던 피부도 있었다. 손등도 부어오른 듯이 토실토실하고 윤이 짤짤 돌던 때도 있었다.

그러나 지금은? 지금은 젖통까지도 늙은이 모양으로 축 늘어지고 말았고 손등 발등은 싱긋싱긋 뼈가 비치고 살빛까지도 거무스름하게 되고 말았다. 이러한 몸을 남편의 눈앞에 내놓기가 부끄럽기도 하고 미안하기도 하였다.

"자 이렇게, 바닷물에 몸을 좀 담가 보아요."
하고 안빈은 정이를 안고 윤이를 끌고 바다로 들어간다.

협이와 윤이는 물을 절벅절벅하며 깨뜩거린다.

옥남이는 무서운 데나 들어가는 것처럼 한 발 두 발 바다로 들어간다. 그리 차갑지 아니한 물결이 옥남의 장딴지를 만져 주었다.

볕은 따갑고 물결은 잔잔하였다. 이백 미터쯤 북쪽 해수욕장에는 울긋불긋한 여자들의 머리와 검은 남자들의 머리가 수없이 푸른 물 위에 떠 있었다.

세상의 모든 걱정 근심을 다 잊고 오직 청춘과 건강만을 즐기는 것 같았다.

"이만큼 들어와!"

안빈은 옥남을 보고 소리쳤다.

"여기 깊지 않아. 자, 보아."

협이가 젖가슴까지 차는 물을 가리키며 어머니의 용기를 일으키려고 애를 쓴다.

"선뜩하지 않지?"

안빈이 가까이 오는 옥남을 보고 묻는다.

"시원해요."

"헤엄칠 줄 아우?"

"헤엄이 무어야요? 바다가 처음인데."

"바다가 처음이야?"

"바라만 보았지 누가 들어가 보았나요?"

"흥, 옛날 여학생이 되어서. 저기 있는 저 울긋불긋한 것이 다 여학생들야."

"우리 학교에 다닐 때에야 누가 기집애가 뻘거벗구 바다에를 들어가요?"

"흠흠. 꽤 변했지."

"무서워요."

"무엇이?"

"바다가."

"왜?"

"하두 넓구, 얼마나 깊은지도 모르겠으니."

"안 무서워어."

하고 협이가 모가지까지 물에 담가 본다.

"하늘은?"

"하늘이야 늘 보는 게지만."

"그래두 넓고 깊기루 말하면 하늘이 더하겠지."

"그야 그렇지만."

하고 옥남은 하늘을 쳐다보며 웃는다.

"녀칠 사귀면 또 바다두 정이 들지. 바다두 우리 동무니까."

"우리 동무?"

"그럼 동무 아니구."

"하늘도 동무구요?"

"그럼 다 동무지. 다 우리 놀이터라면 놀이터구, 또 극장이라면 극장이구, 활동사진 스크린이라면 스크린이구. 그러니 무서워할 아무것두 없지."

"그렇긴 그래. 그래두 어찌 생각하면 바다랑 하늘이랑, 또 이 한량없는 무엇이랄까, 생명의 깊은 소랄까, 그것을 끝없는 시간과 공간이라구 한다지요? 그것이 모두 무서운 때가 있어요."

"제 그림자두 무서운 때가 있으니까. 자 거기 펄썩 주저앉아 보아요. 이렇게. 에 시원하다. 처음엔 좀 선뜩해도 한참만 있으면 시원해. 정이두 좀 들어가지."

옥남은 남편의 말을 거슬리기 어렵다는 듯이 바닷물에 몸을 담근다. 두어 번, 혹, 혹 느껴졌으나 남편이 걱정할 것이 두려워서 참는다. 자기 몸은 마치 한량없이 깊은 검은 물속에 잠겨 버린 것 같았다. 온통 물이요, 제 몸뚱이가 없어지고 머리만 남은 것이 우습기도 하였다.

협과 윤이는 벌써 물에 익어서 앉았다 일어났다 하고 장난을 치고 있었다. 그래도 가끔 뒤를 돌아보아서는 아버지와 어머니가 그 자리에 있나 없나를 알아보고야 마음을 놓고 또 놀았다.

옥남도 늠실늠실 물결들이 어깨와 목을 치고 지나가는 것이 유쾌하였다. 정이는 엄마한테 간다고 두 손을 내밀고 떼를 썼다. 엄마에게로 옮아간 정이는 엄마의 목을 두 팔로 꼭 껴안고 깔깔대고 웃었다. 옥남이 유쾌하여지는 것을 보고 안빈은 만족하였다.

"이 바닷물은 말야, 우리 지구에 있는 물결치구 아니 포함한 것이 없거든. 그럴 것 아니오? 몇 백만 년을 두구 물들이 말야 땅속으로 돌아다니면서 지구의 성분을 녹여다가는 바다에 몰아넣거든. 그러니까 혹은 원소대로, 혹은 염류와 같은 화합물로, 도무지 없는 것이 없단 말야. 이 물에."

하고 안빈은 바닷물을 한 손바닥 떠 가지고 주르르 흘리며,

"지구를 약탕관에 넣구 달여 내인 물이 이 바닷물이란 말야. 그러니까 약으루 말하면 없는 약이 없을 거 아니오?"

"그래서 해수욕이 좋다는 건가요?"

"그야, 약만을 위한 것이야 아니지. 약으로 말해두 없는 것이 없어서 그것이 해수욕을 하는 중에 우리 피부를 통해서 흡수가 되지마는 그것 외에두 우선 오존, 즉 산소인데 보통 산소는 오투(O_2)가 아니오? 오투 알지?"

"그럼 그것이야 모를라구요."

"그런데 오존은 오스리(O_3)란 말야. 이놈이 호흡기에 썩 좋은 것이어든. 자 맡아 보아요. 이 새큼한 듯한 냄새가 오존 냄새야. 그리구 또 일광, 그중에두 자외선 말야. 이것이 바닷가에는

강하거든. 그리구 또 물의 온도의 자극, 또 물의 압력의 자극, 또 물결이 이렇게 출렁출렁 몸을 치는 것두 이를테면 다리를 밟거나 주무르는 셈이어든. 이런 것이 다 좋은 것이구. 그리구 또 말야. 바다에 이렇게 척 들어와 있으면 마음이 비구 넓어지지 않소. 근심 걱정이 다 없어지구, 내 마음이 이 바다와 같이 훤칠하게, 무연하게 되지 않어?"

"참 그래요!"

"그게 다 약이야."

"무엇하러 이런 약들이 다 있을까요?"

옥남은 웃는다.

"당신 병 고치라구."

안빈도 웃는다.

한참 있다가 안빈은,

"한 달 동안 바다의 말을 잘 배우시오."

하고 흰 거품을 몰고 달려드는 물결을 손으로 만진다.

"바다의 말, 바다의 이야기, 바다의 노래, 흠흠흠."

옥남이 웃는다.

"자, 이제 나가. 모래에 나가서 놀아."

"어째 죽기가 싫어요. 이렇게 언제까지나 살구 싶은 생각이 나요."

"올라잇, 그래야지."

"당신의 사랑과 당신의 위대한 것을 처음 느끼는 것 같아요."

"고맙소. 늘 그 생각으루, 응."

"그래두 모두 무상하니깐, 모두 변하니깐."

"여보."

"네."

"그래두 이 바다나 하늘보다는 우리 생명이 기우."

옥남의 눈이 번쩍 빛난다.

안빈의 눈도 빛난다. 두 사람의 눈에는 눈물이 있었으나 그것이 보통 슬픔의 눈물이 아닌 것은 말할 것도 없었다.

"자, 나가. 너무 오래 있으면 추워."

안빈은 아내를 안아 일으켰다.

그날 밤 자리에 누워서 옥남은 하늘이랑, 바다랑, 또 바다의 노래랑, 끝없는 우주의 리듬과 생명의 리듬이랑, 우리의 생명이 바다보다도 하늘보다도 길다던 말이랑, 남편의 사랑이랑, 이런 것을 생각하고 있었다. 물결 소리가 들리고 서늘한 바닷바람에 모기장이 펄렁거렸다.

세 아이는 벌써 잠이 들고 그 저편에 누운 남편도 잠이 들었는지, 또는 무슨 생각을 하고 있는지 고요하였다. 한 식구가 한자리에 소도록이 모여 자는 것이 옥남에게는 더할 수 없이 대견

하였다. 한 번 더,

'언제까지나 이렇게 살아 있고 싶어.'

하는 생각을 하였다.

전등도 끄고 초승달도 벌써 넘어갔지마는 방 안은 하늘빛과 바닷빛으로 황혼만큼은 훤하였다. 정이, 윤이, 협이, 남편의 누운 모양이 보이고 특히 얼굴들만은 무슨 빛이나 발하는 것같이 더 분명하게 보였다.

옥남은 아내로의 사랑, 어머니로의 사랑, 이 모양으로 사랑 속에 잠겨서 바다 소리를 듣고 있다.

"철썩, 처르르, 처르르, 철썩."

옥남은 잠이 들지 아니하였다. 남편과 이야기하고 싶었다. 그러나 잠이 든 남편을 깨우기가 미안하기도 하였다. 그래도 이야기를 해 보고 싶었다.

옥남은 몸을 반쯤 일으켜서 아이들 너머로 넘썩 남편의 얼굴을 들여다보았다. 반듯이 누운 그의 가슴이 간격 맞게 들먹거리고 숨소리도 순하게, 깊게 들렸다.

"주무시우?"

옥남은 귓속말 모양으로 물어보았다.

대답이 없다.

"잠이 드셨군."

하고 옥남은 도로 몸을 자리로 끌어왔다.

"응, 나 불렀소?"

그제야 안빈도 잠이 깨었다.

"깨셨어요. 내 소리에 깨셨수?"

"응, 왜? 잠이 안 와?"

"응, 잠이 안 와요."

"왜? 몸이 괴롭소?"

"아니, 몸은 편안해요."

"그런데 왜 잠이 안 드우?"

"너무 기뻐서요."

"무엇이?"

"당신이랑 아이들이랑 이렇게 함께 있는 게."

"언제는 떠나 있었나, 왜?"

"그래두."

"그래두 무어?"

"지금까지는 다들 멀리멀리 떠나 있다가 오래간만에, 오래간만에 오늘 처음 다시 반가운 식구끼리 만나서 한자리에 이렇게 누워 자는 것 같아요. 자꾸 기쁘구, 가슴이 울렁거리구. 이 밤이 한 천년이나 길었으면 좋겠어."

하고는 잠깐 쉬었다가 고개를 들어 아이들과 남편을 바라보며,

"이 밤이 새면 또 다들 멀리멀리 서로 떠날 것만 같아서. 이제 떠나면 또 언제 이렇게, 이렇게 한데 모일지 모를 것만 같아서."

"왜?"

"글쎄, 왜 그런지 그런 생각이 나요. 방정맞은 생각이지요?"

하고 옥남은 도로 베개에 머리를 던진다.

"방정은 왜?"

"글쎄, 방정맞은 생각 아닐까요?"

"인생이 정말 그렇거든."

"인생이 그렇지요? 언제까지나 사랑하는 식구들끼리 언제까지나 이렇게 한데 모여 있을 수는 없지요?"

"그럼."

"그렇게 생각하면 슬퍼요."

"그렇지만 아주 떠나는 것이 아니니까. 내가 인제 서울을 가더라두 오는 토요일이면 또 올 것 아니오?"

"그야 그렇지만, 서루 죽어서 떠나면 다시 만날 수가 없지 아니해요? 그야말루 영이별이 아니야요?"

"그래두 또 만날 날이 있지."

"언제요?"

"만날 인연이 오는 날."

"글쎄, 그렇게 만날 날이 있으면 좋지만, 다시 만날 날이 있는 줄 믿더라두 떠나가는 건 슬픈 일인데, 이것이 영 이별이로구나, 하면 슬프지 아니해요?"

잠시 말이 끊기고 물결 소리만 들린다.

안빈은 옥남의 생각이 이 지경에 이른 것을 다행히 여겨,

"우리가 이번에 만난 것이 처음인 줄 아시오?"

하고 이번에는 안빈이 고개를 들어서 옥남 쪽을 바라본다.

"글쎄, 처음이 아닐까요?"

옥남도 고개를 들어서 안빈을 바라본다.

"당신과 나와는 과거에두 여러 천만 번 수없이 부부가 되었거니와, 미래에두 여러 억만 번 또 부부로 만나는 것이야."

"글쎄 그럴까요? 성경에두 부활하는 날은 서루 만난다구 하긴 했지마는."

"그렇게 한 번만 또 만나는 것이 아니야, 수없이 여러 번 만나는 거지."

"글쎄, 그랬으면 작히나 좋겠어요. 그렇게 믿어지질 아니하니깐 걱정이지요."

"그럼 사람이 죽으면 어떻게 될 것 갇소?"

"아무것두 없어질 것만 같어. 무엇이 남겠어요? 다 썩어져서 없어지지. 숯이 다 타면 불이 스러지구 재만 남는 모양으루, 안 그럴까요?

"저마다 그렇게 스러지나?"

"저마다라니?"

"아주 성인이 다 되어서, 부처님이 다 되어서 말요. 아무 원두 한두 욕심두 다 없어져야 스러진다는 거요. 불교에서 그것을 열반이라구 아니하우? 그렇지만 원두 많구 한두 많구 욕심두 많은 우리 중생들은 스러지려야 스러지지를 않는다는 것이오. 그 원과 한과 욕심을 다 풀구야 스러지지."

"그럼 스러지는 게 좋은 것이게?"

"그럼 좋지 않구!"

"왜요?"

"왜라니? 모든 걱정, 근심이 다 없어지니 좋지 않아. 다시는 병두 고생두 없구."

"흠흠."

옥남은 웃는다.

"정말이오. 우리가 산다는 것이 오죽 고생이오? 이 어린것들두 한평생 살아가자면 고생이 적소? 벌써부터두 무엇이 뜻대루 안 되어서 보채구 떼를 쓰구 하는 거 아니요? 인제 자라서 어른이 되면 더하지 않소? 더 힘이 든단 말야."

"그렇긴 해요."

옥남은 한숨을 내쉰다. 한참 있다가 옥남은,

"그럼 우리가 죽으면 어떻게 되우?"

하고 고개를 들어서 남편을 바라본다.

"또 나는 게지. 죽는다는 게 새루 난다는 뜻이어든."

"어디? 무엇으로요?"

"우리가 태어날 만한 데루, 우리가 태어날 만한 것으루. 소위 업보라는 것이지. 선이나 악이나 제 값만큼 말야."

"그렇기두 해요. 이치는 그럴 것두 같애요. 그렇지만 우리 몸이 죽어 버리면 무엇이 가서 태어날까요. 영혼이 나가서 태어나나요?"

"씨가 땅속에 들어가 묻히면 썩지 않소?"

"썩죠."

"아주 썩나?"

"싹이야 나죠."

"그게지. 사람이나 짐승이나 다 그게야. 우리 몸에는 물두 있구 흙두 있구, 이를테면 흙을 물루 반죽해서 된 것이 우리 몸이지마는 그 밖에 이 물과 흙을 가지구 우리 몸이 되게 하는 생명이라는 것이 있거든. 이 세상이란 것이 있거든. 이 생명이란 것이 불루 태워두 타지 아니하는 거란 말요. 제가 할 일을 다하고 나서면 스러지는 것이란 말야."

"생명이 할 일이란 무엇일까요?"

"수없지. 우선 지금 당신의 소원이 무엇이오?"

"당신 모시구 아이들하구 같이 있는 거야."

"그럼 그 소원이 당신의 내생을 결정하는 것이 되겠지. 가령 당신이 그 소원을 가지구 죽는다구 하면 말요, 내 아내가 되구 애들 어머니가 되기 위해서 또 태어난단 말야."

"내가 죄가 많으문?"

"당신이 무슨 죄가 있어? 당신만큼 깨끗한 일생이면 그만한 소원은 넉넉히 달할 거요."

"나를 너무 높이 보셔."

"아니."

"그렇지만 죄가 있으면 말야."

"죄가 크면 그 죄 값을 먼저 하구 나서야 소원을 달할 테지."

"벌을 받아서?"

"어디 벌을 주는 자가 있는 것두 아니요, 또 벌을 받을 자가 있는 것두 아니지. 또 죄니 죄 아니니 하는 것이 없지. 일언이폐지하면, 제 손으루 다음번 저를 이룬단 말요. 거기 추호나 차착이 있을 리가 있소? 이 우주란 곧 인과의 법칙이니까, 그 법칙의 고동이 하나만 틀리더라도 우주는 깨어지는 것이어든."

"그것이 불교 이치요?"

"석가여래께서 먼저 가르치신 것이니까 불교 이치라구 하겠지마는, 누구나 우주와 인생을 바루 보면 이 이치에 도달하구야 말 것이니까 불교 이치라는 것보다는 그냥 이치지. 그것이 진리란 말이오. 진리란 하나뿐 아니요?"

"그럼 영생은 저마다 있게?"

"그럼."

"그럼 죽는 건 없게요?"

"오늘이 죽고 내일이 나는 셈이지."

"그럼 내가 지금 죽더라두, 이다음 생에두 당신이랑 아이들이랑 다시 만나서 같이 살 수 있나요?"

"그럼 인연만 남으면."

"인연이 남다니?"

"서루 사모하는 마음이 남으면 말야."

"당신은 다음 생에 나하고 부부루 만나기를 원치 않으시우?"

"나하구 또 만났으면 좋겠소?"

"네. 언제구. 몇 억만 번이구. 그렇지만 나 같은 부족한 사람을 아내루 삼는 게 당신께는 고통일 거야."

하고 옥남은 길게 한숨을 쉬며 자기가 정신으로나 몸으로나 남편만 못한 것을 생각한다. 그러는 옥남의 눈에는 눈물이 돈다.

옥남의 말에 안빈도 눈이 쓰려짐을 깨달았다. 갑자기 말이 나오지를 아니하였다.

"여보!"

한참 잠잠한 뒤에야 안빈은 일어나 앉으며 입을 열었다.

"네?"

옥남의 소리는 떨렸다. 그는 두 손으로 눈을 가리고 돌아누웠다. 마치 아직 나이 어린 처녀 모양으로, 실로 옥남의 속에는 늙지 아니하는 처녀의 마음이 있었다.

"여보!"

안빈은 한 번 더 불렀다.

"네?"

옥남은 억지로 고개를 돌렸다.

안빈은 옥남에게로 상체를 굽히며,

"당신과 나와 부처가 되어서 생명의 의무를 다할 때까지 세세생생에 아내가 되고 남편이 됩시다. 그리구 이 애들두 세세생생에 우리 자녀가 되게 하여서 잘 사랑해 주구 잘 인도해 줍시다. 이 소원은 반드시 이루어질 것이오."

하고 옥남의 손을 더듬어서 꼭 쥐었다.

옥남은 다른 손으로 옥남의 손을 잡은 남편의 손을 꼭 눌렀다. 마치 영원히 아니 놓치려는 듯이.

잠잠한 어두움을 통하여 물결 소리가 울려온다. 백랑성이 그 희고 밝은 광채를 발하며 이 부처의 침실을 비추었다.

안빈은 옥남의 가슴이 자주 뛰는 소리를 들은 것같이 생각하였다. 그렇지 않아도 병으로 숨이 좀 찬 옥남의 숨소리는 마치 높은 언덕이나 뛰어 올라온 사람의 숨소리와 같았다. 다만 옥남의 숨소리에는 부드러움이 있을 뿐이 달랐다.

'이거 너무 흥분해서 안 되겠는데.'

하고 안빈은 의사로서의 직업적 걱정이 나왔다. 그러나 그러한 말로 아내의 행복된 종교적인 심경을 깨뜨리고 싶지는 아니하였다.

얼마 있다가 옥남은,

"그게 정말일까요?"

하고 남편의 손을 더욱 꼭 누르며 물었다.

"무엇이?"

"이생에서 죽더라두 내생에서 다시 만날 수 있다는 것이, 당신이랑, 아이들이랑 죽은 한이꺼정두?"

"그럼 내가 그것을 꼭 믿으니 당신두 꼭 믿으우."

"당신이 믿으시는 것이문 나두 믿어야 하겠지만."

하고 옥남은 잠깐 말을 끊었다가,

"다시 만나더라두 서루 누군지 알아볼까요? 전생의 의식을 다 잃어버리지 아니할까요? 아무리 생각해두 나는 전생의 기억이 없는데."

"왜 없어?"

"어디 있소? 나는 아무 기억두 없는데."

"어린애가 나면서 젖을 빠는 것두 전생의 기억이구, 낫살 차면 이성을 그리워하는 것두 전생의 기억이구, 욕심쟁이가 욕심을 내는 것두 전생의 기억이구, 다 전생의 기억이지. 본능이니 기질이니 하는 것이 다 전생의 기억이어든."

"그럴까요?"

"그럼 그렇지 않구."

"허긴 그렇기두 해요. 허지만 전생에 당신과 만났던 기억이 어디 있어요? 당신은 전생에 날 만났던 기억이 있어요?"

"그럼."

"어떻게?"

"당신이 여름 방학에 동경서 오는 기차 속에서 나를 처음 만나지 않았소?"

"응. 누마즈(沼津)서부터."

"그때에 나를 처음 만나니까 어떱디까?"

"왜 그런지 므르게 반가워요. 익지하구 싶구, 공연히 부끄럽구, 가슴이 울렁거리구."

"그것 보아! 그게 전생의 기억 아니오? 당신이 나를 만나러 이 세상에 태어났으니까 나를 보구는 알아본 것이어든. 그렇지 않으면 허구많은 사내에 왜 나한테루 시집을 오우?"

"하하하, 참 그래요. 허지만 당신은?"

"무엇?"

"날 처음 보실 때에 어떠셨어요?"

"나두 그랬지."

"무얼요?"

"왜?"

"그때, 차가 끊어져서 이와쿠니(岩國)에 있는 조그만 여관에서 방이 없어서 당신하구 나하구 한방에서 하룻밤을 지내지 않았어요?"

"그랬지."

"당신은 벽을 향하구 돌아누워서는 꼼짝두 안 하구 잠만 자던데, 난 혼자 밤을 꼬박 세웠건만."

"핫하핫하."

"왜 웃어요?"

"그럼 남의 처녀하구 부득이 한방에 자게 된 사내가 그렇게 아니하면 어떻게 하우? 핫하핫하하."

"그러기루 나처럼 가슴이 울렁거리면 잠이 오겠어요?"

"당신은 여자니까 내가 무서워서 못 잤겠지."

"아냐요! 나는, 당신께서는 마음이 없으신 걸 억지로 당신한테 시집을 왔어. 오시가케 뇨오보오(억지로 떠맡겨진 아내라는 일본말)야요, 호호호호."

"인제 그만 자우. 나두 이야기를 오래 했소."

안빈은 자리에 누웠다. 두 사람은 한참이나 말이 없었다. 바람이 자는지 물결 소리가 잔잔해진다.

"한마디만 더."

하고 옥남이 이번에는 일어나 앉는다.

"자라니까."

"한마디만."

"무어?"

"참 그런 것두 같애요."

"무엇이?"

"아니, 당신을 처음 만날 때에 말야요. 그때에 당신이 어디서 한 번 본 사람 같거든요. 한 번만 본 사람이 아니라, 퍽 반가운 사람인데 오래 떠났다가, 오래 두구 찾다가 찾다가 만난 것 같단 말야요. 당신의 기름한 눈이랑, 우뚝한 코랑, 그리구 음성이랑, 지금 생각해 보니깐 그때에 내 생각에 당신이 처음 보는 이 같지가 아니했어요."

옥남의 음성은 매우 명랑해졌다. 그리고 한참 웃고 난 뒤에 옥남은 말을 이어서,

"그래 대번에, 이이가 내 남편이 될 이라구 마음에 든단 말야요. 웃지 마세요."

"옳게 생각했소. 자 인제 자우."

"졸리세요?"

"아니, 당신 몸에 해롭단 말요."

옥남은 남편의 말대로 드러눕는다.

옥남은 전생과 내생을 두루 생각하다가 잠이 들었다. 옥남의 잠든 숨소리를 듣고 나서, 안빈은 덧문을 소리 안 나게 닫고 자리에 누웠다.

아침 여섯 시, 저녁 여덟 시쯤 해서 어떤 중년 내외가 어린애를 하나는 안고 둘은 손을 끌고 해안으로 산보를 하는 것이 사오 일 계속되는 동안에 사람의 눈을 아니 끌 수가 없었다. 처음에는 젊은 남녀가 아니기 때문에 사람들의 주의를 끌지 못하였지마는, 나중에는 젊은이들이 아니기 때문에 도리어 주의를 끌게 되었다.

남편이 어린애를 안고 아내가 두 아이를 걸려 데리고 남편과 가지런히 해 돋는 물가로 천천히 걸어가는 양의 미감을 청년 해수욕객들도 알아보기 시작한 것이다. 조선에서는 보기 드문 이 광경을 주목하는 사람들은 깊이 주목하였던 것이다.

이 부부가 물가로 걸어가는 양은 종용 그것이요, 화평 그것이었다.

이따금 물가에 앉아서 먹을 것을 사냥하다가 날아가는 물새들을 바라보는 외에 별로 한눈도 팔지 아니하고 꼭 같은 무거운 걸음으로 그들은 송림 끝, 강과 바다가 합수하는 목까지 걸어가서는 모래 위에 한참 앉았다가 일정한 시간이 되면 거기서 일어나서 다시 물가로 걸어 내려오는 것이었다.

'의좋은 내외, 화평한 가정, 점잖은, 교양 있는 사람들.'

이 내외는 보는 사람들에게 이러한 인상을 주었다.

'그게 누굴까? 조선 사람일까?'

하는 의문은 마침내 그야말로 안빈 부처임을 알게 되었다.

그것이 안 박사 부처라는 말이 한 입 건너 두 입 건너 송도원 손님들에게 알려지자, 안빈 부처의 아침저녁 산보는 더욱 센세이션을 일으켰다.

"용서하십시오. 안 박사 아니십니까?"

"네, 안빈이야요."

"그러십니까?"

이 모양으로 자청하여 인사하는 사람도 생기고,

"실례올시다마는, 선생님 가족사진을 한 장 박게 해 줍시오."

하고 가지고 다니는 코닥으로 사진을 박는 사람도 생겼다.

안빈이 송도원에 있다는 말이 돌자 안빈의 독자, 환자, 친구,

모르는 사람들, 이렇게 수많은 사람이 안빈을 찾게 되었다.

옥남은 남편의 명예가 높은 것을 새삼스럽게 느끼고 그러한 남편의 아내가 된 영광을 황송하게 생각하였다.

"선생님 부인이셔요?"

"네, 내 아냅니다."

이렇게 안빈을 찾는 사람들이 옥남에게 경의를 표할 때면 옥남은 자기의 초라함을 깊이 느껴서 부끄러웠다.

"선생님 오래 계셔요?"

"아내가 몸이 약해서요. 아내는 팔월 한 달 여기 있겠구요, 나는 오늘 밤차루 갑니다. 병원이 있으니까요."

"네, 그러십니까?"

이러한 인사도 몇 십 번인지 모르게 하였다.

"선생님을 참 여기서 뵈옵기는 의외요, 또 행복입니다."

"선생님 작품은 어려서부터 읽고 늘 사모하였습니다."

이러한 청년들의 인사도 여러 번 받았다.

"어, 이 어른이 안 박사시오? 어, 참, 갸륵하십니다. 신문상으로는 여러 번 존성을 듣자 왔지요."

이러한 대단히 점잖은 인사를 하는 이도 있었다.

사람들이 이러한 말을 할 때마다 안 박사는 수줍은 청년같이,

"네, 안빈야요. 천만의 말씀입니다."

이러한 말로 대답할 뿐이요, 여러 말이 없었다. 그리고는 저편에서 더 무슨 말을 할까 보아 두려워하는 듯이 공손하게 인사를 하고는 가던 길을 갔다.

안빈은 사람들에게 이러한 존경을 받는 것이 괴로웠다. 물론 그러한 사람들 중에는 단지 호기심을 가지고 구경 삼아 안빈에게 인사를 청하는 사람도 있겠고, 또 더러는 의학 박사, 문학 박사라는 허명을 보고 그러는 이도 있겠지마는, 순결해 보이는 청년들 중에는 분명히 자기를 '숭배' 하는 듯한 표정을 보이는 이도 있었다. 이것이 안빈을 괴롭게 하는 것이었다.

안빈은 응공(應供)이란 말을 생각한다. 남에게 물질로나 정신으로나 대접을 받을 만하다는 뜻이다. 이것은 아라한(阿羅漢) 지경에 달한 사람이 비로소 가지는 덕이요 자격이다. 또 부처님의 열 가지 칭호 중에 첫머리로 꼽히는 칭호다. 중생 중에 어른이 되고 스승이 되어서 중생의 복전(福田)이 될 수 있는 이가 비로소 누릴 수 있는 덕이다. 그러한 덕을 가진 이조차도 남의 대접을 받는 것은, 대접하는 중생에게는 복이 되더라도, 대접(물건이나, 절이나, 칭찬이나)을 받는 이편에는 무거운 짐이 되는 것이거든, 하물며 그만한 덕이 없는 자이랴. 응공의 덕이 없는 자가 중생의 공양을 받는 것은 밥 한 알갱이라도 모두 제 몸을 태우는 지옥의 불이 되는 것이다.

그만한 값이 없이 제 식구들에게 공양을 받는 것도 죄송하거든 하물며 남들에게랴.

안빈은 젊어서부터 시와 소설 등 문학을 썼다. 그것이 안빈에게 꽤 큰 명성을 가져왔다.

안빈은 처음에는 그 명성을 대단히 기뻐하였고, 또 자기의 문학적 능력과 공적은 그 이상의 명성을 얻기에도 합당하다고까지 생각한 일도 있었다. 그러나 자기의 문학적 작품이라는 것이 대체 인류에게 무슨 도움을 주나? 도리어 청년 남녀의 '정신의 배탈'이 나게 하고 '도덕의 신경 쇠약'이 되게 하는 것이나 아닌가? 대체 세계의 문학이란 것은 또 그런 것이 아닌가? 그것도 다분히 담배나 술이나 또 더 심한 것은 춘화도가 아닌가?

안빈은 톨스토이가 영국과 불국(프랑스)의 대문학이란 것을 매도한 것을 기억한다. 그리고 동시에 자기의 초기 작품들을 스스로 매도한 것을 기억한다.

이렇게 생각할 때에 안빈은 소위 시니 소설이니 하는 것을 쓰면서 중생이 땀 흘려 이룬 밥을 먹고 옷을 입는 것이 하늘이 무서운 것 같았다.

더구나 제가 생각하기에 그렇게 변변치 못하고 도리어 해독이 있으리라고까지 생각되는 제 작품이란 것을 보고 순결한 청년 남녀들 중에서 그것 때문에 저를 사모한다는 말을 듣거나 편지를 볼 때에는 그는 바늘방석에 앉은 것 같았다.

그가 먹는 밥이 알알이 지옥불이 되고 그가 받는 독자들의 칭찬이 마디마디 정죄하는 선고가 되는 것 같았다.

이에 안빈은 단연히 자기가 주간하던 문예잡지《신문예》를 폐간하고 의학을 배우려고 다시 학생이 된 것이었다.

안빈의 잡지《신문예》는 십 년 가까이 문예계의 중심 세력이었다. 여기서 수십 명의 시인과 소설가도 나왔다.《신문예》는 단연히 문학사에 중요한 몇 페이지를 점령할 것이요, 안빈은 삼십이삼 세에 벌써 문단의 거장이요, 지도자의 지위를 확보하였던 것이다.

그러하던 안빈이, 그러하던《신문예》를 폐간하고 일체 문사 생활을 청산한 것이 세상에서는 큰 의문으로 생각되지 아니할 수 없었다. 문단의 친구들은 직접 안빈을 대하여 그 그릇된 결심을 돌리기를 권고하였다. 옥남도 남편의 처사에 처음에는 깜짝 놀랐다.

이리하여 안빈은 문필 생애를 버리고 의사가 된 것이었다. 정성껏 병을 보아주고 밥을 먹는 것은 적이 안심이 되었다. 그리고 병들어 불쌍한 사람의 고통을 덜어 주고, 또 마음에 위안을 주는 것이 안빈의 성미에 맞았다.

안빈은 모든 병자를 다 무료로 치료하고 싶었으나 그에게 그만한 복력이 없는 것이 슬펐다. 만일 돈이 많을진댄 안빈은 돈을 말하지 아니하고 병자를 보았을 것이다. 이러지 못하는 것을 안빈은 복력이 부족한 것이라고 믿는다.

복혜구족(福慧具足)할 때에 비로소 대의왕(大醫王)이 되는 것이어서, 그때에야 중생의 마음과 몸의 병을 다 고칠 수 있다 하거니와, 안빈은 이것을 믿는 것이다.

그러한 정도에 달할 때까지 안빈은 다만 환자가 진찰료와 약값을 주면 받고, 안 주면 독촉하지 아니하는 것과, 아무리 가난한 사람이 왕진을 청하더라도 걸어서라도 가 보는 것으로 겨우 양심의 만족을 얻는 것이었다.

이러한 것이 혹은 방면 위원에게, 혹은 경찰관서에 알려져서 신문에 무슨 큰 칭찬이나 되는 듯이 크게 오르는 것이 안빈에게는 고통이었으나 그것은 무가내하였다. 안빈은 다만 그러한 일을 당할 때마다,

'부끄럽다, 황송하다.'

하는 생각을 한 오 분 동안씩 묵상함으로 이것을 참았다.

이러한 일이 다 안빈의 명성을 높이는 원인이 된 것이지마는 그러한 명성은 문사로의 명성보다는 그다지 괴롭지 아니하였다. 문사로의 명성만은 안빈에게 있어서는 차마 견디기 어려운 수치와 같았다.

안빈은 오래간만에 병원과 연구실 속의 세상에서 해수욕장이라는 모든 사회의 견본시와 같은 세상에 나와서 그 싫은 문사로의 명성을 다시 받게 될 때에 마치 오래전에 잊어버린 옛 죄악을 들추어냄을 당하는 것 같아서 불쾌하였다.

　일주일을 가족과 함께 보내고 토요일 밤차로 서울로 올라올 때에는 가족을 떠나는 것은 섭섭하였으나, 그 '명성'을 떠나는 것이 기뻤다.

　불보살의 명성밖에 취할 명성이 어디 있는가. 마음의 모든 때가 벗겨지고, 탐, 진, 치의 모든 번뇌가 다 스러지고, 다시는 마음이 네라 내라 네 것이라 내 것이라 하는 데 얽매이지 아니하고, 그리해서 벌써 나고 죽는 사슬을 완전히 끊어 버려서, 내가 하는 일이 오직 중생을 건지는 일이 될 때에, 내 손이 능히 중생의 아픈 데를 만져서 고칠 수 있고, 내 말이 능히 중생의 마음의 괴로움을 씻어 주는 감로가 될 수 있을 때에, 그때에야말로 명성이 전 지구상에만 아니라 헤아릴 수 없는 여러 세계, 온 우주간의 모든 중생 세계에 퍼질 것이니, 이 명성은 나를 위한 명성이 아니라, 중생이 듣고 와서 병을 고침 받고 잘못된 길에서 건져짐을 받게 하기 위하여 있을 것이다.

　그 밖에 모든 명성은 실로 몇 푼어치 안 되고, 또 며칠 가지 못하고, 또 몇 사람에게 알려지지도 못하는 보잘것없는 헛것이다.

마치 유치장 구석 벽에 손톱으로 새겨서 적어 놓은 죄인의 이름과 같은 명성이다. 안빈은 이렇게 생각하는 것이었다.

쌍곡선

아침 햇빛에 바다가 금빛 물결을 늠실거릴 때에, 아침 차에 내린 순옥은 송도원 해안으로 자동차를 달리고 있었다. 안빈의 병원에 온 지 삼 년이 넘도록 이틀 이상을 안빈의 곁을 떠나 본 일이 없는 순옥은 어젯밤 서울역을 떠날 때에 눈물이 쏟아졌다. 잠시 떠나는 것인 줄은 알면서도 어차피 간호사 한 사람을 더 두어야 하게 되었으므로 곧 새 간호사 하나를 고빙하고, 순옥이 원산으로 오게 된 것이었다.

"순옥, 원산 좀 가 줄 수 있겠소?"

하고 안빈이 순옥을 보고 물을 때에,

"네."

하고 순옥은 무슨 뜻인지도 분명히 모르고 대답하였다.

"나 개인의 일을 해 달래서 미안하오마는 우리 집 동무를 가 좀 해 주우. 주사도 놓아 주구, 체온두 검사해 주구. 자세히 말 안 해두 다 잘 알아 할 줄 믿소."

"네."

이렇게 해서 순옥이 원산으로 오게 된 것이었다.

차 속에서 새벽에 잠이 깨었을 때에 순옥은 심히 허전하였다. 병원에 있을 때에는 아침에 눈만 뜨면 진찰실을 다 정돈할 만해서, 여덟 시 한 십 분 전쯤 되면 안 선생이 오실 것을 믿고 기뻐하였던 것이다. 안빈의 얼굴이 현관에 보이고 순옥이 안빈의 모자를 받아 들면 순옥은 행복한 하루를 가질 수 있었던 것이다. 그러나 이제는 해가 떠도, 여덟 시가 되어도 안빈은 만날 수 없는 것이다, 하면 순옥은 열차가 거꾸로 굴러가기를 바랐다.

그러나 순옥의 팔뚝시계 소리와 함께 차차 멀리멀리 안빈으로부터 멀어지는 것이었다. 가만히 생각하면 오백오십 리라는 서울이 오만 오천 리만큼이나 멀어져서 도저히 다시는 돌아갈 수 없는 것 같았다.

순옥의 자동차는 해안 제1호 안빈의 명함이 붙은 별장 앞에 닿았다.

"문 열어 주세요."

를 서너 번이나 부른 때에야 정이를 업은 순이 엄마가 대문을 열었다.

"아이, 병원 아씨셔."

하고 깜짝 놀라며 순옥의 손에 든 가방을 받아 들었다.

"정이야, 아가."

하고 순옥은 순이 엄마의 등에서 정이를 받아 뺨을 비비며,

"사모님 안녕하셔요?"

하고 물었다.

"네, 안녕하셔요."

하고 순이 엄마는 가방을 들고 들어가며,

"아씨, 병원 아씨가 오셨어요."

하고 이 층을 향하여 소리를 지른다.

"아이, 아직 주무시는걸."

순옥이 순이 엄마를 본다.

"주무시기는, 벌써 일어나신 걸요. 선생님이 안 계셔서 산보두 안 가시구. 아기들하구 이 층에서 바다 구경하구 계셔요."

"아이, 순옥이 왔어?"

옥남이 이 층에서 내려다본다.

"순옥이 누나!"

"순옥이 누나!"

협이와 윤이가 겨드랑이 밑으로 순옥을 내려다보며 부른다. 순옥은 정이를 안은 채로 이 층으로 올라간다.

"순옥이 누나!"

"순옥이 누나!"

두 아이는 순옥의 허리에 치마를 안고 매달린다. 순옥의 팔에 안긴 정이는 제 순옥을 빼앗기기를 겁내기나 하는 듯이 조그마한 두 팔로 순옥의 목을 꼭 껴안고 깨닥깨닥 웃는다.

순옥은,

"협이 잘 있었어? 윤이두 잘 놀구?"

하고 한 손으로 이 애의 머리를 껴안아 보고 저 애의 머리도 껴안아 본다. 그리고 순옥은 눈물이 쏟아질 듯한 것을 참는다.

순옥은 안빈의 아들딸들을 보면, 제 혈속과도 같이 그렇게도 반가웠다. 안빈에게 가까운 것이면 제게도 가깝고, 안빈에게 소중한 것이면 제게도 소중하였다. 지금도 문밖에서 순이 엄마를 만났을 때에 껴안고 싶도록 반가웠다.

"글쎄 어쩌문 저렇게두 순옥을 따러? 친동기기루 저렇게 따를 수가 있나? 아마 무슨 큰 인연이 있는 게야."

옥남은 아이들이 순옥에게 매달리는 것을 보고 이렇게 말하였다. 이윽고 아이들을 다 떼어 놓고 순옥이 자리에 앉은 뒤에 옥남이,

"그래 순옥이 어떻게 왔어?"

하고 물었다.

"선생님께서 여기 가라구 하셔서 왔어요. 사모님 모시구 있으라구요."

"그럼 오래 있게?"

"언제 오란 말씀은 없으시구요."

"응. 아무려나 잘 왔어. 선생님이 계시다가 올라가신 뒤로는 아주 쓸쓸하더니 인제는 순옥이 와서 같이 있게 되어서 좋겠어. 제일은 아이들이 저렇게 좋아하구, 아이참, 순옥이 세수나 해야지."

"세수한 게 이래요."

하고 순옥은 웃는다.

"순옥이 떠나두 병원은 괜찮은가?"

"새 간호사가 하나 왔어요."

"아무리 새 간호사가 왔기루니 순옥이 하던 일을 할 수가 있나? 선생님 말씀이, 병자들이 순옥이만 찾는다던데. 또 이러시던데, 좋은 병원이란 좋은 간호사 있는 병원이라구. 병자의 병이 잘 낫는 것은 의사보다두 간호사에 달린 것이라구. 그렇게 선생님이 순옥이 칭찬을 하셔요."

순옥은 부끄러운 듯이 말은 없고 고개만 숙일 뿐이었으나 안빈이 자기를 칭찬하였다는 말은 뼈에 사무치게 기뻤다. 천하 사람들이야 다 무어라고 하든지 안빈에게만 쓸모 있는 몸이 되었으면 하는 것이 순옥의 소원이었다.

그날 오후에 순옥은 처음으로 바다에 나갔다. 새로 수영복을 사고 고무 모자를 하고 캡까지 사려다가 옥남이 아니 산 것을 보고 커다란 타월 두 개를 샀다.

순옥이 익숙하게 수영복을 입고 정이를 안고 나서는 양을 보고 옥남은,

"참, 순옥인 이쁘기두 해. 몸이 옥으루 깎은 것 같애."

하고 순옥의 하얀 팔을 탐스럽게 만져 보며,

"이쁘게두 생겼어 어쩌문. 몸은 나처럼 여윈 편이면서두, 살결이 이렇게 분결 같구. 순옥이 어머니께서 이렇게 이쁘시지?"

하며 순옥이 면괴하리만큼 순옥을 훑어본다.

"아이 사모님두."

"글쎄 옷을 벗구 그렇게 수영복을 입구 나서니깐 참 깜짝 놀라겠어. 내가 남자라두 이런 몸을 보면 반할걸."

할 때에 옥남이 눈에는 남편이 모양이 번뜩인다. 그리고 순옥이 하얀 간호복을 입고 남편의 곁에 있는 양이 보인다.

이러한 옥남의 말을 듣는 순옥도 옥남이 이렇게 제 육체에 대해서 주목하는 것이 일종의 질투나 아닌가 의심한다. 그리고 몸

에 소름 비슷한 것이 끼침을 깨닫는다.

"엄마 어서 와! 무엇들 해!"

하고 벌써 밖에 나가 서서 어른들이 나오기를 기다리는 아이들의 소리가 옥남과 순옥을 구원해 준다.

순옥은 정이를 안고 옥남의 뒤를 따랐다.

오늘도 볕은 잘 났다. 하늘은 남빛이었고 바람은 별로 없으면서도 물결은 좀 일었다.

순옥은 한 팔에 정이를 안고 한 손에 협이를 끌고 바다로 들어갔다. 옥남도 인제는 바다와 사귀어서 곧잘 깊은 데까지도 들어오고 또 목까지 물에 잠그기도 한다.

갈매기들이 떠돌았다.

누런 돛을 단 배들이 덕원 쪽에서 원산 쪽을 향하고 저어 간다. 원산서 욕객을 실은 발동기선이 온다. 사람들이 죽 이쪽을 바라보고 있었다.

"순옥이는 해수욕해 보았지?"

"네."

"원산두 와 보았어?"

"네, 학교에서 한 반이 왼통 와서 텐트를 치구 한 이 주일 있다가 간 일이 있어요."

"그럼 헤엄두 잘 칠 줄 알겠네?"

"조금 쳐요."

"얼마나?"

"학교에 다닐 때에는 한 마일은 쳤어요."

"한 마일?"

옥남은 눈을 크게 뜬다.

"네."

"아유, 그럼 여기서 저 삼바시(선창의 일본말)까지는 갔다가 돌아오구두 남겠네?"

옥남은 사람들 많이 있는 선창 쪽을 본다.

"네, 그만큼은 갔다 올 것 같애요."

"이 주일 동안에 그렇게 배워지나?"

"그전에두 좀 배웠어요."

"어디서? 평양서?"

"네, 대동강에서요."

"참, 대동강이 있지. 평양서는 여자들두 헤엄을 치나?"

"학교에서 가르쳐 주어요."

"응, 학교에서."

"네."

"우리가 처음 학교에 다닐 때에는 교군을 타거나 인력거를 타지 않으면 치마 쓰구 다녔다누."

"사모님, 어느 학교에 다니셨어요?"

"그때에야 이화하구 진명밖에 있었나? 난 소학교는 진명 다니구 고등학교는 관립, 지금 고등여학교지."

"네에. 그리구는 동경 가셨습니까?"

"응."

"미술학교에 다니셨다구요?"

"무얼. 음악두 배우노라, 미술두 배우노라 하다가 말았지. 그때에는 음악을 배운다면, 이년 광대가 되련, 기생이 되련, 이러시구, 미술을 배운다면, 이년이 환쟁이가 되려나, 이러시구, 아버지께서 말야. 세상이 퍽은 변했어."

옥남은 멀거니 옛날 일을 생각한다.

아이들을 재워 놓고 나서 순옥은 오래간만에 한 이십 분 동안 헤엄을 치고 텐트로 돌아와서 귀에 들어간 물을 빼었다.

"그렇게 한바탕 헤엄을 쳐 보았으면, 속이 시원할 것 같애."

하고 옥남은 부러운 듯이 순옥의 젖은 몸을 바라보았다. 순옥은 안 할 일을 하였구나 하고 헤엄친 것을 후회하였다.

아이들을 데리고 집으로 돌아가면 목욕을 하고, 그러고는 옥남은 순옥의 손에 주사를 맞고, 이 모양으로 하루하루의 생활이 계속되었다

순옥은 몸소 반찬 가게에도 가고 생선 집에도 가서 반찬거리

를 사다가 옥남에게 여러 가지 반찬을 만들어 주었다. 양식을 곧잘 만들어서,

"아주 제격인데."

하는 옥남의 칭찬을 받았다.

"인제 좀 누워 계시지요."

순옥은 이 모양으로 옥남의 요양 생활을 감독하였고, 옥남도 마치 입원한 모양으로 순옥의 말을 잘 들었다.

"허전해. 순옥이 이 층에 와서 나하구 자선 안 돼?"

순옥이 온 지 이틀 만에 옥남은 제 모기장 속으로 끌어다가 자게 하였다. 순옥은 옥남이 잠이 드는 것을 보고야 잠이 들었고 밤중이면 한두 번씩 깨어서 옥남과 아이들의 이불을 바로잡아 주고 또 가만히 옥남의 등에 손을 넣어 식은땀을 흘리지나 않나 검사해 보았다. 그리고 날마다 옥남이 온도표와 음식 먹은 분량과 잠잔 시간, 산보한 시간, 바다에 들어간 시간, 그날의 기분 등을 자세히 적어서 안빈에게 보고하였다.

"오늘도 보고 썼어, 내가 말 잘 듣는다구?"

이렇게 옥남은 농담 삼아 물었다. 그래도 그 보고를 보여 달란 말은 아니하였다.

순옥이 처음 와서 한 사오 일간은 옥남은 순옥을 알아보려는, 떠보려는 마음을 가지고 있었고, 가끔 불쾌에 가까운 질투에 가

까운 생각도 일어났으나 순옥이 그렇게도 지성으로, 그렇게도 표리 없이 도무지 저를 잊어버리고 오직 옥남과 아이들만 위하는 것을 보고는 순옥에게 대한 모든 거미줄을 걷어 버리고 말았다. 그리고 순옥에게 대하여 정이 들고 말았다.

자기가 절반은 어림으로, 나머지 절반은 체면으로 은희를 향하여 순옥을 설명한 것이 다 참인 줄을 깨달을 때에 옥남은 기뻤다. 그동안 순옥에게 대하여 다소 의아의 눈을 가지고 보아 온 자기의 마음을 부끄럽게 생각하였다.

순옥이 온 뒤 첫 일요일 아침에 안빈이 왔다가 월요일 오후차로 서울로 돌아간 날 밤, 그 밤은 음력 칠월 보름달이 환하게 밝았다.

아이들을 다 재워 놓고 옥남은 모기장에서 나와서 발코니에 놓인 등교의에 앉으며,

"순옥이."

하고 불렀다. 순옥도 가만히 제 팔 위에 얹은 협의 팔을 내려놓고, 일어나 나왔다.

"네."

"달이 좋아."

"오늘이 음력으루 칠월 열나흘이야요."

"모레가 칠월 기망이로군."

"네."

"벌써 여름두 다 갔지?"

"네, 얼마 안 남았어요."

"벌써 버러지들이 우는데, 저것 봐!"

물결 소리 사이로 벌레 소리들이 울어온다.

"네, 버러지들이 웁니다."

"아마 벌써 쓰르라미가 울 거야."

"그렇겠어요."

바람이 없다. 물결 소리 쿵쿵하건마는 바람은 없다. 한 소나기 내릴 듯한 무더운 밤이다. 그래도 하늘에는 뜬 구름장들이 날아다니고 있다.

"참 세월은 빨라, 벌써 버러지가 울다니. 여기두 며칠 안 있으면 다들 가구 쓸쓸해지겠지."

"네. 팔월 스무날께 되면 학생들이나 교사들은 가니깐요."

"순옥인 세월 빠른 게 섧지 않어?"

"아직 모르겠어요."

"지금 몇 살?"

"스물여섯예요."

"스물여섯, 나보담 열일곱 해 아래. 내가 열여덟 살에 딸을 낳았으면 순옥이만 할 테지. 우리 한이가 살았으면 인제 스물한

살이겠어. 한이가 죽은 지두 벌써 십 년이나 되었어. 지금 어디 가서 무엇이 되어 있는구?"

옥남은 남편의 윤회 전생한다는 말을 생각하면서 한이가 사범부속보통학교의 제복을 입고 란도셀(책가방)을 지고, '어머니' 하고 부르며 대문으로 들어오던 것을 생각하고 추연해진다.

순옥은 옥남의 추억을 깨뜨리지 아니할 양으로 한참 잠자코 있다가,

"사모님."

하고 불렀다. 그 소리는 젊었다.

"응?"

"사모님."

"왜?"

"저를 딸루 알아주세요, 한이 대신으루."

"순옥이 고마워."

"저는 한이를 보지는 못했어두, 퍽 잘나구 재주 있었을 것 같아요."

"잘난 건 몰라두 재주는 있었어. 제 반에서두 늘 첫째구. 아버지를 퍽 위했어. 얼굴 모습두 제 아버지 닮았었지. 그렇던 게 그만 죽었어."

"무슨 병으루 그렇게 되었습니까?"

"맹장염을 모르구 내버려 두어서 그것이 터져서 복막염이 되었다던가? 입원해서 사흘 만에 그만 그렇게 되었어. 의사를 보였건만 그 의사가 잘 진찰두 아니해 보구 괜찮다구만 해서 내버려 두었더니. 쩻, 허지만 다 제 명이겠지. 바루 칠월 열엿샛날야. 아침에는 그 애가 말짱하게 정신이 들어 가지구, 아버지 나 인제 나았어. 아프지 않아요, 이러구는 무얼 먹기두 하구 이야기두 하구 그리더니, 글쎄 그날 저녁때에 갑작스레 가구 말았어. 정신없이 창가를 하나 부르구."

"창가를요?"

"응. 아주 목소리를 높여서, 좀 목소리가 떨리긴 했어두."

"아이 저를 어째!"

"한아, 한아, 내가 엄마다, 아버지두 계시다 해두 못 알아듣는 걸 '어둔 밤 쉬 되리니, 네 직분 지켜서.' 글쎄 이 찬미가를 석 절을 다 부르는구먼, 정신없이, '찬 이슬 맺힐 때에 급히 일어나, 해 돋는 아침 될 때 힘써 일하고, 그 빛이 진하여서 어둡게 되어도, 할 수만 있는 대로 힘써 일하라' 글쎄 이렇게 분명히 부른단 말야. 선생님이 이 찬미가를 좋아하셔서 늘 부르셨거든. 그래서 너덧 살부터 한이두 그 찬미가를 배워 가지고 늘 부르더니, 마지막으루두 글쎄 그 찬미가를 부르구 갔어."

옥남은 한숨을 쉰다. 순옥도 열두 살 먹은 앓는 애가 그 찬미가를 부르는 광경을 눈앞에 그리고 몸이 오싹해진다. 이러한 경우에 어떠한 말을 해야 될지를 몰라서 순옥은 고개만 숙이고 있었다.

"순옥이."

"네."

"괜히 이런 소리를 해서 안됐어."

"아이 원."

"어미 마음엔 이런 이야기만 해두 좀 나을 것 같애. 허지만 사람이란 무정한 거야. 한이가 죽을 때에야 도무지 살 수 없을 것 같았지. 가슴이 아프구, 쓰리구. 앉아두 그 생각, 누워두 그 생각, 내가 죽기만 하면 그 애를 만나만 본다면 당장에 죽기라두 하겠어요. 그걸 보면 황송한 말루, 부모나 남편두 자식 같지는 못한가 보아. 아주 못 견디겠는걸. 꼭 죽겠는걸. 선생님두 아주 못 견디시겠는 모양야. 그때에 선생님이 바루 병이 좀 나으실 만했었거든. 그럴 때에 글쎄 그렇게 귀애하던 외아들이 죽으니 오죽하셨겠어. 그래, 나는 선생님 계신 데선 울지두 못했어요. 언짢어하실까 보아서. 그러던 것이 인제는 이렇게 울지두 않구 그 이야기를 하게 되었으니 사람이 무정한 거 아니야? 참 이상두 해요. 그 애 산소에 잔디 풀뿌리가 붙어서 퍼렇게 무성하게 되니깐 슬픔이 줄어 버려. 허기는 그래야 산 사람이 살겠지만.

자식 죽을 때 슬픔이 일 년만 꼭 고대루 계속한대두 꼭 말라 죽구 말 거야. 반년만, 석 달만 꼭 고대루 계속해두 못 살 거야. 못 살구 말구. 글쎄 무엇하러 그렇게 태어났다가 그렇게만 살다가 가는 거야? 부모의 가슴에 칼을 박구, 선생님 말씀마따나 그게 다 인연이겠지, 업보구?"

"그렇겠지요."

"그럼 업보란 말이 옳아요. 그렇지 않으면 하느님께서 일부러 그런 악착한 일을 하실 리가 있나? 제 업보지. 모두 내 죄구."

옥남은 달을 바라보며 한숨을 진다.

순옥은 인생의 무상함이 슬퍼지고 어머니 되는 것이 어떻게 어려운 일인지 알아지는 것 같았다.

옥남은 한참이나 생각에 잠겨 있다가 순옥에게로 웃는 낯을 돌리며,

"순옥이도 시집가지 말라우."

"네."

"시집가서 남편두 병 없이 오래 살구, 자식두 낳는 대루 앓지 않구 죽지두 않는다면 좋지만 어디 세상에 그런 사람이 있어?"

"그래요."

"흥흥, 그래두들 다들 시집두 가구 장가두 들구, 허기야 그래야 세상이 망하지 않구 유지가 되겠지만. 다들 내야 설마, 남들

은 과부두 되구 참척두 보구 시앗두 보구 소박두 맞구, 그렇지만 내야 설마, 이래서들 시집을 가지. 나두 그랬으니깐, 허허허허. 허지만 그것두 제 업보겠지. 세상에 나구 싶어서 나온 것이 아닌 모양으로 시집두 제가 가구 싶어서 가는 것은 아닌가 보아. 선생님 말씀이, 이 세상에 와서 부부가 되는 것두 다 전생 여러 생의 인연이라셔. 아마 그런가 보아."

하고 옥남은 요전번에 남편이 하던 말을 기억한다. 차에서 처음 만날 때에 반가웠던 것이 전생의 기억이라던 것을.

두 사람은 한참이나 말없이 달빛에 어른거리는 바다를 바라보고 있었다. 갈마반도와 섬들이 무슨 그림자인 것같이 졸고 있었다.

얼마를 이렇게 말없이 있다가 옥남은 문득 고개를 돌리며,

"순옥이."

하고 불렀다.

"네."

순옥도 눈을 바다로부터 옥남에게 돌린다.

"내가 다 알아."

옥남은 이러한 말을 순옥에게 던진다. 순옥은 무슨 말인가 하고 눈을 크게 뜬다. 무엇이라고 대답할 바를 모른다.

"순옥인 내가 모를 줄 알지?"

옥남의 눈에는 이상한 웃음이 있었다.

"사모님, 무엇을 말씀이에요?"

순옥의 몸은 굳어진다. 가슴이 뛴다.

"순옥이 왜 고등여학교 교사두 그만두구, 왜 간호사가 되었는지 내가 다 알어."

옥남의 말에 순옥은 얼굴에 모닥불을 퍼붓는 것 같았다. 만일 밤이 아니었던들 순옥의 얼굴이 주홍빛으로 변한 것이 보였을 것이었다. 순옥의 고개는 더욱 수그러질 뿐이었다.

"순옥이."

옥남은 순옥이 대단히 제 말을 듣기가 거북한 듯한 것을 짐작하고 부드러운 음성으로 불렀다. 옥남은 제 말이 순옥의 마음을 괴롭게 하기를 원치 아니하였다.

"네."

하는 순옥의 대답은 들릴락 말락 하였다. 부끄러워서 대답하는 소리가 작아졌다는 것보다는 너무도 가슴이 자주 뛰어서 자연 어눌해진 것이었다.

"순옥이."

"네."

"내가 순옥을 괴롭게 할 양으로 이런 말을 하는 것이 아니야. 나는 도리어 순옥의 그 깨끗하구두 열렬한 사랑을 감탄해서 하는 말야요. 그러구, 순옥이 그처럼 안 선생을 사모하면서, 그처럼 삼 년 아니 벌써 사 년이 아니야? 사 년이나 안 선생 곁에 날마다 있으면서두 순옥이 가슴속에 있는 사랑을 한마디두 안 선생한테 말도 못하는 그 고통이 얼마나 할까 하구 생각하면 나두 뼈가 저려. 아마 이런 일은 세상에 둘두 없을 일이거든. 둘이 있을 수가 있나. 아무두 믿지두 아니할 거야. 어디 그럴 법이 있겠느냐구 누구나 그럴 거야."

하고는 옥남은 잠깐 말을 끊었다가 손으로 책상을 가볍게 두어 번 두들기면서, 아까보다도 더욱 명랑한 음성으로,

"순옥이."

하고 부른다.

"네."

"순옥이 그 심경은 아마 나 하나밖에는 모를 거야. 이것이 내 주제넘은 말인지 모르지마는 아마 안 선생두 모르실걸. 그럼 모르시구 말구. 순옥이 동무 중에는, 그저, 박인원인가 원 그런 이가 순옥의 이러한 심경을 아는 이가 있는지 모르지마는, 그렇더라두 내가 순옥의 심경을 아는 것과 비길 수 없으리라구 믿어요. 왜 그런고 하면, 나는 아주 관계없는 제삼자가 아니거든, 내 말이 우스운지 몰라두."

옥남의 말은 점점 흥분한 빛을 띤다.

"안 선생 말씀이 사람의 모든 일을 인연이라구 하셨지만 그 말씀이 옳아. 나두 처음에는 안 선생의 인연이니 인과니 하는 말씀을 다만 비유로만 여기구, 그렇게 그대루 믿으려구는 아니 했어요. 첫째 내 예수교 신앙과 어그러지는 것 같아서 어째 하느님 말씀에 어그러지는 이단만 같아서 믿으려구 아니했어. 그랬던 것이 인제 와서는 차차 그 말씀이 그대루 믿어져요. 그럼 그렇구 말구. 사람의 일은 모두 인연이야. 그날 말야, 순옥이! 순옥이 박인원이 하구 우리 집에 처음 오던 날 말야. 순옥이 내 말 들어?"

옥남은 푹 수그린 순옥의 관자놀이를 손가락으로 꼭 누른다.

"네에."

순옥은 마지 못하는 듯이 고개를 든다.

"글쎄, 그날 처음 우리 집에 오던 날 말야."

"네에."

"글쎄 그렇게 고개 수그리지 말구 내 말을 좀 잘 들어요. 내가 이것을 벼르구 별러서 하는 말야. 또 순옥이하구 단둘이서밖에는 못 할 말이구. 또 순옥이한테밖에는 못 할 말이구. 우리 둘이 말야, 순옥이하구 나하구 이 세상에 왔다가 맺어진 이상한 인연이거든. 가장 큰 인연이구. 참 신비한 인연 아냐? 그러니 내 말을 좀 잘 들어요, 순옥이."

"네, 들어요. 그런데 좀 선선하시겠어요, 가운을 입으시지요."

순옥은 얼른 일어나 방에 들어가서 가운을 들고, 또 아이들이 배를 내놓지 아니하였는가를 보고 나와서 가운을 옥남의 등 뒤로 걸쳐 주고 그리고는 제자리에 와 앉는다.

이렇게 몸을 좀 움직이고 나니 순옥은 기운이 펴지는 것 같았다. 고개를 똑바로 들어서 달빛이 비친 옥남의 얼굴을 바라볼 수도 있었다. 옥남의 수척한 얼굴에는 수녀의 얼굴에서나 볼 듯한 성스러운 기운이 들었다. 순옥은 오늘 밤에 더욱 옥남을 높이 인식하지 아니할 수 없었다. '질투의 감정을 잊어버린 여성의 거룩한 아름다움'을 본 것 같았다.

"그런데 말야."

옥남은 순옥이 평심이 되는 것을 보고 안심하는 듯이 빙그레 웃고 나서 말을 계속한다.

"그날 내가 밖에서 들어오니깐 순옥이 우리 집 대청에 앉았다가 내가 들어오는 것을 보구 일어나지 않았어? 좀 낯을 붉히면서."

"자세히두 보셨어요."

순옥은 이런 말을 하고 웃을 여유까지도 얻었다.

"자세히두 본 게 아니라, 글쎄 그게 이상하단 말이라니깐, 그게 인연이라니깐. 순옥을 척 보니깐 벌써 알겠는걸. 벌써 초면 사람 같지가 않단 말야. 어디서 퍽 깊은 관계를 가지구 지내다가 어찌어찌 서로 흩어졌다가 오래 서로 찾던 끝에 옳지 인제야 만났구나, 하구 만나는 사람 같단 말야. 그래서 순옥을 척 보니깐 벌써 내 가슴에 설렌단 말야. 똑바루 자백을 하면 반드시 그때에 순옥이 반가워서 내 가슴이 설렌 것은 아니야. 반갑다는 것보다는 도리어 무시무시하구 무에라구 할까, 일종의 불안이랄까, 경계랄까, 무에라구 해야 좋을지는 모르지마는 어쨌거나 나보다는 무척 힘이 강한 적수를 만나는 듯한 그런 생각이 나요. 아이참 우스워. 그게 아마 여자들이 동성끼리 간에 가지는 일종의 질투심일 테지. 사실 말이지, 순옥이, 나는 순옥을 첫 번 한 번 보고 강한 질투심을 느꼈어요. 저 사람은 필시 내게 있는 모든 화평과 행복과 자존심을 다 빼앗아 갈 적이리라, 이렇게 생각했어요. 순옥이, 정말야 이건 내 진정의 참회야."

옥남은 잠깐 말을 끊고 바다를 바라본다. 마치 지나친 마음의 흥분을 가라앉히려는 사람과 같이. 옥남의 눈앞에 전개된 달빛에 비친 바다는 곧 지난 삼 년간에 자기가 겪어 온 마음의 바다였다. 눈앞에 보이는 바다에는 아침저녁이 고요한 거울과 같은 바다가 있었던 모양으로 옥남의 마음 바다도 그러하였고, 또 눈앞에 보이는 바다에 때로 성난 검푸른 물결이 일어나던 것과 같이 옥남의 마음 바다도 그러하였다. 여자의 마음 바다를 뒤집는 폭풍은 질투인 줄을 옥남은 잘 알았다. 바다에 일어나는 폭풍은 오직 바닷물만을 뒤집을 뿐이요, 바다 그 물건을 깨뜨릴 수는 없으나 여자의 마음 바다에 일어나는 질투의 폭풍은 능히 영혼을 둘러엎어 버리는 힘이 있음을 옥남은 잘 알았다. 질투의 폭풍에 몸째 마음째 부서져 버리는 여자는 도리어 질투의 힘을 인식하지 못할 것이다. 그는 질투의 제바람에 부서져 버리고 말기 때문에. 오직 능히 질투의 폭풍을 이기어 본 사람만이 질투의 힘이 어떻게 무서운 것임을 인식할 것이다. 저 큰 바다에는 폭풍이 일으키는 무서운 파도에 부서진 배조각들과 해골 조각들이 수없이 구르는 모양으로, 인생의 바다에는 여자의 질투의 풍랑에 부서진 수없는 가정과 남녀의 조각들이 뒹구는 것이다. 폭풍에 살아남은 사람만이 오직 폭풍의 무서운 이야기를 사람들에게 전하는 모양으로 애욕과 질투의 파선에서 면해 난 사람만이 능히 이 무서운 이야기를 세상에 전할 수가 있는 것이다. 옥남은 이러한 사람 중에 하나다.

"순옥이."

하고 옥남은 바다로부터 고개를 순옥에게로 돌린다.

"네?"

"나는 다른 사람이 내게 순옥이 말을 해 주기 전에 벌써 순옥이 안 선생을 사모하는 사람이로구나 하구 직각적으로 알았어요. 그리구 순옥은 필시 안 선생이 내게서 만족하지 못하는 무엇을 만족시킬 사람이로구나 하구 직각적으로 알았어요. 순옥이 안 선생 곁에 있으면 나는 그만큼 안 선생에게서 멀어지리라, 이렇게 순옥을 처음 대하는 순간에 직각이 된단 말야. 나는 벌써 나이가 많은데 순옥은 젊구, 나는 병이 있는데 순옥은 건강하구, 머, 이런 것뿐만은 아니야. 또 순옥은 나보다 얼굴두 잘나구, 예술가 타입이구, 머 이런 것뿐만두 아니야. 무엔지 꼭 바로 집어 말할 수는 없어두 어쨌거나 순옥은 안 선생을 내게서 완전히 빼앗아 갈 사람만 같단 말야."

"사모님."

순옥은 옥남의 말을 차마 더 듣지 못하여서 옥남을 불렀다. 무슨 말을 할 양으로 불렀는지 저도 모르건마는 옥남의 말을 더 견디지 못해서 부른 것이었다.

"순옥이 내 말을 더 들어요, 내 말을 듣기가 순옥에게 좀 거북할 줄두 내가 알아. 그렇지만 내가 이 말을 하는 것은 결코 순옥을 괴롭게 할 양으로 하는 말은 아냐. 아까두 말했지만, 전생부터 계속되어 오는 순옥이하구 나하구의 인연이 어떠한 결과를 내게 발생했나, 그것을 말하려는 것이니깐 순옥이 내 말을 끝까지 들어 줄 의무가 있어요. 순옥이 끝까지 들어 줄 테야?"

"네, 끝까지 듣겠어요."

두 사람의 빛나는 눈이 서로 마주친다. 순옥도 옥남의 입에서 무슨 말이 나오든지 끝까지 다 들으리라는 결심을 하였다. 설혹 옥남의 말을 들어 가다가 순옥의 마음이 도저히 그 고통을 이기지 못하여 심장이 터지는 일이 있다손 치더라도 옥남의 입에서 나오는 말을 하나도 빼지 아니하고 다 들으리라고 결심하였다.

"사모님, 어서 말씀하세요. 제게 대해서는 조금두 인정사정 두시지 말고 말씀해 주세요. 처음에는 사모님 말씀을 듣잡기가 퍽 거북했습니다마는, 인제는 무슨 말씀이나 하나 빼놓지 않구 다 듣기루 결심하였습니다. 그리구 사모님 말씀을 다 듣고 나서는 저두 무슨 여쭐 말씀이 있을 것만 같어요. 사모님께서는 제가 여쭙는 말씀두 다 들어 주시리라고 믿습니다. 네, 어서 말씀해 주세요."

순옥은 이런 말까지 하고 옥남을 바라보았다. 옥남은 순옥의 얼굴에 전에 보지 못하던 매섭다고 할 만큼 날카로운 표정이 있는 것을 발견하고 잠깐 놀래었다.

"그럼 순옥이 말을 듣구 말구. 순옥이두 내게 하구 싶은 말이 퍽 많을 거야. 지나간 삼사 년 동안에 순옥이 마음속으루 나를 향해서 한 말두 적지 않았을 것 아니야? 그러니 내 말을 다 듣구 나거든 순옥이두 속에 있는 대루 다 꺼내 놓아요. 우리 둘이 이야기루 이 밤을 새워 보자구."

하고 옥남은 저도 무슨 뜻인지 모를 웃음을 한바탕 깔깔대고 웃는다. 그러다가 제 웃음에 놀라는 듯이 얼른 웃음을 집어삼켜 버리고 다시 이야기를 시작한다.

"그런데 순옥을 보구 그렇게 이상하게 생각한 것은 나만이 아니야요. 안 선생도 첫 번 순옥을 보구서 나 모양으루 가슴이 설레셨던 모양이야, 하하하. 글쎄 이러시는구먼. 그날 저녁에, 순옥이 다녀간 그날 저녁에 말야. 선생님이 오시더니마는 순옥을 간호사로 써서는 안 된다구. 왜 그러시느냐니깐 선생님 말씀이 말야. 순옥이 아무리 보아두 간호사 될 사람은 아니라구, 너무 미인이구 너무 인텔리라구 그러시겠지. 그래서 내가 왜 순옥이 곁에 있으면 당신의 마음이 흔들릴 것 같으시우 하니깐, 위험을 느낀다구 그러시겠지. 그러다가 무슨 위험한 일이 생기면 어떡하느냐구. 그러니까 애시에 간호사로 안 쓰는 것이 좋다구, 그러신단 말이야. 그러는 걸 내가 부쩍 우겼지. 그럼 더욱 좋지 않으냐구. 만일 당신 마음에 순옥에게 대한 사랑이 생기거든 한 번 실컷 사랑을 해 보라구. 또 그렇지 아니하면 당신이나 내나 순옥이 때문에 한 번 크게 수양을 해 보자구. 당신우 곁에다가 사모하는 순옥을 두구두 사랑의 문지방을 넘지 않는 수양을 해 보구, 나는 또 나대루 가장 위험성이 많은 순옥을 당신 곁에 두구두 남편에게 대한 신임을 변치 말구 또 질투의 열등 감정을 일으키지 아니하는 수양을 해 보자구, 이렇게 우겨댔지. 그래서 내가 우겨서 순옥을 병원에 있게 한 것이에요. 그러니 안 선생두 순옥을 처음 보시구 가슴이 설레신 거 아니야? 난 이것이 순옥이 미인이 되어서만 그런 것이라구만은 생각지 아니해요. 역시 안 선생 말씀마따나 인연이야. 인연이라두 이만저만한 인연이 아니라 전생 다생(多生)에 깊이깊이 맺힌 인연이야요."

여기까지 말하고 옥남은 말을 끊고 길게 한 번 한숨을 쉰다.

옥남의 말을 듣는 동안에 순옥은 숨을 쉬었는지 아니 쉬었는지 기억할 수가 없었다. 쿵쿵쿵하고 제 귓속으로 들리던 심장 소리까지도 가끔 잊어버린 때가 많았다. 옥남이 한숨 쉬는 것을 보고, 순옥도 비로소 길게 숨을 내쉬었다.

"그런데 말야."

하고 옥남은 어성을 좀 떨어뜨려서 말을 계속한다.

"그런 지가 지금 삼 년이 다 지나고 사 년째가 아니야? 그동안에 만일 우리 세 사람이, 안 선생하구 순옥이하구 나하구 말이야. 마음 속속들이 깨끗하게 냉정하게 조금두 뜻이 흔들리지 아니하구 불결한 감정이 일어나지 아니하구 지냈다구 하면 그런 좋은 일이 어디 있겠어? 참 인생의 미담이지. 그것이 성도의 생활이 아니구 무엇이야? 나두 은근히 한편으루는 지극히 파란을 기다리는 일종의 악마적 호기심이 있으면서두 또 한편으로는 이 성도적 승리의 기쁨을 기대하였어요. 그렇지만 나는 마침내 성도가 못 되는 것을 깨달았어. 순옥이 앞에 이런 말을 하기가 체면에두 안 됐구 심히 부끄러운 일이지마는 나는 그동안에 여러 번 안 선생을 의심두 해 보구 순옥에게 대해서 강한 질투두 가져 보구 가지가지 평범한 여자가 가지는 열등 감정이란 다 가져 보았어. 또 곁엣 사람들이 가만두나? 이 사람 와서 이런 말 하구 저 사람 와서 저런 말 하구, 그러지 않아두 건들먹건들먹하는 내 마음을 뿌럭지부터 흔들어 뽑을 양으루 별의별 소리를 다하지 않아? 그래두 겉으루만은 멀쩡하게 꾸며 놓아요. 좋지 못한 소리 하는 내 동무를 보구두 겉으루만은 번드르하게 나는 남편을 믿노라, 또 순옥이 그럴 사람이 아니라, 그런 말을 하구. 안 선생께 대해서는 순옥에게 관한 감정을 터럭 끝만큼두 뺑끗한 일이 없었지. 물론 낯색에도 낸 일이 없었구. 이를테면, 내가 의식하는 위선자 노릇을 해 온 것이지. 그러니깐 아마 안 선생은 나를 마음이 깨끗한 아내로 아실 게야. 순옥이, 내가 이렇게 한 것이 남편을 속였다면 속였다구두 할 수 있지마는 원체 벤벤치 못한 나로서야 이 밖에는 더 할 길이 없었어. 남편을 속이는 것이 죄인 줄도 알지마는 큰일 하는 남편을 괴롭게 해 드리는 죄보다는 낫다구 믿었어. 괴로워하더라두 마음이 악하게 생겨 먹은 나 혼자나 괴로워하지, 죄 없는 남편과 순옥까지 괴롭게 할 것이 무어야? 이렇게 생각한 것이거든. 그리구 또 내 생각에 하느님께 빌구 부처님께 비노라면 내 마음두 높고 깨끗한 마음이 되어서 이러한 의심, 질투 같은 더러운 감정을 다 씻어 버리구 가을 하늘같이 맑구 깨끗하게 될 날도 있으려니, 그것을 믿구 빌어 오기두 했구."

여기까지 말하고는 옥남은 마치 말하기에 기운이 지친 사람같이 고개를 뒤로 젖혀서 교의에 기대어 버리고 만다.

"사모님, 괴로우세요?"

"아니, 몸은 괜찮어."

"들어가 누우시지요. 너무 말씀을 많이 하셨는데. 오늘은 주무시구 내일 말씀해 주시지요."

순옥은 옥남이 너무 흥분하여서 병이 더칠 것을 두려워한다. 욕심 같아서는 옥남의 말을 들을 대로 다 듣고 저도 할 말을 다 하고도 싶었으나 옥남은 병인이요, 순옥이 저는 이 병인을 간호하는 직분을 가진 사람인 것을 생각한다.

순옥의 말에 옥남은 기운 있게 고개를 들면서,

"순옥이, 고마워. 그저 내 건강을 염려해서. 내가 순옥의 그 진정을 다 알아요. 그렇지만 내가 하려던 마음에 먹었던 말을 순옥이한테 다 하구야 잘 테야. 그러지 않구는 잠이 들 것 같지 아니한걸."

하고 일어서서 자기를 붙들어 일으키려고 제 곁에 와 선 순옥의 손을 잡으며,

"순옥이, 잠깐만 더 앉어. 내가 할 말을 생각하느라구 그러는 게지, 몸이 곤해서 그러는 것은 아니야."

하고 순옥을 순옥의 교의 있는 쪽으로 떠민다.

"그래두 너무 흥분하시면 안 되십니다. 지금은 지치는 줄 모르셔두 내일은 고단하실걸요."

하고 순옥은 옥남에게 떠밀리지 아니하려고 버티고 선다.

"아냐, 괜찮아. 또 설사 건강에 좀 해롭기로니 대수야. 몸보다두 영혼이 귀하지 않어? 나는 지금 순옥이보구 이 말을 하는 게 내 영혼에 중대한 일이거든. 인제 얼마 아니 남은 내 육체의 목숨을 가지구 내 더러운 영혼을 깨끗이 하는 데 쓴다면야 금시에 죽기루 무엇이 아까워? 자, 순옥이 앉아요."

순옥은 더 반항하지 못하고 제자리에 와서 앉는다.

"순옥이."

"네?"

"순옥이는 내가 이번에 왜 갑작시리 원산을 왔는지 알어?"

"네?"

순옥은 무엇이라고 대답할 바를 몰랐다.

"순옥이는 내가 피서나 하러 온 걸루 알지?"

"네, 정양하시러 오신 줄 알았어요."

"그렇게 알 테지. 안 선생보구두 그렇게 말씀했으니깐. 그렇지만 내가 이번에 갑작시리 원산에 온 동기는 그것이 아니야."

"네?"

"질투를 못 이겨서 왔어."

"네에?"

순옥은 눈을 크게 뜨고 놀란다.

"순옥이야 놀라겠지. 안 선생두 이 말씀을 들으시면 놀라실 거야. 그렇게 겉으루는 요조숙녀같이 얌전을 빼던 년이 질투의 불길을 못 눌러서 원산으로 달아났다면 안 선생이 얼마나 놀라실 거야? 순옥인들 얼마나 놀라구?"

"질투라니요?"

순옥은 제 귀를 의심한다. 그리고 갑자기 손발이 식어 올라오는 것 같았다.

"질투지. 순옥에게 대한 질투."

"네에? 제게 대한 질투?"

"으응. 안 선생과 순옥이와 사이에 지나간 삼 년간에 사랑의 관계가 있어 왔었구나. 적더라도 최근 한 일 년 내에는 분명히 안 선생과 순옥이 사이에는 연애 관계가 생겨 있었구나, 하는 단정, 추정이랄까. 어쨌으나 그렇게 믿게 된 데서 생긴 질투야.

그러한 질투가 생기자 나는 중대한 결심을 아니할 수 없었단 말야. 그것은 무엇인구 하니, 내 마음속에서 이 질투의 뿌리를 빼어서 불살라 버리거나 그렇지 아니하면 나 자신을 파멸해 버리거나. 파멸해 버린다는 건 죽어 버린단 말이지. 왜 내가 이렇게 생각했는고 하면, 만일 내가 이 질투의 뿌리, 질투의 뿌리라는 것보다두 질투의 불길이라구 하는 것이 나을는지 모르지. 이 질투의 불길을 가슴에 품은 대루 내 몸이 세상에 살아 있다구 하면 필시 무서운 비극이 생기구야 말 것이 아니야? 안 선생에게나 순옥에게나 또 나 자신은 말할 것두 없거니와 저 어린것들에게나 필시 회복할 수 없는 큰 파멸을 가져오구야 말 것이거든. 그럴 거 아니야? 그런데 나는 안 선생을 사랑해요. 또 저 어린것들두 사랑하구. 또 아무리 내가 질투에 눈이 어두웠다 하더라두 순옥을 미워할 이유는 터럭 끝만치두 없단 말야. 다만 이론으로만 그런 게 아니라 내 감정이 그래요. 내 감정이 순옥을 미워해지지를 않어. 되려 이상하게 가련한 생각이 나구 애착심이 난단 말야. 아마 이게 내 영혼이 아직 아주 썩어져서 아주 악해지지 아니한 고마운 증거인지 모르지. 그렇지 아니하면 설명할 수 없는 무슨 깊은 인연이거나. 그러니깐 내가 취할 길이 원산을 오는 것이란 말야. 좀 멀리 떨어져서 조용하게 저를 석방두 하구, 또 기도두 해서 내 마음을 가을 하늘같이 가을달같이, 내가 가을 하늘같이란 소리를 여러 번째 했네, 하하하하. 그렇게 속으루 생각하던 것이 돼서. 내 마음이 완전히 질투의 검은 구름에서 벗어나면 나는 승리자의 기쁨을 안구 도루 집으로 돌아가는 거야. 그렇지 못하면, 만일 도저히 이 질투를 이기지 못하면 나는 최후 수단을 취한단 말야."

"최후 수단이라뇨?"

순옥의 말은 떨린다. 말만 떨리는 게 아니라, 전신이 떨리고 이빨이 떡떡 마주친다. 등골에서는 얼음냉수가 여러 줄기로 죽죽 흐르는 것 같았다. 달빛에 비추인 옥남의 해쓱한 얼굴이 순옥의 눈에는 마치 매서운 환영같이 보였다. 바로 몇 분 전에 그렇게도 성스럽던 '질투를 잊어버린 여성'의 얼굴이 어쩌면 저렇게도 무섭게 변할까 하고 순옥은 머리카락이 쭈뼛쭈뼛함을 깨달았다.

"최후 수단이 하나밖에 더 있어? 죽는 게지."

"돌아가시다뇨?"

"살아서 죄를 짓느니보다는 죽어 없어지는 것이 낫지 않어? 또 나같이 병든 몸이 그냥 두기루 얼마나 더 살 거야? 해수욕한 답시구 바다에 들어가 놀다가 한 오 분 물속에 코를 담그구 있으면 그만 아냐? 그럼 누가 자살이라구 할 리두 없구. 그저 몸약한 사람이 아마 기운이 지쳐서 심장마비가 되었느니라, 그럴 거 아니야?"

"어머나, 사모님!"

하고 순옥은 참다못하여 두 손으로 낯을 가리고 테이블에 엎더지듯이 앞으로 쓰러진다.

"아니, 순옥이!"

"······."

"하하하하, 이봐 순옥이."

"네?"

"왜, 내가 지금 그런다는 거야? 원산 올 때에 그렇게 생각하구 왔었단 말이지. 이봐 순옥이."

"네."

그제야 순옥이 고개를 들고 건침을 삼킨다.

"아이 쯧쯧, 순옥이 사뭇 어린애야. 그러기루 그렇게 기겁을 할 게 무어 있어?"

옥남은 순옥의 손을 잡아당기며 웃는다. 그때에야 순옥은 다시 맑고 깨끗한 옥남의 얼굴을 보았다.

'그러면 그 무섭던 얼굴은 어디 갔나?'

순옥은 이렇게 생각할 때에 또 한 번 전신에 소름이 끼침을 금할 수가 없었다. 그것은 진실로 옥남의 얼굴의 변화이던가. 그렇지 아니하면 순옥 자신의 마음의 환상이던가.

"저는 도무지 그러신 줄은 몰랐습니다."

순옥은 비로소 정신을 수습하여서 입을 열었다.

"무엇을? 무엇을 몰랐어?"

"사모님께서 저 때문에 그처럼 괴로워하신 줄을 말씀야요. 만일 그러신 줄을 벌써 알았으면야, 제가 지금까지 병원에 있을 리가 있겠어요? 벌써 제가 병원에서 나와서 안 선생님 안 계신 데루 갔지요. 저는 제가 그처럼 큰 죄를 짓구 있는 줄은 도무지 몰랐어요. 그리구……."

"아아니, 큰 죄는 순옥이 무슨 큰 죄야?"

"그럼 큰 죄가 아니에요? 게서 더 큰 죄가 어디 있습니까. 저 하나루 해서 선생님 가정에 그처럼 큰 불행을 드렸다구 하면, 그런 큰 죄가 또 어디 있습니까. 저는 지금 사모님 말씀을 듣구 나니, 어떻게 할 바를 모르겠어요. 금시에 제가 없어져 버린다구 해두 그동안 삼 년 동안에 선생님께와 사모님께 끼친 손해랄까, 불행이랄까는 도저히 보상할 수가 없어요. 사모님께서 그렇게 생각하셨다면 저는 사모님 마음을 편하시게 해 드리기 위해서는 무슨 일이라두 하겠어요. 죽어 버려두 아깝지 아니합니다. 저는 가슴이 아프구, 미안하구, 도무지……."

"아아냐, 순옥이. 내 말을 아직 다 안 들었어. 지금까지 말한 것은 내가 원산 올 때까지에 가졌던 생각을 말한 것이야. 그러길래 내가 아까 말할 때에두 그랬었노라구, 저랬었노라구, 늘 대과거루 말하지 않았나 왜? 내가 지금 그렇게 생각한다는 것이 아냐. 지금 내가 그렇게 생각할 양이면야 내가 순옥이보구 이런 말을 하겠어? 안 하지. 내가 원산 올 때에는 그러한 생각으루 왔는데 말야. 그것두 내가 원산 떠나는 날 어떤 내 동무가 와서 순옥이 약혼했던 남자가 안 선생으루 해서 순옥이와 파혼이 되게 되어서 죽네 사네 한단 말을 한단 말야. 그 밖에두 여러 가지 세상 소문을 말하구. 그러니깐 그만 내 약하구 어리석은 마음에 지금까지 곧잘 누르구 왔던 이기심과 질투의 불길이 일어났단 말야. 그래서 내가 원산을 온 것인데, 원산 와서 안 선생하구두 단둘이서 한 일주일 지내 보구, 또 순옥이하구두 반달이나 지내는 동안에 나는 완전히 내 잘못을 뉘우쳤단 말야."

"그것은 사모님께서 저를 위로하시느라구 하시는 말씀이 아니셔요?"

"아니, 나는 그렇게 거짓말하는 사람은 아냐. 글쎄 내 말을 들어 보아요. 끝까지 들어 보구서 순옥이 할 말을 하라구. 애초에 그렇게 하기루 약속한 것이 아냐? 순옥이 괴로워 말어요, 순옥이 잠시라두 괴로워하면 내 마음이 아파. 순옥이, 순옥이."

"네?"

"난 순옥을 사랑해."

"……."

"진정 말야, 난 순옥을 사랑할 뿐 아니라 숭배해요. 나는 순옥이한테서 참말 사랑이란 어떠한 것인가를 배웠어. 지금까지 내가 사랑이라구 생각하던 것이 어떻게나 저급하구 동물적이던 것을 깨달았어. 순옥이, 순옥이!"

"네?"

"내 말을 들어?"

"네."

"순옥이."

"네에?"

"내 말을 믿어?"

"……."

"순옥이!"

"네에?"

"지금 내가 순옥에게 하는 말을, 하는 참회를 고대루 믿어 주어, 응. 나는 이것이 하느님 앞에서 하는 말야. 하느님께 여쭙는 참회의 기도와 같은 심정으로 하는 말루 알구 내 말을 믿어 주어요. 왜 그런구 하니, 이것은, 내가 하는 말은 말야. 순옥에게는 대수롭지 아니한 말인지 몰라두 내게는 심히 중대한 말이야요. 이것이야말루 내가 거듭난 자백이요, 선언이거든. 나는 이 선언을 내게 바른길을 가르쳐 준 순옥이 앞에서 반드시 한 번 말하는 것이 옳다구 믿어요. 그리구 순옥이로 하여금 내 거듭난 증인이 되어 주기를 청하는 것이야요. 순옥이, 내 말 들어?"

"네."

순옥의 혼란되었던 마음은 하늘에서 비추어 오는 듯한 일종 거룩한 빛으로 안정이 됨을 깨달았다. 그 거룩한 빛은 옥남에게서 오는 것이었다. 사실 옥남의 얼굴은 더욱더욱 빛이 났다.

"순옥이!"

"네?"

"그러한 더러운 생각을 가지구 원산에 온 내가 말야, 순옥이하구 같이 있어서 순옥이 하는 양을 본 뒤로는 마치 봄볕을 받은 얼음장 모양으로 내 마음이 슬슬 녹아서 풀어진단 말야. 처음 순옥이 올 때에야, 옳지, 순옥이 어떤 여잔지 어디 좀 보자, 하고 다소 악의를 품은 눈으로 순옥을 살폈을 거 아니야? 순옥이 용서해요. 나를 위하구, 나를 애끼구 하는 생각밖에 도무지 딴 생각이 없는 순옥을 비록 잠시 동안이라두 의심과 질투를 가지구 대했다면, 그것이 지옥에 떨어질 죄가 아니야? 안, 그렇구 말구."

하고는 옥남은 한 번 한숨을 쉬고 나서 말을 이어 한다.

"그렇지만 하느님께서 나 같은 죄인을 아주 버리시지 아니하셔서 성신의 힘을 주셔서 나로 하여금 순옥의 참모양을 보게 하셨단 말야. 암, 그것이 성신의 힘이지 내 총명일 수가 있어? 아까 말한 모양으루 순옥이하구 하루 이틀 같이 있으면 있을수록 내 마음에 맺혔던 악의가 차차 풀려 버린단 말야. 그리구 순옥의 모양이 나보다 자꾸만 높아 보이구, 깨끗해 보이구, 거룩해 보이구, 그와 반대루 내 꼴이 점점 초라하게, 아주 말 못 되게 초라하게 변한단 말야. 나는 나 자신에 대해서 일종의 혐오와 비애를 느낄 지경이었어요. 그래두 모든 죄인들이 그렇게 하는 모양으루 나는 으스러진 내 꼬락서니를 다시 줏어 모아서 일으켜 세우고 순옥의 눈같이 흰 모양을 진창 속에 처넣구 발루 밟아 버려 볼 양으로 반항을 하구 발악을 해 보았어요. 참말 부끄러운 일이지. 그러나 마침내 나는 완전히 순옥의 발 앞에 꿇어 엎대지 아니할 수 없는 때를 당했어요. 아이, 그것이 어떻게나 고마운 순간일까? 그야말루 내 영혼이 구원받은 순간이었어요!" 하고 옥남은 감격을 이기지 못하는 듯이, 말을 그치고 한숨을 쉬며 두 손을 마주 쥐어 읍하는 모양으로 가슴에 대고 기도하는 사람 모양으로 한참 우러러본다.

"순옥이!"

"네."

"그게 어느 순간인지 순옥이 알어?"

순옥은 말없이 고개를 숙인다. 순옥의 가슴속에 감격이 고여 오름을 느낀다.

"그것이 언젠구 하니, 바루 비 오던 날 저녁, 내가 좀 열이 올라서 괴로워하던 날 저녁, 바람이 불구, 물결 소리가 높구, 그런 날 기억하지?"

"네."

"그날 저녁에 잠결에 웬 보드라운 손이 내 등을 스친단 말야. 깨 보니 순옥이 내 등에 손을 넣어서 가만히 땀을 씻기지 않았어? 그때가 새루(새벽) 세 시야. 내가 잠이 깨는 듯한 기척을 보구는 순옥이 살그머니 빠져서 자리루 돌아가지 않았어? 그리구는 그 이튿날두 또 그다음 날두 밤 세 시쯤 되면 순옥이 내 곁에 와서 내 손을 가만히 만져 보구, 그리구는 가제루 손을 싸 가지구는 이마의 땀을 씻구, 그리구는 한 번 가만히 한숨을 짓구, 그리구는 살그머니 일어나서 순옥이 자리루 돌아가서는 아이들 이불을 덮어 주구, 머리를 한 번 더 만져 주구, 그리구는 기도를 하는 모양으로 잠깐 가만히 앉았다가 누워 자지 아니했어? 첫 날, 둘째 날, 셋째 날, 나는 얼마나 순옥을 껴안구 울구 싶었을까? 그때 순옥이는 천사와 같이 환히 빛이 났어. 순옥이 몸에서는 사람의 몸에서는 맡을 수 없는 향기가 나구, 그리구 그 손의 보드라움, 따뜻함! 순옥이, 이것으루 나는 순옥이 참모양을 보았어. 순옥이는 화식 먹는 사람이 아니라구, 천사라구, 관세음보살님이시라구. 밤중마다 그렇게 앓는 나를 염려하구, 그렇게두 자비스럽게 도한 흘리는 내 몸을 아껴서 땀을 씻어 주는 것이, 이것이 어머니가 자식에겐들 이루 할 일이야? 이것이 지 어먹구 할 수 있는 일이야? 사람이 마음으루는 못 할 일이 아니야? 그것두 하루 이틀두 아니구 날마다 밤중에 내가 잠이 깊이 들어서 모르는 날이 있었지. 순옥은 하룻밤두 거르지 아니했을 거야. 순옥이, 이런 것을 보구두 내가 거듭나지 아니할 수가 있겠어? 이러한 순옥을 나는 날 같은 동물적인 여자와 같은 여자루만 여기구 의심두 하구 질투두 하구, 했다구 생각하면 어떻게 내가 하늘이 무섭지 않겠어? 순옥이 이렇게 해서 나는 순옥의 참모양을 보구 참사랑이란 무엇인가를 배웠어. 그때에 벌써 내가 뛰어 일어나서, 내 이마와 등의 땀을 씻겨 주는 순옥의 발 앞에 엎드려 울기라두 할 것이지마는, 나는 그러는 것이 도리어 순옥의 거룩한 일을 깨뜨리구 더럽히는 것만 같아서 모르는 체 하구 있었어요. 그러나 순옥이 잠이 든 뒤에 나는 순옥을 향해서 합장하구 울었어요."

여기까지 말한 옥남은 음성이 떨리고 울음이 북받쳐 오름을 깨달아서 입술을 물어서 울음을 삼키려다가 마침내 흑흑 느껴서 운다.

순옥 자신도 눈물이 쏟아지는 것을 금할 수가 없어서 한참이나 울다가, 깜짝 놀라는 듯이 벌떡 일어나서 옥남의 곁으로 가서 느껴 우는 옥남의 어깨를 가볍게 흔들면서,

"사모님, 사모님, 우시지 마셔요. 사모님이야말루 사람은 아니십니다. 신이십니다. 사모님, 몸에 해로우십니다. 인제 고만 들어가 누우셔요."

"순옥이!"

하고 옥남은 어깨 위에 놓인 순옥의 손을 덥석 쥐어서 와락 잡아당기어서 그 손등에 힘 있게 입을 맞추고는 다시는 아니 잃어버리려는 듯이 가슴에다가 꼭 품는다.

잊어버렸던 듯한 물결 소리가 다시 울리기 시작한다. 달이 벌써 서쪽으로 기울어서 집 그림자가 모래 위에 길다.

옥남은 순옥에게 끌려서 방으로 들어왔다. 순옥은 옥남이 누운 자리가 편하도록 손으로 펴서 반듯하게 만들어 주고, 옥남의 곁에 앉아서 싸늘하게 식은 옥남의 손을 만지면서 열이 삼십칠 도 이삼 부는 넘지 아니할까 하고 염려하였다. 서창으로 드는 달빛이 모기장을 통하여 옥남의 얼굴을 훤하게 비추었다,

"사모님!"

순옥은 옥남의 기분을 상할까 하여 잠깐 주저하다가, 결심으로 옥남을 불렀다.

"왜?"

"주사 한 대 맞으시지요."

"무슨 주사?"

"좀 편안히 주무시게, 흥분이 되셨으니."

"이 기쁜 흥분을? 지금 상태를 언제까지나 계속하는 주사가 있다면 열 대라두 맞을 테야."

"그래두 벌써 자정이 넘었는데요."

"괜찮어. 이 세상에서 백 년을 살더라두 지금같이 기쁜 때는 다시 만나기가 어려울 것 같어. 그동안두 순옥이 와 있는 동안 늘 기뻤지마는 내가 내 속을 순옥이한테 말을 하구 나니깐 더욱 기뻐요. 내 영혼에 아무러한 티두 그림자두 짐두 아무것두 거리끼는 것이 없구 끝없는 허공을 자유로 훨훨 날아댕기는 것 같이 그렇게 나는 마음이 가볍구 기뻐요. 순옥이 이것이 죗짐을 벗어 놓은 기쁨일까. 이 순간에 내가 이 몸을 떠나 버린다면 나는 죄를 안 받을 것 같어. 순옥이, 이것이 다 순옥이 덕이야. 순옥이 깨끗한 영혼이, 깨끗한 사람이 나를 지옥 속에서 구원해 주었어. 암만해두 순옥이는 사람이 아니야. 사람의 모든 욕심을 떠났으니 벌써 사람은 아니지 무에야? 그 허영이란 이가 순옥을 이러한 순옥이루 알구 사랑하는 것일까. 그저 아름답구 재주 있는 한 여자루만 알구 사랑하는 것이 아닐까? 순옥이두 몸이 여자루 생긴 것을 보면 여자는 여자겠지만, 벌써 여자의 마음은 떠난걸. 순옥의 마음속에두 애욕이 들어갈 수가 있을까? 질투가 들어갈 수가 있을까? 내가 보기에는 순옥이는 어떤 남자를 이성에 대하는 욕심으로 사랑할 수 있을 것 같지는 않어. 이를테면 보통 여자들 모양으루 생물학적 사랑을 할 사람 같지는 않어. 순옥이는 벌써 사람들의 생물학적인 모든 욕망에서는 초월한 사람만 같어. 관세음보살과 같이 무슨 방편으루 짐짓 여자의 몸을 쓰구 사람의 형태루 세상에 나타난 신만 같어. 사람들이 보기에 순옥이 얼굴이 저렇게 아름답지마는 순옥이 마음에는 그것은 임시루 쓴, 흙으루 만든 가면일 거야. 아무 때에 벗어던져두 아깝지두 않을. 마치 톨스토이의 이야기에, 미카엘 천사가 구둣집 머슴의 탈을 쓴 것 모양으루. 나는 순옥이 이 세상 어떤 남자하구 연애를 했다구 하면 순옥이 입으루 그 말을 하더라도 안 믿을 테야. 어떤 임금님의 어여쁜 딸이 병신 거지와 연애를 했다면 믿을까 몰라두. 나는 남자 중에 그런 사람을 하나 보았지. 그것은 안 선생이구, 그리구 여자로는 순옥이야. 순옥이 내 말 들었어?"

옥남은 고개를 숙이고 앉은 순옥의 손을 잡아당긴다.

"네, 다 들었습니다."

"순옥이, 내 말이 옳지? 내 순옥을 바루 보았지?"

"제 생각에는, 지금 사모님이 하신 말씀은 제게 관한 말씀이 아니구 사모님 자신을 두구 하신 말씀이라구 믿어요. 저야말루 사모님을 그러신 어른으루 뵈었어요. 그리구 만일 그 말씀이 다 저를 위한 말씀이라면 절더러 그런 여자가 되라구 훈계하신 말씀으루 믿구요. 저는 사모님의 이 훈계를 잘 받아서 일생에 지켜 갈 테야요. 제가 이렇게 미거하지마는 아직 나이가 젊으니깐 일생 두구 수양하면 그런 여자가 될 것두 같어요. 아무려나 저는 사모님께서 지금 마음이 편안하시구 기쁘시다니 그것만 다행으루 생각합니다. 또 사모님께서 저를 그처럼 사랑해 주시는 뜻을 깊이 가슴속에 새기구요. 저를 얼마나 사랑하시길래 그처럼껏정 보시겠어요? 왼통 제게는 당치두 아니한 말씀이지만."

이렇게 말하는 순옥의 눈에는 눈물이 흘러 떨어진다.

"아니! 아니! 만일 겸사가 아니구 순옥이 정말 그렇게 생각하면 그것두 다 순옥이 순옥을 과소평가하는 거야. 또 순옥이 자신을 모르는 거구. 마음이 깨끗하구 겸손한 사람이 매양 그런 법이지마는."

그로부터 한 반 시간쯤 뒤였다. 잔다고 눈들을 감고 있기는 하였으나 옥남이나 순옥이나 잠이 들 리가 없었다. 모두 오늘 밤에 생긴 일을 되풀이하고 있었다. 자기네 생각에도 그것은 인생에 흔히 있기 어려운 광경이었다. 여름 바다, 깊은 밤, 달빛을 받아서 영원의 노래를 중얼거리는 물결 소리를 반주로 연출된 이 극의 한 장면이 두 사람의 가슴에 깊이깊이 인이 박힘을 깨달았다.

물결 소리가 고요한 밤을 가벼이 울리고, 뜰 가 벌레 소리가 끊일락 이을락, 기울어 가는 달그림자가 고요히 고요히 시간의 벌판으로 미끄러져 가고 있었다. 이때에,

"순옥이, 자?"

하는 옥남의 소리가 울렸다.

"네, 아직 안 잡니다."

"도무지 잠이 안 들어. 순옥이는 또 주사를 놓는다구 하겠지마는 괴로워서 잠이 아니 오는 것이 아니라 기뻐서 잠이 아니 오는 거야. 이대루 영원히 영원히 시간이 흘렀으면 좋겠어. 순옥인 안 그래?"

"저구 그래요. 저두 기뻐서 잠이 아니 와요. 사모님의 사랑이 너무두 크셔서."

"순옥이."

"네?"

"그런 인사말은 말어."

"아냐요. 인사 말씀이 무엇입니까? 정말입니다."

"순옥이."

"네."

"순옥이 정말 나를 믿구 사랑해?"

"네."

"그러면 순옥이, 내 원을 들어줄 테야?"

"무슨 원이십니까?"

"무슨 원이든지."

"제가 할 수 있는 일이면 무엇이나 해 드리겠어요."

"꼭 그러지?"

"네."

옥남은 웃통을 반쯤 일으켜 세 아이 건너로 순옥을 바라보며,

"이 아이들 말야."

하고 협이와 윤이와 정이의 자는 얼굴을 보고 나서,

"이 세 아이."

하고 한숨을 짓는다. 순옥도 자리에 일어나 앉으며,

"네."

하고 옥남의 말이 무슨 뜻인지를 몰라서 아이들과 옥남의 얼굴을 번갈아 본다.

"어미 생각에 걸리는 것은 자식밖에 없거든."

"네."

"내게는 이 세 아이가 유일한 이 세상에서의 보배야."

"그러시구 말구요."

"정이는 아직두 핏덩어리니깐 무엇이 될지 모르지마는 협이하구 윤이하구는 잘 길러서 잘 가르치기만 하면 하낫 구실들은 할 것 같아. 어미의 제 자식 보는 눈을 믿을 수는 없지마는, 어미는 변변치 못해두 저의 아버지는 피야 좋지 아니한가."

"그럼은요. 협이, 윤이는 말씀할 것두 없구요, 정이두 벌써 어른 같은걸요."

하고 순옥은 삼 년 전에 병원에서와 삼청동에서 처음 협이를 볼 때 일을 기억한다. 인제는 벌써 협이가 열한 살, 윤이가 아홉 살, 그때에는 갓난이던 정이도 벌써 네 살이다. 순옥이 보기에 아이들은 다들 선량하고도 영리하였다.

"그럼 말야 순옥이, 암만해두 내가 오래 살 것 같지를 않아요. 고작해야 일 년을 넘길 것 같지가 않어."

"사모님, 왜 그런 생각을 하세요? 차차 건강이 회복되시는 걸."

"아니, 내가 내 죽을 날을 내다보는 것 같어. 또 우리 친정집이 사십을 넘겨 사는 이가 별루 없어요. 어머니만은 환갑을 넘기시구두 아직 살아 계시지만."

"그렇다구 다?"

"쯧, 그야 그렇지. 그렇지만 내가 내 병을 아는걸. 아무려나 나는 앞으루 얼마 못 살어요. 그런데 말야, 나는 죽는 것은 무섭지 않어. 웬일인지 젊었을 때에두 죽는 것은 도무지 겁을 안 냈어요. 내가 죽으면 어린것들 데리구 안 선생이 어떡하시나, 그것만 걱정이었지. 나는 더 살구 싶은 마음이 아주 없다면 거짓말이라 할는지 몰라두, 별루 살 욕심은 없는 사람이야요. 그런데 인제는 안 선생두 사업의 기초두 잡히시구, 인제는 내가 살아서 먹을 것을 벌어야 할 것두 없구, 다만 하나 마음에 걸리는 것이 이 아이들이야요. 그것두 다 어리석은 생각이겠지. 다 저희들의 분복이구, 또 하느님께서 다 알아서 하실 일이겠지. 성경에두 그렇게 말씀하셨으니깐. 나 자신의 내일 일두 내가 알 수 없는 것인데, 자식두 남이어든, 다른 목숨의 장래 일을 염려한다는 게 다 어리석은 일인 줄두 알지마는 어미의 정이란 본래 어리석은 것이거든. 내가 턱 죽으면 저것들이 의지할 데가 없는 것같이만 생각하지 않어? 그래서 내가 앞으루 얼마 못 산다 하면 이 아이들이 마음에 걸린단 말야."

"글쎄 사람의 일이야 알 수 없습니다마는, 돌아가시기는 사모님이 왜 돌아가십니까?"

"글쎄, 죽는다 치구 말야. 십상팔구는 그렇지 않어? 그런데 말야, 내가 순옥이한테 청할 게 무엇인구 하니, 내가 죽거든 이 아이들을 맡아서 길러 달란 말야. 그렇게 해 주어요. 순옥이."

"글쎄, 사모님이 그렇게 말씀하시면 저는 무에라구 말씀 여쭤야 좋을지 모르겠어요."

"왜? 그렇게 하마구 대답하면 그만 아냐?"

순옥은 실로 무엇이라고 대답할 바를 몰랐다. 지금까지 명랑하던 마음이 좀 흐려지는 듯함을 깨닫는다. 내가 죽거든 네가 내 자리에 들어서라 하는 듯한 옥남의 말을 어떻게 들어야 할 것인지 순옥은 갈팡질팡 아니할 수가 없었다.

"그야, 내가 이렇게 말하는 것이 어떻게 생각하면 순옥을 모욕하는 것이라구 볼 수두 있지. 진정 이 구만 리 같은 남의 색시더러 내가 죽거든 아이들을 길러 달라는 말이 노엽게 듣자면 노엽게두 들릴 게야. 내가 죽거든 내 대신 들어와서 계모가 되어 달라는 말 같이두 들리구 하지마는 순옥은 그렇게 생각하지는 않을 거야. 내가 친동생같이 또 딸같이 순옥을 생각하길래, 그리구 믿기루 말하면 친동기나 자식보다두 더 믿길래 내가 이 말을 하는 줄두 알 거 아니야? 순옥이 그렇게 알지?"

"네."

"고마워 순옥이, 고마워. 그러니깐 내 청을 들어 달라구 이거 너무 노골적으루 말하는 것두 같지만, 만일 순옥이 원하면 안 선생과 혼인을 해두 좋아요. 그러면 안 선생두 얼마나 행복되실 거야? 허지만 그것까지는 내가 할 말이 아니구. 아무려나 순옥이 이 애들 보호자만 되어 주면 나는 안심이야, 만족이구. 또 똑바루 말하면야 순옥이 안 선생과 혼인 못 할 것은 무어 있나? 내 생각에는 두 분이 꼭 맞는 배필일 것 같어. 그저 한 가지 흠은 안 선생이 나이가 많구 전실 아이가 셋씩이나 있는 것이지마는 순옥이 그거 생각은 안하겠지.

"아이, 사모님두. 그런 말씀은 마셔요. 왜 그런 숭한 말씀을 하셔요."

"숭한 말? 그게 왜 숭한 말야?"

"숭한 말씀 아니구요. 게서 더 숭한 말씀이 어디 있습니까?"

"왜? 내가 죽은 뒤에 순옥이 안 선생하구 혼인한다는 것이 그렇게 숭할 것은 무엇이 있어?"

"안 선생님은 제 선생님이셔요. 언제까지든지 제 선생님이셔요. 제게 인생의 바른길을 가르쳐 주신 어른이시니 선생님이시죠. 세상에 선생님에서 더 높은 관계가 어디 있습니까? 저는 선생님께 대해서 꿈에라도 연애니 혼인이니 하는 생각만 해두 무엄하구 황송하다구 생각합니다. 혼인이란 저와 대등한 사람하구 하는 것이죠. 선생님하구 혼인하는 법이 어디 있습니까?"

"그래, 순옥이 말이 옳아. 내가 높이 생각하는 어른하구 혼인이 될 수가 없는 것이야. 만일 또 그런 일이 있다구 하면 그것은 모독일 거야. 과연 그럴 거야. 부부란 인생으로서 중요한 제도

이겠지마는 결국 생물학적 관계에 지나지 못하는 것이지. 도덕적으로 참된 기초 위에 선 부부라야 종족 번식의 큰 직책과 국민 문화적 보존자루 의미가 있는 거지마는 까딱 잘못하면 애욕 만족의 방편에 불과하는 것이니깐. 참 그래, 인생의 관계 중에 가장 거룩하구 영원성을 가진 것이 사제 관계일 거야. 예수와 인류, 부처님과 중생, 그것이 다 사제 관계니깐. 하긴 그래, 사제 관계가 제일이야. 사제 관계 이상의 관계가 없어. 가깝기루나 영원하기루나 그래. 임금, 스승, 어버이라구 했지. 참 그래, 그런데 나는 사제 관계라는 것을 지금까지 모르고 있었거든. 그래, 선생님과 제자! 그걸 부부 관계에 비길 수가 있나. 스승과 제자, 어버이와 아들딸보다 중한 관계야. 그래 그러니 세상에 부모처자를 가진 사람은 저마다이지마는 마음으루 이 어른은 내 스승이시다, 정말 선생님이시다, 할 만한 선생을 가진 사람이 몇이 되나? 그러니깐 세상 사람들은 사제 관계란 것을 잊어버리구 말았지. 그런 것이 있다구 생각하는 사람조차 없을 지경이구."

 이 모양으로 옥남은 혼잣말 모양으로 중얼거리더니, 문득 고개를 버쩍 들며,

 "순옥이."
하고 부른다.

 "네."

순옥은 지금까지 옥남이 중얼거리는 소리를 한마디 빼지 않고 듣고 있었다. 그리고 옥남이 어떻게 두뇌가 명석한 사람인 것을 탄복하고 있었다. 그럴뿐더러 제가 속으로는 어렴풋이 그러한 이치를 생각하면서도 아직 이름 지어 분명히 가리지 못하였던 것을 옥남의 말로 하여 그 관념을 분명히 할 수도 있었다. 그것은 자기의 안빈에게 대한 사모의 정에 관하여서였다.

"순옥이, 나는 인제야 분명히 순옥이 안 선생을 사모하는 정이 무엇인가를 분명히 알았어. 전에는 순옥이 안 선생께 대해서 사랑 — 연애라는 사랑 말야. — 그러한 사랑을 가지면서두 처지가 처지가 되어서 그것을 발표하지 못하구 속으로만 그립게 나가는 것이라구 생각했어. 순옥을 단순히 젊은 여성으로만 본 거지. 그리구 순옥이 날마다 속으로 그렇게 사랑하는 안 선생의 곁에 있으면서 용하게 참는다구, 그 참는 것이 거룩하다구, 사랑해서 안 될 사랑에게 대해서 문지방을 넘지 아니하는 것이라구, 이렇게 생각하구 순옥을 장하다구 여겼어. 순옥이뿐만이 아니라, 남편인 안 선생께 대해서두 그만큼밖에는 생각을 못 했단 말야. 그러기에 사람이란 남의 일을 제 정도만큼밖에는 모르는 거야. 제 마음 생김만큼밖에는 모르는 거란 말야. 순옥이는 안 선생을 남성으루가 아니라 스승으루 사모하고, 안 선생은 순옥을 여성으루가 아니라 제자루 사랑하시는 것을 내가 몰라보았단 말야. 나는 일생에 그러한 감정을 경험해 본 일이 없거든. 나는 남자면 남자, 여자면 여자, 남자와 여자 사이에 생기는 사모하는 정은 연애, 이렇게밖에 생각할 힘이 없었단 말야. 그랬어, 그럼 꼭 그랬어. 순옥이 그렇지? 내가 바루 생각했나?"

"사모님 말씀을 듣구 저두 알아진 것 같아요."

"순옥이."

"네."

"순옥이는 언제부텀 안 선생을 사모했어?"

"열네 살부텀이야요."

"어떻게? 책을 보구?"

"네."

"열네 살부터?"

"네."

"그럼 십이 년? 십삼 년쩰세."

"네."

"안 선생을 만나기는 그날 나한테 오던 날이 처음이구?"

"네."

"그래 처음 만나 뵈니깐 반가워?"

"네. 어려서부텀 한 번 뵈었으면 했거든요."

"그래, 안 선생 곁에 있구 싶어서 학교두 고만두구 간호사가 되었지?"

"네."

순옥은 이마가 가슴에 닿도록 고개를 숙인다.

"아이참, 정성이 끔찍두 해. 그래 안 선생 곁에 오니깐 기뻐?"

"네."

"삼사 년이 되어두 도무지 변하지를 않어. 식거나 더 간절하거나."

"선생님 곁에 뫼시구만 있으면, 선생님을 위해서 무슨 일이라두 늘 하구만 있으면 기뻐요. 더 바라는 것두 없구요."

"일생이라두 선생님을 뫼시구 있구 싶어?"

"네."

하고 순옥은 잠깐 주저하다가,

"그래두 일생 선생님을 뫼시구 있을 복은 없을 것 같애요. 제가 왜 평생 열네 살 먹은 어린 계집애대루 있지를 못하나, 그런 생각이 늘 나요. 이렇게 커다란 계집애가 되구 보니, 모두 선생님께랑 불편이 많은 것 같애요. 어떤 때에는 협이와 윤이가 부럽구요. 제가 선생님 따님으루 태어났으면야 일생을 뫼시구 있기루 누가 무에라구 하겠어요? 따님은 못 되더라두, 왜 선생님의 먼 촌 조카루라두 못 태어났나, 이렇게 생각이 되구요. 그렇지만 저는 이것을 후회는 아니해요. 다 제 인연이 박한 것이라구, 이만큼이라두 선생님을 뫼시구 있게 된 것만 제 분에 넘는 큰 복이라구요, 그렇게 고맙게 황송하게만 생각하구 있어요."

"아이, 어쩌면, 어쩌면 그렇게두 간절하게 선생님을 사모할까? 나두 그런 감정을 경험해 보았으면."

옥남은 한참 멀거니 무엇을 생각하다가,

"순옥이."

하고 누웠던 몸을 일으킨다.

"네."

"그러니깐 내 말대루 내가 죽거든 아주 안 선생을 일생 뫼시구 살라구. 나는 부러 하는 말이 아냐. 진정야."

"사모님, 그런 말씀은 다시는 제게 하시지 마셔요. 사모님께서 그런 말씀은커녕 그런 생각만 하시구 계시더라두 저는 다시는 병원으루 아니 갈 테야요. 어떠한 일이 있더라두 저는 그런 일은커녕 그런 생각두 아니할 테야요. 만일 제 마음속에 그런 생각이 일 초 동안이라두 일어나는 때가 있다면 그때에는 벌써 저는 저를 잃어버릴 것입니다. 만일에 불행이 있어서, 사모님께서 무슨 일이 생기셔서 애기들을 절더러 돌아보라구 하시면 그것은 하겠어요. 그렇지만."

"알았어! 알았어! 순옥이의 뜻 잘 알았어! 순옥이의 새로운 면을 내가 또 발견했어. 자, 우리 자, 인제. 순옥이 잘 자."

"사모님, 안녕히 주무셔요. 너무 오래 말씀을 하셔서."

"괜찮아. 인제는 베개에 머리만 붙이면 곧 잠이 들 것 같아. 순옥이 마음 놓구 자. 나 잠드는 거 기다리지 말구."

"네, 자요. 안녕히 주무셔요."

"또 밤중에 내 땀 씻어 줄 생각두 말구."

"네, 염려 마세요."

"아차, 새루 한 시를 치네."

어디서 '땡' 하고 시계 치는 소리가 들린다.

"순옥이."

"네."

"우리, 늦도록 자. 일찍 일어나지 말어."

"네."

"하기야 이 장난꾼들이 가만있나. 순옥이 잘 자."

"네. 어서 주무셔요."

이튿날 아침, 바다에 안개가 끼다가 해가 올라오는 대로 살살 걷혔다. 바다는 금으로 갈아 놓은 거울과 같이 잔잔하고도 아름다웠다. 실로 옛날이야기에나 나올 듯한 아침 경치였다.

순옥이, 옥남이 잠을 깨지 않도록 소리 안 나게 살그머니 일어나 발코니에 나가서 이러한 아침 경치를 앞에 두고 아침 기도를 올리고 있을 때에 옥남이도 일어나 나왔다.

순옥이 기도를 올리는 동안 옥남이도 잠깐 기도를 올렸다. 순옥은 곁에 옥남이 나와 선 것을 보고 놀랐다.

"어느새 일어나셨습니까. 저 나오는 소리에 잠이 깨셨어요?"

"아니. 순옥이 기도 소리에 잠이 깨었어."

하고 옥남은 순옥을 보고 웃었다.

"제 기도 소리에?"

순옥은 소리를 내지 아니하고 기도한 것을 생각하였다.

"응. 순옥이 기도 소리가 하늘까지 울렸거든. 내가 못 들어?"

순옥도 그제야 웃었다.

"아이, 사모님두."

"참 오늘은 아침 경치가 좋기두 해. 하늘과 바다가 왼통 금빛이야."

"참 그래요. 저는 이런 아침 경치는 처음야요."

"나두. 이런 아름다운 아침은 일 년에두 몇 번 안 될 거야."

"그럴 것 같아요. 저는 몇 천년에 처음이 아닐까, 그런 공상을 했어요."

"아마 꼭 이런 경치야 영원에 한 번뿐이겠지."

"아이, 사모님은 시인이셔."

"그렇게 생각하면 시인인가?"

"그럼은요."

"아이 저 해! 저 해가 구름 속에서 나왔어."

"네, 참."

"그 구름들이 모두 구름이 아니라, 오색 무엇이랄까, 비단이래두 말이 안 되구, 무지개래두 말이 안 되구."

"글쎄 말씀야요. 불타는 것두 같구. 그런데 그 빛이 미처 볼 새가 없이 변해요."

"그래. 잠시두 단 두 순간두 같은 대루 있지를 않지?"

"네, 변화 그것이야요."

"아이 저 보아요. 저 해에서부터 바루 우리 앞까지 금빛 길이 닿지 않았어? 바루 우리 앞까지?"

"네, 아이참. 요한 묵시록에 있는 새 예루살렘 길 같아요. 길이 왼통 금이구."

"그러기루 어쩌면 저렇게두 길 같을까? 금빛 모전을 깔아 놓은 길이야. 하느님께서 우리를 찾아서 걸어오실 길인가? 우리더러 하느님 나라루 걸어오라시는 길인가? 순옥이 나는 저 길을 걸어가구 싶어. 저 금빛 물결 위루, 저 길이 닿는 곳까지 걸어가구 싶어. 거기를 가면 필시 모든 더러운 것이 없구, 깨끗한 것만 있는 하늘나랄 거야. 안 그래, 순옥이?"

"네, 그럴 것 같습니다. 우리 앞에는 저러한 금길이 있건마는, 언제나 늘 있건마는 우리가 그 길을 본 체 아니하구 어두운 가

시밭 죽음의 그늘루 걸어가는 것만 같아요. 그러나 사모님께서는 분명 저 금길을 걸어가십니다. 저 하늘나라 길을요."

"순옥이야말루."

"아이, 제가 어떻게요?"

"아니야, 순옥이는 분명 저 길을 걸어가는 사람야. 순옥이!"

"네."

"협이랑 윤이랑 정이랑, 저 애들을 꼭 순옥이 이끌구 하늘 길을 열어 주어, 응?"

바다의 금빛과 하늘의 오색빛도 순식간에 다 스러지고 천지는 예사 천지로 되어 버렸다. 아침의 영광스러운 찬송과 기도가 끝나고 예삿 날의 일이 시작된 것이었다.

"엄마아."

하는 정이의 소리가 나고 협이와 윤이두 잠을 깨어서 더러는 옥남에게, 더러는 순옥에게 매달렸다.

옥남과 순옥은 아까 생각하던 하늘 길을 생각하면서 아이들을 보았다.

'하늘 가는 밝은 길이 내 앞에 있으니
슬픈 일을 많이 보고 큰 고생하여도
하늘 영광 밝음이 어둔 그늘 헤치니

예수 공로 의지하여 항상 빛을 보도다.'

하는 순옥의 찬미가 소리가 밑에서 울려 올라오는 것을 옥남은 듣고 있었다.

순옥은 부엌에서 옥남을 위하여 토스트를 구우면서 이 노래를 부르는 것이었다. 옥남이도 젊었을 때에 즐겨 부르던 이 찬미가가 불러 보고 싶었다. 그래서 목소리를 아껴 가면서 한 절을 불렀다. 순옥도 부엌에서 옥남의 노랫소리를 들었다.

옥남이는 지난밤에 잠이 부족하였건만도 이날 매우 기분이 상쾌하였다. 아침도 여느 날보다 많이 먹고 또 맛나게 먹었다.

그날 점심때에 순옥은 집에서 점심을 차리고 있었다. 토마토랑 고구마랑 감자랑 이런 것으로 비린 것 들지 아니한 양식을 만드는 것이었다. 우유와 닭의 알만을 넣은 청초하고 싱싱한 안식교인식 요리를 만드는 것인데, 이것은 순옥의 집이 몇 해 동안 순안에 있을 때에 안식교 선교사의 집에서 먹어 보고 배운 것이었다.

순옥의 어머니가 안식교의 세례를 받은 관계로 순옥의 오빠 영옥과 순옥이네 형제도 안식교인이었다. 다만 술을 좋아하고 한시를 좋아하는 아버지를 제하고는 순옥의 가족은 모두 안식교인이었다. 안식교에서는 토요일을 안식일로 삼아서 절대로 안식할 것을 명하기 때문에 순옥이네 형제는 학교에 다니면서도 여러 가지로 곤란을 당하였다. 영옥은 마침 졸업 시험이 토요일에 걸치게 되어서 그것을 쉬었기 때문에 졸업이 문제가 되었으나, 마침 학교가 기독교 학교인 덕으로 신앙 문제를 중히 여겨서 추후 시험을 치르기를 허해 주어서 낙제만은 면한 것이었다. 이러한 안식교의 엄격한 종교 생활이 순옥과 그 형제들의 인격을 형성하는 데 큰 힘을 준 것은 말할 것이 없다.

'깨끗한 생활, 하느님다운 생활, 성경대로의 생활.'

이것이 안식교도들의 생활의 목표요, 준칙이었다. 순옥은 비록 안식교의 교리 중에서 여러 가지 점에 대하여 신앙을 잃었다 하더라도 그 생활 방식만은 순옥의 것이 되고 말았다.

이래서 순옥은 안식교의 채식주의를 좋아한다. 순옥은 선천적으로 살생을 싫어하는 마음이 있었다. 이것은 그 할머니에게서 받은 것인지 모른다. 순옥이 열 살도 다 되기 전에 돌아갔지마는 순옥의 할머니는 정성스럽게 염불을 모시는 이였다 순옥의 기억에 그 할머니는 비린 것을 자시지 아니하였다. 그리고 손자들을 보고도,

"살생을 해선 못 써. 살생을 많이 하면 내생에 병이 많이 생기

는 법이야."

이러한 말과,

"저 소가 우리 조상인지도 몰라. 날짐승 길짐승들도 다 한두 번씩은 우리 부모나 형제가 되었던 중생들이다. 다들 악업을 지어서 저렇게 축생보를 받는 거야."

이러한 말도 하던 것을 기억한다.

순옥이 특별히 그 할머니의 귀염을 받았기 때문인지는 몰라도 순옥에게는 그 할머니는 퍽 소중하게 보이는 기억이었다. 이런 것이 다 합해서 순옥은 안식교식 채식 요리를 좋아하는 것이다. 순옥이 감자를 삶아서 으깨고 있을 때에 대문에 달린 방울이 울렸다. 순옥은 앞치마를 두른 채로 콧등과 이마의 땀도 씻지 아니한 채로 현관에 나가 보았다.

"아이구, 언니!"

순옥은 거기 인원이 찾아온 것을 본 것이었다.

"언니, 언제 왔수?"

"아침 차에."

인원은 순옥의 모양을 훑어보며 빙글빙글 웃고 있었다. 인원은 경쾌한 송고직 원피스를 입고 있었다. 그것은 흰 바탕에 초록 줄이 있는 꽤 산뜻한 감이었다.

"아침 차에 오구 그래 인제야 날 찾는 거야?"

하고 순옥은 앞치마에 손을 씻으면서 눈을 흘겼다.

"아이들을 데리구 왔거든. 사 년생 수영 연습을 시키란다누. 그래 텐트 치느라, 무엇하느라, 어디 떠날 수가 있어?"

"아무려나 올라와."

"그런데 무얼하는 거야. 저 꼴을 하구?"

"점심 차려."

"인제는 또 식모 노릇까지 하나?"

하다가 인원은 문득 안 박사 부인이 안에 있나 아니한가 해서 고개를 흠칫하고 말끝을 죽인다. 순옥은 그 눈치를 알고,

"안 계셔. 아이들 데리구 바다에 나가셨어."

"그럼 이따 올 테야."

하고 인원은 끄르던 구두끈을 도로 매려 든다.

"그게 무슨 소리요? 올라와."

순옥은 인원의 손을 잡아끈다.

"점심 차린다면서 어디루 올라오란 말야?"

"부엌으루."

"부엌으루? 인젠 또 나를 남의 집 부엌으루까지 끌어들이는 거야?"

"부엌이면 어떠우?"

"부엌데기 찾아온 손님이니 부엌으로 들어간다?"

인원은 순옥을 따라서 부엌으로 들어간다. 순옥은 곧 감자 으깨던 것을 계속한다. 인원은 그 재줏기 있는 눈으로 부엌 속을 한 번 휘둘러보더니,

"오, 또 그 알량한 안식교 요리야?"

하고 쿵 하고 지어서 코웃음을 한다.

"왜, 알량은 왜?"

"그럼 알량 아니구."

"언니는 얼마나 잘한다구?"

"그러니깐 난 숫제 안하거든. 그래 이건 마님 잡술 거야?"

"마님이라니?"

"순옥이 주인댁 마님 말야."

"흠흠흠흠, 아이 언니두. 그 조그만 몸뚱이에 어디다 그런 재담을 다 넣구 댕기우?"

"곧잘 하네. 인제는 요리집 쿡으루만 가두, 순옥이 먹을 걱정은 없군."

"아이, 언니두. 그런 입심 부리지 말구 이 고구마 껍질이나 좀 벗겨 주우."

"인제 또 일을 시키는 거야? 이건 벗겨서 무얼해?"

인원은 손을 씻고 쪄낸 고구마 껍질을 벗기기 시작하면서,

"이건 벗겨서 무엇하는 거야?"

"그것두 으깨지."

"으깨는 것밖에 모르는구먼."

"왜 다 알지."

"또 무얼?"

"지지구 볶구, 채두 치구, 무치기두 하구."

"옳아, 인제는 어멈 다 됐는데. 인제는 어디 아범이나 하나 얻어 가야 안 해?"

"참 언니, 그 일 어찌 되었수?"

"그 일이라니?"

"아니, 그 언니 혼인 일 말야."

"흥, 누구 좋으라구 내가 그렇게 만만하게 혼인을 해?"

"누구 좋으라구라니?"

"사내들이 장가가 들구 싶어서 상성들을 하는 걸 보니깐 혼인이란 사내들 좋은 일이야. 우리네가 무슨 상관야."

"허허허허."

"허허가 아니라, 그렇지 머야? 그러니깐 난 심사루 시집 안 갈걸. 아참, 순옥이."

"응."

"순옥이 애인이 왔다지."

"내 애인?"

"응, 순옥이 '사랑하는'이 아니라, 순옥을 사랑하는 애인 말이야."

"허영이?"

"그래."

"어디 왔어? 여길 왔어?"

"으응. 인제 순옥이 또 큰일 났어."

"왜?"

"왜라니? 그 화상이 가만있을 거야? 또 길바닥에서 오오, 여왕이여를 부르지 않을 거야?"

순옥은 일하던 손을 잠깐 쉬고,

"그러기루 이제, 또 설마."

"흥, 잘 설마겠어. 나하구 한차루 왔는데."

"한차루? 오늘 아침 차루?"

"왜 아니야, 내가 찻간에 자리를 잡으러 댕기느라닌간 글쎄 이 화상이, 아, 박 선생님, 이러구는 내 짐을 빼앗아서 제 옆자리에 놓는구먼. 제가 길 쪽으루 비키구, 나를 창밑 자리를 내준단 말야. 그러니 할 수가 있어? 앉었지."

"그래서?"

순옥은 달걀을 까서 저어서 거품을 낸다.

"허, 그 화상이 날 자리를 좀 빌려 주구는 자릿세를 단단히 받는단 말야."

"자릿세라니?"

"자꾸만 이야기를 하자는구먼, 그 지지한 소리."

"무슨 소리?"

"무슨 소리겠어. 순옥 씨 이야기지."

"무에라구?"

"자기는 그처럼 순옥 씨를 사랑하노라구, 순옥 씨는 자기의 생명이라구. 왜 그 문학청년들이 하는 소리 안 있어? 그저 그 소리지."

"그래서?"

"그런데 순옥 씨가 마음이 돌아서구 보니 자기는 몸은 아직두 살아서 돌아다니지마는 죽은 사람이라구. 산송장이라구."

"산송장이라구?"

"응, 그래서 내가 이랬지. 왜 아주 돌아가시지 아니하셨어요? 허 선생이, 아아 나는 나의 여왕을 잃구 죽노라 하구 좋은 시나 한 편 쓰시구 돌아가시면 순옥이 그때에야말루 허 선생을 생각하구 울 게 아니야요? 죽는다 죽는다 말씀만 으루만 그러시니 그 헛방을 누가 믿어요? 이렇게 말했지."

"아이참 언니두, 말두 잘두 했소. 내 속이 다 시원하우. 그래서? 그러니깐 무어래?"

"아아, 박 선생님, 허영이 그렇게 될 날이 멀지 아니합니다요, 그러겠지."

"하하, 그래서 언닌 무에랬수?"

"언제 그렇게 하셔요? 그랬지."

"그래?"

"언제라구 기한은 말할 수 없노라구. 그래서 내가 할똥말똥이 시로군요, 그러니깐 이 화상 말이, 순옥 씨가 정말 안 박사와 연애를 하는 줄만 확실히 아는 날이면 박 선생님은 허영이 죽는 것을 보실 것입니다. 그런단 말야."

"아이참, 그래서?"

"그래 내가, 허 선생께서는 아직두 순옥이 안 박사와 서루 사랑하는 줄을 모르셔요? 그랬지."

"아이 언니두, 그건 다 무슨 소리요?"

"그러니깐 이 작자가 펄쩍 뛰면서, 아니 박 선생님, 그게 정말입니까. 순옥 씨가 안 박사와 서루 사랑한다는 말이 그게 정말입니까, 그러는구먼."

"그래서?"

"그래서 내가, 아니 그게 정말 아니구요, 그리구 시치미를 딱 떼었지."

"아이 언니두. 그게 다 무슨 소리유?"

순옥은 기가 막혀서 감자 으깬 것과 달걀과 크림과 버무리던 것을 놓고 우뚝 선다.

"왜 내가 거짓말했어?"

인원은 순옥을 노려본다.

"무어, 언니가 날보구 부러 그러는 게지."

"부러는 왜? 곧이곧대루 한 말이지."

"아이, 언니가 미쳤어."

순옥은 시무룩해진다.

"어떻게? 이 고구마두 으갠다지? 내가 좀 으깨 주까?"

인원은 으깨는 그릇에다가 껍질 벗긴 고구마를 담고 힘껏 으깨기를 시작하면서,

"어서 일이나 해, 멀거니 섰지 말구. 패니시리 점심 늦었다구 마님한테 쫓겨나지 말구."

"아이, 언니, 정말 허영이보구 그렇게 말했수? 내가 안 선생을 사랑한다구?"

"그럼 순옥이 안 선생을 미워한다구 말했어야 옳았나?"

"아이, 그렇게 남 애먹이지 말구. 그러지 않아두 허영이 있는 소리 없는 소리 하구 돌아다니는데 언니 입으루 그런 소리를 하문 어떡허우? 언니가 한 말이면 다 내 말루 알걸."

순옥은 대단히 걱정이 되는 모양을 보인다.

"글쎄, 어여 일이나 하면서 내 말을 들어 보아."

"그럼 어여 말을 해요."

"내가 그렇게 말하니깐 이 작자가 펄펄 뛴단 말야. 아직두 순옥을 단념을 못한 모양이어든. 아아 가 버린 나의 임이여, 어쩌구 하구 시를 짓구."

"어디다가 그런 시를 지어서 내었나?"

"못 봤어? 그동안에 난 것두 백 편은 될 거야."

"신문을 안 보니깐."

"그러니깐 말야. 이 허영이란 양반이 펄펄 뛰면서 그게 정말이냐구, 어디서 들었느냐구 그런단 말야. 그래, 내가 세상이 다들 그러지 않아요? 그랬지. 그러니까 화상이, 그래두 그 말은 뉘게서 들었느냐구 대라구, 자기는 사생 관계가 되는 일이라구, 작자가 죽는다는 소리는 퍽은 내세우지. 제까짓 게 열 번 죽기루 저의 어머니밖에야 누가 눈이나 깜빡할 줄 알구, 내 그런 쑥은. 그래서 하두 밉길래루, 내가, 허 선생은 왜 내가 순옥이하구 친한 줄 모르시우? 이랬지."

"아이, 언니두, 점점 고약한 소리만 하네. 이를 어째."

"그러니깐 이 작자가 얼굴빛이 파랗게 질리면서, 정말이야. 아주 잿빛이야요. 그 군이 순옥을 사랑하기는 무척 사랑한단 말야. 사람은 양징이야요. 좀 못나서 그렇지, 거짓말은 아니해. 아주 파랗게 질리던걸. 아주 사상이야요. 눈이 다 곤아지구. 그런 걸 보니깐 아직두 순옥에게 다소 희망을 가지구 있는 모양이야. 그리구 제 말마따나 순옥이 생명인 모양이구. 말이야 바루 제 따위가 백 년을 살기루니 어디서 또 순옥이 같은 이쁜 여자를 만나 볼 거야? 죽여 주우 하구 물구 늘어지는 것이 상책이야. 놀랄 것도 없지"

"물구 늘어지지 않아 감구 늘어져 보우."

"어디 두구 보까?"

"무얼 두구 보아요?"

"허영이 잔뜩 순옥이 치마꼬리에 매달려서 떨어지지 아니하면 어떡할 테야? 그리구 세상으루 돌아다니면서 석순옥인 내 계집이요, 인천서 사흘이나 동침을 했소, 하고 돌아다니면 순옥이 어떡헐 테야? 다른 데루야 시집 못 가지."

"누가 시집을 간대? 하구 싶은 대루 다 하라지."

"그럼 내가 그렇게 훈수를 할까? 허영 씨더러 순옥이 치마꼬리에 물구 늘어지라구. 그러지 않아두 내가 차에서 벌써 훈수를 다 한걸."

"또 무슨 소리를 했길래?"

"그 작자가 그렇게 펄펄 뛰길래 내가 이랬지. 안 박사하구 석순옥이 연애한다는 소문은 세상에 짜아한데, 그 소리를 내인 사람은 허 선생이라구 하더라구."

"아이구 말씀두 잘두 하셨수. 그래 언니가 그러니깐 그 쑥이 무에랍디까?"

순옥은 마음이 놓이는 듯이 웃는다.

"허, 그 말을 들으니깐 해부닥이야?"

"글쎄 사실이 그렇지 않우. 그 군이 패니시리 돌아다니면서 그런 말루 끝두 없는 소리를 퍼뜨려 놓지 않수. 안 박사 부인 귀에까지."

하다가 순옥은 괜한 말을 했다 하고 말을 끊는다.

"아니, 주인마님이 젤러스(질투)를 하시는 거야?"

인원이 접시를 닦다가 말고 눈을 반짝하면서 순옥을 본다.

"아니, 글쎄, 그런 소리를 하구 돌아다니니, 안 선생 부인의 귀엔들 왜 안 들어가우?"

"그래, 무어래? 안 선생 부인이?"

"안 선생 부인은 성인이셔."

"옳아. 칠거지악이라구 질투를 아니하신단 말이지?"

"에이 언닌. 언닌 무슨 말이나 그따위루 해."

순옥이 새뜩한다.

"아냐, 나두 안 선생 부인이 이 소문에 대해서 어떠한 태도를 가지시는가 하는 게 궁금했거든. 보통 여자의 마음으루는 한바탕 풍파를 내구야 말 것이어든. 그래서 묻는 말야."

인원의 말에 순옥이도 새뜩한 것이 풀리면서,

"참 그래. 언니 말이 옳아. 보통 여자 같으면 가만있지는 않을 거야."

"그럼 가만있어? 그만 못한 소문에두 죽네 사네 하는데, 나 같아도 한바탕 들었다 놓구 칼모틴 병이나 먹겠네."

"아이, 언니두. 그래 안 선생님 부인두 처음에는 질투가 생기셨노라구. 그러나 지금은 다 없어졌노라구. 날보구 글쎄 우시면서 참회를 하시는구먼."

"순옥이하구 같이 있어 보니깐 순옥이 어떤 사람인지 잘 알았노라구?"

순옥은 고개를 끄덕여 보인다.

"예끼, 요 여우야."

하고 인원은 닦던 접시로 순옥을 때리려는 시늉을 한다.

"왜 남더러 여우라우?"

"그럼 여우 아니구? 시앗까지 감복을 시키니 여우 아냐?"

"언니 그 말 좀 삼가요!"

"왜 내가 무슨 말 잘못했어?"

"시앗은 다 무어유?"

"남편의 제자루 사랑할 줄을 알면 사모님이구, 그렇지 못하구 샘을 내면 시앗이지 무에야?"

"언니두 둘러대기는."

"그래 지금은 아주 원만야?"

"무엇이?"

"사모님과 순옥이 사이가 말야."

"그럼. 사모님은 성인이시라니깐."

"질투가 일어났더라면서?"

"질투가 일어난 것을 떼어 버리는 것이 성인이거든. 내가 질투가 났었노라, 내가 그런 열등감의 노예가 되었던 것을 부끄러워하노라, 이것이 성인이 아니구 무에유? 아주 질투가 아니 일어난다면 그것은 신이게, 신 다 되었게."

"그래, 순옥이 말이 옳아."

인원은 감격하는 듯이 멀거니 창밖을 바라보더니 한숨을 한 번 길게 쉬며,

"아무려나 순옥이하구 사흘만 같이 있으면 원수라두 아니 반하구는 못 견딜 거야. 저를 잊어버리구 꼭 저편 생각만 하니 그럴 거 아니야? 순옥인 천사야, 정말 천사야."

하고 귀여운 사람을 보는 눈으로 순옥을 본다.

"아니, 언니두. 언니가 늘 나를 그렇게 보아 주시는 게지."

순옥의 눈에서는 눈물이 흐른다.

인연의 길

벌써 서울에는 첫눈이 날렸다. 날마다 시퍼런 으스스한 일기다. 김장을 씻는 여인네의 손등과 뺨들도 퍼렇게 얼었다.

의학 박사 안빈 내과 소아과 의원 대합실 밖 오동나무도 잎이 꺼멓게 서리에 얼어서 떨어졌다. 순옥은 단단히 마음을 먹고 병원 시간이 끝날 때까지 저 맡은 직분을 다하였다. 그리고는 단단히 마음을 집어먹고 원장실 문을 노크하였다.

"누구요?"

하는 것은 안빈의 음성이었다.

"저야요, 순옥입니다."

"왜?"

"잠깐 여쭐 말씀이 있어요."

"들어와."

순옥은 안빈 책상 옆에 가 선다.

"무슨 말이오?"

"선생님!"

하고 말허두를 내려 할 때에 벌써 순옥은 울음이 치밀어 올라옴을 깨달았다. 어저께부터 그렇게 마음을 먹노라는 것이, 결코 아무러한 일이 있더라도 눈물은 보이지 아니하리라고 결심하고 또 결심하였던 것이 이 모양이었다.

안빈은 순옥의 기색이 심상치 아니함을 깨닫고 책상에서 일어나서 마주 앉는 테이블 앞으로 와 앉으면서,

"이리 와 앉으시오."

하고 맞은편 교의를 가리켰다.

순옥은 안빈이 지시하는 대로 안빈의 맞은편 의자에 걸터앉았다. 그러나 안빈의 음성은 마디마디 순옥의 슬픔을 더 자아올리는 듯하였다.

안빈은 순옥이 말을 내기를 기다리면서 길게 한 번 한숨을 쉬었다. 안빈은 순옥의 말을 듣기 전에 벌써 그 슬픔을 다 알 수 있는 것 같았다. 순옥의 슬픔이라면 안빈의 곁을 떠나게 되는 일밖에 없을 것을 안빈은 안다. 그러기로 무슨 까닭에 갑자기, 하

고 안빈은 순옥의 입이 열리기를 기다렸다.

순옥은 치받치는 울음을 꼭꼭 씹어 삼켜서 다시는 고개를 들지 못하도록 꾹꾹 눌러 놓느라고 하고 나서야 고개를 들어서 안빈을 바라보았다.

"선생님!"

"응, 말하우."

"저는 혼인하기로 작정했습니다."

불의에 듣는 이 말에 안빈도 아니 놀랄 수가 없었다. 분명히 안빈의 눈썹이 위로 올라가고 눈이 빛났다. 그러나 안빈은 곧 낯빛을 제대로 회복하였다.

"혼인?"

"네."

안빈은 말없이 한참이나 순옥을 바라보고 있었다.

"혼인할 때 되면 해야지. 벌써 약혼이 되었소?"

"아직 약혼은 안 했어요."

"그럼 피차에 말루만 허락을 하구?"

"네."

"응."

하고 안빈도 한참 잠잠하다. 무엇이라고 말을 해야 될지 창졸지간에 갈피를 잡을 수가 없었다. 다만 그 일이 안빈에게도 큰

일임에는 틀림이 없었다. 평소에도, 아무 때에나 순옥은 자기의 곁을 떠나서 어디로 갈 사람이요, 또 가야만 할 사람인 줄은 알고 있었건만 이렇게 불의에 당하고 보니 마음의 평형을 바로잡기가 매우 곤란하였다.

"그래, 신랑은 누구요?"

하는 안빈의 말과 표정에는 다소 어색한 데가 있었다.

"허영입니다."

"허영 씨?"

안빈은 또 한 번 놀랐다. 허영이 자기와 순옥을 원망하는 듯한 시들도 보았다. 그러던 끝에 순옥이 다른 사람도 아니요, 허영과 혼인을 한다는 말에는 아니 놀랄 수 없는 것이었다.

"네."

순옥도 안빈의 낯빛을 엿보았다.

"그래 어머님께며 오라버니께두 승낙을 얻었소?"

"아직 말씀 아니했습니다."

안빈은 힐끗 한 번 순옥을 바라보고 순옥이 이 일을 안빈 자기에게 맨 처음으로 말하는 심정을 헤아려 본다. 그러할 때에 일종의 슬픔이 떠오름을 금할 수가 없었다.

순옥은 안빈이 무슨 생각에 잠겨 있는 것을 한참이나 바라보고 있었다. 잠시 가라앉았던 눈물이 다시 터지려고 하였다.

두 사람이 다 말이 없기 한참 동안.

"선생님!"

하고 순옥이 먼저 입을 열었다.

"말하시오."

"제가 잘못 생각한 것이 아닙니까?"

"무엇이?"

"허영하구 혼인하는 일 말씀야요."

"그것을 내가 어떻게 아나?"

"선생님께서 말아라 하시면 아니할 테야요."

"그게 말이 되오?"

"그래두 저는 선생님 뜻을 거스르구 싶지는 아니해요. 저는 선생님께서 지시하시는 대루 일생을 살구 싶어요."

"그것두 이 경우에서는 아니할 말이오."

"그럼 제가 허영하구 혼인해두 좋겠습니까?"

"글쎄, 그걸 다른 사람이 어떻게 아나?

순옥에게는 안빈의 말이 너무도 냉랭하였다. 섭섭하고도 야속하리만큼 냉랭하였다.

"선생님이 그렇게 제 혼인에 대해서 모르신다구 하시면 제가 어디 가서 누구의 지시를 받습니까?"

하는 말에는 흥분이 있었다.

안빈은 순옥의 심정을 상상 못함이 아니었다. 순옥이 가엾기도 하였다. 솔직하게 말하면 안빈은 순옥이 허영과 혼인하는 것을 찬성할 수가 없었다. 안빈이 보기에 허영은 선량한 사람이나, 굳게 선 신념이 없고 또 그러한 신념을 가질 수도 없는 사람이었다. 이러한 사람은 선량하면서도 범죄할 수 있는 타입이라고 안빈은 보았다. 그러나 이 경우에 안빈은 가부를 말하는 것이 옳지 않다고 굳게 정하였다.

　그러나 안빈은 순옥에게 대하여 한마디 말을 아니할 수가 없었다. 그래서 안빈은 오래 생각한 끝에,

　"순옥이 총명하게 잘 생각해서 하시오. 내가 이 일에 대해서 내 의견을 솔직하게 말하지 못하는 것이 유감도 되구, 또 순옥에게 섭섭두 하겠지만 나로는 가부를 말할 수가 없소."

하고 한참 말을 끊었다가 다시,

　"갑자기 허영 씨하구 혼인을 하게 되었다니 무슨 부득이한 사정이 있소?"

하고 묻는 말로 대답을 삼는다.

　"네, 좀 까닭이 있어서요."

하고 순옥도 냉랭하게 대답한다.

　"무슨 까닭?"

　여기 와서 순옥은 다시 아까 슬픔으로 돌아왔다. 그러나 순옥

은 이 까닭을 안빈에게 말할 수는 없었다.

순옥은 어찌하여 갑작스레 허영과 혼인할 작정을 하였는가.

원산서 한 달 남짓하게 있는 동안에 옥남은 신열도 좀 내리고 식욕도 증진되고 체중도 한 킬로쯤이나 늘어 가지고 돌아왔다.

"이건 다 순옥이 때문야요."

하고 옥남은 남편에게 순옥이 어떻게 지성으로 자기를 간호한 것을 말하였고, 안빈도 옥남이 한 말을 순옥에게 전하면서 순옥에게 치사하였다.

그러나 서울의 가을 일기, 그중에도 첫겨울에 걸쳐서는 호흡기가 약한 사람에게는 서울의 일기는 심히 좋지 못한 것이거니와, 금년따라 시월, 십일월에 걸쳐서는 심히 일기가 불순하였다. 장마와 같이 궂은비도 여러 날을 오고 갑자기 추워지기도 하고 바람도 불고 하여 인플루엔자도 채 아니면서 열이 높고 기침이 심한 감기가 많이 유행하여 그것으로 죽는 사람도 상당히 있었고 그 감기 끝이 개운치를 못해서 쿨룩쿨룩 기침을 계속하는 환자도 많았다. 안빈의 병원에 오는 환자로 보더라도 이러한 것이 많았다.

옥남도 이 유행성 감기에 걸려서 삼 주일이나 신고한 끝에 가슴의 증상이 심히 나빠져서 좌우 폐의 침윤이 가속도적으로 진행하게 되어서 신열은 삼십팔구 도를 오르내리고, 또 담에서 다량의 결핵균을 검출하게 되었다. 안빈도 말은 아니하나 옥남에게 대해서는 절망인 모양이었다.

이리해서 아이들과 격리도 할 겸, 안빈이 수시로 돌아볼 틈도 얻기 위하여 옥남은 안빈의 병원에 입원을 하게 되었다. 안빈이 실험실로 쓰던 방에 침대 하나를 들여놓고 입원을 시켰다가 나중에는 순옥이 그 곁에서 자기로 되어서 침대 하나를 더 들여놓았다.

"순옥이 나하구 한방에서 자도 괜찮어?"
하고 옥남은 병이 전염할 것을 걱정하였다. 그러나 옥남은 병이 중해 가면 갈수록 순옥에게 더욱 애착을 가졌다. 약이나 음식도 순옥의 손에서 먹어야 하고 자리를 고쳐 준다든가 몸을 씻는다든가 하는 것도 순옥의 손으로 하여야 만족하였다.

옥남은 자기의 병을 잘 알았다. 그래서 기침을 할 때는 반드시 휴지로 입을 막고 하였고, 땀 한 방울 다른 데 아니 떨어지도록 조심하였다. 그리고는 알코올 면으로 가끔 손을 소독하고 담을 뱉은 뒤에는 반드시 옥시풀로 양치를 하였다. 자기가 음식을 먹고 난 그릇이나 수저는 반드시 자기 손으로 크레졸 물에다가 집어넣었다. 순옥이,

"아이, 제가 잘 소독할게요."
하고 아무리 말려도 막무가내였다.

협이와 윤이가 학교에서 돌아오는 길에 들르면 결코 곁에 가까이 오지 못하게 하였고 또 별실에 오래 있기를 허하지 아니하고 십 분이 못해서,

"어서 아버지 뵙구 집으로 가거라."

하고 쫓아 버렸다. 그리고 순옥이더러 번번이 아이들 손을 소독하고 양치를 시켜 줄 것을 일렀다. 그러지 아니하여도 순옥은 더운 물로 아이들을 세수시키고 손발을 씻기고 눈에 안약을 넣어 주어서 집으로 보내었다.

옥남은 원래 천품도 자상하거니와 병이 본래 신경을 예민케 하는 병인 데다가 아마 병중에 더욱 깊어지는 신앙 때문도 있어서 저를 잊고 남의 일만을 염려하는 것이 더욱 심하게 되었다. 순옥이 혹시 감기 기운이나 있을 때에는 옥남은 제 병을 잊어버리고 순옥을 위해서 염려하였다.

그러나 옥남이 밤낮 잊지 못하는 것은 남편과 아이들이었다.

"내가 없으니, 선생님 반찬을 어떻게나 해 드리는지?"

순옥을 보고 옥남은 수없이 이런 걱정을 하였고, 갑자기 날이 추워지든지 바람이 불면 새벽에 잠을 깨어서는,

"애들 내복을 잘 찾아 입혀 주나?"

하고 염려하였다. 그러면 순옥은,

"그럼 제가 가 볼까요?"

하고 아침 일찍 삼청동 집으로 가서는 안빈의 밥상에 반찬이 무엇이며 아이들이 밥 먹는 모양이며 또 협에게는 어떠한 내복에 어떠한 양말, 윤에게는 무엇, 정에게는 무엇을 찾아 입힌 것 등을 알아다가 옥남에게 보고를 하였다.

"순옥이 아이들을 맡아 가지구만 있으면 나는 아주 마음을 놓으련마는. 수원 아주머니두 사람두 좋구 정성두 있지마는 그래두 옛날 어른이 돼서, 또 나이가 많으시구."

이러한 걱정도 하였다.

"사모님, 그럼 제가 밤이면 삼청동 가서 자구 올까요?"

어떤 날 순옥은 이렇게 제의를 해 보았다.

"순옥이 삼청동 가 자면 병원에 밤에 무슨 일이 있으면 어떡허구?"

"무어요? 수선이두 있구 계순이두 있는 걸요. 그리고 선생님께서 여기서 주무시구."

이리하여서 순옥은 밤이면 삼청동에 가 자고 아침에 아이들을 학교에 떠나보내고는 병원으로 왔다. 그리고 안빈이 아내의 병실 순옥이 자던 침대에서 자기로 되었다.

순옥이 삼청동 집에서 아이늘을 거두면서 아이들은 딴 아이들이 되었다. 세수도 깨끗이 시키고 계집애들은 머리도 잘 손질하여 주고 의복도 깨끗하게 늘 다리밋발이 서 있었다.

"순옥이 아이들을 거두니 아이들이 딴 아이들이 되었어."
하고 어떤 일요일날 세 아이가 다 순옥을 따라서 병원에 온 것을 보고 옥남이 감탄하였다.

"모두 어미 없는 자식들 같더니, 내가 거둘 때보다도 더 나아. 몸들도 좋아지구."

옥남은 이렇게 만족하였다. 그리고 제가 죽으면 순옥이 아주 저 아이들을 거두어 주려니 하면 마음이 놓였다.

순옥은 아이들만을 돌아보는 것이 아니라, 안빈의 뒤도 거두었다. 내복, 칼라, 와이셔츠, 양말을 아침마다 구김살 없이 준비하여 놓고 또 양복과 넥타이도 다리미로 다려서는 양복장에 걸어 놓았다.

병원에서 자도 아침밥을 먹으러 오는 안빈은 늘 옷이 이렇게 준비되어 있는 것을 보고는 순옥을 바라보았다. 그러나 아무 말이 없었다.

민감한 옥남이 남편의 의복이 눈에 뜨이지 아니할 리가 없었다. 날마다 새 칼라, 다린 넥타이, 그리고 줄지고 솔질 잘한 양복, 이것이 다 순옥의 손으로 되는 것임을 모를 리가 없었다. 그러나 순옥의 손에 남편의 뒤가 거두어지는 것은 아이들이 거두어지는 것과는 같지 아니하여서 옥남은 누를 수 없는 슬픔을 깨달았다. 자기에게만 허락되었던 일이 자기의 손을 떠나서 순옥에게 넘어간 것 같았다. 남편의 음식을 만들고 옷을 만지는 것이 어떻게나 아내의 기쁨이었다는 것을 옥남은 더욱 절실하게 깨달았다. 속속들이 제 손으로 만져진 옷을 입고 제 손으로 만든 음식을 먹고 나서는 남편, 그것이야말로 참말로 제 남편인 것 같았다. 평생에 침모를 안 두어 보고 비록 식모를 두더라도 반찬만은 꼭 제 손으로 하던 옥남이기 때문이라고 생각해 보았으나, 역시 제 남편의 의복과 음식에 남의 손이 닿게 하고 싶지 아니한 것이 아내의 진정이라고 옥남은 생각하였다.

'그것도 잠시라면, 얼마만 지나면 다시 내 손에 돌아올 수 있는 일이라면.'

옥남은 남편을 앞에 놓고 이렇게 생각한다.

'그러나 인제는 영원히 다시 내 손에 안 돌아올 일!'

할 때에 옥남은 눈물이 쏟아짐을 금할 수가 없었다. 의복과 음식뿐이 아니었다. 남편 전체가 이제는 다시는 내 품에는 돌아오지 못한다. 그렇게도 사랑하던 남편, 그렇게도 그립던 남편, 그의 품에 안길 때에 그렇게도 기쁘던 남편, 그 남편은 이제는 다시는 내 것이 못 되고 만다. 옥남은 옆 침대에서 잠이 든 남편을 바라보면서 흐느껴 울었다.

날로 수척하여 가는 제 몸, 날로 노랑꽃이 피고 쭈글쭈글하여 가는 제 피부, 움쑥 들어가는 제 눈과 두 뺨, 뼈마디만 보기 싫게 울툭불툭 불거진 제 손가락들, 해골이 다 된 제 사지, 이런 것을 보고 만져 보고 생각할 때에는 차마 이 추악한 꼴을 남편에게 보이고 싶지 아니하여서 남편 앞에서는 목까지 이불을 쓰고 손도 내놓지 아니하려 하였다. 의사의 흰 예방복을 입은 남편이 청진기를 들고 가슴을 보려 할 때에도 옥남은 춥다는 핑계로 곧잘 거절하였다. 그러면 안빈은 애써 보려고도 아니하였다.

기실 인제는 볼 필요도 없는 것이었다. 온도표만으로도 옥남의 병은 짐작할 수 있었고 얼굴만 바라보아도 알 수가 있는 것이었다. 남편이 나간 뒤에 옥남은 식은땀이 흐르는 가슴을 쓸어 본다. 갈빗대가 불근불근하는 가슴, 김빠진 경기구 모양으로 후줄근하게 늘어진 두 젖, 그 어느 것에나 포근하고 말랑말랑한 맛은 없었다.

옥남은 처녀 적을 생각하고 신혼 시절을 생각해 본다. 원래 가냘픈 편이요, 풍후한 육체는 아니었건만 그래도 그때에는 포근함이 있었고 야드르르함이 있었다. 그러나 그것은 꿈결같이 다 스러져 버리고 말았다. 인제는 해골이 다 된 이 몸! 게다가 무서운 결핵균이 가슴 가득 지글지글 끓는 이 몸!

이 몸은 남편에게 보일 몸은 못 된다. 누가 보아도 고개를 돌리고 코를 막고 지나갈 이 몸이 아니냐.

옥남은 때때로 밤에 잠이 깨어서는 남편의 품이 그리워지는 생각이 난다. 남편의 살과 힘 있게 남편에게 안기는 촉각의 기억이 난다. 그래서 옥남은 가만히 고개를 들어서는 자는 남편을 바라본다.

이러할 때에 잠을 사로자던 안빈은 눈을 뜬다. 아내의 빛나는 눈을 본다. 안빈은 자리에서 일어나 옥남의 침대 곁으로 온다.

"왜? 괴롭소?"

하고 손으로 머리를 만져 본다.

새벽이 되어서 열이 내리고 옥남의 이마에는 차디찬 땀이 엉킨다. 안빈은 가제로 옥남의 이마의 땀을 씻긴다.

"어서 주무셔요."

하고 옥남은 일부러 눈을 감는다. 푹 꺼진 눈어염에 전등불의 검은 그림자가 생긴다.

"물 한 모금 마시지."

안빈은 유리병의 물을 약귀때에 따라서 옥남의 입에 대인다. 옥남은 눈도 아니 뜨고 몇 모금 마시다가 어린애 모양으로 고개를 돌린다. 안빈은 약귀때를 힘없이 탁자 위에 놓는다.

안빈은 아내의 생각을 상상해 본다. 아내가 잠을 못 이루는 이유를 이섯인가 저것인가 하고 혹은 의사의 처지로 혹은 남편의 처지로 추측하여 본다. 그러다가 안빈은 한 팔로 옥남의 머리를 꼭 누르면서 제 입을 옥남의 입에 대어 준다. 옥남은 마치 정신없이 하는 듯이 이불 속에 있던 팔을 번개같이 뽑아다가 남편의 목을 끌어안는다.

그러나 다음 순간에 옥남의 팔은 힘없이 남편의 목에서 떨어져서 이불 속으로 다시 들어가고 고개를 돌려서 제 입을 남편의 입에서 비킨다.

'이 몸은 다시는 남편의 몸에 닿아서는 안 되는 몸!'

이렇게 생각하고 옥남은 눈물을 흘린다. 안빈은 아내의 눈물을 씻길 때에 가슴이 답답함을 깨달았다.

'병 없는 세계!'

'죽음 없는 세계!'

안빈은 속으로 이렇게 부르짖었다. 의사가 되어서 날마다 앓는 사람을 대하는 안빈은 매양 이러한 생각을 아니할 수 없거니와 그것이 지극히 제게 가까운 사랑하는 사람일 때에 그 생각이 더욱 간절하지 아니할 수 없었다.

아내의 병을 고쳐 주고 싶다. 그 열을 내리고 그 병든 폐를 성하게 하고, 그리고 그 노랑꽃이 핀 수척한 몸이 다시 살찌게 하고 다시 그 몸에 건강과 젊음과 아름다움을 주고 싶었다.

'그러나 그것은 할 수 없는 일이다!'

하는 결론에 다다를 때 안빈은 더욱 가슴이 답답함을 깨달았다.

병이 들수록 살고 싶어 하고 병이 중하여 죽을 때가 가까울수록 차마 볼 수 없도록 죽기를 싫어하고 알뜰히도 살고 싶어 하는 것은 무슨 모순인고! 이 무슨 비극인고!

안빈은 여러 사람의 임종을 보았다. 쓸데없는 줄 알면서도 강심제를 주사하고 산소를 흡입시켰다. 그러나 업보로 예정한 죽을 시각이 임한 때에는 아무러한 강심제도 심장의 근육을 힘 있게 못하고 아무리 산소를 넣어도 폐가 그것을 빨아들이지 못하였다.

'생명은 약으로 붙들어지는 것이 아니다!'

안빈은 번번이 이렇게 생각하고 때로는 의학까지도 의심하는 일이 있었다. 그러다가는 사람의 지혜가 밑는 한도에서 앓는 이의 고통을 덜고 앓는 날을 짧게 하고, 사람의 힘이 밑는 대로 죽음을 연기시키도록 애쓰는 것이 의학이다, 하고 의사로서의 자신을 회복하는 것이었다.

"여보, 울지 마우. 모든 것을 하느님께 맡기시구려."

하고 안빈은 옥남의 자리를 바로잡아 주고는 제자리에 와서 누웠다.

"나무아미타불, 나무관세음보살."

안빈이 입에시는 서설로 이 소리가 흘렀다.

그러나 며칠을 두고 아내와 한방에서 아내의 괴로워하는 양을 볼 때에, 더구나 오늘 밤의 아내의 괴로움을 볼 때에 괴로움

없는 세계, 죽음 없는 세계를 건설하기를 세자재왕불(世自在王佛) 앞에서 맹세하고 마흔여덟 가지 큰 원을 세운 법장비구(法藏比丘)가 현실적인 인물로 눈앞에 떠 나오지 아니할 수 없었다. 그리고 법장비구가 일백십억의 많은 세계를 두루 연구하고 조재영겁(兆載永劫)에 모든 고행 난행과 모든 공덕을 다 쌓아서 마침내 서방정토 극락세계를 이룩하여 아미타불이 되어 무릇 그 이름을 믿고 그 세계에 나기를 원하는 중생으로 하여금 괴로움의 목숨이 끝나기를 기다려, 이 괴로움도 없고 죽음도 없는 세계에 태어나도록 하셨나니라, 한 것이 모두 금시에 내 눈으로 본 현실같이 생각하지 아니할 수가 없었다. 왜 그런고 하면, 만일 법장비구가 그러한 일을 아니하였다 하면, 안빈 자신이 그것을 발원하고 시작하지 아니할 수 없기 때문이다. 사랑하는 부모나 남편이나 아내나 자녀나 이런 이들이 나고 늙고 앓고 죽고 모든 것이 뜻대로 아니 되는 괴로움을 당하는 양을 보고 어떻게 이런 모든 괴로움이 없는 세계를 이룰 원을 발하지 아니하랴.

또 이 한량없이 넓은 우주에는 그러한 편안한 세계가 적어도 한둘은 있을 만한 일이다. 그것이 아미타불의 극락세계다, 안양(安養)세계다, 정토다, 안빈은 이렇게 생각하면서 아내를 바라보았다. 우는지 자는지 모르나 옥남은 남편이 바로 뉘어 준 대로 그린 듯이 가만히 있었다. 남편의 사랑의 표시가 옥남에게 위안을 준 것이었다. 음침한 죽음의 그늘로 헤매는 옥남에게 남편 안빈의 애무가 한 줄기 따뜻하고 밝은 빛이 된 것이었다.

안빈은 이불 속에서 가만히 합장하고 또 한 번 정성스럽게,
"나무아미타불!"
"나무관세음보살!"
을 불렀다.

모든 괴로운 중생에게 편안함을 주고 무서움 속에 사는 중생에게 겁 없음을 주신다는 관세음보살이 아내 옥남을 괴로움 속에서 건져 마침내는 아미타불의 극락세계로 인도해 주소서 함이었다. 내 힘으로는 어쩔 수 없는 안타까운 이때, 사람의 지혜와 힘의 맨 끝에 선 이때에 사람은 저보다 높은 이의 힘에 매달릴 수밖에 없는 것 같았다. '내 힘으로는 더 이상 더 어찌할 수 없는 사랑하는 아내를 당신께 맡깁니다.' 하고 나면 마음이 좀 가벼워졌다.

여청관음행(汝聽觀音行)

선응제방소(善應諸方所)

홍서심여해(弘誓心如海)

역겁불사의(歷劫不思議)

시다천억불(侍多千億佛)

발대청정원(發大淸淨願)

안빈은 법화경 관세음보살보문품(法華經觀世音菩薩普門品)의 게를 생각해 본다. 관세음보살이 나와 같은 힘없는 중생으로 있을 때에 중생들이 괴로워함을 차마 보지 못하여 '내 아무리 해서라도 중생을 괴로움에서 건지는 자가 되리라.' 하는 큰 원을 발해 가지고 얼만지 모르는 긴 세월에 여러 천억 부처님을 모셔서 도를 닦고 공덕을 쌓았다는 말이다.

구족신통력(具足神通力)
광수지방편(廣修智方便)
십방제국토(十方諸國土)
무찰불현신(無刹不現身)
종종제악취(種種諸惡趣)
지옥귀축생(地獄鬼畜生)
생로병사고(生老病死苦)
이점실령멸(以漸悉令滅)

그렇게 무한히 긴 세월에 도를 닦아서 어느 곳에나 나타나서 중생을 괴로움에서 건질 힘을 얻으신 것이다. 마치 내가 중생을 병의 괴로움에서 구해 보겠다고 의학 공부를 하여서 의사가 된 모양으로 관세음보살은 중생의 '생로병사고(生老病死苦)'를 고칠 양으로 큰 원을 세우고 큰 공부를 하여서 신통력과 지방편을 얻으신 것이다.

염염물생의(念念勿生疑)
관세음정성(觀世音淨聖)
어고뇌사액(於苦惱死厄)
능위작의호(能爲作依怙)

관세음보살을 정성으로 염하는 자에게는 모든 괴로움 – 죽는 괴로움 속에서도 의지가 되어 주시는 것이다.

구일체공덕(具一切功德)
자안시중생(慈眼視衆生)
복취해무량(福聚海無量)
시고응정례(是故應頂禮)

모든 공덕을 갖추셨으매, 중생을 도우실 힘이 있으신 것이다. 많은 재물을 쌓은 부자가 가난한 중생을 도울 수 있는 모양으로 큰 공덕이 있으매, 자비로우신 눈으로 중생을 보시는 것이 뜻이 있는 것이다. 나같이 공덕이 없는 자가 중생을 자비한다는 것은 거지가 가난한 사람을 불쌍히 여김과 같이 아무 효과가 없는 것이다.

나와 같이 힘없는 중생으로서 괴로워하는 중생을 건지리라는 뜻을 – 원을 세워서 오래고 오랜 동안 부지런히 힘쓴 결과로 그 원을 이루셨다는 아미타불이나 관세음보살은 결코 우리와 동떨어진 신이 아니요, 우리와 같은 피를 가진 중생이시다. 다만 선배시고 선생님이시다. 이렇게 생각하매, 더욱 아미타불이나 관세음보살이 현실적이요, 바로 곁에 있는 친구와 같았다.

안빈은 한 번 더 병에 괴로워하는 옥남을 두 분에게 맡겼다. 그리고 옥남의 마음에 두 분을 믿고 의지하는 마음이 깨어나기를 빌었다. 옥남은 일래에 더욱 남편에게 대한 애착을 깨달았다. 며칠 더 만나 보지 못할 남편이라는 예감이 이 애착심을 더욱 간절하게 하는 것이었다. 이십여 년 서로 사랑하여 왔건마는 아직도 미진한 사랑이 많은 것 같았다. 가슴속에 남은 이 사랑을 남편에게 다 쏟아 주지 못하고 죽어 버리는 것이 원통한 것 같았다.

안빈이 곁에 오면 옥남은 마치 연애 시대나 신혼 시대에 경험하던 것과 같이 정답고 그리움을 느꼈다. 저 스스로 이것이 안

된 생각인 줄도 알았다. 마치 몇 날 아니 남은 생명의 동안이 아까운 것만 같았다.

어느 날 밤, 안빈은 아내가 잠이 들기를 기다리느라고 자정이 넘도록 아내의 모양을 살피고 있었다. 안빈도 아내의 근일의 흥분이 자기에게 관한 것임을 잘 알았다. 그것이 심히 가엾기도 하고 또 염려도 되었다. 자기가 아내와 한방에 거처하는 것이 더욱 아내를 흥분케 하는 것이라고 알았으나 그렇다고 갑자기 '나는 집에 가 자겠소.' 하는 말은 차마 나오지를 아니하였다. 그래서 그날 밤도 아내의 용태를 염려하던 끝에 안빈은 잠이 들었었다.

문득 안빈은 자기의 몸에 더운 무엇이 닿는 것을 감각하고 잠을 깨었다. 안빈은 놀랐다. 그것은 옥남이 자기의 침대에 들어와서 누운 것이었다. 안빈은 통곡하도록 슬펐다. 아내의 심정이 한없이 가여웠던 것이다.

옥남은 남편이 잠이 깬 것을 알고 그 가슴에 이마를 파묻고 비비면서,

"나를 좀 껴안아 주서요."

하였다. 그 소리는 대단히 추운 사람과 같이 떨렸다. 춥기도 할 것이다. 그의 손끝은 얼음 같으나 그의 입김과 가슴은 불같이 뜨거웠다. 아마 신열이 삼십구 도도 넘어서 사십 도 가깝지 아

니한가 하였다.

안빈은 아내의 소원대로 안아 주었다. 이 경우는 아내의 무슨 소원도 거슬리고 싶지 아니하였다. 또 아내에게 병인이라는 의식을 주고 싶지도 아니하였다.

"나를 퍽 천한 계집으로 아셔요!"

옥남은 이런 소리를 하였다.

"그러나 이것이 마지막이야요. 다시는 당신의 살에 접할 날은 없을 겝니다. 나는 내 목숨이 앞으로 몇 날 안 남은 것을 잘 알아요. 이것이 이생에서는 마지막으로 당신의 품에 안겨 보는 게야요. 이 밤이 새기 전에 죽을는지도 몰라요."

옥남은 이런 소리를 하고 울었다.

"여보, 여보."

안빈은 비로소 입을 열었다.

"네."

옥남의 대답은 어린 처녀의 대답과 같이 유순하였다.

"그렇게 자꾸 흥분하면 병에 해롭다니까."

"인제는 저에게 해롭구 이롭구가 없어요. 다 된 걸요. 마지막인 걸요."

"사람의 생명이란 알 수 없는 것이오."

"아냐요, 내가 잘 알아요. 당신은 내가 죽는 것을 무서워하는 줄 아시고 그러시지만, 아냐요. 나는 죽는 것이 조금도 무섭지 아니해요. 인제는 더 살구 싶은 생각두 없어요. 그런데 왜 우느냐구 그러시겠지요? 내가 슬퍼서 우는 것이 아닙니다. 기뻐서 우는 거야요. 행복되어서 우는 것이야요. 내가 이 앞에 더 오래 산다면 내가 당신께 큰 실수를 할 수도 있구요, 또 당신께서 – 그러실 리두 없겠지만 – 내게 대한 사랑이 변하실 일도 있을지 모르지 않아요? 그런데 내가 며칠 안 해서 꼭 죽을 것을 알구 보니 인제는 도무지 그런 걱정이 없거든요. 인제는 내가 분명히 평생에 당신의 충실한 아내루 사랑받은 아내루 살았거든요. 사랑하는 당신 곁에서 일평생을 살다가 당신 앞에 죽게 되었거든요. 아내로서 이런 행복이 어디 있어요. 이런 기쁨은 어디 있구요? 그야 좀 더 살구두 싶어요. 그렇지만 사람은 한 번은 죽는 것, 아무 때에라두 한 번은 죽는 것일 바에는 당신이 아직두 건강하시구 인생으로 한창이신 것을 보구 내가 당신의 손에 묻히는 것이 얼마나 기쁜 일야요. 또 아이들루 말해두 아직 어리지마는 에미 맘에 그것들이 눈에 밟히지마는, 좋은 아버지가 계신데 무슨 걱정 있어요? 또, 내 말을 이상하게 듣지 마셔요. 내가 병이 조금만 더허면 정신을 잃어버릴는지 알아요? 그래서 오늘 말씀하려고 결심을 했어요."

옥남은 마치 병 없는 사람 모양으로 말이 분명하다. 그 눈은 흥분으로 빛났다.

"무슨 말요?"

안빈은 아내의 유언을 듣는다는 침통한 심리로 물었다.

"아이들은, 아이들에게는 나보다 더 나은 어머니가 있어요."

"그건 또 무슨 말이오?"

"순옥이 말야요. 내가 죽거든 아이들은 꼭 순옥을 맡겨 기르셔요."

하고 옥남은 남편을 바라본다.

안빈은 대답이 없다.

"순옥이, 당신은 모르시리다마는 열네 살 적부터 당신을 사모한대요. 그래서 당신을 모시고 있고 싶어서 교사두 그만두구 간호사가 된 것이래요. 그래 내가 원산서 같이 있을 적에 선생님 곁에 있으니깐 기쁘냐구 물었더니, 그렇다구 기쁘다구. 언제까지나 선생님을 모시구 있구 싶으냐니깐 그렇다구. 그럼 내가 죽거든 선생님하구 혼인하라구 하니깐 그것은 못 한다구. 왜 못 하느냐니깐 선생님하구 혼인하는 법이 있느냐구, 그건 못 한다구, 그러겠지요. 글쎄 그렇게 오래 사모하는 법이 어디 있어요? 열네 살부터라면 지금 순옥이 스물여섯이니 만 십이 년 아니야요? 그리구 사람이 참 얌전해요. 그런 사람은 처음 보아요. 그래 그동안에 순옥이 당신을 사모하는 눈치를 보여요?"

"아무 말두 없었어."

"눈치루라두?"

"나두 그만큼은 짐작했소."

"순옥이 당신께 여간 정성이 아니야요 그러니 내가 죽거든 아이들이랑 다 순옥을 맡기셔요."

이런 말이 있은 이튿날이었다. 옥남은 순옥을 보고 자기가 안빈에게 한 이야기를 다 옮겼다. 그러고는 옥남은,

"순옥이 노엽지 않지?"

하고 물었다. 순옥은 부끄럽기보다도 울고 싶었다. 그래서 아무 대답도 아니하고 나왔다.

그날을 옥남이 하던 말로만 괴롭게 지내다가 병원 시간이 끝난 뒤에 순옥은 인원의 집을 찾아가서 인원을 끌고 삼청동 집으로 왔다.

예민한 인원은 순옥의 얼굴에서 벌써 무슨 괴로움이 있는 것을 간파하였다. 삼청동으로 가는 길에는 순옥은 한마디도 말이 없었다.

아이들을 다 재워 놓고 나서야 순옥은 인원과 마주 앉았다

"언니, 나 어쩌면 좋수?"

하는 것이 순옥의 첫 말이었다.

"왜? 무슨 일이 생겼어?"

인원의 빛나는 눈은 순옥을 뚫어지게 보았다.

"오늘 아침에 말야, 사모님이 날 보시구 이러시는구면 글쎄."

"무어라구?"

인원은 질투라든가, 그러한 불쾌한 것을 상상한다. 그것은 이런 경우에 가장 있을 만한 일이기 때문이었다.

"사모님 말씀이, 어제 저녁에 선생님께다가, 내가 죽거든 순옥이에게 아이들을 다 맡기셔요, 이러셨노라구. 그리구는 내가 열네 살 적부터 선생님을 사모한다는 말, 선생님 곁에 있구 싶어서 간호사가 되었다는 말, 내가 선생님 곁에 있는 것을 기뻐한다는 말, 글쎄 이런 말씀을 다 하셨대."

"그런 말은 사모님이 어떻게 아서? 순옥이 말을 했어?"

"으응, 원산서."

"아이참, 그런 말을 부끄러선들 어떻게 해?"

"그러기루, 그렇지, 그렇지? 하구 물으시는 걸 어떡하우?"

"내, 그저 그럴 줄 알았어. 순옥이 사흘만 그이하구 같이 있으면 속 말짱 뺏긴다구."

"언닌들 어떡허우? 그 어른이 악의루 물을실새 말이지, 나를 사랑하셔서 그러시는걸."

"홍, 시앗 사랑이라."

"또 그런 소리! 정말 사모님은 보통 여자가 아니시우. 나는 그런 이 처음 보아."

"또 성인이시란 말이지?"

인원은 일부러 입을 삐죽한다. 순옥을 놀려 먹어서 순옥의 무서운 엄숙을 깨뜨려 보자는 것이었다. 순옥의 가슴속에 생기는 근심은 인원의 가슴을 동시에 아프게 하는 것이었다. 두 사람은 운명의 쌍둥이였다.

"그래서? 어서 말이나 해."

인원은 삐죽하는 태도를 고친다.

"그러니 내가 어떡허문 좋우?"

순옥은 애원하는 어조다.

"무얼?"

"무얼이라니. 사모님이 선생님께 그런 말씀을 하셨으니 어떡허문 좋으냐 말이오?"

"무얼 어떡허문 좋아. 사모님 말씀대로 하문 고만 아니야?"

"사모님 말씀이 대관절 무슨 뜻이오?"

"무엇이 무슨 뜻이야. 순옥이 안빈 박사 재취 부인이 되시란 말이지."

"그런 뜻일까?"

"그럼 설마 순옥을 유모나 식모루 두란 말야 아니겠지."

"그러니 내가 어떡허문 좋으냐 말이오?"

"글쎄 사모님 유언대루 하랄밖에. 순옥의 평생 소원이 이루어지는 거 아니야. 남들은 눈깔이 시퍼렇게 살아 있는 남의 아내를 내쫓구두 저 좋아하는 사람하구 사는데, 무슨 걱정야. 전 마누라가 제발 비는 판인데 그런 떡이 어디 있어? 나 같으면 담박에 가겠네, 얼씨구나 하구."

"언니두 그게 무슨 말이오? 남은 지금 마음이 괴로워서 그러는데, 농담하구 있수?"

"농담이 왜 농담야?"

"그럼 무어구? 그런 소리가 어디 있어?"

"왜 없어? 난 순옥의 속을 모르겠네. 사모님은 어차피 돌아가실 사모님 아니야?"

"글쎄, 퍽 위태하셔."

"사모님이 돌아가셔, 안 선생이 홀아비가 되셔, 아이들은 의지할 곳이 없어 어차피 안 선생이 재취는 해야 해. 그러자면 아무나 데려올 수는 없어. 안 박사를 십 년 내 사랑하고 사모해 오던 석순옥이 있어. 그런데 석순옥이는 과년한 처녀야. 게다가 안 선생의 마음에두, 안부인의 마음에두 들어. 그나 그뿐인가, 아이들두 벌써 친어머니처럼 따라, 그러면 고만이지 문제가 무어야? 벌써부터 이렇게 부인 연습을 하시면서, 안 그래?"

인원의 말을 들어보면 다 그럴 듯하였다. 그러나 그럴 듯하면서도 그렇지 아니한 것 같았다.

순옥의 마음 한편 구석에는 인원의 논리에 순복하지 못하는 무엇이 있었다.

'부인 연습!'

과연 지금 순옥이 하는 일은 '부인 연습'이었다. 남편의 뒤와 아이들의 뒤를 거두면 부인 연습이 아니고 무엇이냐. 더구나 순옥은 날마다 이 부인 연습에 큰 기쁨을 느끼고 있지 아니하냐. 안빈의 몸에 걸친 의복이 어느 것이 순옥의 손에 만져지지 아니한 것이냐? 내복까지도 양말까지도 손수건까지도 모두 순옥의 손으로 – 정성 담고 애정 담은 손으로 만진 것이 아니냐.

'언제까지나 이렇게 할 수가 있었으면, 언제까지나 안 선생 곁에서 이렇게 살 수가 있었으면.'

이렇게 순옥은 안빈의 옷을 만질 때마다 생각하는 것이었다. 그러나 순옥의 속에는,

'아내로서는 말고.'

하는 소리가 있었다. 이것이 순옥의 괴로움의 원인이 되는 것이었다.

순옥은 인원의 말을 듣고 말없이 한참 무엇을 생각하더니,

"언니 말이 옳긴 옳아."

하고 휘 한숨을 쉰다.

"옳긴 옳아? 그런데 어떻단 말야?"

"그래두 난 선생님하구 혼인은 못 해!"

순옥의 눈은 울려는 듯이 자주 깜박거린다.

"왜? 영감이 너무 나이가 많아서?"

"난 선생님하구는 혼인은 못 해!"

순옥은 같은 소리를 또 한 번 뇐다.

"글쎄 왜 혼인은 못 하느냐 말야?"

"선생하구 어떻게 혼인을 하우? 선생님하구 혼인을 한다면 내가 선생님을 모독하는 것 같아. 지금까지 내가 선생님을 사모해 오던 깨끗한 정이 더러워지는 것 같구."

"왜 혼인이란 그렇게 더러운 물건인가?"

"그렇게 더러운 물건은 아니라두, 그렇게 거룩한 물건일 건 무어요? 남녀가 살을 맞대구 비비는 게 혼인 아냐? 그게 동물적이지 무어요? 그것두 일종 음탕이지 무어요?"

"아이참, 그럼 혼인하는 사람은 다 더러운 사람이겠네, 다 음탕한 사람이구. 이거 큰일 났군."

인원은 빈정대는 웃음을 웃는다.

"그런 게야 아니지. 혼인하는 남녀가 다 더럽구 음탕한 거야 아니지. 한 남자가 한 여자와만 남녀 관계를 맺는 것은 최소한도의 음탕이니깐. 또 이것으루 종족두 유지되구 가정이란 것두 생기구. 이를테면 인류의 동물적 존재가 유지되는 것이니깐 혼인이 아주 나쁘단 말은 아냐. 다만 혼인할 이와 못할 이가 있단 말이지. 누가 부모나 형제 자매하구야 혼인하우? 그건 왜 못 하는고 하니 너무두 소중해서, 높아서 못하는 것이거든. 남편이라 아내라 하는 관계보다 훨쩍 높은 관계가 있으니깐 못하는 것이거든. 그걸 보아두 부부 관계보다두 높은 관계가 있지 아니하우? 내 말이 그 말야, 언니."

인원은 말이 없다. 다만 무슨 깊은 생각을 하는 듯이 멀거니 허공을 바라보고 있다.

순옥은 인원이 자기의 말에 동감하는 것으로 믿고, 말을 계속한다.

"내가 선생님하구 혼인을 못한다는 게 그것이어든, 선생님을 남편이라구 부르기는 너무 황송하단 말야. 선생님은 남편보다 몇 백 층 높구 소중하신 어른 아냐? 알기 쉽게 말하면 아버지보다두 소중하신 어른 아냐? 그런 어른과 어떻게 혼인을 하우? 그런 소리만 들어두 그런 생각만 해두 황송한데 안 그러우? 선생님을 남편이라구 부르는 게 무엄하지 않수?"

인원은 또 한 번 길게 한숨을 쉬더니

"그럼 순옥인 어떡헐 테야?"

하고 시무룩한 눈으로 순옥을 바라본다.

"그러니깐 말요. 그러니깐 내가 어떡허문 좋으냐 말야? 지금 사모님은 내가 선생님과 혼인을 하려니 하구 계신 모양이어든."

"사모님이 아무리 그렇게 생각하시더라두 순옥이만 안 하문 그만 아냐?"

"그야 그렇지. 그건 그렇지마는, 난 사모님이, 순옥이 선생님 하구 혼인을 하느니라 하는 생각을 품은 대루 세상을 떠나시는 것이 괴롭단 말야."

"무어?"

"아아니, 내가 선생님과 혼인을 하려니 하는 생각을 가진 대루 사모님이 세상을 떠나신다면 말요, 내가 나중에 아무리 선생님하구 혼인을 아니하더라두 사모님의 마음에 가졌던 생각은 지워 버릴 수가 없지 아니하우?"

"그야 그렇지."

"그러니깐 사모님 돌아가시기 전에, 나는 선생님하구 혼인 아니한다는 것을 보여 드리구 싶단 말요."

"어떻게?"

하는 인원의 물음에 순옥은 괴로운 듯이 입술을 물고 양미간을 찡기더니,

"내가 다른 사람하구 혼인을 해 버리면 그만 아니오?"

"그야 그렇겠지만, 누구하구?"

"아무하구든지."

"그런 소리가 어디 있어?"

"허영이하구라두."

"허영이하구?"

인원은 놀라는 눈을 크게 뜬다.

순옥은 한숨을 쉬며 고개만 까닥까닥한다.

순옥의 얼굴의 근육은 마치 대단히 아픈 것이나 참는 듯이 복잡하게 씰룩씰룩한다. 인원은 순옥의 얼굴에 이렇게 괴로운 표정이 일어나는 것은 일찍 본 일이 없었다.

인원도 순옥과 함께 숨소리가 높아진다. 한참이나 침묵이 계속되었다. 순옥의 눈에서는 눈물이 흘러내린다.

"그러기루 허영이하구 일생을 살 수 있겠어?"

하고 인원은 순옥의 손을 잡는다.

"무얼 못 사우? 살지. (한숨짓고 잠깐 말을 끊었다가) 간호사가 환자 간호하는 심치구 살지."

"그렇게 싫은 혼인을 억지루 할 것은 무어야?"

"어디 별사람 있나? 다 그렇구 그렇지."

순옥의 말에 인원은 말문이 막혀서 다만 고개만 끄덕끄덕하더니,

"순옥이."

하고 순옥의 어깨에 팔을 얹는다.

"응?"

순옥은 귀밑에서 늘어진 머리카락을 씹고 방바닥만 들여다보고 있다.

"이봐, 그럴 것이 아니라, 날 좀 보아!"

순옥은 고개를 들어 인원을 본다.

"그럴 것 없지 않어? 싫은 사람하구 어떻게 일생을 같이 살어? 하루 이틀두 견디기 어려운걸. 이보아, 그럴 게 아니라 순옥이 차라리 일생 혼인을 안 하구 혼자 살면 그만 아냐? 억지루 허영이하구 혼인한다는 것은 말이 아니어든. 반드시 멀지 아니한 장래에 불행한 결과가 올 것을 빤히 알면서 왜 그런 일을 해? 내가 순옥이 속을 다 알어요. 인제는, 순옥이는 일생에 아무하구 두 혼인은 못 할 사람이어든. 왜 그런고 하니, 안 선생 같은 남자가 또 어디 있느냐 말야. 순옥이 안 선생을 사모하기가 잘못이구 안 선생 곁에 삼사 년씩이나 있기가 잘못이지. 그런 남자를 보다가 어느 남자를 보면 마음에 찰 거야? 순옥이는 또 아니라구 할지 모르지마는 순옥의 애인은 안 선생이어든. 순옥의 남편두 안 선생이구. 순옥이는 안 선생을 존경하는 마음에 그런 것이 아니라구 생각하지마는 사실은 그런 것이어든. 그러니깐 순옥이 인제 허영이거나 누구거나 다른 남자한테 시집간다는 것은 마치 사랑하는 남편을 두구서 억지루 다른 남자한테 가는 거란 말야. 그러니 아무한테를 가리루니 마음에 찰 리가 있어? 마음이 붙을 리는 있구? 그러니깐 말야, 허영이하구 혼인한다는 그런 자포자기적인 생각은 말구 말야, 차라리 지금 병원에서 나와요. 나와서 일생 나 모양으로 혼자 살 생각을 하란 말야. 그럼 고만 아냐? 어때?"

"그럼 날더러 선생님 곁을 떠나서 살란 말이오?"

순옥은 이렇게 말을 해 놓고도 제 말이 너무 노골적인 것이 부끄러워서 고개를 숙였다.

"옳아. 그럼 다른 데 시집은 가구, 선생님 곁은 안 떠나구, 그러잔 말야?"

"그럼 아주 선생님 곁을 떠나선 못 살 것 같은 걸 어떡허우?"

순옥은 저를 비웃는 듯이 쓴웃음을 픽 웃는다.

"그럼 허영이하구 혼인을 하구두 그대루 병원에 있잔 말야?"

"으응."

"허영이 그럭하라구 할 것 같애?"

"애초에 그런 조건으루 승낙을 받구 혼인을 하거든."

"허영이 그렇게 승낙을 아니하면?"

"아니하면 혼인 말지."

"허허허허. 허영이 되기두 꽤 싱거운 일일세."

"왜? 그렇게 안 될 것 같수?"

"글쎄, 허영이란 사내가 지금 순옥이를 갖구 싶어서 허겁지겁이니깐, 무슨 말을 해두 혼인만 한다면 '네에, 네.' 할 것은 같지만, 어느 사내가 글쎄, 제 계집을 이전 애인의 곁에 둔 대루 데리구 산담. 낮에는 하루 종일 네 전 애인하구 살구 밤에만 나하구 살자……. 하하하하. 글쎄 우습지 않아?"

"언니가 그런 숭한 이름을 지으니깐 그렇지."

"무슨 숭한 이름?"

"전 애인이 무어유?"

"오, 글쎄, 애인이란 말을 하면 순옥이 질색 팔색을 하지만 우리네 속인의 눈으루 보면 애인임에 틀림없거든. 사랑하는 이성이면 애인이라구 하는 게 이 세상 어법이 아니야?"

"언니두 내 속을 몰라주어."

하고 순옥은 시무룩한다.

"글쎄 말야. 아무리 허영이라두 그렇게는 안 될 테니 그렇게만 알아요. 처음 며칠이야 네에 네, 할 테지. 하지만 며칠만 지나 보아요. 그담에는 작자가 남편의 위권을 부리거든. 사내들이 연애할 때에나 여자보구 네에 네, 하지 사흘 밤만 지나면 벌써 왜 이래! 안 돼! 이러구 나서는 거란 말이야. 그담에야 네에 네가 다 무어야? 이년 저년 소리만 안 들으면 다행인 줄만 알지."

"그럴까? 언니."

"그렇지 않구. 그야말루, 순옥이 문자루 성인이면 몰라두. 어디 허영이 성인야? 또 다른 남잔들 성인이 어디 있구? 남자들 눈에는 혼인만 해 놓으면 아내란 제 소유물이거든. 법률두 그렇지만. 그러기에 아내를 두구 딴 계집을 해두 말두 못 하는 거 아냐. 아내는 딴 서방을 하면 간통죄루 징역을 져두. 안 그래? 아무리 허영이 못난이라두 그것쯤은 다 안다나. 못난이일수록 남편의 위권은 더 내시거든. 다른 걸룬 여편네를 내리누를 것이 없으니깐."

순옥은 더욱 시무룩해진다.

인원의 말이 절절이 옳은 것 같았다. 제가, 허영은 무슨 조건이나 제 말이면 다 들어주리라고 생각한 것이 어리석었던 것 같았다.

"아이구, 그럼 내가 어떡허면 좋아?"

얼마를 잠잠하다가 순옥은 한탄을 발하였다.

"왜? 내 말대루 혼자는 못 살아?"

"병원에서 나오라면서?"

"그럼 그냥 있구라두."

"그럼 사모님이……."

"사모님이 그러시기루 어때? 나만 말끔한 담에야."

"그두 그렇지만."

"그럼 그렇게 하라구. 딴 생각 말구 지금 모양으루 가만히 있으라구. 그럼 고만 아냐?"

순옥은 또 한숨을 쉬면서 생각한다.

인원은 한참이나 순옥의 대답을 기다리다가 순옥이 말이 없는 것을 보고, 갑갑하다는 듯이 머리를 벅벅 긁으며,

"그래두 또 무슨, 안 될 일이 있어?"

하고 순옥의 대답을 재촉한다.

"언니!"

하고 순옥이 우는 것인지 웃는 것인지 모를 웃음을 띠며, 인원을 바라본다.

"왜?"

"이렇게 하면 좋을 것 같애, 언니가 내 말만 듣는다면."

"어떻게? 내 무슨 일이나 다 해 줄게."

"정말?"

"그럼 순옥이 그렇게 애를 태우는 걸 보면 참으루 내 가슴이 아퍼."

"언니."

"왜?"

"언니 은혜를 내가 무엇으루 갚수?"

하고 순옥은 운다.

"울긴 왜 울어. 왜 그렇게 센티멘털해?"

"그러기루 언니 같은 이가 세상에 어디 있수?"

"글쎄, 그런 문학소녀 소리는 그만두구 어여 말이나 해요. 날더러 어떡허란 말야? 어떡허면 순옥이 무사하겠단 말야?"

"언니, 정말 내 말대루 해 주시겠수? 내 말대루 믿어 주시구?"

"글쎄 그런단밖에. 왜 순옥이 그렇게 마음이 약해졌어?"

"그럼 내 말할게."

"어여 말을 해요."

"어떻게 하는고 하니."

"그래."

"언니가."

"글쎄 말을 해."

"글쎄."

하고 순옥이 웃는다.

"글쎄 그렇게 말하기 어려울 것이 무어야? 시간 가! 벌써 열 시 다 됐네."

"언니, 오늘은 나+ 자구 가."

"주인집에서 난봉났다구 하게."

"그래두 오늘만 자구 가요. 전화 걸구."

"글쎄 말이나 해요, 어서. 어디 이거, 갑갑해 살겠나."

"그럼 내 말할게. 내 말대루 해 주마구 언니가 약속했수."

"그래."

"어떻게 하는고 하니, 인제 사모님이 돌아가시면 말야."

"그래."

"언니가."

"내가."

"언니가 선생님하구 혼인을 하셔요."

"아아이, 기가 막혀. 그래 할 말이란 게 그거야?"

"으응."

"인젠 날더러 언니에서 사모님으로 승차를 해 달란 말야? 나중엔 못 들을 소리두 없네."

"왜? 언니가 선생님과 혼인 못 할 일이 있수?"

"못 할 일이야 없지만."

"그럼 그렇게 해, 응? 그렇게 해 주어요. 그렇게만 하면 난 언제까지나 언니 집에 있을 수 있을 거 아니오?"

"옳지. 인제는 날더러 허영이 노릇을 해라?"

"그건 다 무슨 소리요?"

"그럼 그렇지 않구. 나는 사모님 노릇하구, 선생님과 순옥과는 애인 노릇하구. 그러란 말이지. 하하하하."

"아이 언니두 그렇게 생각하시우? 그렇게만 언니가 해 주신다면 나는 일생 마음 놓구 선생님 곁에 있을 수 있구, 언니 곁에 있을 수 있구."

"언니 곁에라니?"

"왜?"

"사모님 곁에지."

"<u>호호호호</u>."

"하하하하. 순옥이 웃었네."

하고 인원이 손뼉을 치며 깔깔 웃는다.

"아이, 언니 저 아이들 깨겠수. 그럼 웃지 않구 어떡허우? 언니 말에는 초상 상제두 아니 웃구 못 배길걸."

"그럼 며칠 못 살 세상을 나처럼 웃구 지내지, 순옥이는 웬 그리 슬픔이 많어? 슬픔이래야 호강에 겨운 슬픔이지만."

"언니두. 왜 내 슬픔이 호강에 겨운 슬픔이오?"

"그럼 호강에 겨운 슬픔 아니구?"

"아이참, 내 괴로움을 몰라주어서 저래."

"무슨 괴로움야?"

"언니가 내 말대루만 해 준다면야."

"어떻게?"

"선생님하구 혼인하는 거 말야."

"난 싫어!"

"왜?"

"누가 두 귀밑이 허연 영감한테루 간담. 게다가 전실 자식이 셋씩이나 있구. 게다가 더음받이 애인이 있구. 하하하하."

"언니, 저 식모 들겠소."

"하느님 들으시는 데 하는 말을 사람이 들으면 어때?"

"아이 우스갯소리 고만하구."

"난 인제 갈 테야. 졸려."

"하던 말은 끝두 안 내구?"

"무어 끝낼 말 있어?"

"아까 하던 말. 언니 그 말대루 해 주려우?"

"싫다는밖에."

"그러지 말구."

"이건 중매를 드는 거야, 아직 장례두 지내기 전에? 사모님 꿈자리 사나우시겠네."

"그럼 난 내일 허영이 찾아가 볼 테야."

"왜?"

"혼인하자구."

"그렇게 그 화상이 그립거든 가. 누가 가지 말래? 또 인천 가서 사흘 묵나? 아이 졸려, 아아 흠."

하고 인원은 하품을 한다. 정말 졸린 모양으로 하품 끝에 눈물이 나온다.

"정말 졸리우?"

"으응, 졸려. 어저께 잠을 못 잤어. 또 순옥이 잠꼬대만 들으니깐 더 졸린데."

인원은 또 한 번 커다랗게 입을 벌리고 하품을 한다.

인원의 앞니가 참 어여뻤다. 옥같이 희고 이가 고르고 얼굴이 가무스름하기 때문에 흰 이가 더욱 맑게 빛났다. 순옥은 한참 동안 유쾌하던 빛도 다 스러지고 다시 얼굴 근육들이 씰룩씰룩한다.

"순옥이."

인원은 웃고 빈정대는 동안에 생각한 말을 하리라, 하고 순옥을 불렀다.

"으응?"

순옥은 한숨을 내쉰다.

"내가 두 가지 방침을 말해 줄 터이니 그중에 한 가지를 취하라구."

"무어?"

"어떡허는 거구 하니, 첫째는 순옥이 안 선생하구 혼인하는 것이구. 그것이 원형이정이어든. 만일 그것이 안 되겠거든 지금 모양으루 가만있으라구. 그래서 운명이 끄는 대루 하란 말야. 사람이란 내일 일을 모르는 것이어든."

"운명이나 환경에 끌리구 싶지 않단 말이지. 그리구 제 이성의 명령대루 살아나가 보잔 말이지, 언니."

"글쎄, 그게, 안 선생 말마따나, 성인의 일이지, 범부(凡夫)의 일이냐 말야? 제 모든 인연을, 무에라구 했더라, 옳지 일도양단으로 딱 끊어 버리구, 또 무엇이? 그 '인연의 길'이라는 안 선생 소설에 말야. 응, 중생심, 중생욕을 다 떼어 버리구, 그렇지, 순옥이? 그 주인공 학공사문(學空沙門)이라는 중이 말야. 왜 그렇게 맹세하지 않았어?"

순옥은 고개만 끄덕인다.

"그렇게 말야. 삼생 인연을 다 끊어 버리구, 이 세상 아무것에두 얽매이지 않구 마음이 자재함을 얻어, 그랬지? 그러니 그렇게 되구야 비로소 인연의 길을 끊는다는데. 옳지 또 있지. 그렇게 하더라두 정업인연(淨業因緣)은 그래두 남느니라구. 부처님이나 보살두 이 정업의 과보까지는 면헐 수 없느니라구, 왜 그러지 않았어? 그 학공사문인가가."

"아이 언니두. 안 보는 체하면서 다 보셨구려, 다 기억하구."

"순옥이 하도 보라니깐, 한 번 보았지. 그러니 말야. 가만히 있어서 정업인연이 끄는 대루 끌려가라구. 이 몸뚱이란 껍질을 쓰구 있는 동안 이 세상 인연을 벗어날 수 있겠어?"

"언니 말씀이 다 옳아. 그래두, 다른 건 다 못 하더라두, 선생님께 관한 것만은 깨끗이, 깨끗이 보전해 가구 싶어요. 내 다른 것을 다 희생해 버리더라두. 하느님 앞에서나 사람의 앞에서나 석순옥이 안 선생께 대한 관계만은 청정하니라, 성스러우니라, 하두룩 하구 싶어요. 그것이 내 소원야. 나 같은 게 무슨 소원이 있수? 그것뿐이지. 만일 내가 이 소원마저 깨뜨린다 하면 나는 모든 것을 잃어버리는 것이야. 내 일생의 목적이 없어지는 거란 말요. 여태껏 쌓아 놓은 공든 탑이 무너지는 거구."

순옥은 말을 끊고 한참이나 멀거니 앉았다가 몇 번 말을 할까 말까 하고 주저하는 듯하다가, 인원을 한참이나 바라보다가, 인원의 얼굴에 엄숙과 동정의 빛이 있는 것을 보고 말을 잇는다.

"언니, 내가 그동안, 삼 년 동안 싸워 오기에 얼마나 죽을 고생을 한지 아시우?"

"누구하구 싸워?"

"내가 내 마음하구."

"왜?"

"나두 사람 아니우? 나이가 이십이 넘은 여자 아니오? 그만큼 말하면 언니두 아시겠구려."

하고 순옥은 무슨 무서운 것을 보는 듯한 표정을 하면서,

"언니 알아들으시지?"

하고 한 번 다진다.

"으응."

하고 인원은 고개를 끄덕끄덕하면서도, 아직도 의문스러운 눈으로 순옥을 본다.

"내가 남달리 잡년이 되어서 그런지 모르지만 이성 그리운 생각이 나요, 때때루."

"알아들었어."

"그런데 내가 하루 종일 선생님 곁에 있지 않수?"

"그렇지."

"이따금 못 견디게 그리운 생각이 나요."

"그랬겠지."

"내 속에 사람이 둘이 들어 있어서 말요. 한 사람은 안 된다! 하지마는 또 한 사람은 팔을 벌리고 덤비지 않우? 그래서는 안 될 어른을 향해서 말야."

순옥은 급히 달음박질이나 한 것처럼 숨이 가빠진다. 그리고 눈찌와 입술에는 누구와 금시에 싸우기나 하려는 것처럼 험한 빛을 띤다.

인원은 말없이 고개만 끄덕끄덕한다.

"그런 걸 내가 입술을 꼭 물구, 옳은 마음을 지키느라구, 나 자신의 유혹에 지지 않으려구 부득부득 애를 썼어요. 내 핏속에 아모로겐이 생기지 못하게 하느라구, 내 피를 영원히 아우라몬의 상태루 유지하느라구, 삼 년 반 동안이나, 삼 년 반이라기보다는 일천이백 일 동안이나 피 흐르는 싸움을 하지 않았수? 하루에두 몇 번씩 이 싸움이오! 이 피 흐르는 싸움이오! 생명의 기름이 부쩍부쩍 마르는 싸움 말요. 하루에 열 번만 했더라두 만여 번이 아니오? 나는 내가 그동안에 죽지 아니한 것만 신통하게 생각해요. 제일 어려운 때가 언니, 밤이오 밤! 그중에두 봄철의 밤! 죄악의 유혹두 도적놈 모양으루 어두운 그늘로 찾아댕겨요. 어떤 때에는 언니, 싸우다가 싸우다가, 그것두 특별히 자주 습격해 올 때가 있거든. 그런 것을 이를 악물고 싸우다가 싸우다가 고만 내 혼이 진력이 나서 축 늘어지는 때가 있어요. 나는 밤에 자다가 말고 몇 번씩이나 손바닥을 입에 대구 내 입김 냄새를 맡아 보았을까?"

"그건 왜?"

"사람이란 제 마음속에 생기는 일을 속일 수 있는 줄루 알지? 그건 잘못이오, 언니. 못 속여! 못 속여! 내 마음에 옳지 못한 생각이 나? 그것이 냄새가 되어서 내 몸에서 나는 것이오."

"응. 그 안피노톡신 말야?"

"그래, 아모로겐이랑 아우라몬이랑. 그런데 선생님은 여간 코가 예민하지 않으서. 시험관에 피를 뽑아 넣지 않우? 그걸 시험 약을 넣어 보기두 전에 슬쩍 냄새만 맡으시면 벌써 무엇인지 알아내셔요. 안피노톡신 1호인지 2호인지, 아모로겐인지 단박에 알아내셔요."

"피루야만 아시나?"

"왜? 그냥 겉으로 사람을 대하셔두 벌써 그 사람의 속을 알아보신단 말요. 환자가 오지 않우, 입원하는 사람이? 그러면 말야, 그 환자가 의심이 많은 사람이니, 이렇게 이렇게 하라는 둥 마음에 번민이 있는 사람이니 어떻게 하라는 둥, 글쎄 이렇게 간호사들한테 이르시는 걸 보면 슬쩍 겉으루 냄새를 맡구두 아시나 보아요. 병두 병마다 냄새가 다르다는 걸. 물론 냄새만 맡으시는 것이야 아니겠지. 눈으루 보구, 귀루 그 사람의 소리를 듣구 하는 게 모두 그 마음을 판단하시는 재료가 되는 모양야. 그러니 내가 선생님 곁에 가기가 늘 겁이 나지 않우? 그러니깐 아침에 일어나면 내 마음을 깨끗이 해 가지구 선생님이 오시기를 기다리지. 그런 때면 선생님 얼굴에 보일락 말락 한 기쁘신 듯한 웃음을 띠시구, 내 마음이 잘 가라앉지 못하구 어수선한 때면 선생님이 근심스러운 듯, 꾸중하는 듯한 눈으루 나를 보셔요. 그러니 얼굴엔들 마음이 모두 드러나지 않겠수. 우리는 흐린 정신, 흐린 눈을 가졌건만두 어떤 얼굴만 보구 그 사람의 마음을 대개 짐작하지 않우? 성난 사람이라든지, 무엇에 기뻐하는 사람이라든지, 허둥지둥 얼빠진 사람이라든지 또 아주 그러한 표정이 습관이 돼서, 고만 굳어져서, 왜 궁상이라든지 복상이라든지, 그렇게 얼굴이 되어 버리지 않우? 우리 눈두 그런 것을 알아보는데 선생님이야 말할 것도 없지 않수? 그러니깐 내가 오늘날까지 깨끗이란 내 요새를 지켜왔다는 것두, 기실이야 내 힘이 아니라, 선생님의 힘이시지. 그럼 모두 선생님 힘이셔."
하고는 혼잣말 모양으로,

"선생님 아니시면 내가 어떻게 되었을지 모르지, 무엇이 되었을지두 모르구."

한 뒤에 다시 인원을 향하여,

"언니, 이게 다 선생님 덕이지. 선생님이 만일 손가락 하나만으루라두, 눈찌 하나만으루라두 나를 유혹하는 태도를 취하셨다면 내가 버티기를 어디서 버티우. 벌써 왼통 아모로겐으루 유황 냄새를 피구 다 타 버리구 말았지."

하고 한 번 한숨을 짓고 멀거니 허공을 바라보고 있다가 다시 인원을 바라보며,

"아무리 음당한 여자라두 선생님 앞에서는 마음이 아니 깨끗해질 수는 없어요. 말씀 한마디나 눈찌 하나가 무엇이나 다 엄숙하시거든. 엄숙하다구 싸늘하게 무섭게 엄숙한 게 아니라, 그

중에도 따뜻하구 부드럽구 향기로움이 있으시구. 그러니 그 앞에서 아무리 음탕한 여자기루 어떻게 음탕한 생각을 품수? 게다가 내 마음을 말짱 꿰뚫어 보시니. 말씀은 안 하시지, 말씀야 안 하시지만 내 속을 빤히 다 들여다보셔요. 그러니깐 나두 이러한 선생님 앞에다가 숭한 꼴을 아니 보이려구 마음을 조심하는 거 아니오?"

순옥은 또 한숨을 짓고 한참이나 허공을 바라보다가 또 한 번 한숨을 쉬고 이어 말한다.

"그런데 말야. 선생님 앞에서는 그렇게두 깨끗하구 안정했던 마음이, 선생님을 떠나서 내 방에 혼자 돌아와 있으면 더러운 잡념들이 끓어오른단 말야. 제목야 여전히 선생님이지, 언제나 늘 선생님이지마는 이렇게 혼자 있을 때에는 선생님이 한 이성으루, 한 남자루 내 앞에 나타나는 일이 있단 말야. 그리구는 안구 싶구 그렇구려 언니. 그러면 내가 내 몸을 꼬집지, 시퍼렇게 멍이 들두룩, 이년, 이년! 하면서. 그러나 이것두 깨어 있을 적 일이지, 꿈을 어떡허우?"

"꿈까지야 어떻게 해? 할 수 없지."

"그래두 원체 마음이 깨끗하면야 꿈엔들 왜 옳지 못한 생각이 나겠수? 평소에 마음속에 숭한 것이 숨어 있으니깐 그것이 꿈에 나오지. 왜 지인무몽(至人無夢)이라구 안 했수? 마음의 번뇌를 다 뗀 사람은 꿈이 없단 말 아니오?"

"그러니 저마다 지인을 바랄 수야 있나?"

"왜 나는 지인이 못 될까? 자기 전에 애써서 마음을 깨끗하게 해 가지구, 모처럼 잠이 들면 숭한 꿈야! 그래 꿈을 깨구 나면 울구 싶어요. 제가 원망스럽구. 이건 원체 악하게 생겨 먹어서 암만 수양을 하노래두 그저 이 꼴인가 하면 고만 턱 낙망이 되구 말아요. 어려서는 그렇게 깨끗하던 것이 낫살 먹어 가면 왜 이 모양이오. 언니?"

"어려서두 깨끗했던 것이 아니지. 왜 그 '인연의 길'에 안 그랬어? 사람이 어려서 깨끗한 듯한 것은 이른 봄철 땅과 같으니라구. 땅속에 있는 씨와 뿌리들이 아직 싹이 트지 아니한 거니라구. 그것이 비를 맞구 더위를 만나면 모두 움이 돋아서 대 설 놈 대 서구, 넝쿨 뻗을 놈 넝쿨 뻗구, 꽃 피구 잎 피구 열매 맺구, 향기 발할 놈 향기 발하구, 냄새 내일 놈 냄새 내느니라구. 사람의 마음두 그러니라구. 무에라구 했더라, 옳지. 무시, 무시라구 했지. 없을 무 자, 비로소 시 자, 무시부터 무명훈습(無明薰習)으루 지어 온 모든 업이 인이 되어서 우리 마음속에 들어 있느니라구, 왜 인 그랬어? '인연의 길'에, 순옥이 애인이."

"아이 언니는 정신두 좋으시우."

"그 말은 꼭 옳은 것 같어. 과연 한 살 두 살 나이를 먹구 세상

습기와 세상 햇볕과 세상 바람을 쏘일수록 마음속에 전에 없던 풀과 나무들이 수두룩히 나온단 말야. 이건 언제 나왔어? 이런 것두 내 속에 있던가, 하기 전에 못 보던 것이 나오지 않어 왜? 그 말은 꼭 옳아요. 사람이 나올 때에 깨끗한 천사같이 나와 가지구 세상에 나온 뒤에 물이 들어서 악해진다는 것은 암만해두 설명이 불충분하단 말야. 정말 그럴 것 같으면 같은 환경에서 자라난 사람들은 다 같을 것 아냐? 그런데 다르거든. 그걸 보면 사람이란 나올 때에 벌써 저마다 다르게 생겨 가지구 나오는 게 분명해. 그러기에 몸이 저마다 다르지 않어. 순옥이처럼 옥같이 희구 고운 몸두 있구, 나 모양으루 숯같이 검구 미운 몸뚱이두 있구. 그러니깐 나두 '인연의 길'에 있는 학공사문 말대루 인과 응보라는 건 믿어야 할까 봐."

"할까 보긴?"

"아직 채 믿어지지는 않거든, 하하하하. 그게 고대루 믿어지면 성인이게."

"언니는 참 머리가 좋아."

순옥은 평상시에는 별로 깊이 생각하는 것 같지도 아니한 인원이 이처럼 '인연의 길'의 사상을 철저하게 알아보는 것을 보고 놀랐다.

"어렵쇼. 인제는 또 머리가 좋다구 치키시는 거야? 사모님 자격이 넉넉해? 하하하."

"언니야 말루 범인은 아니야. 아무것두 아는 체하지 않으면서 무엇이나 다 남보다 잘 알구 계시는걸."

"이건 왜 이래. 쯧쯧."

"언니!"

"왜?"

"언니 속에두 번뇌가 있수?"

"번뇌라니?"

"나 모양으루 뒤숭숭한 생각 말야. 이성이 그립다는 둥, 그런 거 말야."

인원은 씩 웃고 고개를 숙여 버린다.

"언니 속에는 그런 건 도무지 없을 거만 같아. 언니 마음은 가을 하늘모양으로 새맑앟구 도무지 흐린 구석이 없을 것 같아."

"왜? 무얼 보구?"

인원은 쑥스러운 듯이 웃으며 고개를 든다.

"무얼 보든지 언니 눈을 보아두 그렇구. 도무지 언니 눈에는 워리(걱정)가 없지 않우. 그리구 말소리가 맑구. 도무지 무얼 꺼리는 것이 없지 않우."

"말괄량이가 돼서 그렇지, 우리 어머니 말씀마따나."

"아냐, 속에 어두운 구석이 있구야 어떻게 그렇게 눈이나 말

소리나 행동이나 그렇게 명랑할 수가 있어? 없지. 그 눈찌를 보고 말을 들으면 속을 못 속이는 거라구 맹자에 그러지 않았수? 그 말이 옳아."

"순옥이두 눈이 맑구 목소리가 고운데."

"응, 언니 말씀마따나 내 눈찌나 목소리가 고울른지 모르지. 그렇지만 고운 거하구 맑은 거하구는 달러. 나는 겉과 속이 같지를 못한 사람야요."

"옳아, 겸사하시는군."

"아냐, 언니. 언니야 내 속을 빤히 들여다보시구 있지만, 난 그렇질 못해요. 내가 거짓되구 싶어서 그런 건 아냐. 참되려구 애를 쓰는 건 사실야. 참되려구 무척 애를 쓰긴 써요. 허지만 내가 겉과 속이 같지 못한 까닭은, 속에 있는 대루 말을 다 할 수가 없거든."

"누군 다 해? 속에 있는 소릴 어떻게 다 해? 그러다간 그것만 하다가 볼일 못 보게."

"그런 게 아니라, 허기야 속에 있는 소리를 어떻게 다 하우? 일생 그것만 해두 다 못 하지마는 내 말은 그 말이 아냐. 내 속에 있는 것을 차마 남의 앞에 드러내 놓을 수가 없어서 말을 못 하는 것이어든. 더러운 것이 많구 부끄러운 것이 많아서. 괜찮은 것으로 고르구 골라서 한마디 해 놓구, 하구 보면 부끄러운걸."

"그게 순옥이 양심이 밝은 까닭이어든. 다른 사람들은 제 속에 있는 더러운 것을 더러운 것인 줄 알지도 못하구 있는 거야. 더러운 줄을 모르니깐 부끄러운 줄두 모르구 남의 앞에 척척 내놓는 거구. 그 구린내 나는 것을 마치 끔찍한 무엇이나 되는 듯이 뽐내지나 않았으면."

"그래두 언니는 안 그럴 거야. 내가 알기루는 언니하구 사모님네하구 속을 모두 떨어내 놓아두 세상에 부끄러운 것은 없을 거야. 똑바루 말해요, 언니두 정말 나와 같은 번뇌가 있수? 남의 앞에 내놓지 못할 것이? 없지? 언니는 그러기에 언제나 저렇게 버젓하니 그렇지, 언니."

순옥의 말에 인원의 입가에는 이상한 웃음이 떠돌다가 스러진다. 그리고 평소에 인원의 얼굴에서는 보지 못하던 근육의 경련이 일어난다.

순옥은 놀라는 듯이 인원의 얼굴을 들여다본다.

"순옥이."

하고 한참 후에 인원이 입을 연다.

"왜, 언니?"

"순옥이 참 천사야."

"그건 다 무슨 소리요?"

"순옥의 마음이 깨끗하니깐 나를 깨끗하게 보는 것이거든. 사람이란 다 저 생긴 모양대루 세상을 보는 거야. 내가 그렇게 깨끗한 사람인 줄 알아? 순옥이 정말 그렇게 알아?"

"그러믄. 언니같이 깨끗한 이가 어디 있수?"

"아냐."

하고 인원은 수없이 고개를 흔들고 나서,

"내가 깨끗한 것이 아냐. 내가 겉으루 보기엔 깨끗할는지 모르지. 나이가 삼십이 가깝두룩 별루 세상에 좋지 못한 소문두 안 내구. 또 명랑한 얼굴루, 명랑하게 깔깔대구, 잘 웃구, 그러니깐 순옥이두 내 속에는 아무 워리두 없는 것같이 생각하지. 그런 게 아냐. 내가 무척 조숙했어요. 조숙이라니깐 철이 일찍 났다는 말같이두 들리지마는, 그런 게 아냐. 알아듣기 쉽게 말하면, 발발 닳아 먹었단 말이지. 그래서 부끄러운 말 같지만 나는 열두어 살부터 벌써 이성 그리운 생각이 났어요. 그리구 얼굴두 잘나구 돈두 많은 남편한테 시집을 가서 한 번 재미있게 살아 보리라 하는 욕심이 생기구, 퍽 유치하구, 단순한 생각 같지만 여자의 욕심이란 따져 보면 결국 이것이 근본이거든. 안 그래? 여기서 모든 번뇌가 생기구, 모든 죄악이 생기는 거 아냐? 난 그렇게 생각해요. 그러니 가슴속에 이런 욕심을 품은 년이 마음이 편할 리가 있겠어? 학교에 다닐 때에두 어떤 남자가 나를 찾아 주지 않나, 내게 반해 주지 않나, 이러구 마음을 조였지. 이 세상에서 제일 좋은 제비가 내 손에 뽑힐 것만 같았거든. 그러니깐 하느님께 기도를 드린다구 해두 기실은 내 욕심이 이루어지게 해 줍소사 하는 거란 말이야. 그런데 한 해 가구, 이태 가구 해두, 도무지 욕심이 이루어지지 않는단 말이지. 그러니 자꾸만 마음이 조급할 거 아냐. 가끔 화두 나구 원망두 나구. 무엇에 화를 내는지 모르지, 무엇을 누구를 원망하는지두 모르구. 그러니깐 말야, 내 속이 이렇게 번열하구 초조하구, 욕심이 부글부글 끓어오르니깐 속이 얼마나 초조할 거야?"

"그래두, 언니. 어디 그런 빛을 보였수? 언제나 늘 명랑했지."

"흥, 그것이 악해서 그런 것이어든. 독해서 그렇구. 내가 왜 독한 계집애 아냐?"

"언니가 어디 악하우? 마음이 단단이야 하시지만."

"순옥이 모르는 거야. 내가 악하다! 그러기에 속에다가 불덩어리를 감추구두 겉으루는 서늘한 체하는 거 아냐? 속으루는 더러운 욕심을 잔뜩 품구 아귀같이 날치면서두 겉으루는 아주 천연덕스럽지. 실없는 소리나 하구, 깔깔대기나 하구. 겉으루 보면 인원이란 계집애는 마음에 근심이 통 없는 것 같지. 흥, 이게 악한 것 아니구 무어야? 속으루는 눈물을 흘리면서 겉으루는 웃음을 웃거든. 이게 내야. 그러니깐 이것이 차차 성습이 되어서, 영 제 속은 남한테 안 보이거든. 말이나 행동이나 다 제 속과는 딴판이라 속은 속대루 끓어라, 겉은 겉대루 서늘한 바람을 내어라, 이거란 말야. 이중생활이지, 외식하는 바리새교인의 생활이구."

"언니가 부러 하는 말이 아니우?"

"부러가 왜 부러야? 순옥이보구, 진정이지. 그렇지 않아두 순옥이한테 언제까지나 이렇게 가면을 쓰구 대하는 것이 마음이 괴로웠어. 그렇지만 인제는 이 가면이 고만 내 몸에 붙어 버리구 말았단 말야, 또 그것이 - 이 가면이 말야. - 내 총재산이구. 내게서 이 가면을 벗겨 버리면 누가 나를 사람이라구 볼 거야? 순옥이부텀두 십 리만큼이나 달아날걸. 안 그래?"

"그럼 언니한테두 정말 나와 같은 모든 약점이 있수?"

"있수가 무어야? 약점 투성이지."

하고 인원은 한참 무엇을 생각하다가,

"내가 순옥이에게 진 은혜가 커요."

하고 순옥을 바라보며 간절한 표정을 한다.

"아이, 언니두. 내가 언니 은혜를 졌지, 언니가 무슨 내 은혜를 받았수?"

"아아니."

하고 인원은 도리도리하고 고개를 흔들다가,

"내게다가 딴 생활의 길이 있는 것을 가르쳐 준 것이 순옥이거든. 왜 내가 졸업반 적에 – 순옥이는 삼학년이구 – 그때 나하구 한방에 있게 되지 않았어? 그 모퉁이 볕 안 드는 방에 말야."

"으응, 아이 그 방 춥기두 하더니, 침침두 하구. 그래두 난 언니하구 같이 있게 된 것만 좋아서. 왜 언니야 나 때문에 그 방에 오지 않았소? 솔밭 바라보이는 볕 잘 드는 방에 계시다가, 그것이 어떻게나 미안했는지."

순옥은 지나간 옛날을 생각하고 정다운 기억에 잠긴다.

"그래두, 그 방이 내 새 생명을 얻은 방야. 왜 한 번 이런 일이 있지 않어? 순옥이, 내가 볕 잘 드는 방을 버리구 순옥이 때문에 이 우중충한 방에 와서, 그래서 내가 감기가 들었다구, 그리구 퍽 미안해하지 않았어? 그때에 내가 웃으면서 아니라구, 순옥이란 볕이 들지 않느냐구. 햇볕은 낮에만 들구, 밤이나 흐린 날은 안 들지마는 순옥이라는 햇볕은 밤이나 낮이나 맑거나 흐리거나 늘 나를 비친다구, 내가 그랬지 왜?"

"참, 언니가 그러셨어. 그때에 그 말이 어떻게나 기쁜지 울구 싶었어. 그때에 내가 언니를 참 사모했거든."

"그런데 말야. 그때에 나는 그 말을 무심코 한 말이지만, 나중에 생각해 보니깐 그것이 다 성신이 내 입을 시켜서 하신 말씀이야. 왜 그런고 하니 순옥을 보구, 순옥이 살아가는 모양을 보구 내 영혼이 눈을 떴거든. 내가 지금까지 해 오던 생활 이외에 정신생활이라는 것이 있는 줄을 알았단 말야. 가만히 순옥이하구 같이 있어 보니깐, 순옥이는 돈 생각두 아니하구 시집갈 생각두 아니하구, 늘 이 세상보다 높은 세상 생각만 하구 있단 말이어든. 순옥이는 정말 하느님을 생각하구 하늘나라를 생각한단 말야. 제 마음이 아주 하늘나라 백성이 되려구 애를 쓰구. 그것이 처음에는 어린 공상으로 뵈었지마는 두구두구 지내볼수록 순옥이 들어 사는 세계가 지금까지의 내 세계보담 높구 깨끗한 세계 같단 말야. 그렇게 생각하구 보니, 지금꺼정 내가 살아오던 모양이 추하구 부끄럽게 보이거든. 그래서 나두 차차 물질적이랄까, 세간적인 욕망을 버리려구 애를 쓰게 된 것이야. 그것을 버리구 보니깐 참말루 서늘하거든. 왜, 청량이라구 그러지 않았어? 맑을 청 자 서늘할 량 자. 정말 청량이란 말야. 돈이니, 잘난 남편이니, 호화로운 생활이니, 이러한 욕심이 속에 있을 때엔 참말 번열하거든. 참말 불붙는 집이어든. 화택(火宅)이란 말야. 그러다가 그런 욕심을 쏙 떠나면 아주 속이 맑구 서늘하단 말야. 참말 청량이란 말야."

"언닌, 아주 해탈을 하셨구려."

"해탈? 그럼 청량한 마음이 늘 계속되면 해탈이지. 그렇지만 어디 그래? 지금두 어떤 때에는 어째 적막하구, 무엇이 그리운 것 같구 그래요. 그래서 꼬박 밤을 새우는 때두 있어. 그래두 이 세상에 무슨 그다지 탐낼 것이 있는 것 같지는 않어. 돈이니 좋은 남편이니 그런 생각은 집어치운 것 같구. 그런데두 무앤지 모르게 고적한 생각은 있단 말야."

안방에서 정이 킹킹 하는 소리가 들린다.

"아이구, 가 오줌 뉘어 주어야겠어."

하고 순옥이 일어날 때에,

"엄마!"

하고 정이 울음 끝을 낸다.

순옥이 안방으로 뛰어 건너간다.

인원은 정이 '엄마' 하고 부르는 소리에 형언할 수 없는 날카로운 충동을 받는다.

인원은 한숨을 쉰다. 인원이 등이 신선함을 깨닫고 뜰을 향한 미닫이를 열었을 때에는 뜰에는 눈이 하얗게 덮여 있었다.

"아이, 눈이 왔네."

하고 인원은 밖으로 고개를 쑥 내밀어 보았다. 찬바람이 눈송이를 날려서 인원의 낯을, 목을 때린다.

순옥이 안방으로 건너가서, 요강 뚜껑 소리가 나고 아이를 달래는 소리가 나고는 방이 다시 고요해진다.

문을 여닫는 소리도 안 들릴 만하게, 순옥이 다시 인원이 앉았는 건넌방으로 건너온다.

"다들 잘 자?"

인원은 순옥의 어머니다운 표정을 보며 묻는다.

"잘들 자요."

"밤에 여러 번 깨, 아이들이?"

"아이들은 두어 번 깨지마는 데리구 자는 사람은 여러 번 깨야 돼요. 이불두 차 내던지구, 베개에서두 떨어지구 그러거든. 도무지 마음이 안 놓여요. 아이들 맡아 가지구 있으려면. 감기나 안 드나, 밥두 부족하게 먹지나 않나, 과식하지 않나, 늘 조바심이야. 어머니 노릇이란 참 어려운 거야. 어머니 은혜란 한량없이 큰 거구."

하고 순옥은 한숨을 쉰다.

"순옥이두 어머니 되구 싶은 때가 있어?"

순옥은 웃는다.

"언니는?"

"나는 이따금 어머니 되구 싶은 때가 있어요. 어떤 때에 자다가 깨면 어린애에게 젖꼭지를 물리구 폭 껴안아 주는 게 퍽으나 좋아 보여. 순옥이는?"

순옥은 또 한 번 웃는다. 두 사람이 다 한참이나 말이 없다. 얼마 있다가 인원이 먼저 입을 연다.

"믿구 사랑하는 좋은 남편과 사이에 아들이나 딸을 이쁜 것을 낳아서 기르면 퍽 좋을 것 같어. 순옥이는?"

"어디 그런 남편이 있수?"

"그건 그래. 또 나는 무어 그리 좋은 아내감이 되나?"

"그도 그렇지."

"그러니 저두 변변치 못한 것이 또 변변치 못한 남편을 얻어서, 변변치 못한 자식들을 낳아 놓으면 무엇이 좋을 거야? 인생의 죄악과 불행의 씨만 더 늘쿠는 거지. 안 그래, 순옥이?"

"그래. 그래두 모두들 장가들구 시집가구 자식 낳구 하는 걸 보면 다들 자기들이 꽤인 듯싶은 거지?"

"하하하하, 참 그래. 지지리 못난 것들이 자식을 보겠다구 부득부득 애를 쓰는 것을 보면 우습긴 해. 어떡허잔 말야? 저 같은 걸 또 낳아 놓으면 어떡허잔 말야? 무슨 신통한 일이 있을 거야? 게다가 먹을 것두 없는 것들이."

"흥, 참 그래. 나두 혼인한다는 게 생각하면 망계지. 흐흐흐."

"그야, 왜? 순옥이 시집가서 순옥이 같은 딸만 낳을 수 있다면야, 그러면야 나는 등을 떼밀어서라두 시집을 보낼 테야, 순옥을. 허지만 글쎄, 허영이 같은 아들이 나오면 어떡헐 테야?"

"왜 허영이 무어 부족한 거야 있수? 무어 남만 못한 거야 없지, 풍채나 재주나. 그저, 날 너무 따라다니구 사람이 좀 담박지를 못해 그렇지. 사람은 괜찮다우."

"흥 어느새에 변호야?"

"변호가 아니라, 실상은 그렇거든."

"그렇기두 하지. 그보담 나은 사람은 어디 있나? 그런데 그 사람이 왜 그렇게 싫어?"

"글쎄, 그건 그래. 나두 싫어요. 괜히 싫어."

"그게 인연인 게지. 좋은 것두 인연이구, 싫은 것두 인연이라니깐."

"그래, 무슨 인연야. 암만해두 허영이하구 나하구는 무슨 인연이 있어. 그렇길래 저편에선 그렇게 날 따르구, 내 편에선 그렇게 싫지?"

"대단히 싫은 것두 병이라나. 암만해두 순옥이 허영 부인이 되구야 마나 보아."

이렇게 인원은 깔깔 웃고 나서,

"아무려나 우리네 범부는 인연의 길을 끊어 버리지는 못하나 봐. 제 마음대루 살아가거니 하면서도 결국은 인연의 줄이 끄는 대루 갖은 모양 다 하는 꼭두각신가 봐."

하고는 쓴웃음을 한 번 웃고,

"나는 갈 테야. 벌써 열한 시가 넘었어."

하고 일어난다.

순옥은 인원을 더 붙들 염치도 없는 듯이,

"나하구 같이 자구 안 가?"

하면서도 일어나서 인원을 보내었다.

인원을 보낸 뒤에 순옥은 자리에 누웠으나 잠이 오지를 아니하였다. 오늘 밤 두 사람이 한 말에서는 아무 결론도 얻지 못하고 만 셈이었다. 그러나 결론이 없는 중에도 한 결론에 달한 것도 같았다. 그것은 자기가 허영과 혼인하는 것이었다.

순옥은 허영과 혼인하는, 또 혼인한 후의 여러 가지 일을 몽상해 보았다. 신혼 생활, 아내로서의 생활, 어머니로서의 생활 등등. 그런 것을 생각하면 거기도 마음을 끄는 무엇이 있는 것도 같았다. 더구나 인원의 말에 '어머니가 되고 싶은 마음'이란 것이 이상한 힘으로 순옥을 유혹하였다.

이것이 어미 본능이라는 것인가, 하고 순옥은 놀랐다. 왜 그런고 하면, 순옥은 아직 그런 생각 – 어미라는 생각을 깊이 해 본 일이 없는 까닭이었다. 오늘 밤에 인원의 말로 해서, 순옥의 어미 본능이 눈을 뜬 것이었다.

'옳다! 허영과 혼인하리라.'

순옥은 자리 속에서 이렇게 결심을 했다.

그리고 제가 허영과 혼인하기로 결정하였단 말을, 안빈과 옥남에게 선언할 때, 그때, 버젓한 기쁨과 프라이드를 상상해 본다. 그것은 허영심에 가까운 것이지마는 매우 순옥에게 만족을 주었다.

순옥은 자기가 허영과 혼인하는 것이 세상 사람으로 하여금 자기와 안빈의 관계가 결백함을 보고 감탄케 할 것을 생각한다.

이렇게 생각할 때에 순옥은 시각이 바쁜 것 같았다. 어서 날이 새고 수원 아주머니만 오면(그는 밤 동안 수원 다니러 갔었다.), 곧 허영을 찾으리라고 결심하였다. 이번에는 허영을 밖으로 불러낼 것이 아니라, 정정당당하게 허영의 집을 찾아가리라고 생각하였다.

이튿날은 일요일이었다.

안 박사가 오늘 아침에는 집에 못 온다는 전화를 듣고 순옥은 아이들을 밥 먹여서, 깨끗이 세수시켜서 새 옷들을 갈아입혀서, 손톱까지도 말끔하게 해서 데리고 병원으로 왔다.

순옥이 아이들을 데리고 병원 문 안에 들어설 때에 안빈은 방금 자동차를 타려고 가방을 들고 나서는 길이었다.

"아버지!"

하고 세 아이는 안빈의 외투에 매달렸다.

안빈은 세 아이의 머리며 등을 한 번씩 만져 주고 나서, 순옥을 보고,

"내가 지금 개성으로 왕진을 가는데 어찌 되면 내일 아침에나 올 것 같소. 순옥이 오늘 밤은 병원에서 자우. 수원 아주머니 오

셨지?"

하고 차에 올라탄다.

"네, 오셨어요."

"밤에 흥분이 되거든 진정제 하나 놓구."

"네, 안녕히 댕겨오세요."

"아버지 나두 가."

하고 정이 자동차 문에 매달리는 것을 순옥이 떼어 안고 자동차는 떠나 버렸다.

순옥은 눈물이 쏟아지려는 것을 억지로 참았다. 안빈은 순옥에게는 떠날 수 없는 존재였다. 안빈의 얼굴을 한 번 대하면 순옥의 마음은 환하게 밝아졌다. 마치 어두운 그늘에 있다가 볕에 나온 모양으로. 그러나 순옥은 안빈을 떠나지 아니하면 아니 된다 하면 슬펐다.

순옥은 옥남에게 아이들을 보여 주고 그러고는 아이들을 도로 삼청동 집으로 데려다 두고, 그러고 허영을 찾으러 나섰다. 허영의 집이 권농동 ○○○번지라는 것은 수없이 오는 그의 편지로 잊힐 수 없이 잘 기억한다.

그러니 물론 한 번도 그 집에 가 본 일도 없고 또 가 보리란 마음을 내본 일도 없었다. 순옥은 걸어서 창덕궁 대궐 앞으로 오면서 생각하였다. 이것이 제 마음의 독립한 생각으로 가는 길인가, 또는 인연의 줄에 끌려서 가는 길인가고. 그러고 잠시 넓은 길 한복판에서 주저하였다.

그러나 순옥은 모처럼 지은 결심이 무딜 것이 두려워서 권농동 쪽을 향하고 빨리빨리 걸었다.

"나는 허영과 혼인한다, 혼인한다."

하는 말을 말 안 듣는 누구에게 억지로 타이르는 모양으로 뇌이면서 순옥은 걸었다.

허영의 집은 의외에도 얼른 찾을 수가 있었다.

누구에게 길을 물어본 것도 아니언마는, 마치 순옥의 발이 순옥을 끌고 오는 모양으로 종묘 담장 밑, 지은 지 백 년은 넘었을 듯한 기와집 앞에 다다랐다.

'許榮(허영)'

이라는 낯익은 글씨로 나무쪽에 쓴 문패가 눈에 띄었다. 오전 아홉 시가 되었건마는 문전에는 한 사람이 나왔다가 들어간 발자국이 눈 위에 있을 뿐.

순옥은 허영의 집 문전에서 무엇에 놀란 듯이 두어 집쯤 비켜섰다. 순옥이 안으로서 울려 나오는 허영의 책 읽는 소리를 들은 까닭이었다.

무엇을 읽는지는 모르나 커다랗게 소리를 내서 글을 읽고 있었다. 이 소리를 듣자 순옥은 문득 가슴이 울렁거렸다.

'이 집이 내가 아내로 들어올 집, 저 소리 임자가 내 남편 될 사람.'

이렇게 생각하면 도저히 있을 수 없는 이상한 일만 같았다.

'내가 이 집으로 찾아 들어가지는 못해. 오빠한테 가서 허영을 불러다 달라지. 오늘 공일이니깐 신문사두 쉴 모양이구.'

이렇게 생각하고 순옥은 도망하는 사람같이 빠른 걸음으로 그 골목을 나와서 연못골 오빠의 하숙을 찾았다.

"너 웬일이냐?"

하고 영옥은 누이를 보고 눈을 크게 떴다.

"인제 아침 잡수우?"

하면서 순옥은 잘 닫히지 않는 미닫이를 힘을 내어 닫고 영옥의 곁에 와 앉는다.

"세수두 안 하셨구려?"

순옥은 베개 자국이 난 오빠의 머리를 본다.

"응, 지금 일어났어."

하며 영옥은 물 만 밥을 입에 퍼 넣고 젓가락으로 이 접시 저 접시 먹음직한 반찬을 사냥하다가 말고 그냥 밥만을 씹어 삼킨다. 정말 먹음직한 반찬이 없구나 하고 순옥은 영옥의 입을 바라보았다.

"왜? 어젯밤에 늦게 주무셨수?"

"응."

"왜?"

"술 먹느라구."

"무어? 술?"

"응."

"인제 또 술을 잡수시우?"

"교실 사람들이 망년회 하느라구."

"흥, 어머니 들으시면 좋아하시겠수."

"어머니께 그런 말씀 여쭙지 말어."

"그러기루 오빠가 술을 왜 잡수우?"

"그러니깐 서울이 좋다는 거야."

"왜? 서울 사람은 다 술 먹나? 술 잡숫지 마시우."

"흥."

"흥이 무에야? 오빠 난봉나셨구려?"

"흥."

"언니한테 편지하시우?"

"아니. 왜?"

"왜가 무어요? 왜 언니한테 편지 안 하시우? 언니가 그렇게 오빠를 생각하시는데. 오빠 죄 되우?"

"흥."

영옥은 대접의 물을 껄떡껄떡 마시고 나서,

"상 가져가거라!"

하고 소리를 지른다.

"오빠가 요새에 퍽 변하셨어."

"왜?"

"어째 허둥지둥하구 그러시우? 그렇게 얌전하시던 이가?"

"흥."

"무엇이 흥이오."

"그래, 그런 소리 하러 왔어?"

"정말 오빠 그러시지 마셔요. 술이 무슨 술이야. 언니한테 편지는 왜 안 하시구."

"그래 어째 왔니?"

"어서 나가 세수하세요. 내 방 치울게."

"더운물이 없대."

"하하. 그래 세수 안 하시우?"

"오늘 공일날인데 뭐."

"아이참, 오빠두."

"아침이니 먹구는 사려구 했는데."

"어디 좀 갔다 오실 데가 있으니 어서 세수나 하셔요. 저 머리에 베개 자국 좀 보시우."

"어딜 가?"

"글쎄, 어서, 세수하구 오셔요."

"아이구 찬물에다가."

하고 싫은 듯이 잇솔을 물고 나간다.

"오빠가 왜 저렇게 되었을까, 게을러지구."

순옥은 방을 치우면서 중얼거렸다.

순옥의 눈에는 안식교에서 닦여 난 오빠의 얌전하던 지난날을 생각하였다. 너무 얌전하게 청년 시대를 보낸 전날의 반동이나 아닌가 하였다. 그러고 역시 진실한 안식교인의 가정에서 자라난 얌전한 올케를 생각하였다. 안식교의 법에 내외는 일주일 이상을 서로 떠나지 말라고 하였기 때문에 영옥은 서울 올 때에 아내를 데리고까지 온다고 하던 것이 불과 일 년 반 남짓, 이태도 다 못 되어서 영옥의 생활은 좋지 못한 편으로 변한 것 같다고 순옥은 생각한다.

영옥은 세수를 하고 방에 들어와서 누이가 시켜 주는 대로 머리를 빗고 옷을 갈아입는다.

"그래 어딜 가자는 거야?"

"허영 씨한테 댕겨오셔요. 좀 데리구 같이 오셔요."

"허영이?"

"네."

"허영인 왜?"

"좀 할 말이 있어서."

"싫다."

"왜?"

"또 무슨 무릎맞춤할 양으루?"

"아냐요."

"그럼 왜?"

"오빠 말씀대루 나 허영 씨하구 혼인할 테야요."

"무어? 혼인?"

하고 영옥은 넥타이 매던 손을 쉬고 눈을 크게 뜨고 양복 조끼를 펴들고 섰는 누이를 바라본다.

"네에."

"웬일야? 무슨 일 생겼니?"

"무슨 일이 생겨요?"

"그럼 왜 갑자기 허영이하구 혼인을 한대? 언제는 허영이 말만 해두 펄펄 뛰던 네가?"

"작정했어요, 허영 씨한테 시집가기루."

하고 힘 있게 말하고 순옥은 입술을 꼭 문다. 순옥의 얼굴에는 근육들이 모두 수축이 되는 듯한 표정이 생긴다.

"왜 너 병원에서 무슨 일 생겼구나?"

영옥은 걱정스러운 눈으로 괴로운 표정을 보이는 누이를 바라보면서 불쾌한 몇 가지 장면을 상상해 본다.

"아니, 병원에서 무슨 일이 생겨요? 내가 그렇게 작정했지."

"안부인 병환은 어떠셔?"

"그저 그러시지요."

"하기야 나을 수 없는 병이지."

"그럼, 자 인제 갔다 오셔요. 아차, 구두를 녹혀 드릴걸."

"괜찮다. 그냥 두어라."

영옥은 구두끈을 매면서도 순옥의 일이 마음에 놓이지 아니하였다.

"이 작자가 집에 있을까."

영옥은 순옥의 손에서 모자를 받아 든다.

"있어요."

"어떻게 아니?"

"내가 가 본걸."

"가 보아?"

순옥은 씩 웃는다.

"허영이 집엘 네가 가 보았어?"

영옥은 장갑을 낀다.

"문전까지."

"허영이 집?"

"네."

"갔음 왜 안 들어가 보았어?"

"부끄러워서."

"부끄러울 걸 왜 갔어?"

말하는 동안에 영옥은 순옥의 얼굴에서 무슨 단서를 찾으려고 힐끗힐끗 근심스러운 눈을 던진다.

"그래 분명히 있든?"

"네. 글 읽구 있던데요"

"흥. 허영이 집엘 갔다? 그래 뭐라구 하라구, 허영이 보구?"

"데리구 오셔요."

"네가 만나잔다구?"

"무어라구 하시든지."

"이리루 와?"

"그럼 어디루 오우?"

"쯧. 하긴 다른 데 갈 데두 없다. 넌 여기 있으련?"

"네."

"그럼 있어!"

영옥은 한 번 더 순옥을 힐끗 보고 나간다.

영옥이 나가 버린 뒤에 순옥은 정신 잃은 사람 모양으로 멀거니 영옥이 사라진 중문께를 바라보고 있었다. 창경원으로부터 사자가 으르렁거리는 소리가 울려 왔을 때에야 순옥은 방이 식는 생각을 하고 쌍창을 닫았다.

'만일 내가 사랑하는 이를 기다린다고 하면.'
하고 순옥은 한숨을 쉬었다.

근래에 순옥은 한숨 쉬는 습관이 생겼다. 순옥의 얼굴에도 약간 침울한 자국이 생겼다. 이것이 아주 굳어지면 어떡하나? 하고 순옥은 거울을 대할 때에 가끔 두려운 생각이 난다.

'얼굴은 마음이다.' 하는 것을 요새에 순옥은 절실히 느낀다.

얼마 아니하여서 허영이 오지 아니하느냐? 일생을 남편으로 믿고 살 남자가 반 시간쯤 되면 오지 아니하느냐? 그렇다 하면 가슴도 좀 울렁거려야 옳지 아니하냐? 단장이라든지 옷매무시도 좀 돌아보아야 아니하느냐?

그런데, 그런데 순옥은 그런 생각을 할수록 사지가 축 늘어질 뿐이었다. 그리고 순옥의 마음은 개성으로만 달렸다.

'선생님은 벌써 개성 내리셨을 게다.'
하면 순옥의 마음은 눈 덮인 개성의 골목, 골목으로 안빈을 찾아서 헤매었다.

아무리 찾아도 넓은 개성에 안빈을 못 찾아서 허둥지둥하는 저도 보이고, 또 바싹 안빈의 뒤를 따라서 그의 구두 소리를 세고 있는 것도 같았다.

'만일, 지금 내가 여기서 선생님을 기다리고 있는 것이라고 하면.'

생각만 해도 순옥의 심장은 터질 듯이 자주 뛰었다. 그러나 순옥은 차차 안빈에게서 멀어지는 길을 걷고 있지 아니하냐? 이렇게 생각하면 정신이 아뜩해지는 것 같았다.

'그러나 벌써 살은 시위를 떠났다!'

하고 순옥은 제 운명의 화살이 활시위를 떠나서 허공으로 날아가는 것을 상상한다.

어디 가서 무엇을 맞추고 떨어질는지 모르거니와, 그것이 하늘로 올라갈 것이 아니요, 땅바닥에 떨어져서 분질러질 것만은 사실인 것 같았다.

'순옥아! 너는 허영 씨와 혼인해야 한다. 혼인해야 한다. 그리고 선생님일랑 일생에, 아니 여러 생을 두고두고 정신으로만 사모해야 한다. 순옥아, 그래야 한다!'

순옥은 이렇게 제게 타이르고 벽에 기대어서 우두커니 영옥의 책상에 놓인 네모난 자명종이 똑딱거리는 소리를 세기도 하였다.

영옥은 순옥에 대한 여러 가지 불안을 안은 채로 종묘 담을 안고 돌아서 허영의 집을 찾았다.

"박농 있나?"

하고 영옥은 단장 끝으로 허영의 집 찌그러진 대문을 두어 번 두드리면서 외쳤다.

박농(璞儂)이란 것은 허영의 호다. 박이란 옥을 싸는 겉돌이라고 해서 박농이라고 지었노라는 호다. 옥을 싼다는 것은 물론 순옥을 싼다는 말이다.

"거 누구야?"

하는 여성 숭배자적인 음성으로 허영의 대답이 나왔다.

"낼세."

하는 영옥의 소리에 어멈이 대문을 열었다.

내외할 사람 없는 친구의 집이라 영옥은 단장을 휘두르며 안마당으로 들어갔다.

"이거 누구야? 자네가 웬일인가?"

하고 허영은 그 지방질 낀 얼굴이 온통 웃음이 되어서 건넌방 쌍창을 열어 제쳤다.

"왜 난 못 올 사람인가?"

"어서 들어오게."

두 사람은 아랫목에 나란히 앉아서 얼굴만 돌려 대어서 마주 보았다.

"원고 쓰나?"

영옥은 파란 책상보 덮인 책상 위에 펴 놓인, 쓰기 시작한 원고지와 던져진 만년필을 보았다. 간 반밖에 안 되는 방이건마는 책상일세, 테이블일세, 의잘세, 그림일세, 화병일세, 라디올세, 어수선하게 벌여 놓았다.

영옥은 순옥이 시집을 오면 이 방이 순옥이 방이로군 하고 순옥의 의걸이며 장이며 경대며 이런 것을 들여 놓을 것을 상상해 본다.

그러나 다음 순간에는 이 일이 대관절 어찌 되는 일인고? 순옥이 대체 웬일이야? 하는 근심이 생긴다. 그리고 허영이 정말 순옥의 남편이 될 것인가를 허영의 얼굴에서나 찾아보려는 듯이 상쟁이 모양으로 허영의 눈이며 입이며 코며 모가지며를 뚫어지게 들여다본다.

그리고 속으로,

'다 괜찮게 생겼는데 사람이 좀 단단치를 못해. 위엄이 없어.'

이러한 생각을 한다.

허영은 영옥이 찾아온 것이 일변 반갑기도 하고 일변 두렵기도 하였다.

영옥이만 대하여도 반은 순옥을 대한 듯하여 껴안고 싶도록 반갑지마는 그동안 제 입으로 안빈과 순옥의 말을 해 돌린 깐이 있기 때문에 내심에 무슨 큰 책망을 기다리는 듯하여 겁이 나는 것이었다.

"이 사람, 왜 날 그렇게 보나?"

하는 허영의 말에는 좀 겸연쩍은 맛이 있었다. 영옥은 그 말에는 대답 아니하고,

"자네 지금 원고 쓰나?"

하고 딴전을 쳤다.

"응."

"무슨 원고?"

"그저, 머, 그렇구 그렇구 한 거지."

"그렇구 그렇구 한 것이면 무엇하러 써? 좀 큰 것을 쓰지."

"허, 나 같은 사람이 무슨 큰 것이 있겠나? 큰 북에서야 큰 소리가 나지."

"자넨 왜, 작은 북으로 자처하나?"

"양철 대야. 그것두 다 못 쓰게 된 거."

영옥은 허영의 말이 마음에 들었다.

"자네 또 순옥이 험구 쓰구 있나?"

"아아니. 내가 왜 자네 매씨 험구를 쓰나?"

"그래두 자네 글은 다 내 누이 험구라구 세상에서 그러던데."

"면목 없네."

하고 허영의 얼굴에 있던 웃음이 다 스러지고 기운 없이 고개가

수그러진다. 영옥은 실심해 앉았는 허영을 보고,

'뒤가 무른 사람.'

하고 비평해 본다.

버틸 힘 없음이 순옥의 남편을 삼기에 부족한 것 같다.

버틸 힘이 없다는 것은 신념이 없다는 말이 아니냐. 허영은 신념의 사람이 아니다.

'이현령비현령.'

하고 영옥은 혼자 허영을 미덥지 못하게 생각하면서 순옥의 매운 마음과 대조해 본다.

"그렇지 않아두."

하고 허영은 고개를 든다.

"내가 자네 매씨와 안 박사를 만나면 한 번 사죄를 하려구 했네. 참회를 하구."

"그럼 왜 아직두 안 하구 있나?"

"자네 매씨가 날 만나 주시겠나?"

"내 누이를 만나면 사죄를 한 텐가?"

"하구 말구!"

허영은 감격적이었다.

"그렇게 사죄할 일을 왜 했나?"

"그저, 하두 타격이 컸으니까, 고만 정신이 평형을 잃어버린 거야. 내가 산송장이거든."

"산송장?"

"그럼 몸뚱이가 아직 살아 있으니까 살아 있는 게지, 내 생명은 그날, 자네 매씨한테 거절당하던 날 벌써 죽어 버린걸."

"순옥이 그렇게두 자네게 소중한가?"

"소중한가가 무엇인가?"

"자네 순옥이 어디를 사랑하나?"

"어디라니?"

"아니, 무엇을 보구 순옥을 그렇게 소중하게 사랑하느냐 말야."

"모두지."

"모두라니?"

"몸이랑 마음이랑. 특별히 그 정신을."

"정신이라니?"

"아니, 그 순옥 씨 아름다운 정신 말야."

"무슨 아름다운 정신?"

"무슨이라니?"

하고 허영은 대답할 바를 모른다.

"난 자네가 순옥이 마음을 모르는 줄 아네. 순옥이 정신이라는 것을 자네는 모르는 모양야."

"내가? 왜?"

"순옥이 왜 자네를 싫어하는지 아나?"

"내가 못나서 그렇겠지."

"어디가?"

"어디가라니?"

"아니, 자네가 못났길래 계집애들에게 배척을 받겠지마는 말야. 자네의 그 어디가 못나서 그런지 아느냐 말야?"

"그저 못나서 그렇겠지. 몸두 못나구 마음두 못나구. 나두 내가 못난 줄은 잘 알어."

"정말인가?"

"그럼. 내가 못난 사람이지. 그것까지야 모르겠나."

허영은 쓴웃음을 웃는다.

"나는 자네가 자네 못난 줄을 아노란 말을 믿지 못하네. 자네야 몸이나 마음이나 꽤 잘난 체하구 있겠지."

"아니, 그럴 수가 있나? 내가 내 결점을 잘 알거든."

"정말 자네 약점을 잘 알어?"

"암 알구 말구."

"어디 말해 보게."

"첫째 돈이 없구."

"돈?"

"응. 요새 세상에 돈이 제일 아닌가. 더구나 시체 여자들이 돈밖에 아나?"

영옥은 기가 막히는 듯이 킁 하고 웃으며,

"또?"

하고 허영을 바라본다.

"그담에는 남의 비위 맞출 줄을 모르구. 우리는 너무 너무 솔직해서. 더구나 여자들의 비위를 못 맞춘단 말야."

"그래서, 또?"

"얼굴두 잘 못생기구."

"또?"

"말재주두 없구."

"그뿐이야?"

"그저 그러게 모두 못났지."

허영은 제 말을 영옥이 어떻게 생각하는가 떠보려는 듯이 영옥을 바라본다. 영옥은 속으로,

'이거 큰일났다. 이 군이 정말 순옥의 짝이 아니로구나!'

하면서,

"박농!"

하고 허영을 바라본다.

"응?"

"자네가 자네 자신두 모르구 순옥이두 모르네. 결국 자네는 순옥의 이쁘장한 외모에 반한 거야. 순옥의 인격의 어느 점이 참으로 사랑할 점인지, 어디가 정말 순옥이의 특징인지두 모르구 사랑한 거 아닌가. 난 자네가 그렇게두 내 누이를 값싸게 보는 줄은 몰랐네."

"아아니, 그건 무슨 소린가?"

"가만 내 말을 듣게. 내 누이의 특색이 어디 있는고 하니 말야. 그것은 세간적 욕심, 즉 물욕이 담박하다는 것일세. 재산이라든지, 세력이라든지 그런 것은 순옥의 염두에 없다고 나는 단언할 수가 있네. 기애가 어려서부터두 정신적이었지마는 근래에 와서는 아주 종교적이야. 우리 형제가 다 안식교 가정에서 어려서부터 종교적 분위기 속에서 종교적 훈련을 받구 자라났지마는 내가 근래에 비종교적으로 타락하는 대신에 내 누이는 점점 더 종교적으로 나아간단 말야. 그게 제 천품두 되겠지마는 안 박사 영향이 많겠지, 안 박사는 중이니까. 자네는 또 안 박사의 인격두 몰라나 보데. 자네가 들으면 노열는지 모르지만 순옥이나 안 박사는 자네보다 여러 급 위여든, 정신적인 데서 말일세."

"응, 자네 말이 옳아, 절절이 옳아."

허영은 난면하는 빛을 보인다.

"인제 알았나? 순옥이 왜 자네를 싫어하는지?"

허영은 대답할 바를 모른다.

"첫째는 자네가 너무도 세속적이란 것일세. 너무도 현실 속에만 마음이 있고 영원을 보려는 - 무엇이라구 할까? - 영원을 보려는 욕구라구 할까, 욕망이라구 할까, 그것이 없단 말야. 그리구 둘째로는 자네가 너무 탐욕이 많아."

영옥의 이 말에 허영은 펄쩍 뛴다.

"내가 탐욕?"

"응. 자네가 탐욕이 많아."

"무얼 보구 그러나. 다른 말은 자네 말을 다 순복하겠네마는 탐욕이 많다는 건 좀 과한데."

하는 허영은 인제 겨우 무변대해에서 제 몸을 의탁할 나뭇조각을 붙든 것같이 되살았다.

"무얼 보구? 증거를 댈까?"

"어디 대 보게. 내가 선친이 물려주신 천 냥두 써 버리는 사람인데 탐욕이라니."

"우선 자네 방에 너무 세간이 많으이. 이거 어디 좁아서 견디겠나?"

"하하하. 방이 원래 좁아서 그렇지, 세간이 무엇이 많은가, 이 사람."

"그게 탐욕이어든. 방이 좁거든 좁은 방에 합할 만하게 세간을 놓는 거야. 그게 분이라는 거여든. 제 분에 넘는 것을 바라는 것이 탐욕이란 말일세."

"응, 그렇게 말하면 그럴듯해. 하하."

"웃을 말이 아냐. 자네가 이 탐욕을 떼어 버리지 아니하면은 순옥이 마음을 못 얻으리."

"순옥 씨 마음만 얻는다면야 무엇은 못 떼어 버리겠나? 그런데 희망이 있겠나?"

"그게 다 탐욕야."

"그래두 사랑하는 걸 어떡하나? 사랑은 절대 아닌가?"

"자네 정말 순옥일 사랑하나?"

"그게 무슨 말인가?"

"그럼 내 하나 물어보겠네. 자네가 누구를 위해서 순옥을 사랑하나? 순옥을 위해서? 자네 자신을 위해서?"

허영은 대답할 바를 모른다.

"제 욕심을 위해서 누구를 제 것으로 만들려구 하는 것은 사랑이 아니어든, 탐욕이지."

허영은 더욱 내답할 바를 모른다. 허영은 아까 몸을 붙일 곳으로 알고 붙들었던 나뭇조각을 놓쳐 버리고 다시 향방 없는 물결의 희롱에 제 몸을 맡겨 버릴 수밖에 없었다.

영옥은 사정없이 다음 방망이를 허영의 머리 위에 내리친다.

"사랑이란 이기적 동기에서 나오는 불순한 물건은 아니야. 누구를 위해서 저를 희생하는 데서, 아낌없이 제 모든 것을, 생명까지도 무조건으로, 갚아지기를 바라지 말고 말야. 그 누구에게 내어 바치는 것이 사랑이어든. 남녀의 사랑이나 무슨 사랑이나 말야. 우정두 그렇지. 애국심두 그렇구. 그렇지 않구서 말야, 어떤 남자나 여자가 말일세. 저 사람을 내 것을 만들어서 쾌락이라든지, 원, 요새에 흔히 말하는 행복이라든지의 재료를 삼겠다 하는 그런 사랑은 사랑이 아니라 치정이어든, 치정. 그것은 동물들의 암내 나는 것보다도 열등한 것이란 말일세. 왜 그런고 하니 말야, 날짐승이나 길짐승은 그야말로 단순한 본능이 힘으로, 그야말로 순간적으로 본능의 만족을 해서 종족 보전의 임무를 다하는 것이지마는 사람의 이기적 사랑, 치정적 사랑 말일세. 그런 사랑은 단순한 본능 이외에 여러 가지 이지적, 의식적인 계획, 음모라는 것이 옳겠지. 그러한 본능 이외의 다른 욕심이 첨가하는 것이어든. 그러니까 말야, 진정한 사랑이란 저편을 존경하구 사모하구, 그리구 그 존경하구 사모하는 저편을 위해서 내 몸과 마음을 다 바쳐서 저편에게 터럭 끝만 한 도움이라두, 기쁨이라두 드리구 싶다, 여기서 비로소 진정한 사랑이 성립되는 것이란 말일세. 적어두 순옥의 사랑관이 그것이란 말일세. 그러니까 기애는 누구의 사랑을 받을 욕심은 없거든. 오직 누구를 사랑하겠다는 욕심만을 가진 애란 말일세. 여기서 자네와 순옥이 사이에 멀고 먼 거리가 생긴단 말야."

줄곧 고개를 푹 수그리고 듣고 앉았던 허영은 영옥의 말이 끝날 때에야 고개를 들었다. 그의 얼굴은 마치 울고 난 사람과 같았다. 그의 눈은 부신 듯하였다.

"자네 말이 옳으이. 절절이 옳으이."

하고 허영은 띄엄띄엄 한마디씩 참회도 같고 혼잣말도 같은 소리를 한다.

"참 그래, 내가 속된 사람야. 탐욕 있는 사람이구. 자네 말과 같이 그렇지 아니한 체한 것이 내가 못난 것이야."

하고 고개를 수없이 끄덕끄덕하면서,

"내가 분에 넘는 것을 바라는 사람야. 그래, 자네 매씨루 말하면 내가 숭배하구 섬길 사람이지. 내 아내루, 암, 그게 도무지 내가 제 분을 모르는 생각야."

하고 또 한참 말을 끊었다가 크게 한숨을 쉬고 나서,

"그러니 이런 모순이 어디 있나? 내가 내 아내루, 내 분에 넘는 사람을 사랑하니, 이런 모순이 어디 있나?"

하고 또 한참이나 있다가,

"그렇지만 단념이 되어야지. 단념해야 할 것을 단념 못 하니 이것두 내가 못난 것이지."

하고 미안한 사람같이 영옥을 바라본다. 영옥은,

'허영이 마음은 선량한데, 모든 선량한 것을 다 모아 놓은 사람인데 그 재료들이 잘 반죽이 못 되었어, 통일이 못 되고.'

이러한 생각을 하고 있었다. 영옥은 불현듯,

"좀 나가세."

하면서 일어섰다. 이만큼 선량한 인물이니까 매부를 삼아도 큰 화단은 없을 것 같다고 생각하였다.

'제가 순옥을 따라가겠지. 순옥의 감화를 받겠지.'

영옥은 이런 생각도 해 보았다.

"어딜?"

하고 허영은 앉은 대로 영옥을 쳐다본다.

"가 보면 알지."

"원고가 좀 바쁜데."

"그렇게 바쁘면 할 수 없구."

"아아니, 어딜 가자는 거야?"

"나한테."

"무엇하러?"

이 말에는 대답 없이 영옥은 벌써 나와서 구두끈을 맨다.

허영은 두루마기를 떼어 입고 따라 나온다.

만일 순옥을 만나러 가는 길인 줄을 알면 허영이 좀 모양을 낼 것을, 하고 영옥은 픽 웃었다.

"어머니, 나 댕겨와요."

하고 허영은 안방 문을 향하고 외친다.

"글 쓴다더니 어디를 가느냐?"

하는 좀 억센 듯한 중년 부인의 음성이 들렸다. 그 음성이 영옥에게는 마땅치 아니하였다. 며느리를 볶지나 않을까 하는 염려가 번뜻 마음에 지나간다.

"친구가 와서 같이 나갑니다. 얼른 댕겨와요."

하고 허영은 층계를 내려선다.

"늦두룩 있지 마라. 술 취하지 말구."

하는 중년 여인의 소리가 대문으로 따라 나왔다.

"자네 술 먹나?"

하고 대문을 나서자 영옥이 허영에게 묻는다.

"그새에 몇 번 취해서 집에 들어왔더니 어머니가 저렇게 걱정이셔. 선친이 술로 패가를 하시구 마침내 술로 돌아가셨다구."

"외아드님이니까."

하고 영옥은 허영의 어머니에게 잠깐 동정하고 나서,

"순옥이 술이라면 질색일세. 나두 어젯밤에 교실 친구들이 망년회를 한다구 술을 좀 먹었다구 했다가 기애한테 톡톡히 야단을 만났는걸. 고것이 어머니께 그런 말씀을 여쭈었다가는 된벼락이 내릴걸. 여쭙지 말라구 청은 했지만."

"오늘 자네 매씨 만났나?"

허영은 순옥이란 말에 우뚝 걸음을 멈춘다.

"순옥이 식전에 나 밥 먹는데 와서 자네를 호출하는 거야. 그래서 찬물에다 하기 싫은 세수를 하구 자네를 붙들러 간 거야."

"자네 매씨가 지금 자네 하숙에 오셨단 말이야?"

"그렇다니까."

"그래 지금두 계시단 말야?"

"글쎄, 순옥이 자네를 데려오라는 게야. 그런데 왜 그러나?"

"아니 글쎄."

"왜? 무어 안 된 일이 있어?"

"안 된 일이야 없지만."

"무슨 일인지 몰라두 순옥이 급히 자네를 만날 일이 있나 보네."

"날? 급히?"

"응, 기애가 아까 자네 집엘 갔드래."

"우리 집엘? 순옥 씨가 우리 집엘?"

"응, 자네가 무슨 글을 소리를 내서 읽구 있더라든데."

허영은 또 한 번 멈칫 선다. 대단히 놀라는 표정이다.

"아니 자네 매씨가 무슨 일루 내 집엘 오셨을까?"

"자네 만나러."

"글쎄, 무슨 일루 날 만나시려는 거야?"

"글쎄, 가 보면 알 것 아닌가? 왜 순옥이 만나기가 싫은가?"

"아니, 싫을 리야 있나마는."

"그럼 무서운가. 야단을 만날 것 같아서?"

허영은 그 말에는 대답이 없고,

"내, 그럼 잠깐 집에 댕겨옴세."

"왜?"

"잠깐."

하고 돌아서려는 허영의 소매를 붙들어 당기면서,

"또 못난 짓. 자네 모양내구 오려구 그러네그려?"

"그러기루 이 꼴을 하구?"

"글쎄, 그런 생각을 떼어 버려야 한단 말야. 왜 그렇게 사람이 속되냐 말야. 의복이 아무렇기루 어때? 순옥이 자네 모양낸 것 보구 반할 애 같은가? 어서 가세."

하고 경마를 들어서 끌 듯이 영옥은 허영을 끌고 집에 왔다.

허영은 이런 것 지린 것으로 도무지 마음이 편안치를 못하였다. 대관절 순옥이 왜 자기를 만나려는 뜻을 알 수 없고, 또 이 꼴을 하고 순옥의 앞에 나가는 것이 도무지 마음에 거북하였다.

영옥은 허영을 밖에 세워 두고 먼저 방으로 들어갔다.

"왔수?"

하고 순옥은 약간 숨이 차게 묻는다.

"왔어."

하고 영옥은 턱으로 대답하고 순옥의 귀에 입을 대고,

"너 흥분한 끝에, 아주 끊어 말은 말어라."

"끊어 말이라니요?"

"당장 혼인을 허락한다든가, 그러지는 말란 말이다."

"왜요?"

"그러다가 후회하면 어떡하니? 그러니까 이번에는 어름어름 해 두고 좀 더 신중하게 생각해서 하란 말이다. 허영이 오늘은 네게 무슨 참회를 하구 사죄를 할 것이 있다니까 그 소리나 들어 보구."

"왜요?"

"그렇게 급히 서두를 건 무어 있니, 칠팔 년 끌구 오던 일을."

"오빠 생각에 무어 합당치 아니한 것이 있어요?"

"무어, 그런 것두 아니지마는, 아무려나 짝이 기울어."

"어느 편이요?"

"너는 너무 무겁구, 허영은 너무 가볍구."

"오빠가 전에는 자꾸만 권하시구는."

"그때에야 네가 자꾸 남의 입에 오르내리니까 그런 게구. 또 허영이두 (하고 잠깐 주저하다가 그 말을 끊고) 선량은 해. 허지만 아무려나 네 짝으루는 좀 부쳐."

"여태껏 무슨 이야기하시구 오셨어요. 허영이하구."

"응, 멘탈 테스트를 해 보았지."

"그래 몇 점이나 돼요? 낙제야요, 급제야요?"

"모르겠다. 아무려나 뒷길을 남겨 놓고 말을 해."

순옥은 입맛을 쩝 다신다.

"들어오랄까?"

"들어오래셔요."

"여보게, 박농! 들어오게."

영옥이 부르는 소리에 허영이 헛기침을 한 번 하고 들어온다.

"허 선생이셔요. 들어오셔요."

하는 말에 허영은 구두끈을 끄르다가 말고 일어나서 허리까지 굽혀서 순옥에게 인사를 한다. 순옥은 다만 고개만 까딱한다.

"그동안 안녕하셨어요?"

하고 허영은 웃는 낯으로, 그러나 좀 어색하게 말을 순옥에게 붙인다.

"네. 잘 있었어요."

순옥은 몸을 반쯤 영옥의 뒤에 가리고 앉는다. 순옥과 허영이 서로 만나는 것은 지나간 여름, 안빈의 병원 응접실에서 그 희비극의 장면을 연출한 뒤로는 처음이었다. 원산에서 허영은 순옥을 만나려고 애를 썼고 찾아까지 왔으나 따돌려 버렸다. 순옥과 허영의 눈앞에는 안빈 병원 응접실 광경이 나타났다. 그것이 피차에 퍽 불쾌하였다.

"안 박사두, 안 선생께서도 안녕하셔요?"

허영은 더 부드러울 수 없는 어조로 문안을 한다.

"네, 선생님은 안녕하셔요."

"안 선생 부인께서 병환이 중하시다지요?"

"네, 좀 중하셔요."

"그리 대단치 아니하신가요?"

"웬걸요, 대단하십니다."

"거 안됐습니다. 참 지난여름 원산 갔을 적에두 순옥 씨께서 안 박사 부인 병을 간호해 드리구 계시단 말씀을 들었지요. 박인원 씨하구 공교롭게 한차루 갔어요."

"네. 그때에 모처럼 찾아 주신 것을 못 뵈어서 미안합니다."

"천만에. 바쁘신데 괜히 찾아가서 도리어 미안합니다. 박인원 씨두 안녕하신가요?"

"네, 잘 있어요."

"참 점잖으신 양반이셔요. 두뇌가 명석하시구."

영옥이 옆에서 두 사람의 말을 듣고 앉았다가 허영을 보며,

"이 사람아, 대체 천하 사람의 문안을 다 할 작정인가? 자네 순옥을 만나기만 하면 할 말이 있노라구 하지 않았나?"

하고 찔렀다.

"아니, 하두 오래간만에 만나 뵈이니까. 벌써 반년이 지났습니다. 참 세월이란 빠르기두 합니다."

"이 사람, 자차 영탄은 자네 책상 앞에서나 하구, 어서 할 말부터 하소. 순옥이두 무슨 할 말이 있다구 안 했니? 어서 할 말들부터 하지 않구."

하고 영옥이 또 의사 진행을 독촉한다.

순옥이나 허영이나 한참 동안 말없이 고개만 숙이고 있었다. 영옥은 두 사람을 번갈아 쳐다보며 이 막이 어찌 되는고 하였다. 그렇게 보고 있는 영옥의 눈앞에는 교실에 있는 토끼들이 떠 나온다.

영옥은 고통의 감각과 위액 분비의 관계를 실험하는 중이었다. 지금 허영과 순옥의 위액에는 어떠한 변화가 일어나고 있을까를 혼자 생각하고 웃었다.

"제가 순옥 씨께 크게 사죄할 일이 있습니다."

하고 허영은 두루마기 자락으로 무릎과 발을 둘러싸고 꿇어앉으면서 입을 열었다.

순옥은 말없이 허영을 바라보고 있었다. 허영은 순옥의 시선을 피하면서 말한다.

"여러 말씀 아니하겠습니다. 제가 그저 정신이 뒤집혀서, 네, 정신이 성하고야 그럴 리가 있어요? 그만 그 타격에, 지난여름 일 말씀야요. 제 분을 모르고서 원망을 한다면 저를, 허영이 저를 원망할 것인 줄을 모르고서 제 깐엔 분김이지요. 있는 소리 없는 소리 해 돌리고, 또 글도, 참, 말씀 여쭙기도 부끄러운 일입니다. 되지못한 글도 써서, 옥 같으신 순옥 씨와 성직자이신 안 박사, 안 선생의 명예를 손상케 하여 드려서, 생각하면 이 혀를 물어 끊어 버리고도 싶어요. 붓대 잡는 이 손가락을 분질러 버리고도 싶구요. 실상 그렇게 해도 아깝지를 아니합니다. 인제는 뉘우쳐요. 아프게 뉘우칩니다. (한숨을 한 번 쉬고 나서) 무슨 면목으로 다시 순옥 씨를, 참말 면목이 없어요. 그러니 순옥 씨 용서해 주셔요. 이렇게 사죄합니다."

하고 허영은 두 손을 방바닥에 대고 이마가 손등에 닿도록 절을 한다.

 순옥은 아무 말도 아니하고 그린 듯이 앉아 있다. 그리고 그의 눈은 어디 멀고 먼 곳을 바라보는 모양으로 움직이지 아니한다. 허영은 엎드렸던 몸을 일으켜서 순옥을 바라보았으나 순옥의 무표정한 얼굴이 나무로 깎은 듯이 가만히 있는 것을 보고

영옥을 돌아보며,

"내가 순옥 씨한테 사죄한다는 게 이걸세. 말을 다 하자면 길지만 그 말을 어떻게 다 하나? 이만치 허기에두 내 낯에는 모닥불을 퍼붓듯, 등에는 얼음냉수를 엎지르는 듯하이. 영옥 군, 자네한테두 이렇게 사죄하네."

하고 고개를 한 번 숙이고 나서,

"또 내 눈을 뜨게 해 준 사람이 영옥 군 자네야."

하고는 다시 순옥의 편으로 고개를 돌려서,

"오늘 영옥 형한테 많은 교훈을 받았습니다. 영옥 형으로 해서 제 어두운 눈이 떴어요. 제 무명(無明)이 깨어진 것 같습니다. 저는 지나간 모든 것을 다 회개해요. 제가 세속적인 것, 탐욕이 많은 것, 제 분을 모르고 과분한 욕심을 먹었던 것 다 회개해요. 영옥 형 말씀이 참 옳아요. 그리구 저는 인제부터 깨끗한 마음으로 순옥 씨를 사모할 테야요, 숭배하구요. 다시는 순옥 씨더러 내 아내가 되어 줍소사 이런 말씀은 아니하겠어요. 그런 생각두 아니하구요. 다만 이 몸과 마음을 바쳐서 순옥 씨께 터럭 끝만치라두 도움이 되거나 기쁨이 될 그러한 일이 있다구 하면 그때엔 아끼지 않고, 기쁘게 이 몸과 마음을 바치겠습니다. 이 못난 놈의 몸과 마음이 순옥 씨께 쓰일 때가 있다구 하면 말씀야요. 그런 일이 있을 리두 없겠지마는."

하고는 감동에 못 이기는 듯 시를 낭음하는 어조로,

"아아, 이로부터 나 허영은 깨끗하고 거룩한 외로움 속에 서서, 저 높이 높이, 한량없이 높이 맑은 빛을 발하는 저 하늘의 별을 영원히, 영원히, 영원히, 영원히 우러러보고 있을 것입니다."
하고는 다시 예사 어조로,

"그러니 순옥 씨, 저를 용서해 주셔요. 네?"
하고 또 한 번 절을 한다.

허영의 음성은 떨린다. 허영의 두 눈에는 눈물이 흐른다. 순옥도 깜짝 놀라는 듯이 눈을 크게 뜨고, 희극을 구경하는 흥미로 허영의 말을 듣고 있던 영옥의 얼굴에도 엄숙한 빛이 돈다. 허영의 눈물은 점점 많이 흐르고 마침내 흑흑 느끼기까지 한다. 그는 무엇인지 모르는 슬픔을 누를 수가 없는 것이었다.

"이 사람 울긴 왜 울어?"
하고 영옥이 입을 연다.

"자연 울음이 나네그려. 그게 다 내가 못난 탓이지."

"아서. 왜 울어?"

"그래두 이건 깨끗한 눈물야. 전혀 탐욕을 떠난 눈물일세. 슬프기루 말하면 가슴이 터질 늣한 슬픔이지만 그 속에 형언할 수 없는 기쁨이 솟네그려. 재생의 기쁨야. 거듭나는 기쁨야. 이것이 다 순옥 씨와 영옥 형의 은혤세."

하고 두루마기 고름으로 눈물을 씻는다.

"허 선생!"

순옥이 비로소 입을 뗀다.

"네?"

허영은 벌겋게 된 눈으로 순옥을 본다.

순옥의 눈에도 눈물이 빛났다. 영옥은 고개를 돌려서 순옥을 본다.

"허 선생 지금두 저와 혼인하실 마음이 있으셔요?"

하고 순옥은 비쭉비쭉 울음을 삼킨다.

"아니요, 언감생심으로."

"제 편이 청하더라두 인제는 거절하셔요?"

"네?"

하고 허영은 몸을 흠칫한다.

"제 편에서 허 선생께 청혼을 해두 안 들으시겠어요?"

그래도 허영은 무슨 뜻인지 못 알아듣는 듯이 순옥과 영옥을 번갈아 본다. 순옥은 영옥을 바라보면서,

"오빠 말씀하셔요!"

하고는 울음을 삼키느라고 입술을 문다.

"이 애가 말야."

하고 영옥은 말하지 아니할 수 없음을 깨달았다.

"이 애가 오늘 자네를 청한 뜻은 말일세, 에에."

영옥도 말하기가 거북하였다. 이 말 한마디로 누이 순옥의 운명이 결정되기 때문이었다. 아무리 생각해도 누이를 허영의 아내로 주기는 아까운 것만 같기 때문이었다.

"이 애가 말야. 자네하구 혼인할 뜻이 있노라구 그래서 자네를 불러 달란 것이란 말일세. 이 자리에서 곧 작정할 일은 못 되겠지마는 말야. 이 애 뜻이 그렇다니 자네 의향을 말하게그려. 결정으루 말하면 어머니두 계시구 내 숙부두 계시니까 다 여쭈어 본 뒤에야 될 일이지마는."

하고 영옥은 예방선을 늘였다. 흥분된 순옥의 가벼운 결단에 대한 예비였다.

"순옥 씨, 그게 정말입니까. 지금 영옥 형 하신 말씀이 정말입니까."

"네."

"저하구 혼인하신단 말씀이 그게 정말야요?"

"네."

허영은 순옥의 '네.' 하는 대답에 도리어 맥이 풀렸다. 허영은 마치 기운이 탈신한 사람 모양으로 한참 눈도 뜨지 못하였다.

"자네 의향은 어떤가? 기탄없이 말하게그려."

하는 영옥의 말에 허영은 비로소 꿈에서 깬 듯이 순옥의 앞에

넙적 엎디어 절하며,

"고맙습니다, 고맙습니다. 황송합니다. 아아, 순옥 씨는 저를 죽음의 그늘에서 건져 내시는 신인이십니다. 아아, 도무지 이것이 믿어지지를 아니합니다. 아아 하느님! 당신은 내 기도를 들으셨습니다. 감사합니다."

하고 수없이 이마를 조아린다.

"에이, 박농!"

하고 영옥은 못마땅한 듯이 소리를 지른다.

이리하여 순옥은 허영에게 혼인할 것을 허락한 것이다.

허영이 기쁨에 미쳐서 허둥지둥 집으로 간 뒤에 영옥은 울어 쓰러진 순옥을 물끄러미 보고 앉았다가,

"순옥아!"

하고 불렀다.

"네?"

하고 순옥은 눈물이 어룽어룽한 낯을 들어서 영옥을 쳐다본다.

"너, 마음에 흡족하냐?"

순옥은 그렇다는 끄덕임을 보인다.

"후회 안 하겠니?"

순옥은 말없이 입술을 빨다가

"앞일을 누가 알아요?"

"그야 그렇지. 모두 인연이지."

하고 영옥은 한숨을 쉬었다.

이날 순옥은 병원에 돌아와서 옥남을 대할 때에 마음이 가뜬함을 깨달았다. 그러나 밤에 옥남의 곁에서 자는 동안(잠은 못 들었으나) 시간이 갈수록 무슨 크게 소중한 것을 잃어버린 듯하여서 심히 허전하였다. 그러나 그런 생각이 날 때마다 마음의 허리띠를 꼭 졸라매었다. 좋은 아내가 되어 보리라고 몇 번이나 결심을 하였다.

순옥이 원장실에서 안빈을 대하여 혼인의 결심을 말한 것이 그 이튿날이었다. 마음을 단단히 먹고, 안빈의 앞에서 결코 동요하는 빛을 보이지 아니하리라고 작정하였던 것이 그만 눈물을 보이고 만 것이었다.

안빈에게 혼인과 가정생활에 관한 말을 들을 때, 순옥은 자기의 결심이 너무 단순한 동기에서 된 것임을 깨달았다. '안빈과 자기와의 결백함을 보이기 위하여', 또 '허영을 가엾이 여겨서'라는 것이 순옥의 혼인 결심의 동기였다. 순옥은 남의 아내가 된다는 것이 여자에게 어떻게 큰 모험인지 알지 못하고 있었던 것이다.

마지막으로 안빈은 시무룩하고 앉았는 순옥을 바라보며,

"그렇게 걱정할 거 없어. 인생의 일생이란 끝없는 수련의 길의 한 토막이니까, 하루니까. 형극의 길이든, 장미의 길이든, 성심성의로 날마다 당하는 일을 잘 처러 가면 고만이니까. 원체 인생의 목적이 향락이 아니기 때문에 행복이니 불행이니 그것을 교계할 것은 아니어든. 그것은 모두 인과응보루 금생뿐 아니라 전생 다생, 무시 이래의 인과응보로 오는 것이니까. 치를 빚은 아무 때에나 치러야 하는 것이고, 빚이란 아무쪼록 빨리 치러 버리는 것이 좋은 일이구. 단지 한 가지 내가 순옥에게 부탁할 것은 무엇에나 잡히지 말라구. 빠지지 말구. 행복에나 불행에나 말야. 내 몸이 아프구, 죽는 것까지라도 말야, 다 꿈이고 허깨비요, 물거품이요, 그림자란 것을 잊지 말란 말야. 그래서 좋은 일이 오더라두 꿈이어니 궂은일이 오더라두 꿈이어니, 이러란 말야. 이렇게 보는 것이 인생을 바루 보는 것이오."
하고는 입을 다물고 말았다.

죽음의 저쪽

　옥남은 발등과 손등에 부기가 오기 시작하였다. 처음 며칠은 당자에게 알리지 아니하였으나, 어떤 날 아침에 옥남은 죽을 좀 받아먹으면서 제 손을 뒤적거리며 순옥을 보고,
　"순옥이, 내 손이 부었지?"
하고 의심스러운 눈으로 물었다.
　순옥은 가슴이 뜨끔하였다.
　"네, 좀 부으셨어요, 조곰."
하고는 옥남이 이 붓는 뜻을 아는가, 하여 걱정스럽게 옥남을 바라보았다.
　옥남은 뒤적거리던 두 손을 힘없이 이불 위에 놓고 한숨을 쉬

었다.

순옥은 약귀때에 물을 따라서 손바닥으로 귀때 밑을 만져서 온도를 맞추어 옥남을 먹이고 또 귤을 까서 즙을 내서 먹였다. 옥남은 순순히 받아먹었다.

옥남은 한참 동안 잠이 든 듯이 가만히 누워 있더니, 문득 눈을 뜨며,

"순옥이."

하고 불렀다.

"네."

"내 날이 며칠 안 남았어."

하고 옥남은 빙그레 웃었다.

"아이, 왜 그런 말씀을 하셔요. 열두 좀 내리시는걸."

"내가 다 알아요. 우리 아버지가 이 병으루 돌아가셨어. 그래서 다 알아. 부으면 마지막이래."

"무얼 그래요?"

순옥도 이 이상 더 할 말이 없었다.

"순옥이."

"네."

"내 발등 부었나 좀 보아 주어."

순옥은 벌써부터 아는 일이지마는 이불 끝을 위로 밀어 놓고

옥남의 발을 손으로 만져 보았다. 그리고 손가락으로 발등을 꼭 눌러 보았다. 오목하게 들어가고는 다시 나오지를 아니하였다. 순옥은 손으로 그 자리를 쓸어서 반반하게 만들었다.

"부었지?"

"네, 부었어요, 조끔."

"다리두?"

하고 갑갑한 듯이 옥남은 다리를 제 힘으로 들어서 제 손가락으로 정강이를 두어 군데 꾹꾹 눌러 본다. 오목오목 손가락 자국이 났다. 옥남은 힘없이 다리를 놓았다. 순옥은 정강이의 손가락 자국을 손바닥으로 쓸어 없이해서 이불 밑에 편안하게 해 놓았다.

옥남은 또 힘없이 눈을 감았다.

얼마 있다가 옥남은 눈을 떠서 옆에 섰는 순옥을 보며,

"좀 앉어. 나 때문에 여러 날 잠을 못 자서 순옥이두 말랐어."

"원 별 말씀을. 어젯밤에두 잘 잔 걸요."

"그래두 앉어요."

순옥은 교의를 침대 곁으로 바싹 끌어다 놓고 앉는다.

"선생님은 내 몸이 부은 걸 아시지?"

하고 옥남은 순옥의 눈치에서 무슨 비밀을 찾아내려는 것처럼 순옥을 뚫어지게 본다.

"네."

순옥은 이렇게 실토할 수밖에 없었다.

"그래 무에라셔? 며칠 못 살겠다구 그러시지?"

"아니요. 암 말씀 안 하셔요."

"순옥이."

"네."

"내가 죽는 건 무섭지 않다구 그랬지. 원산서 순옥이보구?"

"네."

"순옥이, 역시 죽는 게 무서워, 또 싫구."

하고 옥남은 한숨을 짓는다.

"그렇게 마음을 약하게 잡수시지 마셔요. 사람의 생명을 하느님밖에야 누가 압니까?"

"그야 그렇지. 그렇지만 인제는 다 된걸."

옥남의 눈에서는 눈물이 흘러내린다. 순옥도 고개를 돌려서 눈물을 씻는다. 얼마 있다가 옥남은 억지로 웃음을 지으며,

"죽음 저편에는 무엇이 있을까?"

하고 순옥을 돌아본다.

"죽음 저편에도 영원한 생명이 있다구 하지 않습니까?"

"글쎄, 정말 있을까? 아주 스러져 버리는 것 아닐까?"

"있는 것이 없어지는 것은 없다구 하지 않습니까?"

"저 고개 너머에는 무엇이 있나? 환한 것이 있나, 컴컴한 것이 있나?"

옥남은 혼잣말 모양으로 중얼거리며 멀거니 어딘가를 바라본다.

순옥은 그 고개 너머는 무엇이 있다고 분명히 옥남에게 알려 주지 못하는 것이 안타까웠다. 그리고 옥남의 얼굴을 물끄러미 바라보았다. 옥남의 눈등이 소복하게 부은 것이 눈에 띄었다. 순옥은 깜짝 놀랐다.

한참 멀거니 허공을 바라보고 있던 옥남은 입맛을 다시며,

"선생님 아직 안 오셨지?"

하고 고개를 한 번 들었다 놓는다. 곁에 남편이 있으면 좀 덜 허전할 것 같았고 남편은 저 고개 너머에 무엇이 있는지를 밝히 알 것도 같았다.

"아직 안 오신 것 같은데요. 가 보고 오겠어요."

하고 순옥은 옥남의 병실에서 나왔다.

병실 문을 나서니 순옥의 막혔던 눈물이 쏟아졌다. 순옥은 코를 풀고 현관을 바라보고 그리고는 진찰실 문을 열어 보았다. 거기는 수선이 다른 간호사와 함께 약장을 정돈하고 있었다.

"선생님 안 오셨지요?"

하는 순옥의 말에 수선은

"어느새에? 인제 여덟 신걸."

하고는 순옥의 벌겋게 된 눈을 보고,

"왜?"

하고 순옥을 유심히 훑어본다.

"사모님이 얼굴까지 부으셨어."

"얼굴까지?"

수선도 약병을 든 채로 놀란다. 순옥은 병실로 돌아왔다.

"아직 안 오셨어요. 얼른 오시라구 전화루 여쭈어요?"

"아아니."

하고 옥남은 순옥의 눈물에 젖은 눈을 본다.

"순옥이 울었어?"

"아냐요."

"내가 우는 걸 보구 순옥이 같이 울어 주었군."

순옥은 또 울음이 터지려는 것을 참고 식후 삼십 분 가루약을 꺼내 물귀때와 함께 옥남에게 가져간다.

"약 잡수셔요."

옥남은 아무 말 없이 약을 받아먹는다.

순옥은 입가심으로 귤 한 쪽을 옥남의 입에 넣어 준다. 그것도 옥남은 순순히 받아먹는다.

"아이들 보구 싶어."

옥남은 이런 소리를 하였다.

"그럼 여기 댕겨서 학교에 가라구 해요?"

"학교 늦지 않을까?"

"인제 여덟 시 십오 분인걸요."

"아서, 지금 선생님 진지 잡수실는지 모르지. 며칠 안 있으면 방학인데. 방학 때에 실컷 보지. 그때까지 살기나 할는지. 아무래도 죽을 때엔 두구 갈걸. 한두 번 더 보면 무엇하나? 또 이렇게 죽어가는 어미 꼴을 아이들한테 보이는 것도 안된 일이지. 내가 없더래두 순옥이 있으니깐."

하고 혼잣말같이 중얼거리다가 문득 무슨 생각이 난 모양으로 고개를 순옥에게로 돌리며,

"순옥이."

하고 부른다. 순옥은 또 혼인 말이 아닌가 하고 걱정이 되면서,

"네?"

하고 대답하였다.

"참, 내 몸에서 냄새나지?"

하고 옥남은 코를 킁킁해 본다.

"아니요. 무슨 냄새가 납니까?"

"아냐, 내 몸에서 냄새가 날 거야. 아버지 돌아가실 임박에도 냄새가 나던데."

"아냐요. 아무 냄새두 안 납니다."

"냄새가 나기루 순옥이 난다구 하겠어?"

"아냐요, 아무 냄새두 안 나요!"

순옥은 힘 있게 말한다.

"냄새가 날 테지, 고약한 냄새가. 죄 없는 사람은 죽어서 송장에서두 냄새가 안 난다구 하지만."

하고 옥남은 한참 무엇을 생각하더니

"이따가 선생님 오실 때쯤 되거든 방문을 활짝 열어 놓았다가 닫아요, 순옥이."

"글쎄 아무 냄새두 안 납니다. 나면 약내지요."

"방 안에서 밤낮 오줌똥을 누니 어째 냄새가 없어? 그러구 죽어 가는 사람은 몸에서두 숭한 냄새가 나요. 순옥이 내 말대루 해 주어, 응. 선생님 오실 때 되거든 문 열어 놓구, 아이들 올 때에두 그러하구."

하고 옥남은 길게 한숨을 쉬고 나서,

"남편이나 자식들에게 향내 나는 몸은 못 보이더라두 숭한 냄새나는 몸을 어떻게 보여?"

하고 시무룩해한다. 순옥은 번개같이 '아내의 마음', '어머니의 마음'을 보았다. 그것은 아직 자기는 경험하지 못한 심리였다.

순옥은 옥남이 얼마나 아이들이 보고 싶을까 생각하고 얼른 나와서 삼청동에 전화를 걸었다.

"어디요?"

하는 것은 안빈이었다.

"병원입니다. 순옥이야요."

"왜? 무슨 일 있소?"

"사모님께서 애기들이 보구 싶다구 하시는데요. 선생님두 기다리시구."

"으응, 왜? 무슨 별일이 있소?"

"별일은 없어요. 사모님이 오늘은 퍽 비감해하셔요."

"왜?"

"진지 잡수시다가 손등이 부은 것을 보시구는 발두 보시구, 다리두 보시구."

"그래, 붓는 증세가 무엇이라구 설명을 했소?"

"아닙니다. 사모님께서 벌써 뜻을 다 아셔요."

"얼굴은? 얼굴은 안 부었소?"

"눈등이 소복소복하십니다."

"그래, 대단히 흥분되었소?"

"네, 걱정을 많이 하시구."

"응, 아이들 데리구 간다구."

하고 안빈은 전화를 끊는다.

순옥은 옥남에게,

"선생님이 애기들 데리시구 곧 오신다구요."

하고 보고하였다.

"왜? 내가 보구 싶단다구 여쭈었어?"

"네."

"진지 잡수셨대?"

"그건 못 여쭈어 보았어요."

"괜히 아이들 데려오시라구 그랬어."

하기는 하면서도 옥남은 매우 만족한 모양이었다. 입가에 웃음까지도 떠돌았다.

순옥은, 옥남이 문 열어 놓으라던 생각을 잊었으면 하고 있을 때에 옥남은 깜짝 놀라는 듯,

"순옥이, 저 문을 활짝 열어 놓아요."

하고 이불깃으로 코를 가린다.

"바깥날이 퍽 추운데요."

"추움 어때? 난 이불 막 쓰구 있을게, 저 창들 열어 놓아요. 그리구 리졸 걸레질을 한 번 더 쳤으면 좋겠어."

순옥은 저항하지 못할 줄 알고 창들을 열어 놓고 방바닥이며 교의며 문손잡이며, 무릇 사람의 손이 닿을 만한 곳을 말끔히 리졸 걸레로 닦았다.

순식간에 방 안은 싸늘하게 식었다. 바람은 그리 없으면서도 뼛속까지 쏙쏙 들여 쏘는 추위였다. 순옥은 얼른 자기 침대에 있던 담요를 걷어다가 옥남의 위에 덮었다. 그리고 눈만 내놓고는 옥남의 머리를 온통 쌌다.

 옥남은 더 오래 열어 놓기를 주장하였으나 순옥이 떼쓰듯 해서 한 이 분 만에 창을 닫았다.

"그것으루 방 안의 냄새가 다 빠졌을까?"

"이 분 동안이나 열어 놓았습니다. 방이 아주 싸늘하게 식은 걸요."

"순옥이, 인제 냄새 좀 맡아 보아요."

"아무 냄새두 없습니다."

"아깐 냄새가 있었지?"

"아까두 없었어요."

"공기 속에 균두 다 나갔을까? 그것이 어린것들한테 묻으면 어떻게 해?"

"아이, 균이 무슨 균입니까?"

"순옥이두 인제는 날 속이려 들어."

"아이, 제가 왜 사모님을 속입니까?"

"흥, 아무라두 나 같은 병자야 속일 수밖에 없지만."

하고 옥남은 막 썼던 이불을 턱 아래까지 벗긴다.

"인제는 열이 없으니깐 춥지 않아요. 내 체온이 몇 도?"

순옥은 또 걱정이 생겼다. 옥남의 체온은 삼십오 도 육칠 부 이상을 오르지 아니하였다.

"평온이십니다."

"평온이라니?"

"삼십육 도 오 부야요."

하고 순옥은 거짓말을 하였다.

"열이 없으니깐 좀 편안하지만, 병이 나아서 열이 내린 겐가, 왜? 인제는 몸에 저항력이 없으니깐 열두 못 올라가는 게지."

순옥은 말없이 듣고만 있었다. 그 듣기 좋은 거짓말을 해서 이 얼마 아니 남은 생명을 속이는 일은 차마 못 할 것 같았다.

"그렇지, 순옥이?"

순옥은 다만 입술을 물 뿐이었다.

"그런 줄 알어. 순옥이 거짓말을 아니할 양으로."

하고 쓸쓸하게 웃고 나서,

"내가 다 알어. 상식으로두 알 거 아니야? 왜 사십 도나 되던 열이 갑자기 뚝 떨어져. 손이 이렇게 허여멀끔하구. 또 생각하니깐, 아버지 돌아가실 적에두 이렇게 몸이 싸늘하게 식으셨어. 그래서 그런지 이틀 만엔가 사흘 만엔가 돌아가셨지."

하고는 눈을 감고 가만히 있다.

현관에 자동차 소리가 나고 이윽고 통통거리는 아이들 발자국 소리가 나더니 안빈이 세 아이를 데리고 옥남의 병실에 들어선다.

협이와 윤이는 학교에서 배운 대로 어머니를 향하여 허리를 굽힌다. 그러나 언제나 어머니가 가까이 오기를 금하기 때문에 어머니 곁으로 가려고도 아니하고, 또 인제는 오랫동안 떠나 있는 어머니이기 때문에 가까이 갈 생각도 아니한다. 아이들 생각에는 어머니는 벌써 자기네와 멀어진 존재였다.

안빈은 옥남의 침대 곁으로 가서 옥남의 맥을 잡아 보는 체 옥남의 얼굴과 눈을 들여다보았다. 옥남의 손은 얼음같이 싸늘하였다. 그리고 눈도 약간 광채를 잃은 듯하고 입술에도 푸른빛이 났다.

옥남은 물끄러미 아이들을 바라보다가,

"너희들 방학이 언제?"

하고 물었다.

"토요일."

하고 협이 대답하였다.

"이십삼일에요."

하고 윤이 곁에서 보충한다.

"시험들 잘 치렀니?"

하는 어머니의 말에 협이와 윤이는 씩 웃고 고개를 비튼다.

"협아."

하고 옥남이 다정스러운 소리로 부른다.

"네."

"너, 나 없어두 아버지 모시구 아버지 말씀 잘 듣구 살지?"

협은 잠깐 옥남을 바라보다가,

"네."

하고는 고개를 숙인다. 협은 어머니의 말뜻을 알아들은 것이다. 협의 눈에서는 눈물이 주르르 흘러내린다. 순옥이 얼른 협을 돌려 세우고 옥남에게 보이지 않도록 협의 등 뒤에서 협을 안는 듯이 협의 눈물을 씻긴다.

"윤아."

하고 옥남은 다음에는 윤을 본다.

"응?"

"엄마 없어두 아버지 이르시는 말씀 듣구 공부 잘해. 좋은 사람되구."

하는 어머니의 말에 아홉 살 되는 윤은 어머니를 물끄러미 쳐다보더니,

"어머니 어디 가?"

하고 묻는다.

"응, 어머니는 어디 가?"

"어디?"

"멀리, 먼 나라루."

"언제 와?"

하고 윤은 울먹울먹한다.

"오래오래 있다가."

"몇 밤 자구?"

"오래오래. 여러 밤, 여러 밤 자구 올게. 아버지 말씀 잘 듣구 있어, 응."

윤이는 말없이 고개만 까딱까딱하더니,

"난 누구하고 있어?"

하고 어머니를 바라본다.

"아버지랑, 수원 할머니랑, 순이 엄마랑."

하는 옥남의 말이 끝나기 전에 윤이 순옥의 손 하나를 끌어다가 제 품에 안는 것을 보고 옥남은 쓸쓸히 웃으며,

"응, 순옥이 언니하구."

하고 고개를 끄덕여 보인다.

윤은 한 번 방그레 웃고 고개를 까딱까딱하고 순옥의 얼굴을 쳐다보더니 순옥의 눈에 눈물이 맺힌 것을 보고는 돌아서서 순옥의 허리를 안고 느껴 울기를 시작한다.

윤이 우는 소리에 지금까지 참고 있던 협의 울음도 터져 버렸다. 옥남의 눈에서도 눈물이 흘렀다. 정이도 영문도 모르고 덩달아 울었다.

"인제 학교에를 가거라."

하는 안빈의 음성도 떨렸다.

"순옥이, 애들 학교에 보내구, 정이 집에 데려다 두구 오우."

순옥은 안빈의 명령대로 정이를 안고 협이와 윤이더러,

"어머니께 인사 여쭙구 나가."

하였다.

"어머니."

하고 불러 놓고는 그 뒤의 말은 나오지 아니하여서 고개들만 숙이고는 순옥의 앞을 서서 어머니의 병실에서 나왔다.

진찰실로 데리고 와서 세 아이 눈물을 씻겨 줄 때에 윤이 순옥을 쳐다보고,

"어머니 어디 가? 정말 어디 가?"

하고 물었다.

"엄마 가지 말어!"

하고 그제야 정이 발을 통통 구르며 울었다.

"어여 학교에 가요. 학교 시간 늦으면 선생님이 걱정하시지 않어?"

순옥은 이러한 말로 대답을 때워 버리고 정이의 손목을 끌고 협이와 윤이를 데리고 나섰다.

협이와 윤이를 학교 문으로 들여보내고 두 아이가 달음박질로 들어가는 양을 보고서 순옥은 눈물이 앞을 가리움을 금할 수 없었다.

'죽는 괴로움.'

'사랑하는 이끼리 떠나는 괴로움.'

순옥은 인생의 슬픈 방면을 가슴 아프게 느꼈다.

순옥이 정이를 끌고 학교 담 옆으로 삼청동을 향해 걸어갈 때 학교 안에서는 아이들의 자갈자갈 떠드는 소리가 들려왔다. 저것들도 모두 떠나는 괴로움, 앓는 괴로움, 죽는 괴로움을 겪지 아니치 못할 생명이거니 하면 인생이 온통 슬픔인 것 같았다.

안빈이 언젠가,

"아미타불이 괴로움 없고 죽음 없는 세계를 이루시겠다는 원을 아니 세우셨다면 순옥이나 내라도 그 원을 세우지 아니할 수가 없지 않소? 인생은 이렇게 괴로우니까, 이 괴로운 인생을 볼 때에 그들에게 괴로움 없는 세계를 주고 싶다 하는 생각이 아니 날 수가 있소?"

하던 말이 뼈에 사무치게 느껴짐을 깨달았다.

비척거리는 정이를 얼음판 길로 걸려 가는 것이 애처로워서,

그를 쳐들어 안을 때에 정은, 아마 그 어머니의 모양과 말과 모두들 울던 인상이 아니 떨어졌는지, 무서운 때 모양으로 순옥의 목을 두 팔로 꼭 껴안았다. 마치 무엇에나 기대고 매달리지 아니하고는 이 세상이 모두 허전하고 무서운 것 같았다. 다른 때 같으면 정이 길에서 무엇을 보는 대로 재잘거리련마는 아무 소리도 아니하고 다만 이따금 한 손으로 순옥의 귀와 뺨을 만적거릴 뿐이었다. 이것이 정말 내가 믿고 의지할 수 있는 순옥인가를 시시각각으로 알아보고야 마음을 놓는 것 같았다.

"정이 춥지?"

하고 순옥이 물으면, 정은 도리도리하였다. 뺨이 빨갛게 얼었건마는 어머니 병실에서 받은 쇼크로 추운 줄도 모르는 모양이었다. 순옥은 정의 신을 벗기고 발을 제 두루마기 밑에 넣어서 겨드랑이에 꼈다. 그것은 분명히 찼다.

"엄마한테루 갈까?"

하고 순옥이 우뚝 서면 정은 힘껏 순옥의 목을 끼며 힘 있게 여러 번 도리도리하였다. 순옥은 안 할 말을 하였다 하고 한숨을 쉬었다.

이야기는 병원으로 돌아가-.

순옥이 아이들을 데리고 나가는 것을 보고 옥남은 눈물을 막을 수가 없었고 안빈은 그것을 아픈 가슴으로 보고만 있을 수밖

에 없었다. 벌써 위로하는 말을 할 시기를 지난 것을 잘 알기 때문이었다.

얼마 뒤에 옥남은 눈물을 거두고,

"내가 몸이 부었어요?"

하고 안빈을 바라보았다.

"부었어."

하고 안빈은 옥남의 손을 잡아서 만졌다.

"부으면 마지막이지요?"

"그런 것도 아니야."

"그럼 왜 부어요?"

"신장에 고장이 있어두 붓구, 심장이 약해져두 붓구 그러지."

"옳아. 내가 심장이 약해진 거야요. 그러기에 가슴이 좀 갑갑하지요. 심장이 약해지면 고만 아니요? 그건 다시 든든해질 수 없지 않아요?"

"그러다가 낫는 수두 있지."

"왜 똑바루 말씀을 안 해 주시우? 순옥이두 나를 속이구 당신두 나를 속이구."

"무얼 속이우?"

"내 죽을 때가 분명 가까웠는데두 똑바루 말씀을 안 하시구."

"속이는 게 아니요. 사람의 힘으로는 살구 죽는 것을 모르는 것이오. 꼭 죽으리라 하던 사람이 살아나는 수두 있구, 또 인제는 살아났다 하던 사람이 갑자기 죽는 수두 있구. 그건 사람의 힘으로는 알 수 없는 일이야."

"그렇기두 하지. 다 죽게 된 사람을 사람의 힘으로 살릴 수는 없지요?"

"없지."

"역시 생명은 미리 정한 것일까요?"

"나는 그렇다구 믿소."

"처음 태어날 때에 너는 얼마 동안 살다가 죽어라 하구 미리 정해 놓았단 말이지요?"

"대체루 그렇다구 나는 믿소."

"대체루라니요?"

"이 몸뚱이는 다 내가 지은 업의 보로 생기는 것이니까, 잘나구 못나는 것이라든지 건강하구 병약한 것이라든지, 또 오래 살구 못 사는 것이라든지가 다 제 업으루 정해진 것이니까."

"그럼 위생이니 의학이니는 무엇하는 거야요?"

"업보란 전생에 지은 것만이 아니니까 우리는 날마다 시시각각으루 업을 짓구 또 그 업의 보를 받구 있지 않소?"

"그러면 날 때 타구난 운명을 내 힘으루 고칠 수 있을까요?"

"있다구 믿소. 그렇지만 전생 다생의 업보가 하두 많구 크니까, 이생 일생 오십 년이나 육십 년의 노력만 가지구 그것을 다 소멸하기는 어렵겠지. 또 어디 사람이 일생을 좋은 일만 하구 사우? 하나만큼 좋은 일을 하면 둘이나 셋만큼 좋지 못한 일을 해서는 플러스 마이너스 하구 나면, 매양 마이너스가 되어서는 악업의 빚이 점점 커지는 것이 보통이지. 정말 일생을 옳게만 살아간다면 – 위생으로나 도덕적으로나 경제적으로나 말이오. – 그렇게 일생을 꼭 옳게만 플러스 편으로만 살아간다면 그야말루 이생 일생만으로두 얼마큼 팔자를 고칠 수가 있겠지. 그렇지만 사람들이 어디 그렇소? 다들 처음 세상에 나올 때보다 더 많은 악업을 쌓아 세상을 떠나기가 쉽지."

"그건 그래요. 참 그래요."

하고 옥남은 멀거니 허공을 보다가,

"당신은 내생이 있을 것을 꼭 믿으시우?"

하고 남편을 바라본다.

"나는 꼭 믿소."

하고 안빈은 확신 있는 표정을 한다.

"내 목숨이 뚝 끊어지면 그 뒤에는 어떻게 될까요?"

옥남은 바로 앞에 다닥뜨린 문제라 온몸의 신경을 모두 남편의 대답을 향해 긴장시켰다. 옥남의 눈에는 새로운 빛이 난다.

"당신의 목숨은 끊어질 수가 없지. 당신의 목숨이 당신의 몸을 떠나는 게지. 그렇게 말하는 것보다두 당신의 몸이 당신의 목숨에서 뚝 떨어지는 거야. 마치 가을이 되면 나뭇잎들이 나무에서 뚝 떨어지는 모양으루. 또 풀들이 말라서 썩어지는 모양으루. 그러나 아무리 나뭇잎들이 다 떨어지더라두 나무는 그냥 살아 있지 않소? 그러다가 봄이 되면 그 나무에서 새 잎이 피어나지 않소? 그 모양이지. 당신의 생명두 이 낡은 몸을 벗어 버리구는 또 새 몸을 쓰구 나는 게지. 새 몸을 쓰구 나는 게 아니라, 당신의 생명에서 새 몸이 돋아나는 거야. 당신의 업보를 따라서, 혹은 하늘에 혹은 세상에, 또 혹은 아름답게 혹은 숭업게."

"하늘에라니요?"

"이 세상보다 나은 세상두 수가 없구, 이 세상만 못한 세상두 수가 없거든. 그중에서 이 세상보다 나은 세상을 하늘이라구 하지. 이 세상보다 못한 세상을 지옥이니 아귀도니 그러구. 그러니까 무거운 것은 물밑에 가라앉구 가벼운 것은 공중에 떠오르는 모양으로 우리두 이 몸을 떠날 때에 우리의 성질을 따라서 – 성질이란 곧 업보여든 – 우리 자신의 업보를 따라서 제가 날 만한 자리에 가서 나는 거야. 같은 사람으로 태어나더라두 제 업보에 맞는 고장을 찾아 제 업보에 맞는 부모를 찾아서, 제 업보에 맞는 얼굴과 마음을 가지고 태어나게 된단 말요. 산을 좋아하는 동물은 산으루 가구 물을 좋아하는 동물은 강이나 바다루

가는 것과 마찬가지지. 그럴 거 아뇨? 가만히 이 세상을 보면 그렇지 않소? 이 우주란 말요, 있던 것이 없어지는 법두 없구, 없던 것이 새루 생기는 법두 없거든. 그것을 물리학에서 물질 불멸, 에네르기 불멸이라구 아니하우? 생명두 그와 같아서 불멸이니까 그것이 한 자리를 떠나면 제가 가기에 합당한 자리에 갈 수밖에 없지 않소? 돌멩이가 공중으루 올라갈 리두 없구, 새털이 땅으루 가라앉을 리두 없지 않소? 그게 인연이란 것이지. 당신두 인연에 끌려서 왔다가 인연이 다해서 가는 것이구. 인생이 다한다구 아주 다하면 부처님이 되는 것이지만, 우리네 범부는 전생 다생, 무시 이래로 헤아릴 수 없이 많은 인연을 지은 것을 아직 끊지를 못했으니까, 당신으로 말해두 아직 이 앞으로 만나야 할 은인두 수가 없구, 애인두 수가 없구, 또 그 반면으로는 미운 자, 원수 맺은 자두 수가 없을 것이오. 그러니까 이 일생에 인연이 다한다는 건 다른 새 인연을 또 따라간단 말요. 그러니까 내가 늘 하는 말 아니오. 인생의 일생이란 곧 하루 낮, 하룻밤이라구. 깨구 나면 또 하루요, 깨구 나면 또 하루여든. 한 꿈 깨면 또 꿈이요, 그 꿈 깨면 또 꿈이라구 해두 좋구. 꿈속에 꿈을 꾸는 끝없는 꿈이라구 해두 좋구. 이 끝없는 꿈을 깨는 것이 깨닫는다는 것이야. 부처를 본다는 것이구. 부처가 된다는 것이구. 남음 없는 열반이란 것이구. 나는 이렇게 믿소. 이것이 진리라고 믿소. 그리구 당신두 내가 믿는 대루 믿기를 바라오. 당신이 만일 이렇게만 믿는다면 앓는 것이나 죽는 것이나 나를 두구 가는 것이나 자식들을 두구 가는 것이나 그다지 애쓰일 것이 없지 않소? 그저 오냐 오냐 보다, 오냐 가는구나! 이렇게만 생각하시구려."

"당신 말씀을 들으면 꼭 그런 것 같은데두 꼭 그렇게 믿어지지를 아니하니 내가 죄가 많아서 그렇지요?"

"어떡하면 그것이 깨어지우?"

"업장을 맑히는 첫길이 참회라구 그러지."

"참회?"

"응, 제 죄를 뉘우친단 말요."

"어떻게?"

"제가 일생에 살아온 일을 가만히 생각해 보거든. 모든 핑계를 다 떼어 버리구."

"핑계요?"

"응, 자기를 변호하는 생각 말야. 그 생각을 다 떼어 버리구, 냉정하게, 마치 원수를 비평하듯이 제 일생에 한 일을 가만히 비판해 본단 말요. 그러면 제 일생이라는 게 무엇인지 알아질 것 아니오? 그렇게 가만히 몇 번이구 몇 번이구 제 일생에 지낸 일, 한 일을 살펴보면 열에 아홉은 잘못한 일, 부끄러운 일일 것이오. 그렇게 제 모양, 제 초라하구 숭한 모양이 눈앞에 분명히 나설 때에 우리 가슴에는 참회의 끓는 눈물이 솟아오를 것 아니오? 이것이 – 이 참회의 끓는 눈물이 말요, 이것이 – 이것만이 능히 우리 마음의 때를 씻어 버릴 수가 있단 말이오. 마치 우리 몸의 때는 목욕물로 씻는 모양으루. 목욕물은 맑은 물이라야 해. 흐린 물에는 때가 안 씻겨. 더러운 물이면 도리어 몸에 때가 묻구. 그런데 우리 마음에, 우리 영원한 생명에 묻은 때는 찌들구 찌들어서 오직 참회의 끓는 눈물로만 씻을 수가 있는 것이란 말요. 그렇게 마음의 때가 씻긴 때에 부처님의 은혜가 우리에게 내리는 게야. 마치 휀칠하게 치워 놓은 방에야 볕에 들듯이. 그러면 마음눈이 환히 열려서 지금까지에 못 보던 진리를 환히 보게 된단 말요."

"당신두 참회할 게 있으시우?"

하고 옥남은 남편의 내려다보는 눈을 우러러본다.

"나?"

하고 안빈은 놀라는 듯이 눈을 크게 뜬다.

"네. 당신께서는 아무것도 참회할 것이 없을 것 같아요."

이 말에 안빈은 눈을 감고 고개를 숙인다. 한참이나 잠자코 있다가 안빈은 고개를 들며,

"당신 눈에 띄운 것으론 별루 큰 죄두 없을 것 같겠지마는 내

속으로는 내 마음속으로는 말요, 날마다 시시각각으로 죄의 생활을 하구 있는 것이오."

하는 말에 옥남은 놀란다.

"당신이 속으루 무슨 죄를 지으시우?"

"이루 다 말할 수 없지. 총 맞은 노루가 뛰어가면 가는 대루 길에 피가 흐르는 모양으로, 죄 있는 사람이 지나간 자국에는 어디나 죄의 자취를 남기는 것이오. 사십여 년 살아온 내 자취를 돌아보면 끊임없는 죄의 흔적이오. 한없는 시간과 한없는 공간을 두루 돌아온 내 자취에는 검은 죄의 흔적이 끝없이 뚜렷이 이어 닿아 왔고, 또 지금두 새로운 검은 흔적을 만들구 있는 것이오. 내가 만났던 중생들 말야, 짐승들이나 귀신들은 말 말고 사람만 가지고 봅시다. 내가 만났던 사람이 이번 일생에만 해두 몇 만 명인지 모르지마는 그 어느 사람에게 대해서두 죄 안 짓구 지나간 사람은 없단 말요. 그 사람들 중에는 내가 저를 해친 줄을 모르구 지나간 사람두 있겠지. 그렇지만 그 사람들의 속마음에는 반드시 추악한 내 모양이 찍혔을 것이오. 내 영혼에는 말할 것두 없구. 당신두 내게 해침을 받은 피해자 중에 하나요. 당신두가 아니라, 아마 내 아내인 당신이 가장 큰 피해자일 테지. 당신의 마음눈이 뜨이는 날은 필시 추악한 남편 안빈을 분명히 보시리다. 이러하기 때문에 나는 누구를 대하든지 부끄러움 없이 대할 수가 없소. 또 두려움 없이 대할 수가 없구. 당신을 대할 적에두 번번이 나는 부끄러움과 두려움을 느끼는 것이오, 내가 한 깐이 있으니까. 제가 잘못한 것을 억지루 잊구들 살아가지마는 그것이 어디 잊어지우? 잊어지다니! 제 생명에 깊이깊이 새겨진 것이 잊어질 리가 있소? 일후에 모든 셈을 치른 뒤가 아니구는 터럭 끝만 한 것두 스러지지 아니하는 것이 우주의 법칙이니까. 제가 아무리 잊어버리기루니 우주가 잊어 주우? 하느님이 다 기억하신다구 말해두 좋지. 그러니까 내가 이 앞에 몇 해를 더 살게 될지는 모르지마는, 내게 해를 받은 사람들에게 그만한 배상을 다 하구 나서 다시는 남에게 해를 아니 끼칠 때, 그때에야 비로소 내가 참회할 것 없는 사람이라구 하겠지. 그러나 지금에야 어림이나 있소? 수없는 중생의 은혜는 많이 지구, 나는 그 대신에 수없는 중생에게 해만 끼치구 어쩌잔 말이오? 내가 남에게 끼친 해들이 모두 내게루 돌아올 것임을 생각하니, 어째 무섭지가 않겠소? 그것이 오늘 안 돌아오면 내일 이생에 안 돌아오면 내생에, 또는 내 자손들에게루 돌아오는 것두 있단 말요. 이 무서움, 이 괴로움, 이것이 죄를 지은 자의 특색이어든. 만일 진실로 한 중생에게두 죄를 지은 일이 없다구 하면 왜 무서움이란 것이 있겠소? 겁은 왜 있구? 이렇게 되면 말요, 아무 죄두 없구, 따라서 아무 두려움두 없게 되면, 그

때에야말루 우리에게 완전한 기쁨이 있는 거야. 완전한 행복이 있구, 정말 안심이 있구, 정말 편안히 잠을 잘 수 있는 거란 말요. 왜 그런고 하면 모든 사람이, 모든 중생이 하나두 나를 원망하거나 해치려는 생각을 품는 이가 없거든. 그러니 무엇이 두렵겠소? 그렇게 되면 내 몸에서 빛이 난단 말야, 향기가 나구. 그때에는 내게 빚이라곤 하나두 없으니까, 중생을 대할 때에 오직 반갑구, 사랑스럽구, 이러한 마음으루 대할 수가 있구, 이것이 자비심이란 것이오. 정말 자비심은 죄인에게는 있을 수 없는 것이야. 죄인이 가지는 것은 오직 번뇌뿐이지, 무서움뿐이구. 정말 자비심을 가지게 되니까, 그런 사람이 하는 말이나 일이 모두 중생에게 고마움이 되거든. 빚 갚는 게 아니라, 보시하는 게 된단 말요. 이것이 성인이란 것이오, 보살이란 것이구. 성인이 되구 보살이 되는 때에는 벌써 나구 죽구가 없는 거야. 만일 사람이나 기타 어떤 중생의 몸으로 낮추어 가지구 세상에 나는 일이 있다 하더라두 그것은 원으로, 즉 나구 싶어서 나는 거야. 그에게는 중생에게 진 빚두 없구, 또 저를 위한 욕심두 없으니까, 그가 이 세상에 나오는 것은 오직 중생을 위해서 나오는 것이어든. 죽는 것두 그러하구. 그렇지만 우리네 범부로 말하면 이러한 때, 이러한 고장에, 이러한 집에, 이러한 부모의 아들루 혹은 딸루, 이러한 몸을 가지구 나오는 것은 다 중생에게 진 빚을 갚으려구, 그렇지 아니하면 제 욕심을 채워서 새 악업을 더 지어서 그야말루 죄악의 분량을 마저 채우려구 나는 것이오. 내가 원해서 나는 것이 아니라, 아니 나지 못해서 나는 것이야. 비겨 말하면 죄인이 이 세상을 버리구 감옥에 들어가는 것과 마찬가지요. 죄인이 감옥에 들어가구 싶어서 가우? 국법에서 말하는 악업의 보로 아니 가지 못해서 가는 게지. 범부가 세상에 태어난다는 것은 그런 거요."

하고 안빈은 잠깐 말을 끊었다가 옥남의 손을 두 손으로 다시 잡으며,

"나는 이러한 죄인이오. 당신께 대해서두 죄를 많이 지었소. 그러나 나는 이 죄인의 껍데기, 범부의 껍데기를 벗어 버리구 성인이 되려구 애만은 써 왔소. 내가 그렇게 애쓰는 양을 당신의 착하구 깨끗한 마음이 보시구 나를 그처럼 과대하게 평가하는 게요. 나는 당신 생전에 성인인 남편이 못 되어 드린 것이 유감이오. 그러나 언제나 내가 성인이 되어서 당신의 사랑을 다시 받을 날이 있을 것을 믿소. 내 바로 말하리다. 당신의 생명은 의사의 판단으로 보면 앞으로 얼마 안 남았소. 그러나 그것은 당신의 이 몸의 생명을 말하는 것이구, 당신은 이번 일생을 실로 깨끗하게 보냈으니까, 다음 생은 훨씬 더 높구 아름다운 사람으로 태어나리다. 나는 그것을 확실히 믿소. 그때에는 내 지금보

다 훨씬 좋은 남편으로 다시 만나서 당신의 은혜를 갚으리다."
하며 다시 한 번 옥남의 손을 꼭 쥐었다. 안빈의 눈에는 눈물이 빛났다.

"황송스러운 말씀두 하시우."
하고 옥남도 울면서,

"나두 오늘부터 죽는 시간까지 참회의 생활을 할게요. 당신이 믿으시는 것을 고대루 믿구 잘 닦아서 다음번에는 좋은 아내가 되어 드리도록 힘쓸게요."
하고는 느껴 울었.

이 일이 있은 후로 옥남은 도무지 슬퍼하지 아니하였다. 편안하고 기쁜 마음으로 죽을 시각을 기다리고 있었다.

남편이 오거나 순옥이 오거나 늘 빙그레 웃는 낯을 보였다. 그리고 아이들이 오면 곧잘 한두 마디 농담까지도 하였다. 아이들은 어머니가 웃고 이야기하는 것을 보고는 무서워하지 아니하고 저희들도 웃고 떠들었다.

"순옥이, 인제야말로 나는 죽음의 공포를 떼어 버렸어. 모두 선생님 은혜야."

옥남은 순옥을 보고 이런 소리를 하였다. 그러나 그 후 사흘쯤 되어서 옥남은 잠드는 듯 혼수상태에 빠져서 여러 시간 만에 한 번씩 겨우 정신이 들었다. 그리고 얼굴과 몸의 부기는 조금씩 더하였다. 하루는 안빈이 병실에 들어올 때에 마침 옥남은 정신이 들어서 눈을 뜨고 있었으나 도무지 아무 표정이 없고 늘 웃던 웃음도 웃지 아니하였다.

"괴롭소?"

하고 안빈이 맥을 짚으며 물을 때에 옥남은,

"아니, 왜요?"

하고 명랑하게 대답하였다.

"그럼 왜 웃지 않소?"

"난 웃는 게 그런데."

하고 입 근육이 움직이는 것을 보면 아마 웃는 모양이나 얼굴이 부어서 눈어염의 근육이 움직이는 것은 아니 보이는 것이었다.

"얼굴이 부어서 웃는 게 아니 보이는 게지?"

옥남은 남의 말 하듯 냉정하게 말한다.

안빈은 고개만 끄덕끄덕하였다.

"인제 당신께 보여 드리던 웃음도 영원히 스러졌어요."

하고 옥남은 그 빛 잃은 눈으로 안빈을 바라보았다.

옥남의 그 말이 슬펐다. 실상 옥남의 웃음은 아름다웠다. 예쁜 것이 아니라 아름다웠다. 화평스럽고 단정스럽고도 단아하였다. 안빈은 혼인 생활 이십여 년에 얼마나 이 옥남의 웃음에서 기쁨과 위로를 받았는지 모른다. 대부분이 역경의 생활인 안빈의 지난 생애에 옥남의 빙그레 웃는 웃음은 큰 힘이 아닐 수가 없었다. 그러나 옥남의 말과 같이 그 웃음을 다시 볼 수는 없게 된 것이었다.

옥남이 혼수상태에 빠지매, 안빈은 아이들을 삼청동 집에서 데려다가 병원에 두었다. 안빈의 방인 원장실을 아이들의 방으로 정하였다. 그것은 옥남이 언제 보고 싶다고 하더라도 곧 보여 줄 수 있게 하기 위함이었다. 그리고 옥남의 병실에는 안빈과 순옥이 번을 갈아서 지키기로 하고 또 그동안에 두 사람은 번을 갈아서 잠을 자기도 하였다.

서울의 밤공기가 크리스마스 종소리에 울리는 십이월 이십사 일 밤, 밖에는 눈이 내리고 있을 때에 마침 순옥이 옥남을 지키고 있을 때에 혼수상태에 있던 옥남은 번쩍 눈을 떴다. 때는 자정.

옥남은 눈을 떠서 방 안을 한 번 휘둘러보더니, 달려와서 곁에 서 있는 순옥을 보고,

"순옥이야?"

하고 물었다.

그리고는 그것이 순옥인가 아닌가를 분명히 알아보려는 듯이 순옥의 손을 더듬어서 잡았다.

"네, 순옥이야요."

"나 타구 갈 것이 밖에 왔나 봐."

옥남은 이런 소리를 하였다.

순옥은 이 말에 몸이 오싹하였다.

"순옥이!"

"네."

"아이, 몸이 끈끈해. 나 좀 씻겨 주어."

"아침에 하시죠."

"아니, 지금 해야 돼. 미안하지만 몸 좀 씻겨 주어, 응. 벌써 타구 갈 것이 와서 기다리는데."

하고 옥남은 일어나려는 듯한 모양을 한다.

순옥은 옥남이 일어나지 못하게 가만히 가슴을 눌러 놓고는,

"그럼 제가 얼른 물을 끓여 가지고 올게요."

하고 물러서려는 것을 옥남이 손짓하여 도로 불러서,

"그리구, 이 머리, 머리두 좀 빗겨 주구. 몸에서 온통 냄새가 나서."

하고 킁킁 냄새를 맡아 본다.

순옥은 병실에서 나오는 길로 원장실로 갔다. 안빈은 옷도 다 입은 채로 교의에 앉아서 졸고 있었다.

"선생님, 선생님."

하고 부르는 순옥의 소리에 안빈은 고개를 든다.

"응, 왜?"

안빈은 놀란다.

"병실에 좀 가 보셔요."

"왜?"

"사모님이 웬 타구 가실 것이 와서 기다린다구 그러시구, 목욕을 시켜 달라구 그러셔요. 머리두 빗겨 달라구 그러시구."

"응."

하고 안빈은 일어나서 병실로 간다.

순옥은 가스에 물을 한 대야 데우고 가제와 타월과 비누를 가지고 병실로 돌아왔다.

안빈은 옥남의 침대 곁에 말없이 서 있었다.

"당신 좀 나가셔요, 나 목욕하게."

옥남은 이렇게 말하고 일어나려는 듯 두 팔을 번쩍 들었다.

"무엇이나 소원대루 해 드리시오."

안빈은 나가는 길에 순옥의 귀에 이렇게 말을 하였다.

순옥은 옥남이 원하는 대로 얼굴이며 귀 뒤며 목이며 몸이며 발끝까지 말끔히 씻겼다. 그리고 머리도 얼레빗으로 빗겨서 틀었다.

"아이 깨끗해! 마음에 죄 없고, 몸에 때 없으면 깨끗할 것 아니야?"

옥남은 이런 말을 하였다.

그리고는 옥남은 옷을 갈아입히라고 졸랐다. 순옥은 옥남이 입원할 때에 입고 왔던 회색 삼팔 치마와 흰 하부다에(견직물의 한 가지) 저고리를 입혔다. 단속곳까지도 버선까지도 하나 빼지 않고 입히고 신겼다.

옷을 입은 뒤에는 이불을 치워 버리라 하고 또 일어나 앉게 해 달라고 졸랐다. 순옥은 이불을 쌓아 놓고 거기 기대어 옥남을 일어나 앉게 하였다.

옥남은 마치 성한 사람 모양으로 멀쩡하게 앉아 있었다. 다만 고개를 가누기가 어려울 뿐이었다.

"순옥이 애썼어."

옥남은 이런 말까지 하였다.

그리고는 옥남은 허공을 바라보면서 무얼 혼자 중얼중얼하기도 하고 끄덕끄덕하기도 하였다. 그리고 치마도 만져 보고 저고리 끝동도 만져 보더니, 고개를 돌려서 순옥을 보고,

"순옥이."

하고 불렀다.

"네?"

"내 몸에서 냄새 안 나?"

"안 납니다."

"내 얼굴이 무섭지?"

"왜 무서웁니까?"

"뚱뚱 부어서."

"그렇게 대단히 부으시진 않았어요."

"분명 내 얼굴이 무섭지 않어?"

"아무렇지두 않으십니다."

"냄새두 안 나구?"

"안 나요. 인제 고만 드러누셔요, 기운 빠지십니다."

"선생님 뫼셔 와. 아이들두 데려오구. 내가 오시란다구. 인제 병이 말짱합니다구."

"네."

하고 순옥은 다시 원장실로 와서 그 말을 전하였다. 그리고 순옥은 아이들을 깨웠다.

안빈이 먼저 병실로 가고 순옥은 아이들을 옷을 입혀 데리고 정이는 아직 잠도 아니 깬 것을 안고 병실로 갔다.

옥남은 여전히 천연스럽게 앉아 있고 안빈은 그 곁에 있었다.

"나 타구 갈 것이 왔어요. 처음 보는 거야요."

옥남은 안빈을 보고 이런 말을 하였다.

"당신은 이 한 세상 깨끗이 살았으니, 아무 염려 말고 편안히 가시오."

안빈은 이렇게 말하고 고개를 돌렸다.

"생전에 나 잘못한 것 다 용서하셔요."

하는 옥남의 말은 또렷또렷하였다.

"내야말루."

안빈은 말이 더 나오지를 아니하였다.

"협아!"

하고 옥남은 맏아들 협을 향하여 손을 든다.

"네."

하고 협은 대답하고도 어찌할 바를 모른다.

"어서 어머니 곁에 가 드려."

하고 곁에서 귓속으로 하는 순옥의 말에 협은 어머니 곁으로 걸어간다.

순옥이,

"윤이두 가. 어머니 곁으루 가."

하고 등을 밀 때에 윤도 제 오빠의 뒤를 따라서 어머니의 침대 곁에 가 선다. 순옥은 인제야 겨우 잠이 깨어서 어리둥절한, 그러나 무엇에 놀란 듯이 눈을 크게 뜬 정이를 안고 옥남의 곁으로 갔다.

옥남은 협의 손을 잡고,

"협아."

하고 또 한 번 불렀다.

"응?"

하는 협이 소리는 울음이었다.

"잘 있어, 응. 깨끗하구 착한 사람 돼야 한다."

"응."

옥남은 협의 손을 놓는다.

"윤아."

하고 옥남은 윤을 가까이 오라 하여 그 조그마한 손을 잡고,

"윤아."

하고 한 번 더 부른다.

"응?"

하는 윤은 어머니의 변상된 얼굴과 옷을 입고 앉았는 양을 바라보고 있었다.

"잘 있어, 응."

하는 어머니의 말에 윤은,

"응."

하고 협의 뒤로 물러선다. 윤이도 다시는 어머니 어디루 가? 하고 묻지 아니하였다.

"정아."

하고 옥남이 정을 향하여 팔을 벌릴 때에는 정은 무서운 듯이

울면서 고개를 돌려서 순옥의 목을 꼭 껴안았다.

"오냐, 다들 가 자거라."

하고 옥남은 안빈의 손을 잡아서 한 번 흔들고 다음에는 순옥의 손을 잡아서 한 번 흔들고,

"순옥이 고마워. 신세 많이 졌어. 내 잘못은 용서해 주구 아이들 잘 길러 주어. 선생님 잘 도와드리구. 순옥이, 부탁했어."

하고 순옥의 대답을 기다리는 듯이 순옥의 손을 잡은 채로 순옥을 바라본다.

그러나 그때에는 벌써 옥남은 몸이 흔들리고 음성이 차차 흐리기 시작하였다. 순옥은 무엇이라고 대답할 바를 몰랐다. 순옥은 옥남의 생전에 알려주고 싶어서 허영과 약혼을 해 놓고도 곧 옥남의 병이 침중해지고 또 도무지 그런 말을 할 기회를 얻지 못해서 약혼했단 말을 못 하고 만 것이었다.

"어서, 그런다구 대답해."

하고 안빈이 순옥을 재촉할 때에야 순옥은,

"네."

하고 대답을 하였다.

이 말들이 끝나고 옥남은 자리에 누웠다. 그리고는 무슨 말을 하는 모양이었으나 잘 들리지 아니하였고, 또 정신도 분명치 아니한 모양이었다.

안빈은 의사로서 이러한 경우에 할 일을 다 하였다. 직접 심장의 근육에 놓는 주사까지 하고 산소 흡입도 시켰다.
　옥남은 가끔 눈을 떠서는 누구를 찾는 모양을 보이다가 안빈이 얼굴을 보이면 약간 끄덕끄덕하는 것도 같았다.
　"탈 것 왔으니 나가 봐."
　이러한 소리도 희미하게나마 하였다.
　새로 두 시가 거진 다 된 때에, 강심제 주사 끝에 옥남은 갑자기 눈을 번쩍 뜨고,

　'이 죄인을 완전케 하옵시고
　또 마음속에 거하심 원합니다.
　죄 가운데 빠졌던 몸과 마음을
　흰 눈보다 더 희게 하옵소서.
　눈보다 더욱 희어지게
　곧 씻어서 정결케 하옵소서.'

하는 찬미기를 불렀다. 그 소리는 대단히 추운 사람 모양으로 떨렸으나 말뜻은 다 알아들을 수가 있었다.
　"곧 씻어서 정결케 하옵소서."
하는 '하옵소서.'가 일부러 하는 모양으로 차차 흐릿하게 되어

서 끊기고 말았다.

이날 오전 두 시 반에 옥남은 잠든 듯이 가 버렸다. 임종하는 머리맡에는 옥남의 유언대로 아무도 오지 못하게 하고 오직 안빈과 순옥만이 옥남의 한편 손씩 잡고 전등불에 비친 잠든 듯한 옥남의 창백한 얼굴을 들여다보고 마주 앉아 있었다.

옥남의 장례에는 석영옥, 허영 두 사람이 집사격으로 일을 보았음은 말할 것도 없다. 옥남을 죽음의 저쪽으로 보낸 뒤 남은 사람들은 어떠한 길을 밟으려는고? 그것을 옥남은 못 보고 갔다. 또 옥남은 죽음의 저편에서 어찌 되는고? 그것도 뒤에 남은 사람들은 보지 못한다. 그러나 언제 한날 피차에 지난 일을 분명히 볼 날이 있을 것이다.

〈2권으로 이어짐〉

이광수 대표 장편 소설 해설

사랑 1

■ 작가에 대하여

이광수[李光洙, 1892. 3. 4. ~ 1950. 10. 25.]

호는 춘원(春園). 평북 정주 출신으로 1892년 전주 이 씨 양반 가문에서 태어났으나 가세가 기울어 가난한 생활을 했고, 11세가 되던 해에 부모가 모두 콜레라로 사망하며 외가에서 청소년기를 보냈다.

1907년 일본으로 건너가 톨스토이에 심취했고, 1909년에는 단편 소설 〈사랑인가〉를 발표하여 유학생 사이에 차츰 이름이 알려지기 시작했다. 1910년 일본 명치학원을 졸업하고, 오산학교 교원으로 있다가, 1916년 일본 와세다 대학 철학과에 입학했다.

1917년 우리나라 최초의 근대 장편소설 《무정》을 《매일신보》에 연재하였고, 그해 단편소설 〈소년의 비애〉, 〈어린 벗에게〉를 《청춘》에 발표하고 《개척자》를 《매일신보》에 연재했다. 1919년에는 동경에서 2·8 독립 선언서를 작성하고 상해로 탈출, 도산 안창호의 흥사단 이념에 감명받아 임시 정부 기관지 독립 신문사의 사장 겸 편집국장에 취임했다. 1922년에는 논문 〈민족개조론〉을

《개벽》에 발표하고 《허생전》, 《재생》, 《마의 태자》 등의 작품을 계속 발표했다.

1937년 '수양 동우회' 사건으로 안창호 등과 함께 수감되었다가 반년 만에 병보석으로 풀려났다. 그 후 조선문인협회 회장이 되고, 가야마 미쓰로(香山光郞)로 창씨개명을 해 친일 행위를 시작하였다. 1950년 6·25 전쟁 중에 납북된 후 1950년 10월 폐결핵으로 사망했다.

이광수는 이상주의에 바탕을 둔 계몽적 민족의식을 표방하며 작품 세계를 펼쳐 나갔다. 그는 문체 확립, 실험적 인물 묘사, 현대적 주제 설정 등을 작품에 적용하며 현대 문학 선구자로서의 문학사적 위치를 차지하였다. 또한 그는 많은 논설을 통해서 자신의 사상을 주장했다. 그는 기존의 도덕과 윤리를 강렬하게 비판하였으며, 진화론적 사고에 토대를 둔 근대적이고 새로운 가치관과 세계관을 역설하였다. 그는 일제 강점기 하의 억압과 현실의 부조리, 구사상과 새로운 서구 민주주의 사상과의 갈등, 유교적 가치관과 기독교 사상의 대립 등을 작품에 투영하였다.

그가 남긴 저서로 장편 소설 《무정》, 《개척자》, 《재생》, 《마의 태자》, 《단종애사》, 《이순신》, 《흙》, 《그 여자의 일생》, 《유정》, 《사랑》, 《꿈》, 《원효대사》 등이 있고, 단편 소설 〈무정〉, 〈소년의 비애〉, 〈방황〉, 〈무명〉 등이 있다.

사랑 1

◆ **작품 개관**

1938년에 발표된 《사랑》은 이광수의 작품 중에서 신문에 연재되지 않은 첫 장편 소설이다. 사랑에 대한 작가의 이상주의적 생각이 형상화된 작품으로 평가받는다. 인품이 뛰어난 의사 안빈과 그를 사모하는 순옥을 중심으로 사랑으로 인한 여러 인물의 갈등 관계를 그렸다. 정열적이고 육체적인 사랑의 한계를 지적하고 숭고하고 이상적인 사랑을 지향하였다.

◆ **주요 등장인물**

석순옥 14살 때부터 안빈의 글을 읽으며 사모하는 마음을 갖는다. 전문학교를 마치고 교사 생활을 하였으나 간호사가 되기 위해 교직을 그만둔다. 안빈의 곁에서 그를 본받아 성인과 같은 사람이 되기를 희망한다. 친절하고 공손하며 예의 바른 성품으로 안빈과 그의 아내 옥남을 감동시킨다. 그러나 옥남의 마음을 편안하게 해 주고 안빈을 성인(聖人)처럼 생각한다는 것을 보여 주기 위해 사랑하지 않는 허영과 결혼하는 등 다소 결벽증적인 모습을 보인다. 의사 자격을 얻은 뒤에도 불우한 사람을 돕는다. 허영과 헤어진 뒤, 허영이 불구가 되자 그를 돕기 위해 자신의 삶을 희생한다.

안빈 젊었을 때는 이름난 작가였으나 더 많은 사람을 돕기 위해 의사의 길을 걷는다. 의사로서 돈을 벌기보다 가난하고 힘없는 사람들을 치료하는 데 열중하여 여유 있게 살지는 못하지만 개의치 않는다. 환자들을 돌보는 와중에 틈틈이 의학 연구에 매진하여 박사 학위를 받는 등 학문에 관심이 많다. 아내를 깊이 사랑하며 아이들에게도 자상하다. 순옥을 보며 사랑을 느끼지만 마음을 다잡고 좋은 스승이자 동지가 되어 준다. 가난하고 병든 사람들을 돕기 위해 요양원을 설립하고, 요양원이 자리를 잡자 후학들에게 물려주고 연구에 매진한다.

천옥남 안빈의 아내. 가정에 충실하며 남편을 깊이 사랑하고 존경한다. 안빈이 삼 년이나 앓고 칠 년이나 의학 공부를 하는 동안 교사 생활과 바느질로 살림을 꾸렸다. 안빈이 의사가 된 후에도 병원 일과 남편의 연구를 돕는다. 처음에는 순옥에 대해 질투를 느끼지만 남편을 믿고, 자신에 대한 순옥의 정성을 보며 마음을 연다. 병으로 이른 나이에 죽는다.

박인원 순옥과 함께 전문학교 공부를 했으며 교사이다. 남자처럼 호방하며 유쾌한 성격이다. 장난기가 넘치고 농담하는 것을 좋아하지만 사람에 대한 악의는 없다. 순옥을 친동생처럼 아낀다. 안빈과 순옥의 사랑을 처음에는 믿지 않다가 안빈의 곁에 있으면서 그의 삶과 사상을 본받는다.

허영 순옥을 사랑하는 시인. 감각적인 시 쓰기를 즐겨 하며 쉽게 감동한다. 열정적이며 자신의 감정에 충실하지만, 성실하지 못하며 품행이 바르지 않다. 순옥과 결혼하지만 의처증이 있다. 생활력이 없는 편이며 친구에게 속아 재산을 모두 잃는다. 두 번째 아내인 이귀득의 장례식에서 쓰러진 뒤 뇌일혈에 걸린다.

석영옥 순옥의 오빠. 의사이며 현실을 정확하게 판단한다. 순옥의 지원자로서 항상 누이를 돕는다.

한 씨 허영의 어머니. 보수적이면서 까다로운 성격으로 며느리인 순옥을 좋아하지 않는다. 자신의 아들이 잘못한 걸 알면서도 뉘우치지 않는다. 길림성에서 병에 걸려 죽는다.

김광인 허영을 속여 그의 재산을 가로챈다. 허영과 결혼한 순옥에게 짓궂은 짓과 농담을 하는 등 간사하고 가벼운 인물이다.

이귀득 문학소녀일 때 허영에게 반해 몸을 허락한다. 허영이 순옥과 결혼한 뒤 임신한 것을 알게 된다. 혼자 아들을 키우다가 결국 허영과 순옥에게 맡긴다. 다시 허영을 만나 결혼까지 하나 신혼여

행에서 돌아온 후 갑작스럽게 죽는다.

허섭 허영과 이귀득 사이에서 난 아들. 순옥의 극진한 간호에도 불구하고 길림성에서 병에 걸려 죽는다.

이 의사 건장하고 쾌활하나 도덕적인 절제력인 부족하다. 순옥의 행동과 마음에 감화되어 요양원 일에 자원한다.

길림 허영과 순옥 사이에서 난 딸. 어머니 순옥을 닮아 성품이 착하다.

◆ 줄거리

순옥은 어렸을 때부터 존경했던 안빈의 병원에 간호사로 취직하기 위해 교사직을 버리고 안빈을 찾아간다. 안빈은 순옥의 요청을 거절하려고 하나 안빈의 아내 옥남은 순옥에게서 알 수 없는 인연을 느껴 순옥을 채용한다.

안빈은 사람의 피 속에서 생성되는 물질을 연구하던 중 사랑의 감정에서 이성에 대한 사랑은 아모로겐, 자비의 사랑은 아우라몬이라는 것을 추측한다. 그러나 아우라몬이 들어 있는 혈액을 실험용으로 구하지 못해 안타까워한다.

순옥은 자신을 오랫동안 짝사랑한 허영에게 월미도에 가자고 한다. 순옥은 허영이 자신을 5분 동안 안는 것을 허락하고, 그때 허영의 피와 자신의 피를 뽑아 샘플을 만든다.

안빈은 순옥이 가져온 피를 연구하고 순옥이 허영을 가엾게 생각한 마음에서 아우라몬이 검출되자 크게 기뻐한다. 순옥은 기쁜 나머지 안빈의 품에 안겨 정신을 잃고, 안빈도 그런 순옥을 보며 마음이 흔들린다. 이런 흔들림에 둘은 괴로워하며 순옥의 피에서 검출된 아우라몬처럼 순수한 마음을 가질 것을 결심한다.

피 속에 사람의 감정을 알 수 있는 물질이 들어 있다는 안빈의 박사 학위 논문은 세간을 뒤흔든다. 안빈은 생리학과 심리학 각 분야에서 박사 학위를 받는다. 신문은 안빈과 연구를 도와준 두 여성, 아내 옥남과 간호사 순옥에 대한 기사를 낸다. 특히 순옥이 중등 교원까지 지낸 미인이라는 사실 때문에 여러 가지 소문이 떠돈다. 순옥의 소문에 괴로워하던 허영은 안빈의 병원을 찾아와 자신이 순옥의 애인이라 주장한다. 허영은 월미도 사건을 빌미로 그녀를 붙잡으려 하지만 순옥은 쌀쌀맞게 거절한다.

그날 저녁 옥남에게 친구 배은희가 찾아와 안빈과 순옥의 부적절한 소문을 말하며 옥남의 마음을 흔든다. 그러나 옥남은 남편과 순옥의 인품을 믿는다고 대답한다. 은희가 돌아간 후, 옥남은 자신의 대응이 자랑스러우면서도 마음이 흔들리는 것을 느껴 안빈에게 잠시 피서를 다녀오고 싶다고 말한다. 몸이 약한 아내를 걱정했던 안빈은 옥남과 함께 원산으로 요양을 간다. 병원에 먼저 돌아온 안빈은 순옥을 원산에 보내 아내를 보살피게 한다. 순옥은 옥남을 극진히 살피고, 아이들을 돌보는 과정에서 보람을 느낀다. 옥남은 처음에는 순옥을 질투하였으나 순옥이 지성으로 자신과 아이들을 보살피는 것을 보고 순옥에게 자신이 죽은 뒤 안빈과 혼인을 해도 좋으며, 그렇지 않더라도 자식들의 보호자가 되어 줄 것을 요청한다.

옥남의 병세는 악화되고, 옥남은 안빈에게 자신이 죽은 뒤 순옥과 결혼할 것을 권한다. 순옥은 자신과 안빈의 관계는 사랑보다 더 크고 소중한 것이기 때문에 혼인할 수 없다고 생각한다. 순옥은 옥남을 안심시켜 주고자 허영과 결혼하기로 결심한다.

몸이 붓기 시작하자 옥남은 죽음을 직감하고 병원으로 가 안빈과 죽음에 대한 이야기를 나눈다. 인간에게 중요한 것은 참회와 자비심이라는 대화를 통해 평온한 마음을 갖게 된 옥남은 크리스마스 날에 찬미가를 부르고 세상을 뜬다.

옥남이 죽은 뒤 순옥은 안빈의 아이들을 돌보며 허영과의 혼일을 미룬다. 세간에는 순옥이 옥남을 독살했다는 소문까지 떠돈다. 인원은 안빈을 찾아가 순옥과 결혼하라고 하지만 안빈은 순옥을 사랑하고 존경하기 때문에 혼인할 수 없으며 다른 여성과의 재혼 역시 사양한다. 인원은 안빈 집의 가정 교사를 자원함으로써 순옥을 악소문에서 구하고자 한다.

허영의 어머니 한 씨는 항간의 소문과 순옥의 얼굴이 아름다운 것 때문에 순옥을 못마땅해한다. 결혼식 날 허영은 만취해 들어와 순옥과 첫날밤도 제대로 치르지 못한다. 허영은 순옥을 지나치게 성(性)적으로 대하고, 자신의 시보다 안빈의 시를 더 높이 사는 것에 대해 질투한다.

　허영은 친구 김광인과 어울리고 며칠 뒤 신문사에 사표를 낸다. 주식에 손을 댄 허영은 결혼한 지 일 년 만에 모든 재산을 차압당하고, 그때야 자신이 김광인에게 속은 것을 깨닫는다. 순옥은 허영에게 다시 힘내서 살아 보자고 위로한다. 허영은 순옥의 아름다운 마음씨를 깨닫고, 순옥은 시집올 때 오빠가 준 예금 통장을 꺼내 빚을 갚는다. 순옥은 생계를 위해 의사 시험을 준비한다. 허영은 순옥이 안빈의 병원에서 공부하는 것에 질투를 느끼지만 생계가 달려 있어 승낙한다.

　순옥이 의사가 되자, 순옥의 월급으로 허영네 식구는 안정된 생활을 한다. 허영도 방탕한 생활을 접고 조용히 시를 쓴다.

　인원은 순옥을 만나 그간의 경험을 바탕으로 안빈이 얼마나 큰 사람인지 깨달았다고 고백한다. 또한 인원은 안빈이 순옥을 잊지 못하고 있는 것을 알려 주지만, 순옥은 이제 그만 안빈에 대한 마음을 정리하는 것이 순리라고 생각한다.

　순옥은 한 여인이 데려온 아기를 폐렴으로 진단한다. 아기 이름은 허섭으로, 허영이 순옥에게 거절당했을 때 귀득에게 임신시킨 아이였다. 귀득은 아이를 키우다가 상황이 여의치 않자 순옥에게 아이를 맡아 줄 것을 청한다. 순옥은 허영과 시어머니 한 씨에게 자신이 물러날 테니 귀득을 가족으로 받아들이라고 권한다. 그러나 허영과 한 씨는 순옥이 벌어들이는 돈 때문에 그럴 수가 없다. 결국 순옥이 허섭을 데려와 키운다. 그러던 중 식모를 통해 귀득과 허영이 부부처럼 지낸다는 사실을 알게 된다. 설상가상으로 귀득이 허영의 두 번째 아이를 임신한 것을 알게 되자 순옥은 이혼을 결심한다.

순옥은 허영에게 생활비, 결혼식 비용까지 보내 주며 그를 불쌍히 여기지만 허영의 결혼식 날, 세상은 오히려 허영을 동정하고 순옥을 비난한다. 무리한 신혼여행을 다녀온 귀득이 유산으로 죽고, 허영은 귀득의 장례식날 뇌일혈로 쓰러진다. 시어머니 한 씨도 류머티스로 고통 받자 순옥은 다시 허영의 집으로 들어가 그들을 보살핀다. 얼마 뒤 허영이 정신을 차리자 순옥은 북간도의 병원에 취직하여 허영과 한 씨를 데리고 떠난다.

인원은 간호사가 되어 안빈을 돕는다. 안빈은 요양원이 준공되자 병원을 영옥에게 맡기고 인원을 데리고 요양원으로 간다.

한편, 북간도에서 순옥은 딸 길림을 낳지만 허영은 의처증이 심해져 길림을 미워한다. 한 씨도 고마움을 잊고 순옥을 괴롭힌다. 끝없이 패악을 부리던 한 씨와 허영은 어느 겨울 유행성 독감이 돌 때 병에 걸려 죽는다.

과로로 쓰러진 순옥은 안빈의 요양원으로 가 인원의 간호를 받으며 정양한다. 안빈은 더욱 따스하고 인간을 사랑하는 사람이 되었으며 인원도 믿음직스럽게 변했다. 그들은 그 후 십 몇 년 동안이나 요양원을 돌본다. 안빈의 환갑날 안빈은 요양원을 영옥과 이 의사, 순옥 등에게 맡기고 은퇴를 선언한다.

◆ **작가와 작품**
이광수의 정신적 지향
이 작품에는 종교적 색채를 띠는 용어가 자주 등장한다. 안빈이 《법화경》 관세음보살보문품(法華經觀世音菩薩普門品)의 게를 떠올리는 장면이나 인과, 업보, 중생이라는 단어 등에서 불교에서 사용되는 용어나 경문을 볼 수 있다. 이는 이 소설이 이광수가 감옥에서 병보석으로 출감한 후 쓴 소설인 것과 관련 있다.

이광수가 《사랑》을 쓸 당시 그의 나이는 중년이 넘었고 《화엄경》을 번역할 정도로 불교에 대한 이해가 높았다. 인과의 법칙을 깨닫고 현실의 고통을 전생의 업으로 인식하면 편안한 정신 세계를 가질 수 있다는 작가의 불교적 생각은 아래 안빈의 말을 통해 직접적으로 나타난다.

> 나와 같이 힘없는 중생으로서 괴로워하는 중생을 건지리라는 뜻을 – 원을 세워서 오래고 오랜 동안 부지런히 힘쓴 결과로 그 원을 이루셨다는 아미타불이나 관세음보살은 결코 우리와 동떨어진 신이 아니요, 우리와 같은 피를 가진 중생이시다. 다만 선배시고 선생님이시다. 이렇게 생각하매, 더욱 아미타불이나 관세음보살이 현실적이요, 바로 곁에 있는 친구와 같았다.

이 작품에서는 부처나 보살이 따로 있는 것이 아니라 착한 일을 꾸준히 해 나가면 우리 모두가 부처가 되고 보살이 된다고 말한다. 자신의 죽음을 인정하면서도 불안해하는 옥남에게 안빈은 모든 것은 전생의 업으로 정해진 것이며 계속해서 좋은 일을 하며 살아가는 것이 진리라고 말한다. 옥남이 죽을 때 평온한 마음으로 죽을 수 있었던 것은 안빈의 말을 받아들여 인과의 세계를 인식했기 때문이다.

한편 이광수의 사상에 영향을 준 소설가로 러시아의 대문호 톨스토이를 꼽을 수 있다. 이상적 세계에 대한 희망, 선을 쌓고 악을 멀리하는 것은 톨스토이의 작품에서 반복적으로 다루는 주제

이다. 안빈과 순옥의 희생적이고 순수한 사랑의 정신은 불교뿐만 아니라 이광수가 좋아한 톨스토이의 사상과도 닿아 있다.

그러나 이광수는 이러한 사상을 작품 속에 지나치게 드러낸다는 비판을 받기도 했다. 작가도 자신의 작품이 계몽적이고 고루하게 보일 수 있다는 것은 알고 그것을 대변하는 내용을 작품 속에 간접적으로 드러냈다.

> "안빈의 소설은 모르겠소. 허지마는 시루야 어떻게 허영과 비긴단 말요? 안빈의 시는 시 아니어든. 케케묵은, 시대에 뒤떨어진 거란 말요. 내용으로나 형식으로나 더구나 그 사상 인생관으로 말하면 중세기식이란 말요. 그 사람은 시대정신을 이해하지 못하구, 이를테면 시대에 역행하는 사람이어든. 그 문학이란 계몽기 문학이란 말야. 젖비린내 나는 여학생들이나 속이는 문학이란 말요. 순옥이두 잘못 알구 그러는 거요마는, 다시는 내 앞에서는 그런 소리 마시오."

소설 속에서 이상적으로 그려지는 인물 안빈의 작품은 계몽적이며 정신적이다. 그에 비해 부정적으로 그려지는 인물 허영의 작품은 감각적이다. 결국 이광수는 계몽적이며 정신적인 작품이 고리타분하고 낡은 것처럼 보이지만, 사실은 그런 사상을 담은 작품이 더 의미와 가치가 있다는 것을 안빈의 삶과 허영의 삶을 통해 간접적으로 말하고 있다.

◆ **작품의 구조**

인간이 지닌 사랑의 두 모습

순옥은 안빈을 사랑한다. 젊고 아름다우며 지적이며 착한 순옥은 안빈의 마음을 흔들기에 충분하다. 순옥이 간호사가 되기 위해 안빈을 찾았을 때 안빈은 그 결정을 아내에게 미룬다. 순옥을 본 안빈의 마음이 흔들리지 않았다면, 직접 순옥을 채용했을 것이다. 안빈이 결정권을 아내에게 미루었다는 것은 안빈 역시 순옥의 마음을 감당할 자신이 없었다는 사실을 보여 준다.

한편 옥남은 남편이 순옥을 사랑할 것이라는 생각과 순옥에게 흔들리지 않으리라는 생각을 동시에 한다. 순옥의 면접을 본 날, 옥남이 안빈에게 농담처럼 연애를 해 보는 것이 어떻겠냐는 물음에서 옥남이 불안한 마음이 들어 있다. 그러면서도 남편을 믿고 인연을 소중히 여기는 마음에 순옥을 채용하기로 결정한다.

순옥-안빈-옥남이 갈등의 삼각관계를 이룬다면, 순옥-허영 역시 갈등 관계를 이룬다. 허영은 순옥을 사랑하지만 순옥은 안빈을 존경하기 때문에 그의 사랑을 받아들일 수 없다. 후에 순옥은 허영과 결혼을 결심하지만 그것도 안빈에 대한 자신의 고매한 마음을 지키기 위한 방편으로써의 선택일 뿐이다.

갈등 관계를 통해 나타나는 사랑은 각기 그 성격이 다르다. 순옥-안빈-옥남의 관계에서 나타나는 사랑은 정열적인 감정을 이기고, 더 큰 사랑을 향해 나아가는 성스럽고 숭고한 모습이다.

순옥과 안빈이 살아가는 모습은 서로에게 감화를 불러일으키며, 나아가 주변 사람들에게도 영향을 준다. 옥남이 평안한 마음으로 죽어 갈 수 있었던 것, 자신의 생활을 중시하는 인원이 그 일부를 포기하면서까지 안빈의 곁에 머무르게 되는 것 등을 통해 소설은 육체적, 연애의 감정에서 벗어난 진정한 사랑이 무엇인지를 말한다.

◆ **작품의 감상과 수용**

연애 소설? 종교 소설? 계몽 소설?

이 작품은 무엇을 중심으로 보느냐에 따라 연애 소설, 종교 소설, 계몽 소설로 읽을 수 있다.

이 작품은 순옥-안빈-허영(옥남)의 삼각관계를 기본적인 구도로 한다. 남녀의 애정이 사건의 중심이 되며, 만남과 헤어짐을 반복한다는 점에서 이 소설은 연애 소설의 형태를 갖춘다. 순옥과 안빈의 사랑과 내적 갈등, 순옥의 등장으로 갈등하는 옥남, 안빈과 순옥의 관계를 질투하는 허영, 순옥과 허영의 결혼으로 마음 아파하는 안빈의 모습은 연애 소설적 요소를 갖추기에 충분하다. 《무정》이나 《유정》 등에서 삼각관계나 애정이 반복되는 점과 관련지어 보면 더욱 흥미진진한 연애 소설로 읽을 수 있다.

한편 이 소설은 종교 소설적인 특징을 가지고 있다. 안빈의 생활과 사랑에서 불교적 색채를 발견하는 것은 어려운 일이 아니다. 안빈이 아픈 사람을 돕는 일에 자신의 삶을 바치는 것은 중생을 건지는 일을 위해 자신을 바친 보살의 삶과 유사하다. 전생에 지은 죄를 씻기 위해 현세에서 선한 일을 행해야 하며, 이렇게 반복하다 보면 모든 죄를 씻을 수 있다는 것도 불교 사상의 일부이다. 안빈이 순옥이나 옥남, 인원에게 하는 말은 종교적 교리를 전하는 듯한 느낌을 안겨 준다.

마지막으로 《사랑》을 계몽 소설로도 볼 수 있다. 모든 사람이 선한 일을 행하며 다른 사람을 도우면 사회가 아름다워진다는 믿음이 작품 곳곳에 드러나 있다. 등장인물들의 권선징악적 구도는 이러한 계몽적 요소를 강화해서 보여 준다. 착한 일을 하는 사람은 행복을 얻고, 악한 일을 하는 사람의 삶은 비참하다. 만약 허영이 자신의 과오를 뉘우치고 새로운 삶을 살았다면 가정의 평화는 깨어지지 않았을 것이다. 반면, 순옥은 많은 고생을 하지만 결국 안빈의 곁에서 의술을 베풀며 편안하게 살아간다. 이것이야말로 순옥이 그토록 간절히 원하던 삶이다. 독자들은 허영과 순옥의 대조적인 결말을 통해 세상을 어떻게 살아가야 하는지에 대해 생각해 보게 된다.

◆ **작품에 반영된 현실**
식민지 현실 & 변화하는 여성의 삶

이 소설은 1938년 일제 강점기 하에 발표되었다. 그러나 비참한 생활이나, 일제의 탄압을 받는 민중의 모습은 찾아보기 힘들다. 독자가 당시 시대를 염두에 두고 이 소설을 읽거나, 민족 의식의 입장에서 접근한다면 당대 현실을 생생하게 그리지 못하고 지나치게 이상적인 이야기를 하고 있다는 비판을 할 수 있다. 일제가 우리나라를 수탈하고 있을 때 사랑과 자비를 주장하는 것은 독자에 따라 받아들이기 어려운 부분이기도 하다.

한편 이 작품에서는 석순옥과 박인원을 삶을 통해 여성의 지위가 어떻게 변화하고 있는지를 살펴볼 수 있다. 석순옥과 박인원은 전문학교를 마친 중등학교 교사이다. 석순옥과 박인원은 당시 남자들도 쉽게 가지 못하는 학교를 다녔고, 옥남 역시 소학교, 고등여학교를 거쳐 동경에서 미술학교에 다녔다.

"참, 대동강이 있지. 평양서는 여자들두 헤엄을 치나?"
"학교에서 가르쳐 주어요."
(중략)
"사모님, 어느 학교에 다니셨어요?"
"그때에야 이화하구 진명밖에 있었나? 난 소학교는 진명 다니구 고등학교는 관립, 지금 고등여학교지."
(중략)
"미술학교에 다니셨다구요?"
"무얼. 음악두 배우노라, 미술두 배우노라 하다가 말았지. 그때에는 음악을 배운다면, 이년 광대가 되련, 기생이 되련, 이러시구, 미술을 배운다면, 이년이 환쟁이가 되려나, 이러시구, 아버지께서 말야. 세상이 퍽은 변했어."

이를 통해 흔하지는 않지만 당시 여성들도 고등 교육의 혜택을 받고 있었음을 알 수 있다.
조선 시대만 하더라도 음악이나 미술을 하는 사람들에 대한 사회적 인식은 그다지 높지 못했다. 특히 여성이 음악과 미술을 전문적으로 공부한다는 것은 상상하기도 어려운 일이었다.

그러나 "그때에는", "세상이 퍽은 변했어."에서 알 수 있듯, 순옥과 옥남이 이야기를 하는 때에는 음악과 미술에 대한 사회의 대우가 높아졌음을 알 수 있다.

학교를 다닐 때조차 얼굴을 최대한 가리고 외출하였던 여성의 지위가 강에서 수영복을 입고 자유롭게 헤엄을 쳐도 괜찮을 정도로 인식이 변화한 것을 볼 수 있다.

지금의 생각으로는 일제 강점기의 여성 생활이나 사회적 인식이 크게 다르게 보이지 않지만, 옥남과 순옥의 말을 비교해 보면 그때도 여성에 대한 사회적 인식이 조금씩 변하고 있었음을 알 수 있다.